河出文庫

# ロシア怪談集

沼野充義 編



河出書房新社

# 目次

# ロシア怪談集

# 葬儀屋

プーシキン

## ◆アレクサンドル・セルゲーヴィチ・プーシキン

Александр Сергеевич Пушкин 1799–1837

ロシア最大の国民的詩人。文章語としてのロシア語を確立し、ロシアにおける近代文学の創始者となった。数々の抒情詩や叙事詩のほかに、韻文による長編小説『エヴゲーニイ・オネーギン』、歴史小説『大尉の娘』、戯曲『ボリス・ゴドゥノフ』などの著作がある。ここに収めた「葬儀屋」は、短編小説集『ベールキン物語』の中の一編。プーシキンの幻想・怪奇趣味は、短編「スペードの女王」にも発揮されている。また、叙事詩『青銅の騎士』は、ロシア文学における「幻想都市ペテルブルグ」の伝統の開始を告げる作品である。プーシキンは古典主義の土台の上にロマン主義を積み上げることによって独自の文学世界を築いた。決闘のため三七歳の若さで亡くなったが、後世に与えた影響ははかり知れないほど大きい。

われら一日《ひとひ》として柩《ひつぎ》を見ざる日やはある、
老いさらばえゆく天地《あめつち》に増すこの白髪を?
——ジェルジャーヴィン

葬儀屋アドリアン・プローホロフの家財の残りが霊柩車へ積み込まれると、二匹のやせ馬はバスマンナヤ街からニキーツカヤ街へと、これで四度目の道をのそのそと歩きだした。葬儀屋は一家をあげてそこへ引っ越しをするのである。彼は店の戸締まりをして、表の戸に売貸家という札を打ちつけてから、徒歩《かち》で新しい住居へ向かった。久しい前から目をつけていて、相当の金高を積んでやっと手に入れたのだけれど、その黄色い小さな家の間近まで来ても、葬儀屋の老人は自分の心がいっこうにはずまないのをけげんに思った。

またぎ馴れぬ敷居をまたぎ、新しい住居のごった返したありさまを見ると、彼には住み古したあばらやのことが、いまさらのようになつかしく思いかえされた。その家では十八年のあいだ、何もかもが非常によく整頓されていたのである。彼はふたりの娘や下女の愚図さかげんを当たりちらかして、自分でも手伝いをはじめた。まもなくすっかり片づいた。聖像龕《がん》や食器棚や、テーブル、ソファ、それから寝台は、奥の間のめいめいの場所に落ち着いた。台所と客間には主人の製作品——大小色とりどりの棺桶や、また葬儀用の帽子やマントや松明《たいまつ》の入れてある棚が、それぞれの位置を占めた。門の上には看板が出た。それには、松明を逆手に持った肥《ふと》っちょのキューピッドの絵の下に、『白木および色塗り霊柩の販売ならびに飾付け。賃貸および古棺修繕の御需《おもと》めにも応ず』という文句があった。娘たちは奥の小部屋へ引きとった。アドリアンは家の中を一回りしてから、小窓のそばに陣どって、さてサモヴァルの用意を命じた。

教養ある読者のごぞんじのごとく、シェイクスピアもウォルター・スコットもふたりながらに、その作品に出てくる墓掘人足を、陽気で道化た人物にしているが、それはつまりこの対照の妙をもって、いっそうわたしたちの想像をかきたてんがためである。しかし真実を重んじるわたしたちは、この両作家のひそみにならうわけにはゆかない。つまりわれらの葬儀屋の性格が、まったくその陰気な職業に釣り合ったものだったことを、認めずにはいられないのである。アドリアン・プローホロフは日ごろから、むずかしい顔をして考え込んでいる男だった。彼が沈黙を破るのはただ、娘たちが仕事もせずに、窓ごしにぼんやり通行人をながめているところをつかまえて小言をいうときか、さもなければ彼の製作品に用のあるような不幸（または時によると喜び）に出あった人々に、法外な値段を吹っかける場合にかぎっていた。

さてアドリアンは窓ぎわにすわり込んで、七杯目のお茶を飲みながら、例によって悲しい思案にふけっていた。彼は一週間まえ退職旅団長の葬式の時に、ちょうど市門のところで葬列を襲った土砂降りの雨のことを考えていた。そのためマントがどっさりちぢんでしまったし、帽子もあまたそっくり返ってしまったのである。古くからの葬儀衣裳の手持ちが、情けないありさまになってきているので、物入りはこの際避けられぬことと思われた。彼はこの失費の埋合わせを、かれこれもう一年も死にかけたままでいる、年寄りの商人女房トリューヒナの葬式でつけようともくろんでいた。けれどトリューヒナが往生しかけているのは、ラズグリャイ街のことだから、相続人たちがかねての約束にもかかわらず、こんな遠方まで呼びに来るのをおっくうがって、近所の請負人と契約しはしまいかと、それがプローホロフの頭痛の種だった。

この思案は、不意に扉にひびいた秘密結社《フリー・メーソン》ふうの三度のノックによって、断ちきられた。

「どなたで?」

と葬儀屋はきいた。扉があいて、一目でドイツ人の職人と知れる男がはいって来て、浮き浮きした様子で葬儀屋の方へ近づいた。

「まっぴらごめんくださいよ、お向こうのだんな」と彼は、今日なおわたしたちがふき出さずには聞くことのできない例のなまりを丸出しにしながら言った、「おじゃまをしてあいすみません……じつはね一刻も早くお近づきになりたいと思いましてな。手前は靴屋でして、ゴットリープ・シュルツと申す者でござんすが、ついこの往来をひとまたぎの、お宅の窓と向かい合わせのあの家に住んでおります。明日は手前どもの銀婚式を祝いますので、あなたにも、お嬢さんがたにも、ひとつ手前どものところでゆっくりと昼飯をやっていただきたいと、そう思いましてな」

招待はよろこんで受けられた。葬儀屋は靴屋に、まあすわってお茶をひとつと勧め、ゴットリープ・シュルツの明けっ放しの気性のおかげで、ふたりはまもなく仲よく話をしていた。

「ご商売はいかがで?」とアドリアンがきいた。

「えへへ」とシュルツが答えた、「まあどうにかおかげさまでね。苦情を言うほどのこともありませんや。もっとも手前どもの商売は、あなたのようなわけには行きませんがね。生きてる人間は靴なしでもすませるが、亡者となると棺桶なしじゃ夜も日も明けませんからね」

「いかにもごもっともで」と、アドリアンが口をはさんだ。「ですがね、生きてる人間なら、よしんば靴を買うお銭がなくったって、べつにあんたに迷惑はかけますまい。はだしで結構歩きますからね。ところが乞食の亡者と来た日にゃ、ただでも棺桶を持って行きますよ」

といった調子でふたりの話はまだしばらくつづいた。やがて靴屋は立ち上がって、あらためて招待を繰り返しながら、葬儀屋に別れを告げた。

あくる日の十二時を合図に、葬儀屋とそのふたりの娘は、新たに買い入れた住居の木戸を出て、隣人のところへ出かけた。しかしここでは、現代の小説家一般の習慣にそむいて、アドリアンのロシヤふうの長衣《カフタン》のことも、アクリーナとダーリヤのヨーロッパふうの衣裳のことも、書き立てるのはやめておこう。ただふたりの娘が黄色い帽子と赤い靴を着けていたが、これはお晴れの場合にかぎることだったということだけは、書いておくのもむだではあるまい。

靴屋の手狭まな住居は客でいっぱいで、その大部分は細君や従弟を引き連れたドイツ人の職人だった。ロシヤ官吏では、フィンランド人の巡査ユールコひとりきりだったが、これはその地味な職掌がらにもかかわらず、主人から特に丁重にもてなされていた。彼はポゴレーリスキイの小説に出てくる駅逓の御者のように誠心誠意、二十五年のあいだこの職業に励んで来た。十二年の大火は、皇帝のましまます都をなめつくして、彼の黄色い交番も焼けうせてしまった。が、敵軍が駆逐されるとさっそく、もとの場所に新しい灰色の交番がドーリヤ式の白い円柱に飾られて立ち現われ、そしてユールコは鉞を手に灰色羅紗の胸甲をつけて、ふたたびそのまわりを濶歩しはじめたのである。彼は、ニキーツカヤ門の付近に住むたいていのドイツ人とは顔見知りで、なかには日曜から月曜にかけて、ユールコのところに泊まり込む連中もあった。アドリアンはすぐさま彼と交際を結んだが、これはユールコがおそかれ早かれ必要になる人間と見たからである。そして客たちが食卓についた時も、ふたりは隣り合って席を占めた。シュルツ夫妻と、十七になるその娘のロートヒェンとは、いずれも客と食卓をともにしながら、接待役をつとめたり、料理女の給仕の手助けをしたりした。ビールが出ていた。ユールコの健啖《けんたん》ぶりは優に四人前だったが、アドリアンもおさおさ退《ひ》けはとらなかった。彼のふたり娘は、お壺口をして気どっていた。ドイツ語の会話は刻一刻と騒々しくなった。とつぜん主人は一同の注意をうながして、樹脂で密封した壜の栓《せん》を抜きながら、ロシヤ語で声だかにこう叫んだ。

「わが良妻ルイーザの健康を祝します！」

怪しげなシャンパンが泡だちはじめた。主人は四十歳の妻の艶々した顔にやさしく口づけ、客は良妻ルイーザの健康のために騒々しく杯を乾《ほ》した。

「親愛なる皆さまの健康を祝します！」

と主人が二本目を抜きながらうやうやしく言うと、客たちはふたたび杯を乾して、口々に謝辞を述べた。それからいろいろな健康がつぎからつぎへと祝われはじめた。客のひとりひとりの健康を祝して飲むかと思うと、モスクヴァはじめ一ダースほどのドイツの町々の健康のために飲み、あらゆる職業組合を一からげにしてその健康のために飲み、また改めてその一つ一つの健康のために飲み、親方たちの健康のため、徒弟たちの健康のために飲むといった調子だった。アドリアンは熱心に杯を乾していったので、すこぶる浮き浮きして来て、自分でも何か滑稽な乾杯を提案したほどだった。と不意に、客のなかの肥ったパン屋が、杯を挙げて呼ばわった。

「われらに稼ぎを与える人々、われらが顧客《ウンゼレ・クンドロイテ》の健康を祝します！」

　この提案もやはり、異口同音の歓呼の声に迎えられた。客たちはお互い同士にお辞儀をはじめ、仕立屋は靴屋に、靴屋は仕立屋に、パン屋はその両方に、一同はパン屋に、といったぐあいになった。ユールコはこのお互い同士の挨拶の最中に、隣席の男に向かってこう叫んだ。

「どうだね父《とつ》さん、あんたもひとつ亡者の健康を祝して飲んじゃあ」

　みんなげらげら笑いだしたが、葬儀屋は気を悪くして顔をしかめた。だれひとりそれには気づかずに、客たちは飲みつづけて、やがて晩禱の鐘の鳴りわたるころ、ようやく食卓を離れた。

　客が散ったのはもう夜がだいぶふけてからで、たいていはいいきげんに酔っていた。赤モロッコ革の装幀のような顔をした製本屋が、肥ったパン屋とふたりで、ユールコを両脇からかかえて交番へ連れて帰ったが、つまりこの機会に『恩は返してこそ美しい』というロシヤの諺を守ったわけである。

　葬儀屋は酔っぱらった上にぷりぷりしながら帰宅した。

「いやはやまったくなんということった」と彼は声に出してこんな思案をした、「なぜおれの商売が他人のよりも卑しいんだ、葬儀屋は首斬《くびきり》役人の兄弟だとでもいうのかい？　邪教徒どもが何を笑うんだ、葬儀屋がクリスマスの道化師だとでもいうのかい？ やつらを新宅祝いに招《よ》んで、大盤振舞をしてやろうと思ったが、やれやれもうまっぴらごめんだ！ その代わりおれは招《よ》んでやるぞ。おれを稼がせてくれる人たちをな、正教の亡者たちをな」

「まあ何をおっしゃるんですよ、だんな」と、ちょうど靴を脱がせにかかっていた下女が言った、「冗談にもほどがありますわ。十字をお切りなさいまし！ 新宅祝いに亡者を招ぶなんて！ まあなんて気味のわるい！」

「いいや、誓って招んでやるぞ」とアドリアンはつづけた、「それも明日《あす》すぐにだ。どうぞ、わたしの恩人のかたがた、明晩手前の新宅祝いにおいでを願います。何はなくともまずは一献《いっこん》さしあげますから」

　そういうと葬儀屋は寝床にはいって、まもなくいびきをかきはじめた。

　まだ夜が明けぬうちに、アドリアンは揺り起こされた。例の商人女房のトリューヒナが、ちょうどその夜半《よなか》に息を引き取ったので、番頭の指図で使いの者が、その報らせをもって馬でアドリアンの所へ駆けつけたのである。葬儀屋はその使いに酒手を十コペイカ握らせ、そそくさと着物をきて、辻馬車を拾ってラズグリャイ街へ出向いた。死人の門辺にはもう警察の人が立ち番をして、出入りの商人がまるで屍体をかぎつけた鴉のようにうろついていた。故人は蠟のように黄色い顔をして、テーブルの上に横たわっていたが、まだ腐爛のため醜くはなっていなかった。そのぐるりは親類縁者や、近所の人や、召使たちでぎっしりだった。窓はみんな開け放されて、蠟燭が燃え、坊さんたちがお経を誦《よ》んでいた。アドリアンは、トリューヒナの甥に当たる、流行《はやり》のフロックを着込んだ若主人のそばへ寄って行って、霊柩、蠟燭、柩掛布《ひつぎかけ》、そのほか葬儀用品一式は、ぬかりなく取りそろえて即刻お届けいたしますと申し出た。この後嗣《あととり》はうわの空の様子で礼をいって、値段の点はかれこれ言わないけれど、まあ万事は彼の良心にまかせるとしよう、と言った。葬儀屋は例によって、けっして余分のご散財はおかけいたしませんと誓い、意味ありげな目くばせを番頭とかわして、用意をととのえるため家路についた。

その日は日ねもす、ラズグリャイとニキーツカヤ門のあいだを、往復して過ごした。日暮れになって万端ととのったので、辻馬車を帰して徒歩《かち》で家へ向かった。月夜であった。葬儀屋は無事にニキーツカヤ門のあたりまで来た。キリスト昇天寺のそばで、顔見知りの例のユールコが誰何《すいか》したが、葬儀屋だとわかると、おやすみと言った。夜がふけていた。葬儀屋がわが家の間近まで来たとき、不意にだれかしら門口へ寄って木戸をあけて、なかへ消えたような気がした。『これはどうしたことだ?』とアドリアンは考えた、『だれかまだおれに用があるのかな? もしや泥棒がはいったのじゃあるまいか? それともあのばか娘どもが、情人《いろ》でも引きずり込んだのかな? どうせろくなことじゃあるまいて!』

そこで葬儀屋は、すんでのことで友人ユールコの助けを呼ぼうとした。とその時、またたれかが木戸へ寄って、中へはいろうとしたが、駆け寄って来る主人の姿を見ると、立ちどまって三角帽を脱いだ。アドリアンは、その顔に見覚えのあるような気がしたが、とっさの場合よく見きわめるひまがなかった。

「だんなはてまえどもにご用で?」とアドリアンは息を切らせてそう言った、「どうぞおはいり

ください まし」

「まあ、そうしゃちこばらんでもええじゃないか、父《とっ》さん」と、相手はうつろな声で言い返した、「おまえ先に立って行くがいい。そしてお客様がたの案内をするんだ」

アドリアンは、しゃちこばるどころの騒ぎじゃなかった。開いている木戸を抜けて、彼が表の段々へかかると、相手も後からついて来た。アドリアンは、家のなかに大ぜいの足音がするような気がした。『ええ、なんたる悪魔のしわざだ!』と彼は思って、急いで踏み込んだまではよかったが……とたんに腰が抜けてしまった。部屋のなかは亡者でいっぱいであった。窓から射し入る月影が、黄色い顔や、青い顔や、落ちくぼんだ口や、どんよりとにごってなかば閉ざされた目や、とんがった鼻を照らしていた。……アドリアンは、それが自分の骨折りで埋葬された人々であり、いまいっしょにはいって来た客が、例の豪雨のときに埋葬された旅団長なのに気がついて、ぞおっとしてしまった。女も男もてんでに葬儀屋をとり巻いて、お辞儀や挨拶をするのだったが、ただひとりこのあいだ無料《ただ》で葬式を出してもらった貧乏人だけは、自分のぼろ姿を恥じはばかって、近づこうともせずにすみっこに小さくなって立っていた。そのほかは皆ちゃんとした服装《いでたち》で、女の亡者は頭巾とリボンで装っているし、官吏の亡者は制服を着込んでいるのだが、ただし鬚はそっていなかった。商人は晴れ着の長衣《カフタン》を着ていた。

「さて見てのとおり、プローホロフ」と旅団長が、名誉ある客人一同に代わって口を切った、「おれたちはみんな、おまえのお招きで起きあがって来たのじゃよ。向こうに残っているのは、もう起きる力のない者か、すっかり崩れてしまった者か、皮無しの骨ばかりになった者だけだ。

だがほれ、どうしても思い切れずにやって来た者もある——それほどおまえのところへ来たかったのだな。……」

この言葉に応じて、小さな骸骨が人波をかきわけて、アドリアンに近づいた。その髑髏《どくろ》は愛想よく葬儀屋にほほえみかけた。うす緑や赤い羅紗《ラシャ》のきれっ端や、朽《く》ちた亜麻布のびらびらが、骨のそこここに、まるで竿にからまりでもしたようにぶら下がっている。腿の骨はまるで臼のなかの杵のように、大きな脛長靴の中でからからと鳴っていた。

「このおれを忘れたかね、プローホロフ」と骸骨が言った、「退職近衛軍曹ピョートル・ペトローヴィチ・クリールキンだよ、覚えてるかい？　一七九九年におまえがはじめて棺を売ったあれだ——しかも、槲《かしわ》という注文に松のやつをなあ」

そういうと亡者は、骨ばかりの腕をひろげて、相手に抱きついて来ようとした。しかしアドリアンは必死の勇をふるって、悲鳴をあげながら相手を突きとばした。ピョートル・ペトローヴィチはよろめいて、どさりと倒れると、たちまちばらばらになってしまった。死人たちのあいだに憤慨のつぶやきがおこった。一同はその同僚の名誉のために起《た》って、罵詈《ばり》や威《おど》しの文句を並べながら、アドリアンにからみついて来た。彼らの叫びに耳もふさがり、息の根も窒《つ》まらんばかりになった哀れな主人は、すっかり度を失って、退職近衛軍曹の骨の上へばったり倒れると、そのまま気が遠くなってしまった。

日はもうずっと前から、葬儀屋の横たわっていた寝床を照らしていた。やがて彼が目をあけると、すぐ前で下女がサモヴァルを吹いているのが見えた。アドリアンは、昨夜の出来事の一部始終を思い出してぞおっとした。トリューヒナ、旅団長、そしてクリールキン軍曹の面影が、もやもやと彼の想像の中に現われた。彼は黙り込んだまま、下女の方から口を切って、夜なかの珍事の結末を言いだすのを待っていた。

「まあま、たいそうお寝過ごしですこと、だんな、アドリアン・プローホロヴィチ」とアクシーニヤが、部屋着を渡しながら言った、「お隣りの仕立屋さんが見えましてよ。それからこの区のお巡《まわ》りさんが、今日は署長さんの命名日だと報らせにまわっていらっしゃいましたが、あんまりよくおやすみだったので、お起こししませんでしたわ」

「亡《な》くなったトリューヒナのとこからだれか来たかい？」

「亡くなったですって？　まあほんとうですか？」

「このまぬけめ！　昨日あの女の葬式の支度を手伝ったのはおまえじゃないか」

「まあ、だんな、何をおっしゃるんですよ。気が変におなりじゃないのですか、それとも昨晩の酔いがまだおさめでないのですか？　いったいどんなお葬いが昨日ございましたね？　一日じゅうドイツ人のところで酒宴《およばれ》で、酔ってお帰りになるが早いか寝床へころげ込んで、今までぐっすりおやすみでしたよ。もうお弥撒《ミサ》の鐘も鳴ってしまったのに」

「そりゃまたほんとうかい？」すっかり喜んだ葬儀屋がそう言った。

「言わずと知れたことですよ」と下女が答えた。

「ふむ、ほんとうにそうなら、早くお茶をおくれ。それから娘たちを呼んでおくれ」

（神西清　訳）

# 思いがけない客

ザゴスキン

## ◆ミハイル・ニコラエヴィチ・ザゴスキン

Михаил Николаевич Загоскин 1789-1852

劇作家、小説家。モスクワの劇場監督をつとめる。初めは劇作家としてデビューするが、後に歴史小説に転じて爆発的な人気を博する。今日では彼の名はもっぱら、ロシア最初の散文小説と言われる『ユーリイ・ミロスラフスキー、あるいは一六一二年のロシア人』や、それに続く『ロスラヴレフ、あるいは一八一二年のロシア人』といった歴史長編の著者として記憶されている。これらはウォルター・スコットの歴史小説をロシア文学の土壌に移す最初の試みだった。「思いがけない客」は、短編集『ホピョールの夕べ』の一編。これは一八三〇年代ロシアのロマン主義的精神をよく表した幻想・怪奇小説集で、他にも「夜行列車」や「悪魔の演奏会」などの佳品を収めている。

私の父は古い時代の人間だった——こんなふうにアントン・フョードロヴィチ・コリチューギンは話を始めた。——まず第一に神様のおかげ、そしてその次に両親のおかげで、貴族としての十分な財産があったので、隣人たちに劣らない暮らしができたであろうに、つまり、三十平方メートルくらいの大邸宅を建て、猟犬を放って狩りをするとか、角笛の音楽、温室などを備えるとか、その他の貴族の遊びはどんなものでも始めることもできたであろうに、父は生涯一度もそんなことを考えもしなかった。小さな家で気ままに暮らし、十人に満たない召使いをかかえて、時々鷹狩りをしたり、機嫌のよいときにグースリ弾きのヴァニカの音楽を聞いて楽しんだりすることはあった。このヴァニカは——こんなことを言うべきではないのだが——酒をきこしめすことがあった。だが、グースリは、それはもう勢いよく弾いた。《朝焼けが始まった》とか《川岸の堰のそばで》といった曲を弾きだしたら、聞きほれずにはいられなかったものだ！　しかし、父は、家も召使いも誇示することがなかったとしても、その代わり、「家が見栄えがするのは部屋がきれいだからではなく、もてなしがよいからだ」という諺はしっかり守っていた。昔でもこんな客好きな人間は珍しかっただろう！　死んだ父の家は大道ぞいに建てられていたのだが、昼や夕方に誰かが馬に餌をやるために村に留まろうものなら、すぐに父のもとに知らせに走ってくる。その旅行者がほんの少しでもただの庶民以上の人で、貴族や商人だったら、あるいは町人階級だとしても、お屋敷へお越し下さい、ということになるのだ。もったいぶって断ったりしようものなら、村の門は閉じられ、いくら声をあげて喚こうと、どの農家でも、干草の一束、燕麦の一粒も売ってはくれなくなる。実際、父は酒を飲んで大騒ぎするのが好きだったのだ。客をひっぱり込むと、それはもう大へんな酒もりが始まるのだった。酒は海ほどあるし、何でも欲しいものは望みのまま。あらゆる異国の飲み物が十種類ほどいつも地下蔵にあったし、果実酒にいたってはもう言うまでもないほどだった。

冬のある日、母が死んでちょうど六か月過ぎたとき、父はお気に入りの、暖炉《ペチカ》の上にしつらえた寝台がある自分の部屋のなかで、たった一人ですわっていた。私は父と一緒にはいなかった。もう三年も軍務についていて、そのころはスウェーデン人と戦っていたのだ。夜中まえのことだった。外は吹雪で、恐ろしい寒さだった。十時ごろには非常に凍てつき、厳しい寒さのために家じゅうの壁がパチパチ音をたてるほどだった。こんな天気ではいくら待っても客はありそうもなかった。どうしようもない！　父は夕食までの時間を過ごすために――十時前には決して夕食をとらなかったのだ――殉教《チエーチイ・ミネーイ》伝を読み始めた。当てずっぽうにページをめくると、ペチェルスキイ修道院の隠遁僧、イサーキイ師の伝記がでてきた。聖者の前に天使の姿で現われた悪魔が聖者を欺き、「汝、我らが仲間なり、イサーキイ！」と大声で言って、聖者を無理やり自分と一緒に踊らせたことが書いてあるところまで読んだとき、父は自分の魂のなかに疑いを感じ、誘惑を覚えた。それで本を閉じて、一人であれこれ考え始めた。しかし考えれば考えるほど、こんなことを神様が黙認なさるのが信じられないものに思えてきた。そんなことを考えているうちに父は眠けにおそわれ、目がくっつき始め、頭が重くなり、父が私に話していたところによると、いつのまにかソファーに横になってぐっすりと眠り込んでしまったのだ。突然耳のなかで何かがカチカチ鳴り始め、父が目をさますと、寝室の時計がちょうど十時を打っているのが聞こえた。少し起き上がって、夕食を出すように命じようとするやいなや、部屋の中にお気に入りの召使いアンドレイが入ってきて、テーブルの上に火のついたローソクを二本立てた。

「どうしたんだ、おまえ?」と父は訊ねた。

「わたしがまいりましたのは」召使いは答えた。「町から来た書記と、ドン河から来たコサックたちが村に留っていることをご報告するためでございます」

「まあよかろう」父は遮って言った。「すぐに村まで走っていって、こちらにおいで願うんだ。言い訳なんか聞くんじゃないぞ」

「もうお呼びいたしました、旦那様、じきにおいでになります」アンドレイは口のなかでもぐもぐ言った。

「だったら夕食に何か付け加えるように言うんだ」父は続けて言った。「それに地下蔵から香草入りウォトカ一瓶、桜桃酒二本、なかなかまど酒二本、ぶどう酒半ダース持って来させるんだ。急いで行け!」

召使いは出ていった。五分ほどすると部屋のなかに、コサック三人と裾の長いフロックコートを着た年配の男が一人入ってきた。

「よくいらっしゃいました、皆さん!」父は彼らの方へ向かって歩きながら言った。

信心深いコサックはいつもまず聖像に祈り、その後やっと主人に挨拶するということを知っていたので、暗い隅にあってそれと見分けにくい救世主の像を指さして言った。「さあ、こちらです！」――しかし、父が驚いたことに、このコサックたちは十字を切らなかったばかりでなく、聖像を見ようともしなかった。書記も同じだった。「大した奴じゃないな」と父は思った。「この木っ端役人が神様を敬わないとは。だが、コサックたちは敬虔な人間たちのはずだが！……きっと旅づかれで頭がボケているんだろう！」一方、この思いがけない客たちは主人と挨拶をかわした。コサックたちはとても丁寧に歓待に礼を述べた。書記の方は父の前で平身低頭し、大へんな長談義を始めたので、父は雄弁な人で、機知縦横であったにもかかわらず、全く途方にくれてしまい、書記の飾りたてた挨拶に答えるかわりに、叫び出してしまった。「おーい、こら！ ウォトカだ！」

ふたたびアンドレイが入ってきて、テーブルの上に前菜一皿、ウォトカ一瓶、そして祖父の代からの銀製の杯をそれぞれに一個ずつ置いた。

「さあさ、皆さん！」父はなみなみと酒を注ぎながら言った。「心を暖めて下さい。きっと相当に凍えきっていらっしゃるでしょう。さあ、どうぞ！」

客たちは然るべく主人に礼をし、一杯ずつ飲むと、もう一度すすめられるのを待たず二杯めを飲み、三杯目をやった。見る見るうちに瓶は空っぽになって、一滴もなくなった。「おやまあ、いける連中だわい！」父は考えた。「いやはや、たいした連中だ！ それにこいつらの顔ときたら！」

確かにこの思いがけぬ客たちは好男子とは言えなかった。コサックの一人の頭は胴体よりも大きかった。もう一人の太った腹はほとんど地面を引きずらんばかりだった。三人目の目は緑色で、鼻はふくろうのくちばしみたいな鉤型だった。三人とも髪が赤く、頬は工場で焼かれている、まっ赤な煉瓦のようだった。しかし誰よりも奇妙に父に思えたのは、裾の長いフロックコートを着た書記だった。こんなひん曲った、猥らな顔は父は生まれてこの方見たこともなかった。はげて、ビリヤードの玉のように円い頭は二つの狭い肩の間に押し込まれ、肩は一方が片方より高かった。広いあごは綿毛をつめ込んだ首輪のように顔の下の部分を取り巻き、長い間そっていないひげは青みがかった唇のまわりにごわごわと突き出し、唇はというと、首の後ろでほとんどくっつきそうだった。太い、上をひん向いた鼻は暗闇では燃えさしと取り違えそうなほど赤かった。小さな、細められた目はくるくる動き、きらめき、ちょうど夜中に小さな獣か寝ぼけた小鳥に向かって忍びよるときの野生の猫の目のようだった。書記はしきりに薄笑いを浮べていた。「だがこの笑いは」死んだ父は一度ならず語っていたものだ。「他所者を見たときとか、他の犬の骨を取り上げようとしているとき、犬が歯をむき出すのにそっくり似ていた」

客たちがウォトカの瓶を空にしてしまって、することもなくなったとき、父は夕食まで客を退屈させないようにと、話を始めた。

「ところで皆さん」父はコサックたちに訊ねた。「ドン河の皆さんのところではどんな様子ですかな？」

「何のことはありません！」太った腹のコサックが答えた。「ずっと相変わらずです。飲んだり、ぶらぶらしたり、陽気にやって、歌を歌ったりしてますよ」

「歌うのも結構」父は続けて言った。「結構ですが、神様だけは忘れないで下さいよ！」

コサックたちは笑いだし、書記は飢えた狼のように歯をむき出して言った。

「そんなこと言う必要はないですよ、旦那！　こいつは相互保証というやつですよ。わたしらは、あちらのことは考えない。だからあちらもわたしらのことは忘れてくれってことです。酒と金さえあれば、他のものは全部どうでもよいことですよ！」

父は顔をしかめた。楽しく暮らし、飲んだり、騒いだりすることは好きだったが、敬虔な人間だったので、神様のことを忘れることはなかったのだ。少しの間黙ったが、父は書記にどの裁判所から来たのかきいた。

「刑事院ですよ、あなた」深くお辞儀をして書記は答えた。

「あなた方の議長は何をしておいでです？」父は続けて言った。ところで皆さんに言っておかねばならないが、この刑事院の議長は全くのならず者だったのだ。

「何をしているかですって？」書記が繰り返して言った。「以前と同じことですよ。忠実に職務を果しています……」

「ええ、ええ！　忠実にやってますよ！」コサックたちが皆、声をそろえて言った。

「あなた方はまさか議長を知っていらっしゃるんですか？」父は訊ねた。

「もちろんです！」ふくろうの鼻をしたコサックが答えた。「わたしらは皆議長の友だちで、議長殿がわたしらのところへ客に来られるのをずっと心待ちにしているんです」

「本当に、議長はあなた方のところへ行きたいと思っていたんでしょうか?」

「行きたくなくたって、来ることになりますよ」大きな頭のコサックが遮って言った。「そうだろう、みんな?」客たちはまた全員笑い出し、書記は、猫のような目を細め、狡い薄笑いを浮べて付け加えた。

「もちろん、来るには来るでしょうが、いかんせん、腰が重くて! 一月まえにも馬車に乗りかけたのですが、また考え直したんですよ」

「それはどういうことです?」父は叫び出した。「一月まえは病気で死にかけていたのに」

「まさにそういうことです。まさしくそんな訳で旅に出ようとしていたんです」

「ああ、わかります!」父は遮って言った。「きっと、医者たちがもっと暖かいそちらへ行くように勧めたんですな」

「もちろんですよ!」大声で笑いながらもコサックたちが答えた。「わたしらのところじゃ暖かさは支障にはならないでしょうから。いくらでも暖まれってことです」

客たちのこの際限のない、不躾な大笑い、おぞましい面がまえ、そして何よりも不浄で狡いところのある、どっちともとれる話は父には全く気に入らなかった。しかしどうしようもなかった。客を呼んだ以上、ふるまわねばならない。こんな話相手とはできるだけ早く関わりをなくしてしまおうと、父は夕食を出すようにと叫んだ。半時間もたたないうちにテーブルの用意ができ、料理が置かれ、果実酒とぶどう酒が部屋のなかに運び込まれた。だが、ずっと忙しそうに動き回っていたのはアンドレイ一人だった。何度か父は他のものたちがどこへ行ったのかとアンドレイにきこうとした。しかしその度ごとに、まるでわざとのように、客の一人が話をして気をそらせた。その話は時がたつにつれ面白くなっていった。コサックは自分たちの勇敢さ、向こう見ずさについて話し、書記は同僚のペテンや刑事院のややこしいもめ事の話をした。少しずつ客たちはうまいこと父の気を引きつけてしまったので、父は客と一緒に食卓についていて、神様にお祈りすることさえ忘れてしまった。夕食の席で父は何も食べなかった。しかし客に遅れをとりたくなかったので、ぶどう酒四本と果実酒二本を飲みほした。——これはまだ驚くにはあたらない。死んだ父は酒が強く、半ダース飲んでも椅子から落ちなかったのだ。ただ一つだけ不思議なことがあった。客たちは父に比べて倍も飲んでいたのに、用意された六本のぶどう酒と四本の果実酒のうち六本だけが、つまり、ちょうど父が一人で飲んだ瓶の数だけが、テーブルの上で空になっていたのだ。客たちが自分のコップになみなみと注ぐのを父は見ていたが、瓶が父のところへ回ってくるときはいつもほとんど手つかずなほど一杯だった。驚き怪しんでもよかったはずだ。父も確かにそのことに驚いた。——ただ、それは翌日になってからで、夕食の時には父には全てしごくあたりまえのことに思えたのだ。父が酒に強かったことはもうあなた方に言った。しかし、サントゥーリン産のぶどう酒四本と強い果実酒を一リットル以上も飲めば誰だって顔が赤くなる。夕食の終りごろには父はすっかり愉快になっていたので、客たちの醜い顔さえも愛敬のあるものに見え始め、二度ほど書記を抱擁し、コサック全員にキスしようとした。時とともに客の話は不躾で厚かましいものになっていった。いろいろな情事の話をし、聖職者を嘲笑し、そして——言うも恐ろしいことだが——食卓にいるのを忘れて、正真正銘の異端者や背教者のように、淫猥な歌を歌い、椅子に腰かけたまま踊りの足つきを始めるという始末だった。他のときだったら、自分の家のなかでのこんな不作法は父は決して我慢できなかっただろう。だがそのときは、まるで誑かされたように自分でも客に調子を合わせ、「向こう見ずな勇者よ、わたしの庭の側を黙って通りすぎないでおくれ」と歌い出し、大いに気勢をあげて、今にも跳びはねて踊り出さんばかりだった。一方コサックたちは、声を張りあげるのに倦きて、いろいろな悪ふざけをやり出した。一人は腹でしゃべり始め、もう一人はパンののった皿を飲み込み、あとの一人は自分の鼻をつかんで、頭を肩からもぎ取り、ボールのようにそれで遊び始めた。父は驚愕してしまったとお思いだろうか？　いやいや！　全てがとてもおかしく思えて、父は大いに笑いころげたのだ。

「おやまあ！」書記が叫び声をあげた。「向こうのはじの窓のところにあるのはどうも貯えの果実酒の瓶らしい。あれをこちらへ呼びよせてもかまわないかね？　いや、立たなくてもいい。こうやって手がとどくよ」部屋のはしからはしまで手を伸ばしながら書記は言いそえた。

「ほほう！　何てあんたの手は長いんだ！」大声で笑いながら父は叫んだ。「三メートル半くらいあるな！　書記は手が長いというのも道理だ……」

「そのかわり物覚えは寸足らずだ」コサックの一人が遮った。

「それは今にわかるさ」テーブルの真中に瓶を置いて書記が続けた。「きっとあんたらは誰の健康を祝って飲めばいいか忘れているだろうが、おれは覚えている。下っ端から始めよう。さあみんな、古狸の小役人どもも全部のために、事務所の手代どものために、無鉄砲な書記どもとその署名のために、一杯ずつやろうじゃないか！　やつらが一生インクを飲んで、紙をかじっているように、やつらがなるだけやたらに死んで、あんまり懺悔しないように！……」

「何だい、あんた？」父は笑いで息を切らしながら言った。「そしたらわしらの裁判所は空っぽになるじゃないか」

「何を心配してるんだ、ご主人よ！」書記はコップに注ぎながら続けて言った。「沼さえあれば、悪魔は出てくるのさ。さあ、おれのあとに続け――ウラー！」

「飲んだかい？」鉤鼻のコサックが叫んだ。「じゃ今度は、一杯ずつわしらの頭《かしら》の健康のためにやろうじゃないか。わしらと一緒に飲むやつはわしらの仲間、わしらの仲間は頭《かしら》の味方だ」

「で、あんたらの頭《かしら》は何て名かね？」父はコップを手に取りながら訊ねた。

「名まえなんてあんたにはどうでもよかろう！」大きな頭のコサックが言った。「わしらのあとについて言えばいいんだ。奴隷から主になろうとし、高いところにすわっていたが、深いところに墜ちて、それでも悲しまないお方、万歳とな」

「でも、どんな人なんだい？」

「わしらの父で隊長である方が誰かって？」コサックは続けた。「ずいぶんと沢山のことが言われているだろう！　暗闇が好きで、それを光と呼んでいるとか。そうじゃないかね。賢い人間には闇もまた光なんだ。それにまた、あの方がソドムやゴモラ、そして混乱ならどんなものでも気に入っているのは、濁った水のなかで魚をつかまえるためだとか言われているようだが、そんなのは全部女たちのおしゃべりだ。わしらの主はとてもよい旦那さ。お仕えするのも楽なものだ。十字を切らずにテーブルにつく、祈らずに寝床に入る。飲んで、おもしろおかしくやって、特別大文字で印刷されるものは信じない。務めといえばこれだけだ。どうだい？　全く気楽な暮らしだろう——違うかね？」

どんなに父が酔っていたにしても、それでもやはりちょっと考え込んでしまった。

「わたしは何かよくわからない」父は言った。

「なあに、飲んじまえばすぐにわかるさ」書記が遮って言った。「さあみんな、一気にいこう！　おれたちの父にして隊長である方、万歳！」

父を除いて客たちは皆コップを空にした。

「おやおや！　ご主人！」書記が叫んだ。「どうしてあんたは飲まないのかね？」

「いや、あんた！」父は答えた。「もうたっぷり飲んだよ。もういらない」

「あんた、どうしたんだ？」太ったコサックが訊ねた。「何を考え込んでいるんだ？　おいみんな！　ご主人を陽気にさせなくちゃならん。少し踊ろうじゃないか？」

「ほんとうにそうだ！」書記が答えて言った。「すわっているのはたくさんだ——少し足ならしをするのも悪くない。じゃないと、足が痺れてしまう」

「踊ろう、踊ろう！」客は皆言った。

「じゃ、少し待ってくれ、みんな！」父は立ち上がりながら言った。「わたしのグースリ弾きを呼ばせよう」

「何のために？」書記は遮った。「おれたちのところにも楽隊ぐらいあるさ。おい、始めろ」

突然暖炉のかげで大へんな騒ぎが起こった。三弦楽器《グドーク》、角笛、そして他のあらゆる楽器が音をだし始めた。タンバリンとシンバルが響き出した。そのあと人々の声が聞こえ、歌い手が合唱隊となって口笛を吹き、がなり始め、踊りの歌を歌い出すと、とめどがなくなった！

「さあ、ご主人」赤っぽい鼻をしたコサックが緑色の目で父を見すえて言った。「あんたの胆っ玉のでっかいところを見てみようじゃないか」

「いや！」父は言った。夢でも見るような感じだったが、よくないことになっていくのがわかり始めていたのだ。「自分らで好きなだけ騒ぐがいい。でもわたしは踊らないよ」

「踊らない？」太ったコサックが吠えるように言った。「すぐにわかるさ！」

客は皆席からとび出した。

父は悪寒がしはじめた――それも無理もなかった。四人の、美しくはないにしても、普通の人間の代わりに、父のまわりに立っていたのは四つの巨大な背たけの化け物だったのだ。その大きさは、体を伸ばすと、その頭のために部屋の天井がはじけるような音を出すほどだった。顔は変わってはいなかった。ただもっと醜くなっていた。

「踊らないのだと！」嘲るように薄笑いを浮べて書記がもう一度言った。「気取るのもいい加減にしろ、あんた！　あんたより高潔なやつらだっておれたちと踊ったんだ。それにおれたちの仲間じゃないやつらも。だがあんたはおれたちの仲間だろう」

「どうしてあんたらの仲間なんだ？」父は言った。

「じゃあ誰の仲間なんだ？　あんたは読み書きができるから、きっと、二人の主に仕えることはできないということを読んだことがあるだろう。あんたはおれたちの主に仕えているんじゃないか」

「どの主のことを言っているんだね？」父は木の葉のように震えながら訊ねた。

「どの主かって？」大頭のコサックが遮って言った。「わかりきったことだ。夕食のときあんたに話したお方だよ。その方の下僕は祈らずに横になり、十字を切らずにテーブルにつき、飲み、騒いで、特別に大文字で印刷されるものを信じないという、あのお方だ」

「その人がわたしのどんな主だというんだ？」相変わらず何のことかはっきり分からずに父は言った。

「ほう、あんた！」書記が答えて言った。「どうやら突っ撥ねて、否定しはじめたようだな。いや、あんた。おれたちをやっかい払いすることはできないよ。おれたちの主の意志を果しているんだったら、あんたはそのお方の下僕じゃないのかね？　よく想い出してみるがいい。今日ひと寝入りするときに、祈ったかね？　夕食につくとき十字を切ったかね？　おれたちと心ゆくまで飲んで、騒がなかったかね？　一時間半くらい前、あそこの本で、『汝、我らが仲間なり、イサーキイ、我らとともに踊るがよい！』という言葉を読んだとき、どうだ？　果してあんたはそれを信じたのかね？」

父の全身の血管の血が凍てついた。突然、目隠しが取れたように、酔いが覚め、父には全てが明らかになった。

「おお、主よ！……」父はそう言って、十字を切って護ろうとしたが、そうはいかなかった。手は上に上がらず、指は曲がらなかった。だがその代わり、足がやたらに字を書き始めた。まずはじめに父は凝った格好で身をくねらして一踊りやったが、その様は言いようもなかった。それから客たちは父を引っ摑まえ、慰みものにしはじめた。父は私にこの話をするとき、どうして魂が体のなかに留まったのかいつも不思議がっていたものだ。父が覚えていたことは、部屋じゅう火と煙で一杯になり、父が手から手へ投げわたされ、針なげ遊びの道具にされ、独楽のように回され、宙返りし、天井にぶつかり、独楽のように頭の天辺を軸に回転し、最後にコサックの頭の上で踊ってから、完全に気を失ってしまった、ということだけだった。

父が気が付いたとき、自分はソファーの上に横たわっていて、まわりでは召使いたちが立ったり、駆け回ったりしているのが見えた。

「で、どうした?」急いで、気違いのように自分のまわりを見回しながら父はささやき声で言った。「もう帰ったのか?」

「どなたのことでございます、旦那様?」従僕の一人が訊いた。

「どなたかって!」父は思わず身を震わして繰り返した。「どなたかって!……ほら、あのコサックたちと書記だが……」

「どのコサックたちと書記のことで?」料理係のフォマーが遮った。「今日はお客様は一人もございませんし、旦那様のご夕食もまだです。私はずっと待っていたのでございますが、お部屋のなかに入るとすぐに、旦那様が床に横たわっておいでになるのが見えたのです。全身汗まみれで、服は引き裂かれ、もみくちゃになって、顔色はあんまり青白くて、ちょうど——旦那様の前で言いたくないのですが——癲癇かなにかで痙攣していらっしゃるようなご様子でした」

「じゃあ今日は客はなかったんだな?」父はやっとのことで少し立ち上がりながら言った。

「ございません、旦那様」

「まさか全部夢だったというのか?……いや！　そんなはずはない！」父はため息をついて、脇腹を押えながら続けて言った。「じゃあわたしの骨はどうしてこうもみくちゃになっているんだ?……それにこの二本のローソクは?……誰がテーブルの上にのせたんだ?」

「存じません」料理係が答えた。「ご自分で火をおつけになったようですね。ねぼけて覚えていらっしゃらないのでしょう」

「嘘つくな！」父は叫びだした。「わたしは覚えているんだ。アンドレイが持ってきたんだ。テーブルの用意をして、料理を出したのもあいつだ」

召使いは皆、はっきりと恐怖をあらわして互いに顔を見合わせた。グースリ弾きのヴァニカが何か言おうとしたが、どもって一言も言えなかった。

「どうしたんだおまえたち?　馬鹿みたいに口を開けて」父は続けて言った。「わたしのところに客が来て、アンドレイが給仕したと言ってるんだぞ」

「とんでもございません！」料理係のフォマーが言った。「お忘れでしょうか。アンドレイは一週間ほど熱病で寝ております」

「それじゃ、たぶん気分がよくなったんだ。十時ちょうどにここにいたのだから。ここで何も問答することはない！　アンドレイをここに呼べ。どこにいる?」

「アンドレイがどこにいるかとお訊ねでしょうか?」とうとうグースリ弾きのヴァニカが口を開

いた。

「ああそうだ。どこだ」

「小屋のなかです、旦那様。テーブルの上に横になっています」

「何を言うんだ?」父は叫んだ。「アンドレイ・ステパーノフだぞ?……」

「この世を去りました」部屋のなかへ入ってきた家令が遮って言った。

「やつが死んだ!……」

「はい、旦那様! 十時ちょうどでございました」

（西中村浩 訳）

# ヴィイ*

ゴーゴリ

◆ニコライ・ワシーリエヴィチ・ゴーゴリ

Николай Васильевич Гоголь 1809–1852

ウクライナにコサックの血を引く小地主の息子として生まれる。ウクライナの民間伝承に題材を取った幻想的な物語を集めた『ジカニカ近郊夜話』によって文名を確立した。「ヴィイ」はその次の作品集『ミルゴロド』に収められたものだが、やはりウクライナを舞台とした怪奇小説である。ソ連ではこの作品をもとに映画も作られている（エルショフ、クロパチョフ共同監督、日本の公開題名は『妖婆死棺の呪い』）。他方、ペテルブルグの都会生活を背景にした作品としては、「狂人日記」「鼻」「外套」といった短編がある。また、有名な戯曲『検察官』や長編『死せる魂』は、ゴーゴリの風刺精神をよく表したもの。晩年のゴーゴリは異常な精神状態となり、悪魔の恐怖におびえながら世を去った。

キーエフの朝、ブラッキイ修道院の門の傍にぶら下がっている、響きのいい神学校の鐘が鳴り始めると、もう町中のここかしこから神学校の通学生《シコーリニキ》や寄宿生《ブルサーキ》がぞろぞろと馳せ集まってくるのだった。文法級《グラマーチキ》、修辞級《リートルイ》、哲学級《フィロソーフィ》、神学級《ボゴスローヴィ》の生徒たちが、ノートを小脇に抱えて、教室目ざしてぶらぶらやってくる。文法級生《グラマーチキ》たちはまだごく幼かったから、歩きながら、おたがい押しあい突きあいして、細い甲高い最高音《ディスカント》で罵りあっている。服はたいていずたずたか、泥だらけで、ポケットにはいつもありとあらゆるがらくたがつめこまれている。例えば、骨片《バーブカ》、羽根でこしらえた笛、食べかけの肉饅頭《ピローグ》、時には小雀まで幾羽か押しこまれていることもあり、その一匹がしんと静まり返った教室の中で不意に囀り始めでもしようものなら、保護者《パトロン》の両手は焼けつくような定規の折檻《バリー》を喰らったし、桜の枝の鞭をお見舞いされることもあった。修辞級生《リートルイ》ともなると、歩きぶりはどっしりとしてくる。服装はたいていちゃんと整っていたが、その代わり顔にはほとん

＊ヴィイとは一般民衆の想像力による所産である。小ロシア人の間でその名で呼ばれるのは侏儒《こびと》の親玉のことで、その両眼の瞼《まぶた》は地面にまで垂れている。この物語はそっくりそのまま民間の伝説である。わたしはこの言伝えに少しも手を加えまいとした。ほとんど耳にした通りの、素朴さのままに語るのである。――原注

どかならずと言っていいくらい、なにかしら修辞上の比喩とでもいった飾りがくっついていた。つまり、片眼が額の陰にひっこんでいたり、唇の代わりに大きな袋があったり、あるいは、なにかしら別の特徴がついていたりするのである。この連中がおたがい話したり、誓ったりする時はテノールだった。哲学級生《フィロソーフィ》の声はまる一オクターブ低かった。この連中のポケットには、硬い煙草の茎の他なにも入っていなかった。連中はおよそ貯えるということをしない。手に入るものはなんでもすぐに食べてしまう。煙草と火酒《ゴレールカ》の匂いをぷんぷんさせ、時にはずいぶん遠くまで匂うことがあるので、傍を通りかかった職人が、そのままそこに立ちどまって、猟犬のように、いつまでもくんくんとあたりの空気を嗅いでいたりするのだった。市場はこの時間にはまだやっと人の動きが始まったばかりで、輪形パンや、白パン、西瓜の種や罌粟《けし》粒入り肉饅頭《ピローグ》を売る女たちが先を争って生徒たちの服の裾を摑もうとしたが、その裾ときたら、薄いラシャか、なにやら紙のようなものでできているのである。「さあ、さあ、お若い旦那衆《パーニチ》！　こっちだよ！　こっちだよ！」とあらゆる方向から呼びかけてくる。「ほうれ、輪形パンに、罌粟粒入り肉饅頭、巻きパン、焼きたてのパン、おいしいよ！　ほんとうに、ほっぺたの落ちそうなものばかり！　蜂蜜つきだよ！　このわたしが焼いた品だよ！」別の女はなにやらひょろ長いねじったパンをさしあげて、叫んでいた。「それ、麦芽糖パン、お若い旦那衆、麦芽糖パンをお買い！」――「こんな人からなにも買うんじゃないよ、ごらん、この汚《きた》ならしいこと、鼻も不格好だし、手も不潔……」しかし、女どもは哲学級生《フィロソーフィ》や神学級生《ボゴスローヴィ》にさわるのは恐れていた。というのも、この連中いつも味見ばかりが大好きで、おまけにたっぷりひと摑みは食べてしまうのだから。神学校に着くと生徒の群れは級ごとに別れて教室に入った。天井は低いが、かなり広々とした部屋で、小さな窓に幅の広い扉、汚れた長腰掛けが並んでいた。教室の中は突然がやがやとてんでに騒ぎたてる声で満たされる。助教師連《アヴジートル》は生徒の話に耳をすましていた。文法級生《グラマーチキ》のよく響く最高音《ディスカント》が小さな窓にはめこまれたガラス板にちょうどぶつかると、ガラスもほぼ同じ響きで答えるのだった。隅っこでひとり唸り声をたてている修辞級生《リートル》がいたが、背丈とぶあつい唇は少なくとも哲学級生ぐらいはあった。低いバスの唸り声で、遠くからではただ、ぶう、ぶう、ぶう……としか聞こえない。助教師連は課業に耳を傾けながら、片眼で長腰掛けの下をのぞきこむ。すると、監督下にある寄宿生のポケットから白パンが、あるいは凝乳入り饅頭《ワレーニキ》か、かぼちゃの種がのぞいているのだった。生徒全員がいくらか早目に顔を揃えたり、教授がいつもより少し遅く現われることがわかったりすると、一同合意のうえで、戦《いくさ》ごっこが企てられた。この戦《いくさ》には全員参加するのが決まりで、生徒全体の規律と操行を監督する義務のある監督生《ツェンゾール》までが加わるのだった。戦《いくさ》をどう進めるかは、ふつう二人の神学級生によって決められた。級ごとに別れて戦うこともあったし、全員が二つに、寄宿生と通学生に別れることもあった。いずれにせよ最初に戦闘を開始するのは文法級生で、それに修辞級生が加わり出すや、彼らはすぐさま脇へ逃げ出し、高見の見物を始めるのだった。それから黒い長い口ひげを生やした哲学級生が加わり、最後におそろしくだぶだぶの寛袴《シャロワールイ》をはいた、頑丈な猪首の神学級生が加わる。ふつうは神学級生がみんなをぶちのめすことでけりがつき、教室の隅に押しつけられた哲学級生たちは脇腹をなでなで、長腰掛けの上に伸びて休息するのだった。教室に入ってきた教授は、かつては自分も同じような乱闘に加わった覚えがあるので、聴講生の上気した顔で、相当の激戦が行なわれたことを、一瞬にして見破ってしまう。そうして、教授が修辞級生の指を鞭で打ちすえていると、別の教室では別の教授が哲学級生の手に木のへらでお仕置きを加えているのだった。神学級生の扱いはそれとはまったく趣を異にしていた。彼らは、哲学級の教授の表現によれば、大粒のえんどうほども喰らう、つまり、短い革の鞭《カンチユーク》をたっぷり見舞われるのであった。

祭日には通学生《セミナリストウイ》と寄宿生《ブルサーキ》が家々を回って、箱人形芝居《ヴエルテープ》を観せて歩いた。時には喜劇を演《や》って観せることもあったが、そういう場合いつも目立ったのはある神学級生で、背丈がキーエフの鐘楼よりほんのわずか低いだけという、大変なのっぽでいながら、イロディアダ〔ヘロデ王の二度目の妃。娘サロメをそそのかして、預言者ヨハネの首を断らせた〕や、エジプトの廷臣の妻ペンテーフリヤ〔聖書「創世記」中の人物。ヨセフを誘惑しようとした〕に扮するのであった。報酬として彼らが受け取るのは、亜麻ひときれとか、きび一袋、煮た鵞鳥を半分とか、なにかそういった類のものであった。通学生も、寄宿生も、たがいに伝統的な敵意のようなものを抱いていたが、こと食費のとぼしさとなると、みな一様に変わりがなく、おまけに恐ろしい大食漢揃いであった。従って、そのひとりひとりが夕餉に小麦団子《ガルーシカ》をいくつ食べたか数えようとしても、それはまったく無理というものだったろう。そんなわけで、富裕な地主たちの自発的な寄付もなかなか充分とはいかなかったのである。そういう場合、哲学級生と神学級生から成る元老院《セナート》が、ひとりの哲学級生の指揮の下に文法級生と修辞級生の一隊を派遣して、よその菜園を蹂躙する。元老じきじきにお出ましになり、背に袋をいくつも背負うこともあった。こうして、寄宿舎には南瓜《かぼちゃ》入りの粥《カーシャ》が出現する。元老たちは西瓜やメロンをたらふくつめこむので、あくる日ともなると、助教師《アヴジートル》たちは連中から同時に二重の復誦を聞くことになった。ひとつは口から出てくる、もう一方は元老の腹の中でぶつぶつ言っているのである。寄宿生《ブルサーキ》と通学生《セミナーリヤ》はなにやら長ったらしいフロックのようなものを着ていたが、その長さは、彼らの言い方に従えば、ここまで届くほど、つまり、ここまでとは、踵より先に届くという意味だった。

神学校《セミナーリヤ》において最も厳粛な出来事はといえば、九月から始まる夏休みだった。ふつうは、寄宿生たちも生家へ帰ってゆく。その時には広い往還一面に文法級生や、哲学級生や、神学級生たちがばらまかれる。帰る巣のないものは、だれか友だちのところへ出かけるのだった。哲学級生と神学級生は出張教授に出かける。つまり、金持ちの子の勉強をみたり、教えたりする代わりに、新品の長靴を年に一足とか、時にはフロックコート一着分の代金を受け取るのである。この生徒たちの一隊は蜿蜒《えんえん》と群れをなして進み、好きな場所で粥《カーシャ》をたき、野宿をした。だれもが袋を背負っていたが、袋にはルバシカ一枚と一対の臑当《すねあて》が入っていた。神学級生は特に用心深く、几帳面だった。長靴をすり減らさないように、それを脱ぎ、棒にぶらさげ、肩に背負って歩く。泥んこ道ではなおさらだった。そういう時彼らは、寛袴《シャロワールイ》を膝までたくしあげ、水溜りの泥水を大胆に素足ではね散らすのであった。脇に部落《フートル》が見え始めるや、すぐさま街道をそれて脇の方に入って行く。できるだけ構えの立派そうな小屋に近づき、窓の前に一列に並んで、大声で讃美歌《カント》を歌い始める。小屋の主人たる、老コザックの百姓は、両手で頬杖をつき、長い間その歌に聴きいっているが、やがていかにも悲しそうにおいおいと泣き出して、女房《つれあい》に向かって言うのである。

「おい、かみさんや！　生徒さん《シコリャール》らが歌ってなさるのは、ありゃあきっと道理にかなった立派な歌に違えねえ。生徒さんらに獣脂《サーロ》となにか家にある食べ物を持っていっておあげ!」こうして凝乳入り饅頭《ワレーニク》がたっぷり一鉢分は袋の中に納められた。ちゃんとした獣脂の塊、数個の白パン、場合によっては足を縛られた雌鶏までが一緒にしまいこまれるのであった。こういう糧食で元気をつけると、文法級、修辞級、哲学級、神学級の生徒たちはさらにまた旅を続ける。とはいえ、先へ行くにつれて、一隊の人数は減っていった。ほとんどの者が袂を分かって散って行き、両親の家がいちばん遠くにある者だけがとり残されるのだった。

ある時、そういう放浪の旅の途中で、三人の寄宿生が大きな街道を逸《そ》れて脇道に入って行った。彼らの袋はとうに空っぽだったので、最初に行き当たった部落《フートル》で食糧を手に入れようというわけだった。その三人というのは、神学級生のハリャーワ、哲学級生のホマー・ブルート、それに修辞級生のチベリイ・ゴロベーツィであった。神学級生は背の高い、肩幅のがっしりした男で、ひどく奇妙な癖、傍にあるもの、転がっているものは、なんでも盗まずにはいられないという癖があった。盗むものがない時には、おそろしく陰気な性分で、たらふく飲んで酔っぱらうと、ブリヤン草の茂みに姿をくらますので、神学校ではハリャーワを探し出すのに大骨折りをさせられるのであった。哲学級生のホマー・ブルートは陽気な性分だった。ごろり寝そべって、煙管《キセル》煙草をふかすのが大好きだった。酒を飲むと、かならず音楽師を雇い、トロパークを思いきり踊らないでは気がすまない。大粒のえんどう豆を喰らうことがしょっちゅうだったが、哲学者《フィロソーフ》そこのけの冷静さで、定められたことは免るべからず、と言ってのけるのであった。修辞級生のチベリイ・ゴロベーツィにはまだ口ひげを生やしたり、火酒《ゴレールカ》を飲んだり、煙管煙草をふかしたりする権利はなかった。辮髪だけは結っていたけれど、そんなわけでこの頃にはまだ芯の通った一人前の男とは言えなかったのである。けれども、教室に現われる時、しばしば額に見受けられた大きな瘤からして、喧嘩には役立つ男になりそうだと、見当はつけられた。神学級生のハリャーワと哲学級生のホマーは贔屓にしている印として、しばしばチベリイの辮髪を引っ張り、走り使いを勤めさせていた。

三人が街道を逸《そ》れたのは、もう夕暮れ時だった。太陽は沈んだばかりで、昼の暖かさがまだあたりの空気に残っていた。神学級生と哲学級生は、煙管《キセル》をふかし、口をつぐんで歩いていた。修辞級生のチベリイ・ゴロベーツィは、道端に生えているやはずあざみの頭を杖で払い落していた。道は草原にばらまかれている槲《かしわ》や榛《はしばみ》の木叢《こむら》の間を縫っていた。ゆるい傾斜地と円蓋のように円い緑の小山が時折り平原を区切っていた。二個所に現われた熟したライ麦畑が、じきにどこかの村が見え始めるに違いないと教えてくれた。ところが、穀物畑を過ぎて一時間以上経《た》っても、彼らは一軒の人家にもぶつからなかった。たそがれがもう空を暗くとざし、西の方にだけわずかに色あせた赤い夕焼けのなごりが見られた。

「こんちくしょう！」と哲学級生のホマー・ブルートが言った。「間違いなくすぐにも部落が見えそうな様子だったになあ」

神学級生は口をつぐんだきり、あたりを見まわし、それからまた煙管を口にくわえて、歩き続けた。

「えーい、まったく！」また立ちどまって、哲学級生が言った。「悪魔が拳骨を突き出しても、見えやせんぞ」

「なあに、もう少し先へ進めば、どこか部落にぶつかるだろうて」煙管を口から放さずに、神学級生が言った。

しかし、その間にも日はとっぷりと暮れて、かなりの暗闇となった。きれぎれの黒雲の群れが闇をさらに深めていたが、あらゆる徴候から判断して、星も月も望めそうになかった。寄宿生たちは道に迷ったことに気づいた。とうから道のないところをさまよっていたのである。

哲学級生は足で四方八方を探ってから、とうとう険しい口調で言った。「いったい道はどこへ行っちまったんだ?」神学級生はしばらく口をつぐんでいたが、とっくりと考えたうえで、口をきった。「ほんとうに、闇夜だ」修辞級生が脇の方に進み、腹ばいになって道を探ろうとしたが、手に触れるものは狐の穴ばかりだった。いたるところ草原《ステーピ》ばかり、誰ひとり馬を乗り入れたこともなさそうに思えた。旅行者たちはもう少し先まで進もうとしてみたが、行けども行けども同じ曠野《あらの》が続くばかり。哲学級生は大声を出して呼んでみたが、声はうつろに四方へ消えて行くのみ、なんのてごたえもなかった。しばらくしてから弱々しいうめき声のようなものが聞こえてきただけだった。狼の吠え声に似ていた。

「さて、どうしたもんかな?」と哲学級生が言った。

「なんの。ここで歩きやめて、野宿をするまでよ!」と神学級生が答え、懐を探って火打石を取り出して、また煙管に火をすいつけた。けれども、哲学級生はそれには不服だった。ホマーはいつも夜食用にパンの切れはし半プードと獣脂《サーロ》四フントを隠しておく習慣があったので、今や胃の腑になにやら耐え難い孤独を感じていたのである。そのうえ、元来陽気な性質《たち》だったにもかかわらず、哲学級生は少々狼がこわかった。

「いいや、ハリャーワ、そいつはいかん」と彼は言った。「腹になんにもつめこまんで、こんなところに身を伸ばして、犬みたいに寝られるこっちゃないて。もう少し探してみようや。ひょっとして、どこか人家にぶつかって、寝酒の火酒《ゴレールカ》一杯ぐらいにありつけんものでもないし」

火酒《ゴレールカ》ということばが耳に入るや、神学級生は横の方にぺっと唾をとばして、言いそえた。「そりゃもちろんだ。野原にぐずぐずしてるこたあないな」寄宿生たちは前に進み出した。すると、喜ぶまいことか、遠くに犬の吠え声が聞こえた。どの方角から聞こえてくるのか、よく耳をすまして見きわめてから、三人は元気をとり戻して歩き始めた。しばらく行くと、灯が目に入った。

「部落《フートル》だ！　ひゃあー、助かった、部落だぞ！」と哲学級生が言った。推測は誤たなかった。しばらくすると、確かに、ちいさな部落が眼に入った。同じ敷地内に建っている二軒の小舎きりの、ちっぽけな部落だった。窓には灯が輝いていた。十株ばかりの李《すもも》の樹が柵の下に植えられていた。門の板扉《いたど》の透き間からのぞいて見ると、庭にはなん台か荷車が並べられている。その頃には星が空のここかしこに顔をのぞかせていた。

「おいみんな、頑張るんだぞ！　なにがなんでも、とめてもらわなくちゃならんからな！」

三人の生徒は一斉に門をたたいて、叫び出した。

「あけてくださいよおー！」

一方の小舎の扉がきしみ、しばらくして生徒たちの前に裸皮の外套を着た老婆が現われた。

「誰だね?」と婆さんは、空咳をしながら、叫んだ。

「とめてもらいたいんですが、お婆さん。わしら道に迷ったもんですが。野宿はありがたくないし、そのうえ空きっ腹なもんで」

「いったいどういうお方たちかね?」

「べつに怪しいもんじゃありません。神学級生のハリャーワ、哲学級生のブルート、それに修辞級生のゴロベーツィです」

「だめだね」と婆さんがぶつぶつつぶやいた。「家ん中は人でいっぱいで、隅っこまでみな塞がってるしな。おまえさん方を入れようにも、入れる場所がありゃあせん。おまけに見たところ、おそろしくのっぽで、頑丈そうなお人ばっかりだしなあ！　わしの小舎が壊れちまうよ、そんな連中を入れたひにゃな。わしはその哲学級生だの、神学級生だのという連中をよく知っとる。そんな酔っぱらいどもをうちに入れようもんなら、たちまち家までさらわれちまう。さ、行っとくれ！　行っとくれ！　ここはおまえさんたちの来る場所じゃない」

「お婆さん、お慈悲だ！　キリスト教徒の魂をわけもなく、無駄に滅びさせて、いいものかね?　どこでもいいから、とめておくれよ。もしわしらがなにか、まあなんにせよ仕出かしたとしたら、手がきかなくなってもよい。神様のおぼしめしで、どのようになってもかまわん。神かけて誓うとも！」

老婆はちょっと気をよくしたらしかった。

「よろしい」考えこむような様子で、彼女は言った。「入れてあげよう。その代わりみんな別々に寝てもらうよ。一緒に寝られたんじゃ、わしの心が落ち着かんでな」

「どうぞお好きなように。反対はいたしません」と寄宿生たちは答えた。

門の扉がきしんで、三人は庭に入った。

「ところでねえ、お婆さん」老婆の後に従いながら、哲学級生が言った。「世間の人の言い方に従えば……そのう、まるで腹の中を誰かが馬車を乗りまわしてるみたいで。朝からほんのひとっかけらも口にしてないんですが」

「いやはや、なんてことをお望みだい！」と老婆は言った。「わしの家には、食べ物なんて何もありゃあしないよ。それに、今日はペチカも焚かなかったでな」

「その代わりわしらはそのう」と哲学級生がことばを続けた。「明日はちゃんと勘定をすませますから――現金で。嘘は言いませんよ！」そう言ってから、彼は小声でつけ加えた。「へん、びた一文払うもんかい！」　どうするか、見てるがいい」

「さ、行ったり、行ったり！　ねぐらがみつかっただけで、我慢をおし。なんちゅう甘ったれ坊っちゃんどもがとびこんできたもんだ！」

哲学級生ホマーはこのことばを聞いて、すっかり落胆した。ところが、不意にその鼻が魚の干物の匂いを嗅ぎつけた。並んで歩いている神学級生の寛袴《シャロワールイ》を見ると、そのポケットからとびきり大きな魚の尻尾が突き出ている。神学級生は早くも鮒をまるごと一匹荷車から失敬してきたのである。そのうえ、そういうことをするのも欲得ずくでなく、ただ習慣からやっているにすぎなかったので、もう自分の盗みのことはすっかり忘れて、壊れた車輪さえ見逃さず、何か盗むものはないかと、あたりを見まわしているのだった。その隙に哲学級生のホマーは、自分のポケットのような気軽さで相手のポケットに手を突っこんで、鮒を引っ張り出した。老婆は寄宿生たちをひとりひとり寝場所に案内した。修辞級生は小舎に請《しょう》じ入れ、神学級生は空っぽの別室にとじこめ、哲学級生には同じように空っぽの羊小舎を当てがった。

哲学級生はひとりきりになると、あっという間に鮒を食べつくし、家畜小舎の編み壁を眺めまわして、隣りの小舎から頭をのぞかせた好奇心の強い豚の鼻面をひと蹴りすると、くるりと背を向けて、ぐっすり眠りこもうとした。突然低い扉があいて、婆さんが背を屈めて、小舎の中に入ってきた。

「なんだい、お婆さん、なんの用だい?」と哲学級生が言った。しかし、婆さんは両手を広げたまままっすぐ近づいてきた。

《うへぇー!》と哲学級生は心の中で思った。《とんでもないよ、お婆ちゃん! いい年をして》彼はちょっと後退《あとずさ》りしたが、婆さんは、遠慮する気配もなく、またこっちの方に近づいてくる。

「ちょっと、お婆さんや!」と哲学級生は言った。「今は斎戒期でな。わしは金貨を千枚積まれても、精進を破りたくないよ」

だが、老婆は両手を広げると、ひと言もものを言わずに、ホマーを摑えた。

哲学級生はぞっとした。婆さんの眼が何やら異様にきらりと光るのを見た時には、特にそうだった。「婆さんや! いったいどうしたんだい? 行っとくれ、頼むからあっちへ行っとくれよ!」彼は叫び出した。だが、婆さんは無言のまま、哲学級生を両手でむんずと摑まえた。

彼は逃げ出そうとして、とびあがった。だが、婆さんは扉口《とぐち》に突っ立って、ぎらぎらと輝く眼をじっとホマーに注ぎながら、またにじり寄ってくる。

哲学級生は両手で婆さんを押し退けようとしたが、驚いたことには、手があがらない、足もいうことをきかない。おまけに声をあげようにも声が出ず、音もなく唇がぱくぱくと動くだけなのだ。ホマーはぞっとした。聞こえるのは自分の心臓がドキドキと鼓動している音だけだった。見ていると、婆さんがこっちへにじり寄ってきて、自分に両手をかけ、首を垂れさせ、子猫のような敏捷さで自分の背にとび乗り、箒で脇腹を打つ——と、自分が馬のように跳ねて、婆さんを背に乗せて走り出すのだった。それがみなあっという間の出来事だったので、哲学級生はわれをとり戻す暇もなく、膝を両手で摑んで、足をおしとどめようとした。ところが、驚いたのなんのって、自分の両足がひとりでに空へ揚がって行く、チェルケス馬にも優る速さで走っているのだ。もう部落を過ぎ、彼らの眼の前に平坦な低地が開け、脇の方に石炭のように黒い森が広がった時、彼はやっとこうひとりごちた。「うひゃあ、こいつは魔女だぞ」

空には鎌のような月が照っていた。おずおずとした深夜の輝きが、透き通る被衣《かずき》のように、軽く地上を覆って、煙っていた。森、草原、空、渓谷——なにもかもがまるで眼を見開いたまま眠っているかのように思えた。風が一度だけどこからかさっと吹いてきた。夜のさわやかさの中には何か湿っぽい、生暖かいものが混じっていた。樹々や叢《しげ》みが、彗星のように、尖《とが》った楔形の影を、ゆるやかな勾配の草地に落していた。哲学級生のホマー・ブルートが奇怪な乗り手を背に乗せて走ったのは、そんな夜だった。彼は、心臓の方によじのぼってくる、何か悩ましい、不快な感覚、それでいて甘美な感覚を味わっていた。頭を垂れて、下を見る。ほとんど足もと近くにある草が、深く、長々と伸びつつあるような気がする。その上には、山の清水のように透き通った水があり、草地がなにか明るい、奥底まで透き通った海の底のように思えるのだった。少なくとも、自分と背に乗っている老婆がそこに映っているのを、彼はその眼ではっきりと見た。青い釣鐘水仙《コロコーリチキ》の花が首を傾けて、鳴っているのが聞こえた。菅《すげ》の陰から妖精《ルサールカ》が泳ぎ出てくるのが見えた。きらめきとゆらめきからできているような、しなやかなむっちりとした背と足がちらちらと見えた。妖精《ルサールカ》はこちらに向きを変えた——と、彼女の顔と、明るい、きらきら輝く、鋭い眼が、心に喰い入る歌声とともに、もう傍まで近づいてきた。今にも表面に浮かび出ようとして、きらめく笑いに震え出し、遠ざかって行く——と、今度は仰向けになる。雲のようにふくよかな胸、釉薬をかけていない陶器のような、つやけしの胸が、その白い、しなやかで、たおやかな丸い隆起の縁を陽にきらめかせている。小さな泡がビーズのように、そのまわりを取り巻く。彼女は全身を震わせ、水中で笑っている……

これはいったいほんとうに自分の眼で見ているのだろうか？　これは夢なのか、うつつなのか？　だが、あれはなんだ？　風か音楽か——鳴り響き、渦を巻き、近づいてくるもの、なにやら耐え難い顫音《トレモロ》となって心に喰い入ってくる……

《これはなんだろう？》——全速力で空を駆けながら、下を見て、ホマー・ブルートは考えた。玉のような汗がだらだらと流れた。彼はものぐるおしい、甘美な感覚を味わっていた。なにか刺し貫かれるような、うずくような、恐ろしい快楽だった。心臓がすっかりなくなってしまったような気がしきりにしてくる。彼はぎょっとして、心臓のあたりを手でさぐってみる。へとへとになり、われを失ったホマーは、知っている限りのお祈りの文句を記憶に甦らせ始めた。ありとあらゆる悪魔払いの呪文をとなえてみる。と、なんだか急に気分が清々しくなったような気がする。足取りが鈍くなり、なんだか背中の魔女の重みも感じられなくなった。びっしりと生い茂った草が足に触れた。と、もうそこにはなんの変わったことも見られなかった。明るい月の鎌が空に輝いていた。

《こいつはいいぞ！》——と哲学級生ホマーは肚《はら》の中で思った。そして、ほとんど声を出して、呪文を唱えだした。ついに、稲妻のように素速く身を躍らせて、老婆から自由になるや、今度は自分が老婆の背中にとび乗った。老婆が小刻みな小股歩きで恐ろしい速さで駆け出したので、騎手は息をつくこともできないくらいだった。下を地面がちらちらと飛んで行った。充分とはいかぬまでも、月明りで、なにもかもはっきりと見えた。谷間《たにあい》は平坦だったが、ホマーの眼の中では速さのためなにもかもがぼんやりともつれて、ちらつくのだった。彼は道に転がっている薪ざっぽうをつかみあげ、それで力一杯老婆をたたき始めた。婆さんはものすごい叫び声をあげた。初めは腹立たしげな、おどすような叫び声だったが、やがて、だんだんと弱々しい、快い、澄んだ声音になり、さらにまた、かぼそい、ほとんど銀の小鈴が鳴るような音になって、心の奥深く落ちこんでくるのだった。思わずこんな考えが浮かんだ——ほんとうにこれは婆さんだろうか？「ふうー、もう駄目！」と精根つきはてた魔女が言って、地面にくずおれた。彼は立ち上がって、その眼をのぞきこんだ。東の空が燃え出して、遠くにキーエフの教会の金の円屋根がいくつも輝いていた。眼の前に豊かな髪の毛を振り乱した美女が横たわっていた。まつ毛が矢のように、長く伸びている。白いむき出しの腕を両側に投げ出して、うめいていた。上目遣いの眼には涙が一杯たまっている。ホマーは、木の葉のように、ガタガタと震え始めた。憐憫の情となんだか奇妙な興奮と臆病風、自分でもわけがわからぬ感情に襲われて、彼はいちもくさんにそこから逃げ出した。道々心臓が落着きなくドキドキと鳴った。自分を襲ってきたこの奇妙な、新しい感情はいったい何か、自分でもなんとしても見当がつきかねるのであった。もう部落に戻る気はなく、キーエフに向かって道を急いだが、このおよそ不可思議な出来事について道々ずうーっと考えこんだままであった。町にはもう寄宿生はほとんどひとりも残っていなかった。みなそれぞれ部落に出かけた後だった。出張教授に出かけた者もあるし、そんなことは少しもしない者もあった。というのは小ロシヤの部落なら、びた一文払わずに、小麦団子《ガルーシカ》や、チーズや、凝乳《スメタナ》や、帽子ほどの大きさもある凝乳入り饅頭《ワレーニキ》を食べて回ることができたからである。寄宿舎になっている、大きな壊れかけた百姓小舎は、がらんとしてまったく人気がなかった。哲学級生はあらゆる隅っこを探り、穴という穴、天井の穴まで手探りしてみたけれど、獣脂《サーロ》の塊ひとつ見つからなかったし、寄宿生どもがよく隠匿しておく古いバターつきパンさえどこにも見つからなかった。しかし、哲学級生はこの悲運を挽回するてだてをすぐに思いついた。彼は口笛を吹きながら、三度ほど市場を往き来すると、そのいちばん端っこで、黄色い頭布《オチーポク》をかぶったどこかのまだうら若い後家さんと目配せをかわした。後家さんは弾帯、小銃用の霰弾や車輪を商っていたのだが、ホマーはその日のうちにたっぷりご馳走にあずかることになった。小麦饅頭だの、鶏肉だの……いや、つまり、桜桃の果樹園の真ん中にある、小さな粘土造りの家屋で、ホマーのためにしつらえられたテーブルに出たものは何かとなると、それはもうとうてい数えきれるものではなかったのである。その日の晩哲学級生の姿は居酒屋《コルチマー》で見かけられた。腰掛けに寝そべり、いつものように、煙管をふかしていたが、みんなの眼の前でユダヤ人《ジュー》の親爺に五ルーブリ金貨を投げ出した。その前には柄付コップがひとつ置いてあった。彼は出たり入ったりする客たちを落ち着いたいかにも満足した眼差しで眺めていたが、もう自分の身の上に起こった変わった出来事のことなど少しも考えていなかったのである。

その間に方々にこんな噂が広まった。キーエフから五十露里〔一露里は一、〇六七メートル〕離れたところにある部落の、金持ちの百人長《ソートニク》〔コサックの中尉に相当する〕の娘がある日散歩から散々にぶちのめされて帰ってきた。どうにか父親の家までたどりつきはしたものの、半死半生の有様、死の間近に迫っていることを悟り、キーエフの神学校生徒のひとり、ホマー・ブルートに臨終の祈りと死後三日間にわたる祈禱を頼んで欲しいと言ったというのである。それを哲学級生は校長自身の口から聞いた。校長はわざわざホマーを自分の部屋に呼びつけると、即刻出立するように厳命し、名高い百人長さんがわざわざホマーのために迎えの人と箱馬車をよこされたのだと説明した。

哲学級生は、なにか虫の知らせのような、自分でも説明のつかぬものを無意識のうちに感じて、ぎくりとした。なにか良くないことが起こりそうだぞ、という嫌な予感がした。なぜか自分でもわからぬままに、ホマーは率直に行きたくない、と言った。

「まあ聴きなさい、dominus ホマー（ホマー君）！」と校長は言った（時と場合によっては目下の者たちに大変慇懃に振舞ったのである）。「おまえさんが行きたいか、行きたくないかなどとは、誰もきいておらんよ。わしが言っておきたいことはだな、おまえさんがまだ我をはって、もったいをつける気なら、おまえさんの背中だのなんだのを、もう蒸風呂に入る必要もないくらい、白樺の若枝でぶちのめすように言いつけるがいいか、ということだけじゃ」

哲学級生は耳のうしろを軽く掻き掻き、ひと言も言わずに、外へ出たが、機会があり次第自分の足にものを言わせてやろうとひそかに考えていた。白楊にかこまれた庭へ通ずる、急な階段を考えこみながら、降りかけたところで、ホマーはちょっと立ちどまった。倉庫番と他の誰やら、どうやら、百人長がホマーを迎えによこした男とおぼしき人物に校長がこう命じている声を、かなりはっきりと聞きつけたからである。

「旦那《バン》にひきわりと卵の礼を言っとくれ」と校長が話していた。「それから、旦那の手紙にある書物のことじゃが、でき次第すぐにお送りすると伝えておくれ。書物はもう写字生に渡して、写させとるんでな。それからおまえさん、旦那《バン》にこう言い添えるのを忘れんようにな。旦那の部落に上等の魚、特に鱘魚《ちょうざめ》が沢山いることは承知しとりますから、なにかの機会に送ってくださるようにとな。ここの市場じゃろくなものが手に入らぬし、値もはるものでな。あっ、それと、ヤフトゥッフ、みなさんに火酒《ゴレールカ》を一杯ずつ振舞っておあげ。それから、哲学級生は縛っとくんじゃ、さもないとたちまち姿をくらましちまうぞ」

《へえ、まるで悪魔の息子だ！》と哲学級生は肚《はら》の中で思った。《もうかぎつけやがったぞ、あしながうなぎめ！》

下へ降りると、幌馬車《キビートカ》が眼に入ったが、初めは車輪つきの穀物乾燥場ととり違えるところだった。実際、その馬車は、煉瓦を焼く窯のように、深々としていたのである。それはよくあるクラコフ製の馬車で、ユダヤ人がよくきく鼻で市のたつことをかぎつけさえすれば、五十人もの仲間ごと乗りこんで、どこの町へなりと出かけて行くあの馬車である。ホマーを待ち受けていたのは、六人のがっしりとした、たくましいコザックだったが、やや年のいった者も混ざっていた。総をたらした薄手のラシャの長上着《スヴィートカ》からして、相当押しのきく分限者の作男たちであることがわかった。身体にある小さな疵痕が、男たちが昔戦場に立ったことがあり、まんざら手柄をたてたこともなくはなさそうな様子を語っていた。

《どうしようもあるもんか。定められたことは、免るべからずだ！》と哲学級生は肚の中で思い、コザックたちに大声で話しかけた。

「今日は、みなさん！」

「ご機嫌よう、哲学級生の旦那《パン・フィロソーフ》！」と幾人かが答えた。

「それじゃわたしはみなさんとこの馬車に乗って行くわけで？　こいつは、すごい馬車だ！」彼は馬車に乗りこもうとしながら、話し続けた。「音楽師を雇いさえすりゃあ、ここで踊ることもできますね」

「そうとも、釣合いのいい馬車でな！」馭者台に乗りこもうとしながら、コザックのひとりが言い、馭者の隣りに坐ろうとした。馭者は頭のまわりに襤褸《ぼろ》をまきつけていたが、ものの見事に酒場に置き忘れてきた帽子の代わりというわけだった。他の五人も哲学級生と一緒に奥の方に乗りこみ、町で買いこんだいろいろな品物のつまっている袋の上に腰を落ち着けた。

「ちょっとうかがいますが」と哲学級生が言った。「もしこの馬車に、例えば、まあ、塩とか、鉄輪とかいった品物を一杯つめこんだとしたら、馬はなん頭ぐらいいるんですかね?」

「そうさな」馭者台に坐っていたコザックが、しばらくしてから、言った。「たっぷりといるだろうて」こういう申し分のない答えをすると、そのコザックはもう道中ずうーっと口をつぐんでいる権利があると考えたのである。

哲学級生はもっと詳しく知りたくてならなかった。いったいその百人長とは何者か、どんな性質《た ち》の人物か、そんな変わった目にあって家に帰ってきたその娘、瀕死の床についている娘、しかもその事件が今や彼自身とも繋がりを持つに至った娘について、どんな話を聞きこんでいるのか、屋敷での暮らしむきはどうか、何をしているのか? そんな質問をいろいろとしてみたのだけれども、コザックたちも、どうやら、哲学の徒《フィロソーフ》らしかった。というのは、その答えとしては口をつぐんでいるばかり、袋の上に寝そべって、煙管煙草をすぱすぱやっていたからである。そのひとりが馭者台に坐っている馭者にこう簡単に命じただけだった。「気をつけろや、オヴェールコ、間抜け爺いなんて呼ばれんようにな。チュフライロフスク街道の酒場《シノーク》に近づいたら、かならず馬車をとめるんだ。わしと他の若い者《もん》を起こしとくれよ、もし眠っている者があったらな」そう言うと、かなりの高いびきで寝こんでしまった。もっとも、こんな命令はおよそご無用というものだった。ばかでかい馬車がチュフライロフスク街道にある酒場《シノーク》に近づいたと思うや、一同が一斉に声をかけたからである――「とまれえ！」そのうえ、オヴェールコの馬どもは、酒場の前ではかならずひとりでにとまるように、充分躾けられていたのである。暑い六月の昼間だったけれども、一同は馬車を降りると、天井の低い、汚れた部屋に入って行った。主人のユダヤ人が、いかにもうれしそうにとび出してきて、古い馴染み客を迎え入れた。ユダヤ人は豚の腸詰めをいくつか裾の下に隠して運んでくると、テーブルの上に置き、この律法《タルムード》によって禁じられている禁断の木の実からすぐに顔をそむけた。一同はテーブルをかこんで腰をおろした。粘土を焼いた柄付きコップがひとりひとりの前に置かれた。哲学級生のホマーもこの酒盛りに加わらなければならなかった。ところが、小ロシヤ人は酔っぱらい出すと、かならず接吻しあったり、泣いたりし始めるので、たちまち小屋中がチュッ、チュッという音で一杯になってしまった。「さあ、おい、スピリード、接吻しようや！」――「こっちへ来いや、ドーロシ、おまえを抱いてやるぞ！」なかでもいちばん年上の、白い口ひげを生やしたコザックは、頬杖をついて、いかにも悲しそうにおいおいと泣き出すのだった。自分には父親もいなければ、母親もいない、ひとりきりこの世にとり残されたというのだ。一方、大変な教訓役《レゾノール》がいて、絶えずこう言っては、慰める。「まあ、泣くなよ、えー、おい、泣きなさんな！　なんの泣くことがあるもんか……神様はすべてお見通しで、何がどうかってことはちゃんとご存じでいらっしゃるとも」ドーロシという名の男など、ひどく好奇心を持ち出して、哲学級生のホマーにひっきりなしに問いかけるのだった。

「わしはなあ、おまえさんところの神学校で何を教えてるんだか、知りたくてならないんだよ。

やっぱり、寺男が教会で読む、例のお祈りを習うんかね、それともなにか他のことかね?」

「そんなことは聞きなさんな!」教訓役《レゾノール》が長くことばを引き伸ばしながら、言った。「神学校なんぞそのまま放っときゃいいんだ。必要なことは神様がご存じさ。神様がなにもかもご存じだとも」

「うんにゃ、わしは知りたいんじゃ」とドーロシが言った。「本に何が書かれとるかをな。きっと、寺男の読むものとは、まるっきり違っとるのじゃろうて」

「おや、おや、なんちゅうこった!」とこの立派な訓し役《ナスターヴニク》は言った。「いったい何を言うことがあるかね? そりゃもう、神様のご意志がお決めになったこった。神様がお決めになったとなりゃあ、変えることはならんのさ」

「わしは書かれてることを、なにもかも知りたいんじゃ。わしは神学校へ行くぞ、かならず行ってやるぞ! おまえさん、わしには歯がたたんとでも思っとるのかね?――なんだろうとみんなものにしてやるとも、なにもかもな!」

「おや、まあ、なんちゅうこった! なんちゅうこった……」と慰め役《ウチエシーチエリ》が言って、顔をテーブルに伏せた。というのは、もうそれ以上どうしても肩の上に頭を支えていられなかったからである。他のコザックたちは旦那方《パン》の噂をしたり、空に月が輝いているのはなぜか、という話にふけっていた。

　哲学級生のホマーはみんなの酔っ払い出した様子を見るや、この機会を利用して、逃げ出そうと決心した。初めは、父と母のことを嘆き悲しんでいる、例の白髪頭のコザックにこう話しかけた。

「なんでまた、おじさん、そんなに泣き出しちゃったんだね」と彼は言った。「わたしだってみなし児です！　ねえ、みなさん、わたしを逃がしてくださいよ！　このわたしがみなさんの何の役に立つというんです？」

「逃がしてやろうや！」と、なん人かが答えた。「なにしろみなし児なんだ。好きなところへ、行かしてやろうや」

「おう、なんちゅうこった、なんちゅうこった！」と首をあげて、慰め役《ウチエシーチエリ》が言った。「逃がしてやるがいいさ！　好きなところに行かせてやるがいい！」

コザックたちは立ち上がって、ホマーを広漠たる野へ逃がしてやろうとした。ところが、例の好奇心の強い男が一同をおしとどめて、こう言うのだった。「学生さんにさわらないでくれよ。わしは学生さんと神学校の話がしたいんでな。わしも神学校へ行くんじゃからのう……」もっとも、どのみちこの逃走の成功はおぼつかなかった。哲学級生がテーブルから立ち上がろうとした時には、両足がまるで丸太棒になったように、言うことを聞かず、部屋の扉がいくつにも見えて、どれが本物やら見分けがつかないほどだったからである。

やっと夕方近くなって、一同は先へ進む必要のあることを思い起こした。馬車によじ昇ると、一同は馬を急《せ》きたて、歌を歌いながら、進発したが、その歌の文句と意味はまず誰が聞いても、わかりそうにないものだった。よく知り抜いているはずの道を絶えず見失い、迷いながら、真夜中はるか過ぎまで馬車を走らせたあげく、一行はやっとけわしい山道を下って、谷間に入った。

哲学級生は両側に続く柵や、後に低い木立を配した編垣、その向こうにのぞいているいくつもの屋根を認めた。それが百人長の持ち村たる、大きな村落《セレーニエ》だった。とうに真夜中は過ぎていた。空は黒々として、小さな星がここかしこに瞬いていた。どの小舎にもひとつとして灯は見えない。一行は犬の吠え声に迎えられて、庭に馬車を乗り入れた。両側にある藁屋根の納屋と家屋が目についた。門と向きあっているそれらの建物のうち、ちょうど真ん中にある一軒は、他の家屋よりも大きく、百人長の住居になっているらしかった。馬車は小さな納屋のような建物の前にとまり、わが旅行者たちはそれぞれの寝床に急いだ。しかし哲学級生としては、旦那の屋敷の様子を外見からでも少し探っておきたかった。けれども、どんなに眼を見張ろうと、何ひとつしかとは見分けられなかった。建物の代わりに熊が見えたり、煙突が校長になったりするのであった。哲学級生は手を振って、寝床に向かった。

哲学級生が目を覚ました時には、もう家中がひっくり返るような騒ぎだった。夜の間にお嬢さん《パンノチカ》が亡くなったのである。女中たちが大あわてで往ったり来たりしていた。物見高い連中が、何か面白い見世物のように、柵越しに旦那の屋敷の庭をのぞきこんでいた。哲学級生は暇を見て、夜はよく見分けられなかった場所の観察を始めた。旦那の住居は、昔の小ロシヤではよく見かけられた、丈の低い小さな建物であった。屋根は藁葺きだった。上眼づかいの眼に似ている窓のある、小さいが、とがった、丈の高い正面破風《フロントン》は、一面青や黄色に塗られ、赤い半月形が描かれていた。正面破風は樫の丸太で支えられていたが、丸太の上半分までは円く、下半分は六角で、上の方は凝って先をとがらせてあった。この正面破風の下には小さな昇降階段があって、その両側に長腰掛けが置かれていた。建物の両脇の庇も同じような丸太で支えられていた。梢がピラミッド型にとがっている高い梨の木が家の前で緑の葉をそよがせていた。庭の真ん中にはいくつかの倉が二列に並び、その間が住居へ通ずる、幅広い道になっていた。倉庫の向こう、門のごく近くに、三角形の地下倉が二つ、差向かいに立っていたが、屋根は同じように藁葺きだった。三角形の壁に低い扉がとりつけられ、とりどりの絵が描かれていた。一方の扉には、《いざ飲みほさん》という銘の入った柄付コップを頭上にかざして、樽に腰掛けたコザックの絵が描かれていた。もう一方の扉には、壜と徳利《フリャーシカ》が描かれ、その両脇に添えものとして、仰向けに四本の脚を揚げた馬、ラッパ、小太鼓、それに、《酒はコザックの慰めなり》という銘が描きこまれていた。納屋のひとつの屋根裏部屋からは、大きな明りとりの窓越しに、太鼓と銅のラッパがのぞいていた。門の傍には二門の大砲が置かれていた。一切の様子が、この家の主人は陽気な騒ぎが好きで、庭では頻繁に酒盛りとどんちゃん騒ぎのあったことを語っていた。門の向こうには風車のある、二軒の粉挽小屋があった。住居の背後には庭園が広がり、樹々の頂き越しに見えるのは、緑の茂みに隠れている、小舎小舎の煙突の黒っぽい笠だけだった。村落《セレーニエ》全体がなだらかなゆったりした勾配の上にあるのだった。北側はきりたった山にすっかりさえぎられていたが、その山裾はちょうど屋敷の敷地の端で終わっている。下から眺めると、山はよけいきりたって見えたが、その高い天辺《てっぺん》のここかしこにひょろひょろしたブリヤン草のひん曲がった茎が突っ立ち、明るい空を背景に黒ずんでいるのだった。むき出しの粘土の肌はなにやら陰鬱な気分を誘った。雨に侵蝕されて、一面穴があいたり、えぐられたりしている。きりたった斜面の二個所に小舎が立っていた。一方の小舎の上には大きな林檎の樹が枝を伸ばしていたが、その根元は盛り土に埋めこまれた小さな杭で支えられている。風に吹き落された林檎は旦那の屋敷の庭にまで転がりこんでくるのだった。頂上から山の斜面全体をくねりながら道が下っていたが、下りきると、屋敷の脇を通って村に通じていた。哲学級生がその恐ろしい嶮しさを眼で測りながら、きのうの馬車の旅を思い起こした時、酔っぱらって意識朦朧としながらも、ばかでかい馬車や荷物ごと真っ逆さまに墜落しなかったのは、旦那の馬がよっぽど賢いか、コザックたちの頭がよっぽどしっかりしているか、そのどちらかに違いない、と決めた。哲学級生は庭の小高い場所に立っていたが、振り返って、反対側を見ると、まったく違った眺めが眼に入った。村落がなだらかに傾斜しながら、平野に下っていた。涯知れぬ草原がはるか遠くまで開けていた。その明るい緑色は遠ざかるにつれて黒ずみ、遠くに村落が幾重にも連なって見えたが、それぞれの間隔は二十露里以上もあるのだった。この草原の右側には山脈が連なり、遠くにわずかにそれと認められる帯となって、きらめき、黒っぽく見えるのは、ドニエプル河だった。《ほう、こりゃ素晴らしい場所だ!》と哲学級生は思った。《こんなところで暮らしてみたいもんだ! ドニエプルや池で魚を釣り、網や鉄砲で野雁《ストレーベト》やしぎを追いかけたりしてな! だけど、この草原には野雁《ドロフアー》も少なくはなさそうだぞ。果物は乾燥させて、町へ持って行けば、どっさり売れそうだし、いや、それよりは、それでウォトカを作った方がよさそうだな。果物で造ったウォトカのうまさは、他のどんな火酒《ベンニク》とも比べものにならんからな。さてと、ここからどうやって姿をくらますかも、思案しなきゃならんが》彼は編垣の向こうに、伸びほうだいのブリヤン草にすっかり覆われた小道があるのに気づいた。ホマーは思わずその小道に足を踏み入れた。そして、こう考えた。初めはただ散歩をしているようなふりをする、それから、そっと小舎の間を潜《くぐ》り抜けて、いっきに野原まで駆け抜けるのだと。が、不意に肩の上にがっしりとした手が置かれるのを感じた。

背後にあの例の年輩のコザック、父母の死と天涯孤独の身をきのうあんなにも悲しそうに嘆いていた男が立っていた。

「部落《フートル》から逃げ出そうったって、無駄でがすよ、哲学級生の旦那！」と彼は言った。「逃げようたって、隠れる場所がありゃあせん。それに、歩いて行くには道が悪すぎるしな。それより旦那《パン》のところへ行った方がいい。お部屋でだいぶ前からお待ちかねでさ」

「行こう！　なあに……喜んで行くとも」と哲学級生は言って、コザックの後に従って歩き出した。

もうかなり年輩の、白い口ひげを生やし、沈みこんで陰気な顔をした百人長が、両手で頬杖をついて、部屋のテーブルの前に坐っていた。五十ぐらいの年かっこうだったが、顔の深い悲嘆の色と、やつれ蒼ざめた顔色とが、その魂が突然、一瞬にして覆され、打ちひしがれてしまったことを語っていた。以前の陽気さとにぎやかな暮らしは永遠に姿を消した。ホマーが年輩のコザックと連れ立って入って行くと、彼は片手をはずして、低いお辞儀に対して軽くうなずいてみせた。

ホマーとコザックはうやうやしく扉口に立ちどまった。

「おまえさんはいったい何者だね、どこの生まれで、生業《なりわい》は何かね、お若いの？」と百人長は、優しいとも、厳しいともつかぬ口調で言った。

「神学校の哲学級生、ホマー・ブルートです」

「お父さんはどなたかね？」

「それがわからないのです、閣下」

「では、お母さんは？」

「母親もわからないのです、もちろん、母親がいたことは確かでありますが、それが誰で、どこの生まれで、どこに住んでいたかは——そのう、まったくわからないのです」

百人長はしばらく口をつぐんでいたが、どうやら、ちょっと考えこんでいる様子だった。

「それがどうしてわしの娘と知りあいになったのかね？」

「知りあいだなんて、閣下、とんでもない、ほんとうに知らないのです。これまでこの世に生きてきた限り、お嬢《バンノチキ》さん方とはなんの係りも持ったことはありません。お嬢さん方に神の御恵《み》みがありますように。無作法なことは言わないですみますように」

「それならなぜ娘は他の誰でもなく、おまえさんに読経を頼んだのかね？」

哲学級生は肩をすくめた。

「そんなことがわかるもんですか。旦那方は時折りどんな学のある者にもわからぬような気まぐれをなさるってことは、わかっとりますが。ことわざにもある通りです。《旦那《バン》の命令には、鬼どもまでが踊り出す！》」

「嘘をついてるんじゃあるまいな、哲学級生の旦那？」

「もし嘘だったら、この場で雷にうたれてもかまいません」

「せめてあと一分でもおまえが長生きしてくれたら」と百人長が陰鬱そうに言った。「なにもかも聞き出せただろうに。『誰にも読経はさせないでちょうだい、その代わりに、お父さん、今すぐにもキーエフの神学校に使いをやって、寄宿生のホマー・ブルートという人を連れてきてちょうだい。三晩わたしの罪深い魂のためにお祈りをしてもらって欲しいの。あの人は知ってるの……』だが、何を知っとるかは、わしには聴きとれんじゃった。あの娘《こ》は、可哀そうに、そう言っただけで、息をひきとってしまった。おまえさんは、きっと、敬虔な暮らしと神様の御意にかなった行ないとで名を知られとるんじゃろう。それで、きっと、娘もおまえさんの名を耳にしたんではないかな」

「誰が？　わたしがですか？」仰天して後退りして、神学生が言った。「わたしが敬虔な暮らしですって？」彼は百人長の眼をひたと見つめて、言った。「冗談じゃありませんよ、旦那！　何をおっしゃってるんですか！　だって、このわたしは、体裁が悪いのを我慢して申し上げれば、受難週間の木曜日にすらパン屋へ出かけるくらいなんですからね」

「ふむ……いや、名を挙げた以上は、きっと何かわけがあるのじゃろう。おまえさんには今日からお勤めを始めてもらわにゃならん」

「ちょっとひと言申し述べさせていただきますと、閣下……そりゃあ、もちろん、聖書に通じている者なら誰だってそれ相応にお祈りぐらいはできます……ただ補祭か、せめて副補祭ぐらいは呼んだ方が作法にかなっていると思うんですが。よくものがわかっている人たちだし、こういう場合の作法全般にも通じています。ところが、このわたしときたら、まったく、わたしの声ったらないんで、自分でも恥ずかしくてしようがないくらいです。わたしではおよそさまになりませんよ」

「おまえさんがなんと思おうと、そりゃおまえさんの勝手だが、わしとしては愛娘《まなむすめ》の遺言通りなにごともしてやりたいんじゃ、物惜しみせずにな。おまえさんが今日から三晩、娘のためにしかるべくお勤めを果たしてくれたら、ちゃんとお礼はさしあげよう。だが、やってくれんというのなら——悪魔にすらわしに腹は立てさせせん方がいいと言ってやりたいくらいでな」

最後のことばを百人長は大いに厳しい調子で口にしたので、哲学級生にも充分その意味は通じた。

「わしの後についてきなさい！」と中尉が言った。

彼らは入口の控えの間に出た。百人長はとっつきの部屋の真向かいにある、別の部屋の扉をあけた。哲学級生は控えの間でちょっと立ちどまって鼻をかみ、なにか自分でもわけのわからぬ恐怖を感じながら、敷居をまたいだ。床全体に赤い南京木綿が敷きつめられていた。隅の、聖像の下の丈の高いテーブルの上に、黄金の房縁飾りのある青いビロードの夜具を敷いて、娘の遺体が横たえられていた。灌木を巻きつけた、長い蠟燭が足元と枕元に立てられていたが、真昼の陽の輝きの中でくすんだ、ぼやけた光を放っていた。死んだ娘の顔は、悲嘆にくれている父親、娘の前に坐り、扉に背を向けている父親にさえぎられて、見えなかった。哲学級生は耳に入ってきたことばにびっくりした。

「わしが口惜しくてならぬのはなあ、いとしい娘よ、おまえが年の盛りに、定められた時を待たずして、この世を去り、わしに嘆きと悲しみをもたらしたことではないのじゃ。わしが口惜しくてならぬのはなあ、可愛い娘よ、おまえの死の因《もと》となった、情け知らずの敵《かたき》が誰か、わからぬことじゃ。誰にせよ、もしおまえを侮辱しようなどという気を起こしたり、あるいは、おまえについて何か不愉快なことを口にしただけでも、それがこのわしに知れたら、神かけて誓うが、その男はもう二度と自分の子供たちには会えんのだ。たとえその男がわしと同じぐらいの年寄りであったとしてもだ。父にも母にも会えることはあるまい、その男がまだ人生の盛りの年頃であったとしてもだ。そんな奴の身体は曠野の鳥や獣の餌食にしてくれるわい。だがな、わしは悲しいのだ、わしの金盞花《きんせんか》、わしの鶉《うずら》、星のような愛娘よ、これから先わしは残された齢《よわい》を慰めもなく生き延びることになる、しょぼしょぼ眼からこぼれ落ちる涙を裾で拭いながらな。ところが一方わしの敵は、面白おかしく暮らしながら、わしのひよわな心臓をひそかにあざ笑っとるのだ」百人長はことばをとぎらせた。悲しみに胸がはりさけんばかりになり、涙がどっと溢れでてきたからである。

哲学級生はこの慰めようもない悲嘆ぶりに心を動かされた。彼は咳払いを始めた。空咳をして、少しでも声をよくしようと思ったのである。

百人長はうしろを振り向くと、死んだ娘の枕元、二、三の書物の置かれている小さな経机の前を指し示した。

《なんとかして三晩勤めあげよう》と哲学級生は考えた。《その代わりに旦那はわたしの二つのポケットをまじりけなしの金貨でぎゅう詰めにしてくださるだろう》彼は経机に近づくと、もう一度咳払いをして、読経を始めたが、脇の方は少しも見なかった。死んだ娘の顔を見る気にはなれなかった。深い静寂《しじま》が支配していた。百人長が出て行ったことがわかった。ゆっくりと彼は頭をめぐらして、死人の方を見た。すると……

戦慄が血管を走った。彼の前に寝ているのは、いつだったか地面に横たわっていた、美しい娘だった。顔立ちのひとつひとつの特徴がこれほど際立った、しかもすべて調和のとれた美しさに仕上げられたことは、かつてあるまい、と思われるほどだった。娘はまるで生きているように、そこに寝ている。雪か、銀をうちのべたような、美しい、優しい額は、ものを考えているみたいだった。眉は燦々たる真昼の中の夜さながら、ほっそりと、直ぐに、閉じられた眼の上に誇らしく張られている。まつげは頰まで矢のように伸びて、人知れぬ欲望の炎に燃えているようだった。唇は今にも笑みこぼれそうな紅玉《ルビー》……だが、その中に、他ならぬその目鼻立ちの中に、なにか心を刺し貫かれるような、恐ろしいものが見えるのだった。自分の魂がなにか異様にうずき始めるのを感じた。まるで陽気な歓楽のさなか、踊り狂っている群衆のさなかで、誰かが突然お弔いの歌を歌い始めたかのように。彼女のルビーの唇は、まるで血となって心臓にまで溢れて行きそうに思われた。突然その顔に何かおそろしく馴染み深いものが現われた。《魔女だ!》——と彼は自分のものとも思えぬ声で叫んだ。眼をそらし、真っ蒼になって、祈禱の文句をとなえ始めた。それはまさしくあのホマーが殺した魔女に他ならなかったのである。

陽が沈み始めると、死者は教会へ運ばれた。哲学級生は肩で黒い棺を支えていたが、その肩に何か氷のように冷たいものを感じるのだった。百人長自ら先頭に立ち、死者の狭い栖《すみか》の右側を手で支えて運んだ。黒ずみ、緑の苔に飾られた木造の教会、三つの円錐形の円屋根のある教会がほとんど村はずれのあたりに陰気な様子で立っていた。そこではもう長いことどんなお勤めも執り行なわれたことのない様子が明らかだった。蠟燭がほとんどひとつひとつの聖像の前に灯されていた。真ん中あたりちょうど祭壇の前に棺が置かれた。老百人長はもう一度娘に接吻すると、ひざまずいて頭を低くたれて礼拝した。哲学級生にたっぷりご馳走するように、夕食がすんだら教会まで送りとどけるように命ずると、棺の担ぎ手たちと共に外へ出た。台所まで来ると、担ぎ手たちはみなペーチカに手を押しつけ始めたが、それは死人を見た後の小ロシヤ人たちのならわしだった。

その間に哲学級生の感じ始めた空腹が、しばらくの間死んだ娘のことをすっかり忘れさせてくれた。間もなく使用人たち一同が少しずつ台所に集まってきた。百人長の屋敷の台所はちょっとクラブに似たところがあって、屋敷に住んでいる者がみなここに集まってくるのである。尻尾を振り振り骨と残飯をもらいに扉口までやってくる犬も含めてだ。誰がどこへ使いに出されようと、どんな用事があろうと、使用人はかならずまず台所へ立ち寄り、たとえ一分でも板寝床に寝そべって、煙管煙草をふかしていく。この家で暮らしているひとり者はみな、コザック風の長上着《スヴイートカ》を着て、ほとんどまる一日板寝床の上か下、あるいは、ペーチカの上でごろごろしている。つまり、寝心地のよい場所でさえあれば、どこでもよかったのであるが。おまけに誰もがいつも台所に帽子だとか、犬を追い払う鞭だとか、なにかそういったものをかならず忘れていく。しかし、中でもいちばん人数の集まるのは夕餉《ゆうげ》の時間で、この時には馬を囲いへ追いこみ終わった馬追いも、牝牛を搾乳場へ追いこんだ牛飼いも顔を見せる。一日中顔の見られなかった者たち全員の顔が揃うのである。夕餉の際にはおよそ無口な者の舌もほころぶ。ここではありとあらゆることが話題にのぼる。誰が新しい寛袴《シャロワールイ》をこしらえたとか、地面の下には何があるか、誰が狼を見たかといった類の話である。ここには小ロシヤ人の間で決して不足することのない警句家《ボンモチスト》がたくさんいた。

哲学級生は、台所の敷居の前のひろびろとした場所に陣取っている大勢のグループに混じって、腰をおろした。間もなく赤い頭布《オチーポク》をかぶったおばさんが扉口《とぐち》からぬっと姿を現わした。スープ煮小麦団子の入った熱い鍋を両手で抱えてきて、食べる用意のできた連中の真ん中に置いた。おのおの懐から木の匙を取り出す、匙のないものは木っ端を使うのである。口の動きがやや鈍くなって、一同のがつがつした食欲が少し満たされると、みんなの口がほぐれてきた。話題は、おのずと、亡くなったお嬢さんの方に向いていった。

「ほんとうかのう」と、煙管の負い革にちいさな露店が開けそうなほど沢山のボタンと銅メダルを飾りつけた、若い羊飼いが言った。「ほんとうかのう、お嬢さんが、まさかとは思うが、悪魔と知りあいだってえのは？」

「誰が？ お嬢さんがかえ？」と、もうわれらが哲学級生にはお馴染みのドーロシが言った。

「そうとも、正真正銘の魔女だったさ！ 誓ってもいいぞ、魔女だってことは！」

「やめろ、やめろ、ドーロシ！」と旅行の際もっぱら慰め役にまわっていた、もうひとりの男が言った。「わしらの知ったことじゃない。放っときゃいい。何も言うことはありゃあしないよ」

けれども、ドーロシはおよそ黙っていられるような気分ではなかった。ドーロシは少し前に倉庫番と一緒に何か用事があって地下倉へ行ってきたところで、二つ三つの樒の前で二度ほど身を屈め、そこから上々のご機嫌で出てきたばかりのところだったので、ひっきりなしにしゃべらずにはいられなかったのである。

「なんだと? おれに黙ってろだと?」と彼は言った。「いやあ、お嬢さんはなあ、このおれを馬のように乗りまわしたんだ。本当に乗りまわしたんだとも」

「だがなあ、おやじさん」と、ボタンを飾りつけた若い羊飼いが言った。「魔女だってことは、なにか特徴があってわかるのかい?」

「とんでもねえ」とドーロシが答えた。「少しもわかりゃあしねえんだ。詩編を全部読みあげたって、わからねえだろうな」

「うんにゃ、わかるだぞ、ドーロシ。そういうもんでねえ」と例の慰め役が口をはさんだ。「神様がひとそれぞれに特別な習慣をお与えになったのも、わけなしではねえぞ。学のある人は言ってるでねえか、魔女には小さな尻尾があるだと」

「女が年とりゃあ、魔女になるだ」と落ち着き払って、白髪《しらが》頭のコザックが言った。

「おや、まあ、けっこうな言いぐさだねえ!」と、おばさんがひきとったが、空になった鍋に新たにスープ煮小麦団子を注ぎ足すところだった。「ほんものの豚そっくりに肥ってるくせしてさ」

名はヤフトゥッフだが、コフトゥンとあだ名されていた老コザックは、自分のことばがおばさんの痛いところをついたと見てとるや、唇に満足の笑みを浮かべた。牛飼いがひどく太い声で笑い出したが、向きあって立った、二頭の雄牛が声を揃えて、啼き始めたか、と思えるような声だった。

こんな風にして始まった会話は、死んだ百人長の娘についてもっと詳しく知りたいという、哲学級生のいかんともし難い願望と好奇心をますますかきたてた。そこで、話をもう一度もとの話題に戻そうと思い、隣りの男にこんな風に話しかけた。

「ちょっとうかがいますがね、夕食に集まってきたみなさんはなぜお嬢さんを魔女だと思ってるんですか？　誰かに悪いことでもしたか、誰かをとり殺しでもしたんですかね？」

「ありとあらゆることがあったさ」坐っていた男のうちで、シャベルそっくりの、ひどくのっぺりした顔をした男が答えた。

「猟犬番のミキータのことを覚えてない者はないな、あるいは、そのう……」

「その猟犬番のミキータってのはいったいなんです？」と哲学級生が言った。

「待った！　猟犬番のミキータの話はわしがするだ」とドーロシが言った。

「ミキータの話はわしがするだ」と馬追いが答えた。「なぜって、ミキータはわしの名付け親だったんでな」

「ミキータの話ならおいらだ」とスピリードが言った。

「そうだ、そうだ、スピリードに話させろや！」とみんなが叫び出した。

スピリードは話し始めた。

「哲学級生のホマーの旦那はミキータをご存じないんでしたな。まったく、あれこそ稀れに見る人物じゃった！　犬という犬のことを、まるで実の父親のように、よく知っておったもんじゃ。

今の猟犬番のミコーラは、わしの後から三番目に坐っている男じゃが、ミキータの足もとにも及ばんな。ミコーラにしても自分の仕事を知らないわけじゃあないが、ミキータに比べりゃあ、屑、洗い出しの水ってところでな」

「ようし、なかなか話がうめえぞ、その調子！」よしよしという風にうなずいて、ドーロシが言った。

スピリードは話し続けた。

「兎を見つけるのが、嗅ぎ煙草を鼻からふきとるよりも早いだ。口笛を吹いて、『行け、ラズボイ！行け、ブイストラヤ！』と命令しておいて、自分は全速力で馬を走らせる——ともう、どっちがどっちより速いのか、ミキータが犬より速いのか、犬がミキータより速いのか、わからんくらいなのだ。火酒《シヴーハ》を五合ほどぐいと飲みほしても、平気の平左の顔でな。まことに天晴《あっぱ》れな猟犬番じゃった！ところが、近頃になってミキータのやつお嬢さんの方をしょっちゅう見惚れてばかりいるようになった。まるで魅入られでもしたか、お嬢さんに魔法でもかけられたかのように、すっかり剛毅なところがなくなり、からっきし腑抜けになってしまった。まったく、どういうことなのか、悪魔のみぞ知るといった始末で、いやはや、口にするもはばかられるくらいだ」

「うまいぞ」とドーロシが言った。

「お嬢さんがちらとミキータの方を眺めでもしようものなら、たちまち手綱を手から放してしまう、ラズボイをブローフクと呼ぶ、つまずきはするわで、何をしでかすかわかったもんじゃない。ある時お嬢さんが厩《うまや》までやっていらした。ミキータはちょうど馬を洗っているところだった。ミキータ、あんたの上に足をのせさせてよ、とおっしゃるだ。やつの方は、もう馬鹿みたいに喜んで、足ばかりか、わたしの上におのんなさい、と言う。お嬢さんが片足をあげる。で、そのむき出しの、むっちりした、白い足を見たとたんに、すっかり魔力にとりつかれてしまったんだそうな。やつは、馬鹿みたいに、背を屈め、お嬢さんのむきだしの足を両手で摑むと、馬みたいに駆け出して、野っ原をぐんぐん遠ざかって行った。いったいどこへ行ってきたのか、その後でのやつの話はさっぱりらちがあかなかった。ただ半死半生のていで帰ってくると、その時からというものすっかりやせ細って、木っ端のようになっちまった。ある時みんなが厩へ行ってみると、ミキータの代わりに一山の灰と空っぽの木桶があるばかりじゃった。すっかり燃えつきていた。われとわが身を燃やしつくしたんじゃ。この広い世界のどこへ行こうと、そうざらには見つからない、腕のいい猟犬番だったんだがのう」

スピリードが話し終えると、四方八方から前の猟犬番の腕の確かさを取沙汰する声があがった。

「それと、シェプチーハの話を聞いたことはないか?」とドーロシがホマーの方を向いて、言った。

「いいや」

「えっ、へっ、へえ! するてえと、おまえさんの神学校じゃ、どうやら、たいしたことは教えてくれんらしいのう。それじゃ、まあ聴きな。わしらの村にシェプトゥンというコザックがおった。立派なコザックじゃった! やつは少しも暮らしに困ってるわけじゃなかったが、ときどき盗みをしたり、嘘をついたりするのが好きでな。とはいえ……よいコザックじゃった。やつの小舎はここからそう遠くないところにあった。わしらが今こうして夕餉の席についている、ちょうど同じ時間に、シェプトゥンとおかみさんが夕餉を終えて、床についた。よい季節だったから、シェプチーハは外に、シェプトゥンは小舎の板寝床に寝たんだ。いや、違った。シェプチーハが小舎の板寝床に、シェプトゥンが外に……」

「それも板寝床じゃなくて、床に寝たんだよシェプチーハは」敷居の傍に突っ立って、頬杖をついていたおばさんが口を出した。

ドーロシはおばさんの方をじろっと見、それから下を向き、それからまたおばさんの方を見ると、しばし口をつぐんでから、言った。「みなの衆の前でおまえさんのペチコートはぎとってやろうかい、いい見物だて」この警告は効果があった。おばさんは黙りこんで、もう二度と話に口を出そうとはしなかった。

ドーロシは先を続けた。

「小舎の真ん中に吊されている揺籃には、一歳になる赤ん坊が寝ていた――男の子だったか、女の子だったかは知らんがの。シェプチーハが寝ていると、そのうちに戸の外を犬ががりがりとひっかいて、いても立ってもいられないほど、ものすごい声で吠えたんだそうな。かみさんはびっくりした。なにせ、だいぶ脳味噌の足りないかみさんで、晩方に戸の陰から舌でもつき出してやったら、胆をつぶすに違いなかった。とはいえ、いまいましい犬の畜生の鼻面をがんとやってやったら、おとなしくなるかもしれん、と考えて、火掻棒をとると、歩み出て、戸をあけようとした。わずかに開けたか開けないうちに、犬はもうおかみさんの足の間をくぐり抜けて、赤ん坊の揺籃の方へまっしぐらにとんで行った。見ると、それはもう犬じゃなくて、お嬢《パンノチカ》さんなんだ。ただそれがおかみさんのふだん見慣れている姿のお嬢さんだったら、まだしも、その様子、有様ときたら、全身真っ蒼で、眼は灼熱している石炭さながら、らんらんと輝いていたんだ。お嬢さんは子供をひっつかむと、喉に喰いついて、生き血を吸い始めた。シェプチーハは『きゃあ、人殺し！』とだけ叫ぶと、小舎から逃げ出そうとした。ところが、入口の戸には錠がおりているではないか。かみさんは屋根裏部屋へ逃げた。うつけ婆さんがそこにへたへたと坐りこんで、震えていると、今度はお嬢さんは屋根裏へ昇ってくる。とびかかると、このうつけ婆さんにかみついた。朝方シェプトゥンがそこからかみさんを引っ張り出した時には、全身かみ傷だらけ、血の気もすっかり失せていた。そのあくる日間抜けなおかみさんは死んだ。世の中にはこんなわるさやたぶらかしをする者もあるんだ！　旦那の子とはいっても、魔女は魔女でな」

　こう話し終えると、ドーロシは満足したようにまわりを見まわし、指をパイプに突っこんで、煙草をつめる準備にかかった。魔女の話はきりがなくなった。誰もが今度は自分の番とばかり、急いで何か語り出そうとするのだった。魔女が干草の堆積《やま》になって、小舎の戸口までやってきたとか、ひとの帽子やパイプを盗んだとか、村のなん人もの娘っ子のさげ髪を切り落したとか、木桶数杯にも当たる生き血を吸われた人がある、とかいう話であった。

　一同はやっとわれに返り、おしゃべりにふけりすぎたことに気づいた。戸外はもうとっぷりと暮れ落ちていたからである。人々は、台所や、納屋や、庭の真ん中にある、それぞれの寝場所へ散って行った。

「さてと、ホマーの旦那！　お嬢さんのところへ行く時間ですだ」と、白髪頭のコザックが哲学級生に呼びかけた。スピリードとドーロシを含めた四人が、鞭で犬どもを追っぱらいながら、教会に向かって歩き出した。外には犬どもがわんさといて、唸りながら棍棒にまでかみついてくる始末だった。哲学級生は、火酒《ゴレールカ》をたっぷり一杯ひっかけて元気をつけてはきたものの、明りの灯っている教会へ近づくにつれて、内心臆病風がつのってくるのだった。今聞いた物語や、奇妙な出来事がホマーの想像力をなおいっそう煽りたてた。柵や樹々の下の暗闇がうすらぎはじめ、見通しがよくなってきた。四人はやっと朽ちかけた教会の囲いを越えて、小さな庭に入った。その向こうには一本の木もなく、ただ空っぽの野と夜の闇にのみこまれた草原が開けているばかりだった。三人のコザックはホマーと一緒に急な階段を昇り、正面の入口から教会の中に入った。ここで彼らは、無事お勤めを果たし終わりますようにと挨拶すると、哲学級生を置き去りにして、旦那に言いつけられたとおり、外から扉に錠をおろした。

　哲学級生はひとりとり残された。初め彼はあくびをした。それからのびをした。それから両手にふうーっと息を吹きかけ、そこでやっとまわりを見まわした。真ん中に黒い棺が置かれていた。いくつかの暗い聖像画の前に蠟燭が灯されていた。燈明の光は聖隔《イコノスタース》だけを照らし、真ん中にはごくかすかな光しか届いていなかった。扉近くの遠い隅は闇に包まれていた。高い古びた聖隔《イコノスタース》はそうとう時代のたったものらしかったが、金箔をかぶせられた透し彫りがまだ光だけは放っていた。被せ金がはげ落ちているところ、すっかり黒ずんでいるところもあった。聖人たちの顔はすっかり黒ずんで、なんだか陰気な様子だった。哲学級生はもう一度あたりを見まわした。《なあに、何を恐れることがあるもんか》と彼はひとりごちた。《人がここに入って来ることはできなくても、死人やあの世から出てきた幽霊から守ってくれるお祈りをおれは知ってるんだ。朗々とやれば、このおれに指一本触れられるこっちゃない。恐れることはないさ！》彼は手を振って、こう繰り返した。《さて、読みあげるとするか》唱歌隊席《クルイロス》に近づくと、数束の蠟燭が眼についた。《こいつはいい》と哲学級生は思った。《真昼さながら、よく見えるように、教会中を照らし出してやる必要があるからな。ただ残念なのは、お寺の中で煙管煙草をふかすわけにはいかんってことだ！》それから彼は、ありとあらゆる蛇腹、経机や聖像に、数を惜しまず、蠟燭を立て始めたので、間もなく教会全体にいっぱい光が満ち溢れた。ただ上の方だけは闇がかえって濃くなったかのようで、陰気な聖像画が、ここかしこに金箔を光らせた古びた彫りのある枠の中で、ますます陰気に見えるのだった。彼は棺に歩み寄り、おっかなびっくり死人の顔を眺めたが、ぶるっと身震いして、眼を閉じずにいられなかった。

恐ろしい、眩いばかりの美しさだったのである。

彼は顔をそむけ、遠ざかろうとした。しかし、不思議な好奇心、特に恐怖の瞬間に捉えられる、奇妙にわれとわが身に逆らう感情が働いて、彼は遠ざかろうとしながら、我慢しきれなくなって娘の方を見た。また戦慄が身体を走ったが、それからもう一度見た。実際、死んだ娘の際立った美しさは恐ろしいばかりだった。おそらく、ちょっとでも醜いところがあったら、この娘といえど、これほど人をぞっとさせはしなかったに違いない。しかし、彼女の顔立ちには、死人の曇ったところ、濁ったところが少しも見られなかった。生きていて、眼を閉じたまま自分を見つめているのではないか、とホマーには思えるのだった。右眼のまつげの下から涙が一滴こぼれ出たような気さえしたが、頬の上で止まった時、それは血の滴であることが、はっきりわかった。

彼はあわててそこを離れ、唱歌隊席まで来ると、祈禱書を広げ、もっと自分を元気づけるために、できるだけ大きな声で読み始めた。その声は、長い間沈黙し続け、静まり返っていた教会の木の壁を驚かせた。太いバスの声だけが、こだますることもなく、しんと静まり返った静寂《しじま》にこぼれ散り、朗読している者自身にすら奇妙に思えるのであった。《何を恐れることがあるんだ?・》一方彼は肚《はら》の中で考えた。《あいつが棺から立ち上がりはしないさ、神のことばが恐ろしいはずだ。寝てるがいいんだ! それに、臆病風を吹かしたんじゃ、コザックとしての沽券にかかわるからな、なに、飲みすぎたんで、それで恐ろしく思えるんだ。ああ、嗅ぎ煙草をやりたいなあ。ああ、上等の煙草! 香りのいい煙草! とびきりの煙草!》けれども、ページを繰るごとに、彼はちらと横眼で棺の方を見る。そうすると、思わず知らずこんな風にささやくものがあるのだった。ほら、ほら、今に立ち上がるぞ! ほら、立ち上がるぞ、ほら、棺から顔をのぞかすぞ!

しかし、相変わらずしんと静まり返ったままだった。棺はじっと動かずにそこにあった。蠟燭の灯は眩いばかりの光の洪水を注いでいた。あかあかと照らし出された夜の教会、屍体の置かれた、人気のない教会は無気味だった。

声をはって、さまざまに声音を変えながら、まだ残っている恐怖を押し殺そうとして、彼は歌い始めた。けれども、一分ごとに棺の方を見やっては、思わずこんな風に自分に問いかけているみたいなのだ。《もし立ち上がったら、もし起き上がってきたら、どうしよう?・》と。

しかし、棺はぴくりとも動かなかった。せめてなにか音でもしたら、なにか生き物が、こおろぎでもいいから、隅の方で答えてくれたら……わずかに聞こえるのは、遠くにある蠟燭のかすかにはぜるような音と、床に滴り落ちる蠟の滴だけだった。

《ほんとに、もし立ち上がってきたら……》

屍体が頭をもたげた……

彼はぎくりとして見つめ、眼をこすった。けれども、確かに屍体はもう寝ているのではない、棺の中に坐っている。彼は眼をそらして、もう一度びくびくしながら棺の方を見た。屍体は立ち上がった……眼を閉じたまま、教会の中を歩いてくる。絶えず両手を伸ばし、誰かを摑まえようとしているかのようだ。

彼女はまっすぐにこちらに歩いてくる。恐ろしさに震えながら彼は自分のまわりに環を描いた。必死になって祈禱書を読み、悪魔ばらいの呪文を唱え始めた。それは生涯にわたって魔女や悪霊を見続けたという、ある修道僧から教わった呪文だった。

彼女はほとんど環の上に立った。けれども、そこを踏み越える力はないらしく、全身、死後なん日かたっている屍体そっくりの青さになった。ホマーにその方を見る勇気はなかった。恐ろしい様子だった。彼女は歯と歯を打ち合わせ、死んだ眼《まなこ》を見開いた。しかし、何も見えないために、怒り狂い――それは彼女の震え出した顔でわかった――向きを変えると、両手を伸ばして、ありとあらゆる柱や隅っこを摑んでは、ホマーを摑まえようとするのだった。最後に立ち止まると、指をあげておどし、棺の中に横たわった。

哲学級生はまだわれをとり戻すことができず、魔女のその狭い栖《すみか》にこわごわ眼をやるのだった。と、ついに棺が突然浮き上がり、あらゆる方向、縦横十文字に空をきって、うなり音をたて教会中を飛びまわり始めた。哲学級生は棺がほとんど自分の頭の上を飛ぶのを見たが、同時に、ホマーの描いておいた環には触れることのできないのを見てとり、いっそう声をはりあげて呪文を唱えた。棺は教会の真ん中にがたんと落ちて、そのまま動かなくなった。屍体がまた棺の中から起き上がった。青味を増し、緑色に近い色になっている。しかしちょうどその時、遠くで雄鶏の鳴く声がした。屍体は棺の中に倒れ伏し、蓋がばたんと閉じた。

ホマーの心臓はドキドキ鳴っていた。汗がだらだらと流れた。けれども、鶏の鳴き声に励まされて、読み終える必要のあったページを読みきろうと、速度をあげてお経を読んだ。曙の光とともに、副補祭と白髪頭のヤフトゥッフが交代しにやってきた。ヤフトゥッフは今度は教会の信徒総代としてのお勤めを果たしに来たのである。

遠い寝場所にまでやってきても、哲学級生は長いこと寝つかれずにいたが、どっと疲れが出てきて、昼餉《ひるげ》の時間まで眠りとおしてしまった。目を覚ますと、夜中の出来事がすべて夢の中のことのように思われるのだった。力づけに、火酒《ゴレールカ》を五合ほど振舞われた。昼餉の際彼はじきにうちとけて、何やかやと話に口をはさみ、かなりの大きさの子豚をまるまるほとんどひとりでたいらげてしまった。しかし、教会での出来事については、なにか自分でもわけのわからぬ感情が働いて、しゃべる気になれず、好奇心をありありと示した質問には、「ええ、いろいろと不思議なことがありましたよ」とだけ答えておいた。哲学級生は、満腹すると、並々ならぬ博愛家になるというタイプの人物であった。彼は、口に煙管をくわえたままごろりと寝そべり、みんなの方を実に優しそうな眼つきで眺めては、絶えず脇に唾を吐き散らすのだった。

昼餉がすむと、哲学級生はすっかり元気を回復した。のんびりと部落中を歩きまわり、ほとんどの村人となじみになったが、いい気になったあまり二軒の小舎からは追い出されたほどだ。ある器量好しの若い農婦はホマーの背中をシャベルでしたたか殴りつけた。ホマーは、彼女の肌着《ソローチカ》とプラーフタ〔手織物のスカート〕がどんな生地でできているのか、好奇心を起こして、手で触ろうとしたのである。しかし、夕方が近づくにつれて、哲学級生の様子はもの思わしげになった。夕餉の一時間前になると、使用人のほとんどが集まってきて、カーシャ、あるいは、クラーグリ、一種の九柱戯《ケーグリ》遊びに興じたが、球の代わりに長い棒が用いられ、勝った者は負けた者に馬乗りになって乗りまわす権利を得るのであった。この遊びは脇で見ている者にとっても大変面白い観物だった。しょっちゅうブリン〔油で焼きあげられた、薄く丸い煎餅・ビスケットの類〕のように幅のある、でっぷりした馬追いが、やせこけた、ちびの、しわだらけの豚飼いに馬乗りになった。ある時は、馬追いが背中を提供する。すると、ドーロシがそこにとび乗って、いつもこう言うのであった。「うへえー、頑丈な雄牛だわい！」台所の敷居の傍には、もう少し分別くさい連中が坐っていた。若い連中が馬追いやスピリードのなにやら辛辣なことばに腹を抱えて笑いこけている時でさえ、この連中は、ひどく真面目くさった顔つきで煙管をふかしているのである。ホマーもこの遊びに加わろうとしてみたが、どうも興がのらない。なにか重苦しい考えが、釘のように、頭の底にひっかかっているのだった。夕餉の時にはどんなに陽気になろうと努めても、空一面に広がった闇とともに、恐怖心がつのってくるばかりだった。

「さてと、時間ですだ。神学生《ブルサーク》の旦那！」と、例の白髪頭のコザックが言って、ドーロシと共に立ち上がった。「仕事に出かけるとしましょうかい」

ホマーはまた前の日とそっくり同じようにして教会まで案内された。またもやひとりだけ取り残され、外から扉に錠がおろされた。ひとりきりになったとたんに、また臆病風が吹きこんできて、恐怖心が胸の底奥深く腰を据えてしまった。黒々とした聖像画、きらめく枠や、無気味に静まり返り、教会の真ん中にずしりと動くこともなく置かれている黒い棺がまた眼についた。

「なんの」と彼は言った。「今じゃおれにとっては、こんな不思議はちっとも不思議じゃないぞ。初めてだから怖かっただけだ。そうとも、少々恐ろしいのは初めだけで、後になりゃもう怖くなんかありゃあしない。もうちっとも怖くはないぞ」

彼はそそくさと唱歌隊席の前に立ち、自分のまわりに環を描き、いくつか呪文を唱えると、大声で読経を始めた。祈禱書から眼をあげず、なにものにも注意を向けまいと意を固めていた。一時間近くも読むと、少々疲れが出てきて、咳が出るようになった。彼は懐から嗅ぎ煙草入れを取り出し、煙草を鼻に持っていく前に、おっかなびっくり棺の方に眼をやった。心臓がどきんとした。屍体はもう真ん前の線の上に立っていた。そして、死人の、緑色の眼をじっとホマーに注いだ。神学生《ブルサーク》は身震いした。寒気が身体中の血管を伝って走った。眼を祈禱書に落すと、声を高めてお祈りの文句と呪文を唱え始めた。と、屍体がまたもや歯を打ち鳴らし、ホマーを摑まえようとして、両手を振りまわすのが聞こえた。けれども、片眼をちらりと横に走らせると、屍体が見当違いの場所で自分を摑まえようとしていること、どうやら、自分の姿が見えないらしいことに気づいた。屍体がうつろな声でぶつぶつとつぶやき、青ざめた唇で恐ろしいことばをもらし始めた。それが何を意味しているかはわからなかったが、そこにはなにか恐ろしいものが籠っていた。哲学級生はぞっとしながら、相手が呪文を唱えているのだと悟った。呪文とともに風が吹き起こり、教会中を吹きめぐって、沢山の鳥が羽根をばたばたさせているような、騒がしい音が聞こえてきた。教会の窓ガラスや鉄枠に羽根をばたばたぶつけ、金切声とともに鉄を爪でひっかくのが聞こえた。数知れぬ魔物どもが扉口を壊して、中に押し入ろうとしているらしかった。その間中ずうーっと彼の心臓はドキドキと鳴り続けていた。すると突然遠くで何か鋭い声がした。遠い雄鶏の鳴き声だった。へとへとになった哲学級生は祈禱をやめ、ほっと溜息をついた。

交代の人たちが来てみると、哲学級生は生きた心地もない有様だった。彼は背を壁にもたせて、眼をみはり、自分を揺り動かすコザックたちをぽかんと身じろぎもせずに見つめていた。ホマーはほとんど抱えるようにして外に連れ出され、歩いているあいだじゅう身体を支えてやらなければならなかった。旦那の屋敷に着くと、やっとわれに帰り、火酒《ゴレールカ》を一壜所望した。それを飲みほし、髪の毛をなでつけて、それからこう言った。「世の中にはいろんな馬鹿げたことがたんとあるもんだ。けれど、こんな恐ろしいことがあろうとは――ふむ……」哲学級生はこう言うとともに手を振った。

まわりに集まってきた人たちは、このようなことばを聞いて、首をたれた。小さな男の子――

屋敷中の者が厩の掃除や、水運びに関する限りは、代理として全権を付与する権利があると考えていた、かわいそうな男の子までがやはりあんぐりと口をあけたのだ。

その時まだそんなに年輩とも言えぬ農婦がひとり傍を通りかかった。身体にぴったりとはりついた服《ザパースカ》を着て、丸々とした頑丈な胴を見せびらかしている。料理番の婆さんの手伝いをしている女だったが、それが大変なコケットで、頭布《オチーポク》にいつもなにかしらピンで飾りを留めていないと気がすまないのだった。リボンの切れはしでも、なでしこの花でも、他に何もないとなれば、紙でもよかったのだが。

「こんにちは、ホマー！」哲学級生に気づいて、彼女が言った。「おや、おや、おや！　いったいまあどうしたの？」と彼女が両手を打ちあわせて、叫んだ。

「何がどうしたってんだい、おばさん？」

「だって、大変よ！　あんたすっかり白髪《しらが》になっちゃったわ」

「へっ、へえ！　ほんとうにそいつの言うとおりだ！」スピリードがじっとホマーを見つめながら、言った。「おまえ、ほんとに、白髪頭になっちまったぞ、ヤフトゥッフ爺さんみていに」

哲学級生はそれを聞くと、まっしぐらに台所へとんで行った。蝿の糞で汚れた三角形の鏡の破片がそこの壁に掛けられているのを知っていたからである。鏡の前には勿忘草《わすれなぐさ》や、日日草《にちにちそう》が挿され、時には金盞花《きんせんか》の花綵《はなづな》までが飾られて、おしゃれ好きのコケットのお化粧用であることを語っていた。彼はぎょっとしながら、彼らのことばの真実であることを認めた。まさしく、髪の毛が半分白くなっていた。

ホマー・ブルートはうなだれて、考えこんだ。《旦那のところへ行こう》と、ついに彼は意を決した。《なにもかも話して、これ以上読経を続けたくないと言おう。わたしをすぐにキーエフへ帰してくれるように言おう》こう考えながら彼は旦那の住居の玄関へ向かった。

百人長は居間にほとんど身じろぎもせずに坐っていた。顔には、前にも認められた、あの慰めようもない悲嘆の色がまだそのまま残っていた。ただ頬が前よりもだいぶこけ落ちていた。食物をほとんど口にしていない、いや、おそらく、手を触れもしなかった様子が明らかであった。顔の異様な蒼さがなにか石像のような様子を与えていた。

「こんにちは、お若いの」帽子を両手にして扉口に立ちどまったホマーに気づいて、百人長が言った。「どうだね？　万事うまく行っとるかね？」

「うまく行ってるの、なんのって。魔女につきまとわれ、帽子をとって、すたこら逃げ出したいところでした」

「なんだって？」

「それが旦那《バン》、おたくのお嬢さん《バンノチカ》は……もちろん、旦那の家にお生まれになったに違いないんで、それは別に誰も反対はいたしません。ただそのう、お怒りにならないでいただきたいんですが、どうかお嬢さんの魂に神のご加護がありますように……」

「娘がいったいどうしたんだね？」

「悪魔とおつきあいになったので。どんなお祈りも効果のないほど、恐ろしいことをなさいますんで」

「読経、読経をしてくだされ！　あの娘もわけもなくおまえさんを呼んだのではあるまい。かわいそうに、あの娘は魂《こ》の救いを心配したのじゃ。それで、お祈りでありとあらゆる悪い考えを追い払って欲しかったのじゃ」

「どうとも旦那のお好きなように。ただそのう、わたしとしてはもう我慢ができないんで！」

「読経、読経をしてくだされ！」百人長はあい変らず教えさとすような声音で続けた。「おまえさんにはあとひと晩残っているきりじゃ。おまえさんが神の御《み》教えにかなったことをしてくれれば、報酬はちゃんとさしあげる」

「いや、どんな報酬をいただこうと……たとえ旦那のご命令だろうと、読経はごめんこうむります！」ホマーが断固として言った。

「まあ聴きなさい、哲学級生君！」と百人長が言った。その声はけわしく、おどすような調子だった。「わしはそんな作り話は好かん。おまえさんの神学校でならそれもよかろう。だが、わしの流儀は違う。わしが痛い目にあわせるとなれば、校長などとは違うぞ。おまえさん、革鞭《カンチューク》がどんなに素晴らしいものか、知っとるのかね？」

「知らなくてどうしましょう！」声を低めて、哲学級生が言った。「誰だって、革鞭がどんなものかは知ってますよ。沢山喰らえば、生命《いのち》にかかわるってことも」

「さよう。ただおまえさんは、うちの若いもんがどんなたたき方をするかは、まだ知らんじゃろう！」百人長はそうおどすように言って、立ち上がった。顔が命令するような、凶暴な表情を帯びた。百人長の荒々しい性格をそのままむき出しにした表情で、それは悲しみによってほんの一時眠らされていたにすぎないのだ。「わしの流儀ではな、まず鞭で打つ、それから火酒《ゴレールカ》をかけ、その後でまた鞭で打つんじゃ。さ、行きなされ、もう行くがよい！　行ないを改めるんじゃな！　行ないを改めんと、二度と立ち上がれんようになる。改めれば、金貨千枚じゃ！」

《おっほ、ほう！　なんと勇ましい旦那だ》出て行こうとしながら、哲学級生は思った。《こんな人物が相手じゃ、冗談も言えんわい。まあ、待て、待てって、犬どもを連れて追っかけてきたって捕まらんように、うまく逃げてやるからな》

こうして、ホマーはどうしても逃げ出してやろうと決心した。彼は昼食後の休憩の時間をひたすら待った。この時間になると、屋敷中の者たちが納屋の干草の中にもぐりこんで、口をあけて、ぐうすか、ひゅうひゅう、旦那の屋敷が工場に似てくるほどの大いびきをかき出すことになっていたからである。ついにこの時間がやってきた。ヤフトゥッフでさえ、陽の下で伸びをすると、眼を閉じた。哲学級生はおっかなびっくり、ぶるぶる震えながら、そっと屋敷の庭園を目指して歩き出した。そこからなら曠野へ逃げ出すのにいちばん都合が好いし、人目にもつかないように思えたからである。この庭園はふだん荒れほうだいだったので、何事にもあれなにか秘密にことを企てるにはしごく都合が好かった。見回りの必要から踏みならされている一本の小道を除くと、他の場所はことごとく、びっしり生い茂った桜の木や、にわとこの藪、ごぼうで埋めつくされていた。ごぼうは、衣服についたら離れない、ばら色のいがの実をつけた高い茎を、茂みの天辺《てっぺん》にまで突き出している。ホップがまるで網のように、これら樹木や灌木の雑多な茂みの頂き全体を覆い、いわば屋根を形造っていたが、その屋根は編垣をぴったりと覆って、そこから野生の釣鐘水仙ともども蛇のようにくねりながら下へ落ちているのだった。庭園の境目になっている編垣の向こうには、ブリヤン草が森さながらに生い茂り、その中をのぞきこもうという気を起こす者などひとりとしてあろうとは思えなかったし、その太い木のような幹に鎌の刃を入れようとしても、鎌はこなごなに砕けてしまいそうだった。哲学級生がその編垣を越えようとした時、歯がカチカチと鳴り、心臓は自分でもびっくりするほどドキドキと波打った。長い衣服《フラミーダ》の裾は、誰かが釘で打ちつけでもしたように、地面にはりついて動かないように思えるのだった。編垣を越えようとした時、耳を聾するような口笛とともに、誰かが耳もとで《どこへ、どこへ行くんだ？》と怒鳴ったような気がした。哲学級生はブリヤン草に身を隠して、走り出したが、絶えず古い根っこにつまずいたり、足がもぐらにぶつかったりした。ブリヤン草の茂みを抜け出ると、野を走りぬけねばならないことがわかったが、その向こうにはりんぼくがびっしり黒々と茂っているので、そこなら安全だと計算した。そこを通り抜ければ、キーエフへまっすぐに通ずる道に出られそうだと見当もつけた。野原を一気に走り抜けて、りんぼくの茂みにとびこんだ。りんぼくの間を這い抜け、関税代わりに衣服の切れっ端を鋭い棘という棘に残しながら、小さな窪地に出た。柳の木が別れた枝をところどころでほとんど地面にまで垂れていた。小さな泉が清らかな水を、銀のようにきらめかせていた。哲学級生がまず最初にしたのは、うつ伏せになり、水をたらふく飲むことだった。耐え難い渇きを感じていたからである。

「うまい水だ！」唇をぬぐいながら、彼は言った。「ここならひと息つけそうだぞ」

「うんにゃ、もっと先へ行った方がええだぞ。ひょっとして追っ手が来んでもねえでな！」

　こんなことばがすぐ耳もとで響いた。振り向くと、眼の前にヤフトゥッフが立っていた。

《ちくしょう、ヤフトゥッフのやつめ！》と哲学級生は心中ひそかに思った。《きさまの、その両足をつかんで、ひっくり返してやりたい……そのいまいましい糞面も、身体中どこもかしこも、樫の棍棒でぶん殴ってやりたいところだ》

「なんと無駄な回り道をしたもんだ」と、ヤフトゥッフが続けた。「わしの歩いてきた道を選んだ方がずっと増しだったに。厩の脇を通ればまっすぐここへ来られるでな。おまけに、服ももったいねえことをしたもんだ。上等なラシャじゃろが。アルシンあたりいくらしただね？　だが、散歩はもう充分じゃな。家へ帰る時間だよ」

　哲学級生は耳のうしろをかきかき、ヤフトゥッフの後について、歩き出した。《今度こそいまいましい魔女のやつめおれに復讐を遂げるだろう！》と彼は考えた。《だが、それにしても、おれは実際どうしたというんだ？　何が怖いんだ？　おれはコザックじゃないか。二晩祈禱を続けたのだから、三晩目も神のご加護があるさ。どうやら、あのくそいまいましい魔女め、よっぽどいろいろの大罪を犯していると見えて、それで悪魔があれほど後楯をするんだな》旦那の屋敷へ入ろうとしながら、彼はこんなことを考えていた。こんなことばで自らを励ますと、倉庫番の庇護のお蔭でときどき旦那の地下倉へもぐりこんでいたドーロシに頼んで、火酒《シヴーハ》を一壜持ち出してきてもらった。二人の親友同士は、納屋の下に坐りこむと、三升ほどけろりと飲み干してしまった。やがて哲学級生が急に立ち上がって、叫んだ。「楽師を！　楽師をぜひ頼むぞ！」そして、楽師が来るのも待ちきれずに、庭の真ん中のとりかたづけられた場所でトロパークを踊り出した。

こうして小昼《ポールドニク》の時間まで踊り続けたが、環になって取り巻いていた見物人も、こういった場合の例にもれず、とうとう唾を吐いて、「いつまでこの人は踊ってる気だべ！」と言って、散ってしまった。とうとう哲学級生はその場でごろりと横になると、眠りこんでしまい、夕食も間近になってから、たっぷり手桶一杯の冷たい水をかけて、やっと眼を覚まさせることができた。夕餉の際彼は、コザックとはいったい何者か、コザックはこの世のなにものも恐れてはならんのだ、と語った。

「時間ですだ」とヤフトゥッフが言った。「出かけやしょう」

《てめえの舌に棘でも刺さりゃあいいんだ、くそいまいましい豚め！》と哲学級生は思ったが、立ち上がると、こう言った。

「出かけようとも」

歩きながら、哲学級生は絶えず両脇を見まわしては、案内人にちょっと話しかけようとした。けれどもヤフトゥッフは口をつぐんでいたし、ドーロシの方はもともと口数の多い方ではなかった。無気味な夜だった。狼が遠くで群れをなして吠えていた。犬の吠え声そのものもなんとなく無気味だった。

「どうも、あの吠えてるのは、なんか別のもんだな。狼じゃあねえ」とドーロシが言った。ヤフトゥッフは黙っていた。哲学級生はなにも言うことがみつからなかった。

彼らは教会に近づき、朽ちかけた木造の円屋根の下に歩み寄ったが、円屋根の様子は、この土地の所有者がいかに神と己れの魂をなおざりにしているかを物語るものだった。これまでと同じように、ヤフトゥッフとドーロシが行ってしまい、哲学級生がひとりとり残された。なにもかもが同じ。なにもかもがいつもと同じ、あの気味の悪い様子をしていた。彼はちょっと立ちどまった。真ん中にいつもと同じようにどっしりと恐ろしい魔女の棺が置かれていた。《怖くないぞ、怖くなんかないぞ！》——と彼は言って、いつものように自分のまわりに環を描くと、ありとあらゆる呪文を思い起こし始めた。恐ろしいばかりの静けさだった。蠟燭の灯がゆらめき、教会中に光を溢れさせていた。哲学級生はページを一枚めくり、それからまた一枚めくったが、祈禱書とはまったく違った文句を唱えていることに気づいた。ぎょっとして十字を切り、歌い始めた。それで少し元気づいた。読経が先へ進み出し、ページも次々とめくられた。突然……静寂《しじま》を破って……ばりばりと棺の鉄蓋が破られ、死人が立ち上がった。死人の様子は初めの時よりずっとすさまじかった。上下の歯がカタカタと打ち鳴らされ、唇が痙攣してぴくぴくとひきつり、恐ろしい金切声と共に呪文が唱えられるのだった。教会の中につむじ風が巻き起こり、聖像画が地面にばたばた落ち、壊れた窓ガラスが下へ落ちてきた。扉が蝶番からはずれ、無数の奇怪な獣どもがどっと神域にとびこんできた。羽音とガリガリいう爪のものすごい音が教会中を満たした。そのすべてが、哲学級生をくまなく探し求めながら、飛びかかい、走り回っているのだった。ホマーの頭に残っていた最後の酔いも吹っ飛んでしまった。彼はただもう十字を切り、むやみに祈るばかりだった。同時に、得体の知れぬ魔物どもが、翼の端やいまわしい尻尾の先をほとんど自分に触れんばかりにしながら、まわりを飛びまわっているのを聞いていた。魔物どもを見きわめる勇気はなかった。見えたのはただ、壁一杯に立ちはだかっている、なにやら巨大な怪物が、髪の毛を森さながらに振り乱している様であった。髪の毛の網を透かして恐ろしい二つの眼がにらんでいた。眉をわずかに上に揚げている。その頭上には何か巨大な泡のようなものがあり、真ん中あたりから千個はあろうと思える鋏や、さそりの針がさし伸ばされている。鋏や針には土くれがこびりついていた。みんなホマーの方を見て、探しているのだが、秘密の環にかこまれているホマーは見ることができないのだった。「ヴィイを連れてこい！　ヴィイを迎えに行け！」死人の声が響き渡った。と、突然教会の中が静まり返った。遠くに狼の吠え声が聞こえたが、間もなく重い足音が聞こえてきて、教会中に響き渡った。ちらと横目で見ると、なにやらずんぐりとして、頑丈な、脚が内側に曲がった人間が連れて来られるところだった。全身真っ黒な土にまみれている。筋ばった、頑丈な木の根さながらの、土のこびりついた手足が目についた。絶えずつまずきながら、重い足取りで歩んでくる。ながあーい瞼《まぶた》が地面まで伸びていた。その顔が鉄であることに気づいて、ホマーはぎょっとした。化物は両脇を抱えて連れてこられ、ホマーの立っている場所のすぐ真ん前に立った。

「おれの瞼をあげてくれ。見えない！」とヴィイが地下に籠るような声で言った。魔物どもが一斉に駆け寄って、瞼をあげようとした。《見るんじゃない！》――となにやら内心の声が哲学級生にささやいた。が、我慢できなくなって、見た。

「ここにいる！」とヴィイが叫んで、鉄の指をホマーに向けた。そこにいた限りの魔物がホマーに飛びかかった。彼は息絶えてどうと床に倒れ、恐怖のあまり魂は即座に身体から抜け出してしまった。鶏の鳴き声が響き渡った。それはもう二番鶏であった。一番鶏を魔物どもは聞きのがしたのだ。びっくりした悪霊どもはわれ先に窓や扉口《とぐち》へと殺到し、できるだけ早く逃げ出そうとしたが、時すでに遅かった。彼らはそのまま扉や窓にはりついたままになってしまった。入ってきた司祭は、神聖な場所がこのように冒瀆されたのを見て、立ちすくみ、こんな場所で法要《パニヒダ》を執り行なう気にはとうていなれない、と言った。こうしてこの教会は、扉や窓に怪物をこびりつかせたまま、放りっぱなしにされてしまった。まわりには森や、木の根っこや、ブリヤン草や、人をよせつけぬりんぼくがびっしりと生い茂って、今ではもう誰もこの教会へ行く道を見つけることはできないだろう。

この噂がキーエフまで伝わり、哲学級生ホマーのこのような運命の評判がやっと神学級生ハリャーワの耳にまで達した時、ハリャーワはまる一時間も考えこんでしまった。この間に彼の身には大きな変化が起こっていた。彼の身には幸運が微笑んで、ひと通り学業を終えるや、最も高い鐘楼の鐘撞き男に任命されたのである。そして、たいていいつも鼻をつぶした姿で現われるのであった。というのも、鐘楼にかかっている梯子がなんともはや当てにならぬできだったからであるが。

「ホマーの身に起こったこと、聞いたかい?」彼の方に近寄ってきたチベリイ・ゴロベーツィがたずねた。ゴロベーツィはこの時にはもう哲学級生になっていて、まだ口ひげを生やしたてだった。

「それが神の思召《おぼしめ》しだったのさ」と鐘撞きのハリャーワが言った。「酒場へでも行って、やつの冥福を祈ってやろうや！」

新米の哲学級生は熱心に自分の新しい権利を利用し始めたばかりのところだったので、そのズボンといい、フロックといい、帽子までがアルコールと煙草の茎の匂いをプンプンさせていたが、即座に賛意を表明した。

「ホマーはよい男じゃった。「とびぬけた人物だったのになあ！びっこの親爺が三杯目の柄付きコップを眼の前に置いた時に、鐘撞きが言った。「とびぬけた人物だったのになあ！」　意味もなく死んじまって」

「わしにはわかっとるんじゃ、ホマーが身を滅ぼした理由が。怖がったのがいけなかったんだ。怖がりさえしなければ、魔女はどうすることもできなかったんだよ。十字を切って、魔女の尻尾に唾を吐きかけるだけでよかったんだ。そうすりゃ、何も起こりゃしなかったのさ。わしにはこういうことはみなわかっとる。なにしろ、このキーエフの市場に坐っている女どもは、みな魔女なんだからな」

このことばに対して鐘撞きは賛成の印にこくりとうなずいた。しかし、自分の舌がもはやひと言も発することのできないのを知ると、テーブルからそっと立ち上がり、身体を左右にふらふらと揺らしながら、歩き出し、ブリヤン草の茂みのいちばん奥まったところに隠れてしまった。その際、昔からの習慣に従って、腰掛け板に転がっていた、長靴の古びた靴底を失敬するのを忘れなかった。

（小平武　訳）

# 幽霊

オドエフスキー

◆ウラジーミル・フョードロヴィチ・オドエフスキー

Владимир Федорович Одоевский 1803(04?)-1869

ロシアのロマン主義的世界観を代表する文人。侯爵家の出身。主に一八三〇年代から四〇年代にかけて文筆活動を行なう。シェリングなどのドイツ哲学やヤーコプ・ベーメの神秘思想に傾倒、ドイツ・ロマン派の文学に強い影響を受けた。高い教養の持ち主で、様々な芸術分野や自然科学に興味を持ち、音楽批評家としても活躍した。オドエフスキーの代表作とされる『ロシアの夜』は、「ファウスト」と呼ばれるロシア人やその友人たちの談話を中心に展開する短編集。その他の作品としては、ロシア最初のSF的未来小説「四三三八年」や、「空気の精」「火の精」などの神秘小説がある。ここに収めた「幽霊」(本邦初訳)は、ゴシック・ロマンスが流行した当時の雰囲気をよく伝える佳品である。

ニコライ・ワシーリエヴィチ・プチャータに捧ぐ

……その駅逓馬車に乗り合わせたのは、退役大尉にとある役所の課長、イリネイ・モデストヴィチに私という総勢四人の面々であった。はじめの二人は慇懃無礼を絵に描いたように、盛んに相手を持ち上げていた。時に意見が食い違うこともあるが、それもそう長続きはしなかった。イリネイ・モデストヴィチはと言えば、それこそお喋りに余念がなかった。脇を駆け抜ける馬車、道ゆく人、何の変哲もない村――これらが彼の手にかかるとことごとく話の種になってしまうのである。相手が馬車から逃げだせないのをいいことに、彼は次から次へと話を繰りだしてくる。それがまた家の霊やら悪魔やら幽霊の暗躍する話ばかりなのである。いったいどこでこれだけの怪談を仕込んでくるのやら、私は呆れてその女性的な語り口を子守歌がわりにこっくりこっくり舟を漕いでいた。ほかの連中は退屈まぎれに、さして気乗りもせぬようすで彼の話を拝聴していた。イリネイ・モデストヴィチにしてみれば、それこそ格好の話し相手だったのである。

「あれはどういうお城ですかな?」窓から外をみやりながら退役大尉が訊ねた。「この城にまつわる奇談のひとつやふたつ、やはりご存じでありましょうな」とイリネイ・モデストヴィチに話をむけた。

「それが、生憎ではございますが」とイリネイ・モデストヴィチは答えるのだった。「存じておりますことは、ごくごく当たり前のことでして、つまり、この城にもかつて人が住まわり、飲み食い、死んでいったという程度でして。そうそう、そういえば、この城で思い出した話がございます。そこでも城が重要な役割をはたしているのです。ただし、これからお話し申しあげることは、正真正銘この世でほんとうに起こった出来事でございます。まあ、話し手に信を置くならば、どのみち同じことではありますが。大抵の旅の者もかようなことを申すわけですが、惜しむらくは、連中に欠けているのはこの私の率直さでございましょうか。

若い頃、私は隣家のとても愛想のよいご婦人のお宅によく伺いました……いや、誤解をなさいませんように、浮いた話なんぞこれっぱかしもございませんから。当時、夫人はすでに、世のご婦人がたが申される、とうに盛りを過ぎた年齢に達しておりました。それに、娘さんも姪御さんもありませんでした。家といっても、部屋が三つ、四つ、十脚ばかりのアームチェアにやはり十脚ばかりの椅子、食堂に二つの灯火、客間には蠟燭が二本といった程度で、＊＊町のどこにでもある家と変わりません……ところがどういうのでしょう、夫人の客あしらい、何の変哲もないことばのはしばし、いや、油紙を張ったマホガニー製の机や、家屋の壁にも、なんというのか、夜になると決まって耳元に、さてきょうもマリヤ・セルゲーエヴナさんのところに出掛けてみるか、と囁きかけてくるものがあるのです。そんな感じをいだいたのは私一人ではありませんでした。冬の夜長ともなると、呼ばれもしないのに、客たちが示しあわせたように、夫人の家に集まってくるのでした。別段これといって何かをするわけではありません。お茶をいただき、ボストンというカードに興じるぐらいのことです。雑誌を繙《ひもと》くこともありました。ただ、こうしたことが余所のお宅ではなく、ほかならぬマリヤ・セルゲーエヴナ家だとずっと楽しいのです。いまにしてようやく合点がいくのですが、要するにマリヤ・セルゲーエヴナというひとは他人に無理無体を言うわけでもなければ、家の雑事で煩わせるわけでもない、陰口を好まず、ご近所の出来事をあげつらわず、わが家の使用人の愚痴をこぼさない。人が秘密にしておきたいと思っていることを無理に聞き出そうとはしないし、辞去したそばからその人物を扱き下ろすこともありません。半年も顔を見せなかったり、夫人の誕生日や夫人の名にちなんだ聖者の日の祝いを失念していたからといって、つむじを曲げることもない。＊＊＊町の鼻持ちならぬご夫人たち特有の自惚れも衒《てら》いもありません。偽善者でも御弊担ぎでもありませんでした。他人の考え、話の内容にあれこれ注文をつけることもない。自分と意見が違うからといって、慌てふためいたりはしない。喜捨を無理強いすることもない。強引にカードに引っ張り込んだり、ピアノの前に座らせることもない。寛容さの何たるかをわきまえていたのです。夫人の客間では、誰でも勝手気儘に振る舞い、何を考え、何を喋ってもよかったのです。要するに、夫人の家庭には当時の＊＊＊町の社交界では稀な、いや、今日に至るもその本質を理解しているのはほんの少数でしかない趣味の良さが支配していたのです。私はマリヤ・セルゲーエヴナの物腰やその生活に、他のご婦人たちとの違いをまざまざと感じていたのですが、それを一言で言い表わすすべを持ちませんでした」

「お言葉ですが」と役所の課長が口を挟んだ。「詰まるところ、趣味の良さというのは客を構わぬことだ、とこうおっしゃるわけですな。さて、いかがなものでしょう。われわれもよく気のおけぬ仲間と過ごすことがありますが……どうもお説には承服しかねる。納得できませんな！　いや、断じて納得できません！」

「たとえば、よくこう申しますね」とイリネイ・モデストヴィチは答えるのだった。「接客は簡素を旨とすべし、さすれば客は心置きなく寛げる、と。また、社交に長けた人物はそのさっぱりした接客態度にあらわれるとも申します」

「まったく同感です」退役大尉も話に加わった。「勿体ぶった態度、これには我慢がなりませんな！　われわれの旅団の指揮官の夜会ときた日には、釦《ボタン》は外すな、動くことも罷りならんときたものです。退屈ったらありません。そこにくると、仲間内はちがいます。さあ、軍服なんぞ脱いだ脱いだ、やれラム酒だ、と、それでお楽しみがおっ始まるわけです……」

「お言葉を返すようですが」と役所の課長は異議を唱えた。「承服しかねますな。そもそも気がおけぬとはいったい何か。気がおけぬというなら自宅でじゅうぶんではありませんか。ところが世の中には、おのれの人当たりのよさ、世渡りのうまさを見せびらかし、相手のことばをひとつひとつ天秤にかけ、他人の片言隻語をとらえてひとの無知と教養をあげつらうのをよしとする人間がおるわけです」

イリネイ・モデストヴィチはこの極端に分かれた二つの意見の板挟みにあって、はたと困ってしまい、酒飲みの話にも堕せず、お上品な紳士の意見にも与せぬ法はないものかと考えあぐねているようすだった。私は友の窮地を察して、助け船を出した。

「一向に埒があきそうにはありませんね。ところで、先ほどのお話、どこまで行きましたかね、イリネイ・モデストヴィチ」

役所の課長はわが友の主張を木っ端微塵に粉砕したと高を括ったのか、大尉はまた大尉でイリネイ・モデストヴィチが自分と同意見であると思いなしたのか、二人はともに満足したようすで口を噤んだ。

イリネイ・モデストヴィチは話をつづけた。

「いま申し上げましたとおり、われわれはどういうわけか、毎晩のようにマリヤ・セルゲーエヴナの家に寄り集まっておりました。とはいえ世の中の偶然というのは、万事が万事うまく収まるわけではありません。ときにはあちらでホイストというカードを戦わせているかと思えば、こちらではボストン、大きく賭けている者もあれば、こすからい賭けをやっている連中もあるというたぐあいで、思うように面子が揃わぬこともございました。

今でも憶えておりますが、秋も深まったその日もちょうどそうでした。篠つくような雨、舗道の上を雨が川をなし、街灯の灯火は風で吹き消されるありさまでした。客間には私のほかに、四人ばかりが面子の揃うのを待っていました。ところが、この天候に恐れをなしたのか、待ち人は来たらず、仕方なくわれわれはおしゃべりを始めたのでした。

例によって、四方山話はいつしか、虫の知らせや幽霊の話題に落ち着きました。

「ついに出ましたな」と課長は声を張り上げた。「このひとは幽霊の話なしでは夜も日も明けんのです」

「おかしいですか」とイリネイ・モデストヴィチはやんわりと相手を制した。「それに関心を持つのは、けっして私ひとりではありません。われわれの頭は味気ない生活にくたびれきっていますから、心ならずもこうした摩訶不思議な出来事に惹かれるのです。それが証拠に、今日流行の詩をご覧なさい、摩訶不思議な現象がわんさか出てくるではありませんか。原罪が逃れえぬものであるように、誰しもこの詩からも逃れえないのです」

厳めしい官吏は相手のいわんとすることなど先刻承知とばかりに、大きく頷いてみせた。イリネイ・モデストヴィチは話を続けた。

「死んだはずの人間が姿をみせただとか、三階の窓の外から内の様子を窺っていた人影があっただとか、跳ね回る椅子の話だとか、お定まりの話があらかた尽きたころのことです。

話のあいだ一言も口を利かず、われわれが恐怖に声をあげても、それを横目にただ一人笑いを噛み殺している人物がおりました。かなりの年配のこの紳士は、旧い世代の根っからのヴォルテール信奉者で、議論をしておりましてもまじめくさって『ウラニア宛ての書簡詩』であるとか『詩編による論考』であるとか、ヴォルテールの詩を仰々しく引用して自説を飾り、われわれが敢えて異を唱えようものなら腰を抜かしかねない人物で、二言目には『二、二んが四にまさる真実なし』というのが、彼の口癖でした。

さて、話の種がすっかり尽きると、われわれはこの紳士に何かこの手の話をご披露くださらぬかと、おもしろ半分に頼んでみたのです。こちらの意図などお見通しだったのでしょう、その紳士はこんな話を始めました。

――申し上げておきますが、私にはこういう戯言《たわごと》が我慢ならんのです。この点ではまさに親父譲りでありましてな。と申すのも、親父の前に幽霊がのこのこ姿をあらわしたことがございます。青白い顔に、悩ましげな眼差し――いやもう立派な幽霊でありました。ところが、今は亡き親父はその幽霊にむかって、なんと思いっきり舌を突き出してやったのです。驚くまいことか、その後幽霊はぷっつり家人の前には姿をみせなくなりましたわい。私なぞも、雑誌に載った今日流行の物書き連中のロマンティックな小説を見かけますと、親父の顰みに倣ってみるわけですが、これがいけません。きょうびの物書き連中は幽霊よりも始末にわるい。こちらがどんなに顔を顰めても、いっかな出てくるのを止めようとはしない。さりながら、私とて怪奇談の一つや二つお聞かせ申せぬわけではございません。それではお耳汚しに、嘘偽りのない真実の話をお聞かせいたしましょう。ただしご注意申し上げておきますが、あなたがたの髪が逆立つようなことがあるやもしれませぬぞ。

かれこれ三十年ばかりも昔のことです――当時私は軍務に服したばかりで、私どもの連隊はとある地方に駐屯しておりました。われわれは予備軍でありました。戦役の終結が間近いという噂がしきりで、それを証するように一か月以上もわれわれには移動命令は下りませんでした。それだけの時間があれば、兵隊が現地の住民に溶け込むには充分です。私が投宿しておりました家の女主人《おかみ》というのは、年配の地主で、それは気立てのいい、陽気な、話好きの婦人でした。大いに馬が合ったものです。日が暮れるとこの婦人の家には、ちょうど今みたいに、客が押し寄せ、大いに愉快な時を過ごしたものです。その家から一キロほども行ったところでしょうか、小高い丘に、古びた城がございました。半円形の窓といい、いくつかの物見櫓、風車――それこそいわゆるゴシック建築の奇想溢れる城でございました。当時の私どもはそんな城なぞ小馬鹿にしていたものですが、今日では趣味が低落したのか、さような城が再び流行であるとか。当時の私どもには思いも寄らぬことです。私どもの目にはありのままに妙ちきりんな城だと映るだけで、やれ馬小屋だ、鳩小屋だ、はては出来損ないの肉饅頭、瘋癲病院などと称したものでした。

「あの菓子饅頭はいったいどなたのお城ですか?」と、ある時、女主人に訊いてやりました。

「知り合いの＊＊＊伯爵夫人のお城でございますわ。とても気立てのいい方でいらっしゃいますよ。是非ともお目もじなさいまし……伯爵令嬢のマリヴィナさまはその昔、それはそれは大変な辛酸をお嘗めになったのです」そう女主人はいうのです。「そのご苦労ときたら並大抵ではございませんでした。若い頃に或る若君に恋をなさったのです。ところが、その若君は伯爵ではいらっしゃいましたが貧しくて、ご両親は頑としてご結婚を承知なさいませんでした。ところがお嬢さまは気性の烈しい方で、お相手を一途に愛しておいででしたから、若君と駈け落ちなさったばかりか、あろうことか、夫婦の契りまで結ばれたのでございます。それはもう大層な騒ぎとなりました。ご母堂さまは厳格な、昔気質のご婦人で、家名を誇り、横柄で、甘やかされ放題、どなたにたいしても自分の我儘を通してこられた方でございました。マリヴィナさまの出奔はご母堂さまにとっては青天の霹靂、実の娘の反抗にご母堂さまの怒りは心頭に達し、かかる振る舞いは伯爵家の名折れと映ったのでございます。お可哀相にお嬢さまは母君のご気性をご存じでしたから、長い間お母さまの前にお姿をみせようとはなさいませんでした。手紙を差し上げてもご返事は戴けません。お嬢さまはすっかり沈み切っておしまいになりました。どうお慰め申してもお心は安まりませんでした。良人が振り注ぐ愛情も、骰子が投げられた今となっては母君の怒りも長続きは致しますまいという友の慰めも気休めとはなりませんでした。こうして悶々とするうちに半年ばかりが過ぎました。この頃よくお嬢さまにお目にかかりましたが、すっかり昔の面影はございませんでした。それにとうとう身重におなりになりました。お嬢さまの不安は募る一方でございました。大抵この時期、女の神経は高ぶるものでございます。神経は過敏になり、ちょっとした考えや些細なことばに、以前に倍して傷つくのです。親の不興を買ったまま子供を生むのかと考えただけで、マリヴィナさまは居た堪れなくなるのです。それを思うと胸は塞がり、夜も眠れず、力が萎えていくのでした。お嬢さまはついに堪えきれず、『かくなるうえは、お母さまの足下に身を投じ、お許しを乞います』とおっしゃるのです。私どもはお諫めしましたが無益でした。お子さまがお生れになるまでお待ち下さい、そうしてお子さまとご一緒にお怒りのお母さまにお顔をお見せなさいまし、そう申し上げても埒があきませんでした。いたいけなお子さまをご覧になれば、閉ざされたお心をお開きになることもあるでしょう、そうことばを尽くしてもお聞き届けはくださいませんでした。臆する気持ちがまさったのでございましょう、ある朝、みながまだ寝静まっております隙に、お嬢さまはこっそり家を出て、お城に向かわれ、まだお母さまがお寝みになっている閨《ねや》に忍び込むと、崩れるように跪かれたのでございます。

　老伯爵夫人は変ったお方でした。お心が読めぬお人柄でございました。何をお望みなのか、さっぱり要領を得ません。ご自身でもお分りにはならなかったのではないでしょうか。些細なことばや、お受け取りになった文《ふみ》、空模様といった、お身のまわりのことでご機嫌がかわるのです。ひとつことに、その時々で、お喜びになったり、ご機嫌が斜めになるのでございます。

お嬢さまが伯爵夫人に惹き起こした最初の反応は驚愕でございました。嗚咽し夫人の膝をかき抱き、毛布を剝ぎとろうとしているこの白ずくめの女がいったい何者なのか、夢うつつの夫人には合点がいきませんでした。はじめ夫人はこれを幽霊かと思われました。次には気違い女かとお思いになりましたが、わが娘《こ》であると分かると驚きはお腹立ちに変わりました。愛娘の涙も、その哀訴の仕草も夫人の心を動かさず、母親の情にほだされることもございませんでした。天の邪鬼な性格が勝ったのでしょう、『お下がり。いったい何様のおつもりか。そなたなぞ呪われるがいい！』と声を荒げておっしゃるだけなのです。お可哀相にお嬢さまは危うく気を失いそうになりましたが、じきに母親となる自覚が気丈にしたのでしょう。絞りだすように、しかし思いを込めて、途切れがちな声で、『私はいくら呪われようと甘受いたします……しかし、せめて生まれてくる子はお憐れみくださいまし』と訴えられました。『そなたも、そなたの子も呪ってくれると瞋恚《しんい》の炎を燃やされる夫人はなおもおっしゃいました、『その子がそなたに天罰を下すであろうぞ！』と。お気の毒にマリヴィナさまはばたりと床に倒れておしまいになりました。

倒れたお嬢さまのお姿はどんなことばにもまして伯爵夫人を動揺させました。夫人はいまさらながら空恐ろしくなりました。気儘な夫人の神経はこんな光景に耐えられなかったのでございましょう。寝台から跳ね起きますと、呼び鈴を鳴らし、お医者さまに使いを走らせました。そしてお労《いた》わしいお嬢さまがお気づきになったときには、お嬢さまはすでにお母さまの腕に抱かれていたのでございます。すべてお許しが出、水に流されたのでございました……。

　このあとお嬢さまは夫君とお城にお移りになり、ほどなく男の子をご出産なさいました。老伯爵夫人はかつての面目ない仕打ちを大いに恥じられ、能うかぎり誠意をつくしてわが娘を慰めることを生涯の誓いとされたように見受けられました。何度となく、夫人はわが娘に下した呪咀を取り消すべく誓いを立てられ、そのことを書面にしたため、この誓いをペンダントに入れて常に身に着けておくようお嬢さまにお申し付けになりました。お嬢さまはお嬢さままで決してそのペンダントを肌身からお離しになるようなことはございませんでした。やがてご子息が長じて、軍役に服するようになりましても、老伯爵夫人は依然としてお嬢さまにたいするかつての酷《むご》い仕打ちをお忘れにならず、まるで赤ん坊にするように慈しみを施されました。夫人の富をもってしましては、この世にかなわぬことはございません。つい先頃もある訴訟に勝って数百万もの大金をお手になさいましたが、伯爵家では大枚を投じ、数寄を凝らしたお城を整備なさいました。そこにはそれこそ無いものはございませんでしょう。イギリス庭園、みごとな卓子、百年ものハンガリー・ワインを収めた酒蔵、水や温水の出る噴水、大理石の床、数々の冬の庭園——申してみれば、これぞ地上の楽園でございます。舞踏会や夜会はひきもきりません。およろしければ、一度お引き合わせいたしましょう。さぞやご歓待くださることでございましょう……」

　半年のあいだ憂さ晴らしといえば、煙出しのない百姓屋で男同士が酔っ払うだけであった若い将校連中にとって、これに勝る嬉しい申し出はありますまい。

「ごもっともです！」口髭を撫でながら大尉が相づちを打った。

――さっそく翌日私どもは伯爵家に伺い、女主人を介して面識をえましたが、あらためて女主人のことばに嘘偽りがないことを確信した次第です。屋敷は豪奢なものでした。私ども一人ひとりにあてがわれた個室には、ありとあらゆる日用の便が整っておりました。みごとな羽毛の寝具は藁布団のあとではまさに天国でした。各部屋には水と湯の出る風呂、あらゆる身仕度の品々が取り揃えてあります。使用人たちは物腰もやわらかく、一を聞いて十を知る察しのよさです。老伯爵夫人はもはや肘掛椅子から起き上がれぬ身でありましたが、まだまだ交誼《こうぎ》に厚く、また若奥様と呼ばれるお嬢さまは、すでに四十歳の峠を越えておられましたが、それこそ十五の小娘みたいに、いかにも初々しく、溌剌と飛び回っていらっしゃる。私どもの多くはこの若奥様に、武骨ながらも精一杯誠意を示すことを義務と考えておりましたが、なかには本気でぞっこん参ってしまう者も出る始末です。ご亭主は知らぬ顔の半兵衛を決め込み、奥さんが科《しな》を作り、若い将校たちの情熱をかきたてるのを微笑ましく見守っていらっしゃるご様子でした。歓楽に酔い痴れ、次から次へと気晴らしに打ち興じる――それがこの屋敷の掟であり生活そのものでありました。私どもに要求されたことはただひとつ、昼を徹して飲み食いし、夜を徹して倒れるまで踊り狂うことでした。われわれは油にチーズがとろけるように、くたくたになるまで踊ったものです。数日後にはこの屋敷の喜びと仕合わせはさらに倍加しました。この家の御曹司である、末頼もしい陽気な若者が休暇で帰省されたのです。私どもと同じように、煙出しのない百姓屋を転々とする生活が続いたためでしょうな、ご子息もわが家と一家団欒がもたらす仕合わせを満喫なさった次第です。

私どもの部隊の移動が本決まりになりますと、伯爵家では私どものために最後の大舞踏会を催して下さることになりました。近在の家々に招待状が送られ、庭園には照明を設置し、豪勢に花火を打ち上げることが決まりました。その前夜のことです、翌日の計画をあれこれ相談していたのですが（と申しますのも、私どもは身内同然にこの家の相談に与《あずか》っていたのです）、たまたま今と同じように、話題が幽霊に及んだのでした。若奥様が思い出しておっしゃるには、このお城には身の毛もよだつ音をたて、まぼろしが出没するために以前から近隣の住民を震えあがらせている部屋が一つあるのだそうです。件《くだん》の部屋には、空き部屋がないために御曹司が寝起きなさっていました。御曹司は、これまで家の霊が自分に仕掛けた悪戯《わるさ》といえば、ぐっすり太平の眠りに就かせたことぐらいだろう、と笑っておっしゃるのです。私どもも御曹司といっしょに声を上げて笑い、それぞれ寝室に別れました。明くる日、城には続々と人々が詰め掛けました。われわれは朝の十時からお昼まで踊り、午餐を済ませてまた真夜中まで踊り続けました。あすの五時に騎乗しなければならぬことなど、私どもは考えもしませんでした。とはいえ、正直なところ、一日が終わる頃には疲労は極に達し、真夜中すぎに客人が帰り支度をはじめたときには、ほっと胸を撫で下ろしたものでした。部屋部屋の人影もまばらになり、私どもも各自の寝室に引き上げようとしたのですが、若奥様にしてみれば二十四時間踊りあかすことなどコップ一杯の水を飲み干すのも同然、ご婦人をワルツにお誘いし、帰り支度をはじめたお客をお引き留め下さい、とおっしゃるのです。私どもも最後の力をふり絞りましたが、もはやそれまで、ついには早々と寝室に引き下がられたご子息を引き合いにだして、若奥様にお暇を乞わねばならぬありさまでした。「何をおっしゃいます」と若奥様はおっしゃるのです。「あんな怠け者がお手本になぞなるものですか！　あの子にひとつ御灸を据えてやらねばなりません！　まだこんなにお美しいご婦人がたが残っていらっしゃるというのに、寝ている法がありますか！　ついていらっしゃい！」

　青年は、一日あくせく立ち働いたせいでしょう、ぐっすり眠りこけていましたが、扉の開く音に目をさましました。青年の驚きはいかばかりだったでしょう！　なにしろ、就寝用のランプの青白い明かりに浮かび上がるおびただしい白装束の幽霊、それが彼に襲いかかってくるのです。夢うつつに青年はピストルをひっ掴み、「さがれ、撃つぞ！」と叫びました。しかし、先頭にいた幽霊はなおも寝床ににじり寄り、両のかいなを伸ばして青年を抱き竦《すく》めようとするのです。動転したのか、まだ目が覚めきっていないのか、青年は撃鉄を上げ、引き金を引き絞りました……。「ああ、お母さまのペンダントを着け忘れるなんて！」若奥様は悲鳴をあげながら、その場に崩れ落ちました。幽霊に扮していた私どもは彼女に駆けより、シーツをはねのけました……顔面は蒼白で、若奥様とは見分けられぬほどでした。致命的な深手を負われているのです。その時、遠くから太鼓の音が聞こえてまいりました。部隊が行軍に移ったことを知らせる合図です。私どもはかくも楽しい日々を過ごし、今は悲しみに沈む屋敷をあとにしました。その後の顚末は杳《よう》として知れません。少なくとも、私は幽霊には一度もお目にかかったことはないが、自分が幽霊に扮したことはある。要するに、怪談話などというのは全部が全部このたぐいですわい。どれもこれも作り話にすぎんのです。ご覧のとおり、事実はしごく単純なのです――。そういってこの老紳士は笑い声をたてました。

その時です、今まで熱心に耳を傾けていた一人の青年が先の老人につかつかと歩み寄り、『お話はたいへん正確でした』と語りかけてきたのです。『私もあの事件の起きました一族のものですから、話はよく存じております。ただしあなたがご存じないことがひとつあります。それは、伯爵家の夫人は今も存命であることです。それにあなたがたを息子の部屋に案内したのも彼女ではありません。ほんとうに幽霊だったのです。それは今もって城に出没するのです』

先の語り手は顔色を失いました。青年はさらに続けて、

『あの事件に関してさまざまな揣摩《しま》臆測が飛びかいました。しかしどうにも説明がつかないのです。ただひとつ空恐ろしいのは、ことの顛末を語った人物が一人残らずこの話をしてから二週間後に亡くなっているという事実です』

そういうと、青年は帽子を取って部屋を出て行きました。

老人の顔色が一段と青ざめました。青年の自信たっぷりな冷ややかな口調に打ちのめされたのでしょう。正直なところ、私どもも思いは同じ、しばらくは口も利けませんでした。気を取り直して話題を変えようとしましたが、うまくいきません。やがて誰いうともなく家路につきました。数日後、幽霊をあざ笑っていた老人が病に倒れ、とても危険な状態にあることを知りました。肉体の苦しみのほかに幻覚の悪夢に見舞われているとのことでした。真っ白なシーツを被った蒼白

の女が夢枕にあらわれ、彼を寝床から引きずり降ろそうとするのだそうです。そして、きっかり二週間後に」と、イリネイ・モデストヴィチは悲痛な声でこう付け加えた。「マリヤ・セルゲーエヴナ家を訪れる客は一人少なくなったのです！」

「奇っ怪な話ですな！　実に奇っ怪だ！」と大尉は嘆息した。

課長はものに動じぬペテルブルグの人間らしく、まるで役所の至急便の書類でも読むような顔つきで話を最後まで聞いていたが、やがておもむろにこう言った。

「いや、なに、驚くほどのこともありますまいて。考えすぎる人間によくあることです。さよう、考えすぎです。うちにもそういう役人がひとりおりました。いや、なかなか立派な男なのですが、正規の職員にしてくれと言ってきかんのです。あまりうるさいものだから、私はその男に古い書類の整理を言い付けてやりました。整理がついたあかつきにはポストにつけてやろうというわけです。やっこさん、可哀相にわが身に鞭打って命令に従いました。一年が経ち、二年が過ぎましたが、昼となく夜となく書類相手に悪戦苦闘。とうとう気の毒になりまして、上司に推挙してやろうと思っていた矢先のことです。書類管理官のようすが変だという報告が舞い込んだのです。男の仕事部屋に行ってみますと、ご本人はいない。どうしたのかと思ってよくよく見ると、棚の天辺に登って、書類の束のあいだにしゃがみ込み、両手で番号札を持っているのです。『どうしたのかね？　降りなさい』と声をかけたのですが、その男いったい何と答えたと思います？　『あい済みません、イワン・グリゴーリイチ、それは出来かねます。私は既決事項なのであります！』――そう言うのです」と、課長は笑いこけた。するとイリネイ・モデストヴィチは

涙を浮かべて、

「あなたのお話のほうが私の話より痛ましいじゃありませんか」と言うのだった。

役所の話なぞほとんどうわの空だった大尉は先の怪談にまだ頭をひねっているようすだったが、ようやく我に返ったらしく、イリネイ・モデストヴィチにこう訊ねた。

「ひとつ伺いますが、マリヤさんのお宅でポンス酒はお召し上がりになりましたか?」

「いいえ、生憎と」

「奇っ怪ですな！　実に奇っ怪だ！」

やがて駅逓馬車は止まり、われわれは馬車から降りた。

「ところで、先程のご老人はほんとうに亡くなられたのですか?」と私は訊ねた。

「それは言わぬが花でしょうな」イリネイ・モデストヴィチは例によって、にっこり顔をほころばせ、跳ねるようにからだを揺すりながら、女性的な声で早口で答えるのだった。

（浦雅春　訳）

# 吸血鬼《ヴルダラーク》の家族

――ある男の回想より

A・K・トルストイ

## ◆アレクセイ・コンスタンチノヴィチ・トルストイ
Алексей Константинович Толстой 1817–1875

後期ロマン主義の流れを汲む詩人、小説家、戯曲家。伯爵家の出身である(『戦争と平和』の作者レフ・ニコラエヴィチ・トルストイとは同姓だが、もちろん別人)。リアリズム全盛の一九世紀半ばにあって、芸術至上主義的な立場を守った。処女作「吸血鬼」(一八四一)は、ゴシック・ロマンス的色彩の濃厚な幻想小説。ほぼ同じ時期に「吸血鬼の家族」「三百年後の出会い」の二編がフランス語で書かれている。その後の作品としては、歴史長編『白銀侯爵』や、『イワン雷帝の死』に始まる悲劇三部作などが有名。「吸血鬼」は長い間忘れられていたが、世紀末に神秘哲学者ウラジーミル・ソロヴィヨーフによって再発見された。

一八一五年という年は、当時、ヨーロッパの貴顕紳士、政治的辣腕をもって鳴る名だたる社交界の綺羅星《きらぼし》たちのあいだでもひときわ優美な存在を、粋を集めるように、ウィーンに惹き寄せた。そのため、この都会《まち》はただならぬ活気と光彩と愉悦の様相を呈していた。会議〔ウィーン会議〕は終りに近づいていた。亡命の王政主義者たちは自分たちの手に戻った城へ移り住もうとしていたし、ロシアの兵士たちはなにもかも置き去りにしてきた故郷へ帰ろうとしていたし、なお不満を残した何人かのポーランドの愛国者たちは、メッテルニヒ公爵とハルデンブルク公爵とネッセルローデ伯爵の三者の配慮によって彼らのために用意された疑わしい独立のヴェールにつつまれて、自由の夢想をクラクフに持ち越そうとしていた。

社交界の華やいだ舞踏会が終りに近づくと、その人出の多い賑やかな集いの幕が降りようとする直前になってもまだ楽しんでいたいと思う人が何人か居残ることが時折あるように、その時もオーストリアの貴婦人の艶《あで》やかさに魅せられた幾人かの人々は帰り支度を急ごうとせず、出発を一日また一日と引き延ばしていた。この楽しい集いは、わたしもその仲間に加わっていたのだが、週に二回ほど、ウィーンから数マイル離れたヒッツィングの町の郊外にある、未亡人シュヴァルツェンブルク公爵夫人の城で催された。館の女主人の優雅で気品のある物腰、淑やかな愛想、繊細な知性は、彼女の客となる者にとってはえも言われぬ魅力だった。午前中はわたしたちは散歩の時間に当てていた。午後の食事《ディナー》は一緒に城の中か、あるいは城の近くのどこかでとった。晩は静かに燃える暖炉のそばに腰をおろして、四方山《よも やま》話に花を咲かせたが、ただ、政治の話をすることは厳重に禁じられていた。政治の話にはもうみんなうんざりしていたので、わたしたちの話はそれぞれの故国の迷信や伝説に関するものだったり、あるいは個人の思い出だったりした。

ある晩、どの人もなにかの話をし終えたところで、ふと一同がいっせいに口をつぐんでしまった沈黙といつもながらの薄闇に促されたかのように、それぞれに胸に描く想いが緊張した状態に置かれたとき、高齢の亡命者ではあったが、ほとんど青年とも言える快活さと機知のためみんなから非常に好感を持たれていたデュルフェ侯爵が、この一瞬訪れた沈黙を利して、話しはじめたのだった。

「みなさまのお話は、もちろん、いずれもきわめて風変りなものばかりです」と彼は言った――。「しかし、みなさまのお話には、失礼ながら、肝腎なものが欠けているようにわたしには思われるのです。つまり、みなさまのお話にはみなさまご自身の参与がないのです。みなさまのうちどなたかがご自分の目でいましがたお話くださった超自然的な現象をご覧になったかどうか、そしてご自分の偽りのない言葉でそれらの現象を証言することがおできになるかどうか、わたしは存じません」

わたしたちは、そんなことができる人はひとりもいない、と認めざるを得なかった。老侯爵は服の胸飾りを直しながら話しつづけた。

「わたし自身のことについて申しますなら、そういった類の話で知っているのはひとつだけなのですが、ただ、それは非常に奇妙な恐ろしい話ですし、それに最も肝腎なことは、それこそ確かな話でありますので、みなさまのうち最も懐疑的なかたに対しても、そのかたの胸に恐怖心をよび起すにはこの話ひとつで充分なのでございます。わたしは、不幸にも、自分自身がこの出来事の目撃者でもあり、登場人物でもあったのでございます。いつもなら、そのことを思い出すことは好まないのですが、今宵は、もしご列席の麗わしきご婦人がたのお許しがいただけるならば、喜んでそのお話をご披露させていただきます」

早速、一同の同意が得られた。実を言うと、幾人かの怯えたような視線が、わたしたちの集っていた部屋の滑らかな寄木細工の床の月光に照らされた明るい四辺形の部分に向けられていたが、ほどなく一同は侯爵を囲んで小さな輪をつくり、彼の話を期待して沈黙した。侯爵は金箔の嗅ぎタバコ入れからタバコをひとつまみ取ってゆっくりとその香りを味わってから、話しはじめた──。

なによりもまず、奥様がたにお願い申しあげなければなりませんが、わたしの話の途中で、年甲斐もなく、昔の恋愛についてたびたび触れる必要が生じるかも知れません。もしそうだとしたら、なにとぞご容赦くださいますように。しかし、話をわかりやすくするためには、それらのことに触れざるを得ないのでございます。それにいたしましても、老人がときにはわが身の老いを忘れることは大目に見ていただけることですし、それに、奥様がた、こうしてお美しいかたがたの輪の中に入れていただいて、わたしがいまひとたび若者に返ったような錯覚にとらわれたといたしますならば、それはほかならぬみなさまがたのせいでございます。まあそういうことで、これ以上の前口上はないことにいたしまして、さっそくお話にはいりましょう。

あれは一七五九年のことでございましたが、わたしは美しいド・グラモン公爵夫人に激しい恋心をいだいておりました。当時、永遠《とわ》に変らぬ深い愛であると思いこんでいたこの恋のために、わたしは昼も夜も心の落着く暇もありませんでした。公爵夫人は、美しい女性は大抵そうなさいますように、その思わせぶりによってわたしの苦悩を強めるばかりでした。忌ま忌ましさもついに限度にきたところで、わたしは自ら願い出て、モルダヴィア公国の君主のもとへ外交官として赴く任務を引き受けたのでした。当時、モルダヴィアの君主とヴェルサイユの内閣とのあいだには、フランスにとってある重要性をもつ折衝が行われていたのです。出発の日の前夜、わたしは公爵夫人のもとへ出向きました。彼女はそれまでのような嘲笑的な態度はもはや見せずにわたしを迎え、いささか興奮気味に切り出しました——。

「デュルフェさま、ご思慮のない行動をお取りになりますのね。でも、わたくしあなたのご性格はよく存じあげておりますし、あなたが一旦こうとお決めになったら絶対あとへはお退きにならないことも承知しております。ですから、わたくしからあなたへのお願いはひとつだけにいたします。この小さな十字架をわたしの心からの友情のしるしとしてお受け取りくださいませ。そしてここにお戻りになるまで、いつも身につけていていただきたいのです。これはわたくしどもがとても大切にしてまいりましたうちの家宝でございますの」

その場には、おそらく、不釣合でさえあるような慇懃な態度で、わたしはその家宝にではなくてわたしに差し出された彼女の美しい手に口づけしました。いまもわたしの首に懸けてあるのがその十字架で、そのとき以来はずしたことのないものでございます。

奥様がた、わたしは自分の旅の詳細やハンガリー人やセルビア人に関するお話をしてみなさまがたを退屈させるつもりは毛頭ございませんが、彼らは貧しいながら勇敢で誠実な民族でありまして、トルコ人によってその隷属下に置かれているにもかかわらず、自分たちの尊厳と昔日の独立を忘れたことのない人々なのです。次のことだけ申し添えておけば充分かと存じますが、わたしはワルシャワにしばらく滞在していたことがあって、そのあいだになんとかポーランド語を習い覚えましたので、セルビア語にもすぐになじむことができました。それはこの二つの言語が、ロシア語とチェコ語とがそうであるように、スラヴ語とよばれる同一の語派に属するものだからです。

このようにして、あるときわたしがセルビアのある村にはいったとき――その村の名はみなさまがたにはどうでもよいことなので申し上げませんが――そこで充分意志が通じる程度にセルビア語をこなすことができました。

わたしは宿をとることにしていた家の男たちがなにか動揺している様子であることに気がつきました。その様子は、それが日曜日のことであって、ふつうセルビア人たちが踊りや射撃や格闘技などのさまざまの気晴らしに打ち興じる日であったものですから、わたしには一層奇妙に思われました。その家の男たちの気分はその家に生じたばかりのなにかの不幸によるものと考え、わたしは彼らには失礼して立ち去ろうとしていると、年齢三十歳ぐらいの、背の高い堂々たる体格の男が近づいてきて、わたしの手を取りました――。

「おはいりなさい、外国のかた、わしらの悲しみに驚かんでください。あなたも訳を聞けば、わしらの悲しみをわかってくださるでしょう」

そして彼がわたしにしてくれた話はこうでした――。彼の年老いた父で、ゴルシャという名の、じっとしていることの大嫌いな勇み肌の男が、ある朝、ベッドから起きあがると、壁に懸けてあったトルコ製の長身の銃を取って、二人の息子――ゲオルギエとペタル――に言いました。「子供たちよ、わしはこれから山へはいって、犬畜生のアリ・ベグ（当時その地方を荒しまわっていたトルコ人の盗賊を人々はそう呼んでいた）を追跡している勇者たちのもとへ馳せ参じるつもりだ。十日間だけわしの帰りを待て。もし十日目にわしが戻らなかったら、わしのために追善の供養をせよ、つまり、わしは殺されたことになるからだ。もし――と老ゴルシャは真剣な表情になって付け加えた――よいか、もし（神のみ救いがお前たちにあるように）わしが期間の十日が過ぎたあとで帰ってくるようなことがあったら、お前たちは身の救いのためにわしを家に入れてはならんぞ。その時には、お前たちはわしがお前たちの父であることを忘れて、たとえわしが何を言おうと、何をしようと、わしをヤマナラシの木の杭で刺し貫くように、命令しておく。なぜならそのとき帰ってきたのはこのわしではなくて、お前たちの血を吸うために来た呪われた吸血鬼《ヴルダラーク》だからだ」

ついでに申しあげておいたほうがよいかと存じますが、奥様がた、この「ヴルダラーク」というのはスラヴ諸民族の「ヴァムピール」と同じことで、その地方の俗信によれば、生者の生き血を吸うために墓から出てくる屍体にほかなりません。概して言えば、彼らの習癖はほかの国々の吸血鬼と変らないのですが、ただ、彼らは彼らの存在をなお一層危険なものにしている特性を有しているのです。ヴルダラークたちは、奥様がた、自分の近親者や親友たちの血を好んで吸うのでありまして、彼らに血を吸われた者たちは、死んで、こんどは自分たちがヴルダラークになります。したがって、ボスニアやヘルツェゴヴィナでは村の住民がことごとくヴルダラークであるという村がいくつもあるという話です。

オーギュスタン・カルメ神父〔仏のベネディクト会修道士で聖書学者。一六七二～一七五七年〕はその亡霊に関する奇書のなかで類似の恐るべき事例を挙げております。ドイツの皇帝は吸血鬼事件の解決のために何度も調査委員会を設置させました。審理が行われ、土の中から血を吸って膨れあがった屍体が引きずり出されて、あらかじめ心臓を杭で貫かれたうえで広場で焼かれました。職務上そういう処置に立ち会った役人たちの証言によれば、刑吏が屍体の心臓に杭を打ち込んだとき、屍体が呻き声をあげるのを聞いたという事実が確認されています。そういう役人たちが誓約し、さらに署名と印によって認証した公的な陳述書が今日も保存されています。

それは立派な誠実な家族でした。上の息子ゲオルギェは男らしい端正な顔立ちで、意志の強い生真面目そうな人でした。彼は妻帯し、子供が二人いました。弟のペタルは十八歳の美青年で、顔の表情には剛胆さよりも柔和さが目立っていました。彼は妹のズデンカに慕われている様子でしたが、その妹はスラヴ美人の典型と言ってよい娘でした。あらゆる点において非の打ちどころのないその美しさに加えて、わたしを驚かしたのは、彼女がどことなくド・グラモン公爵夫人に似ていることでした。ことに額のあたりの独特の特徴がそうでして、それはわたしが生涯のうちでこの二人の女性にだけ認めたものでした。その額の特徴は、おそらく、一目見たぐらいでは気を惹くようなものではないのですが、見れば見るほどなんとも抗しがたい魅力を感じさせるようになるのでした。

当時わたしがまだ若すぎたせいか、それともズデンヵの素朴で個性的な知性と二重映しになったこの両者の類似にまったく圧倒されてしまったためか、わたしは彼女と二分も話を交さないうちにもうすっかり彼女を好きになってしまいましたので、もしわたしがこの村での滞在を延ばしたならば、わたしが彼女に対していだいていた好感はもっと優しい感情に変化する危険性をはらんでいました。

わたしはみんなと一緒にテーブルにつきました。テーブルにはチーズとミルクのはいった素焼の壺が出ていました。ズデンカは糸を紡ぎ、彼女の兄嫁は庭先で砂遊びをしている子供たちのために晩餐の支度をしていました。ペタルは無頓着を装って口笛を吹き、ヤダカンというトルコ製の短剣を磨いていました。ゲオルギエは机に頬杖をついて、無言のまま、往来のほうを見つめていました。

わたしは一家の沈んだ気分に戸惑いながら、金色の反照に輝く空の深みを縁どっている夕焼け雲や近くの松林の中から頭を突き出している修道院を眺めていました。

この修道院は、あとで知ったことですが、かつてはその聖母の奇蹟の聖像《イコン》で有名になった修道院で、伝説によれば、その聖像は天使たちが運んできて樫の木の枝に懸けたものだそうです。ところが、前世紀の初めにトルコ人がこの地方に侵入してきて、修道士たちを絞め殺して修道院を荒らしました。あとに残ったのは壁と小礼拝堂だけで、ひとりの隠者がそこを守っていました。それは旅ゆく人々には廃墟のように見えましたが、聖地を訪ね歩き、「樫の木のもとの聖母」の修道院に泊ることを好む巡礼者たちには雨露を凌ぐ場所となっていました。いま申しあげましたように、わたしがそのことを知ったのはあとになってからのことでした。と言うのは、その晩は、わたしの頭の中を占めていたのはセルビアの遺跡のことではなかったからです。空想に耽る時にはよくそうなるのですが、わたしは過ぎ去った日々、素晴らしい幼年時代、遠い未開の地を見限るように別れを告げてきた祖国フランスに想いを馳せ、回想にずっぷりと浸っていました。わたしはド・グラモン公爵夫人のことを想い、そして正直に言いますと、奥様がた、みなさまがたと同年ぐらいの別の何人かの女性のことを想っておりますと、彼女たちの面影がなぜか美しい公爵夫人の面影につづいて次々にわたしの心の扉をたたくのでした。

ほどなくわたしはその家の人々や彼らの心配事のことを忘れてしまいました。

突然、ゲオルギエが沈黙を破りました。

「おい」と彼は細君に言いました――。「じいさんが出て行ったのは何時だったかな？」

「八時でしたよ。そのとき修道院の鐘が時を打つのを聞きましたから」と細君は答えました。

「それならいい」とゲオルギエはつづけて言いました――。「いま、まだ七時半を過ぎてはいないから」

そして彼は黙りこんで、森に通じる往来に再び視線を凝らしました。

奥様がた、言い忘れておりましたが、セルビア人たちは、ある誰かが吸血鬼ではないかと疑われる場合、その人を本名で呼んだり、その人のことに直接触れる話をしたりすることを避けるのです。もしそんなことをしたら吸血鬼を墓から呼び出すことになるからです。そのために、先刻からゲオルギエは父親のことを言うとき、「じいさん」としか呼ばないのでした。

数分沈黙がつづきました。突然、子供のひとりがズデンカの前掛を引っぱりながら言いました。

「叔母《おば》ちゃん、おじいちゃんはいつになったらおうちに帰ってくるの?」

この質問に対してゲオルギエが頰打《びんた》をもって答えました。子供は泣きだし、小さい弟のほうが驚いた怯えた表情で言いました。

「父《とう》ちゃん、どうしておじいちゃんの話をしてはいけないの?」

もうひとつ頰打が子供を黙らせるべくその頰にとびました。子供たちは泣き、女たちは十字を切りはじめました。

そのとき修道院の鐘がゆっくりと八時を打ちはじめました。最初の時を打つ音が鳴りひびくやいなや、森を出てこちらに近づいてくる人影が目にはいりました。

「帰ってきたぞ!　ありがたや!」とペタルとその兄嫁とズデンカはいっせいに歓声をあげました。

「神よ、われらを護りたまえ」とゲオルギエが重々しい声で言いました——。「彼の言った十日の期限が過ぎたのか過ぎなかったのか、どうすればわかるのだ?」

みんなは恐怖のうちに彼の顔を見ました。そうするうちにも人影はだんだん近づいてきました。

それは白い口髭をたくわえた、蒼白な厳しい顔つきの背の高い老人で、杖を頼りにして身体を引きずるようにやっと歩いていました。彼が近づいてくるにつれてゲオルギエの顔色は一層曇りました。新しい到着者はわたしたちに近づいてきて、何も見えていないように思われる視線で家族一同を見まわしました。それほどまでに彼の目は暗く落ち窪んでおりました。

「何だ！」と彼は虚ろな声で言いました。「どうして誰もわしを迎えようとしないのだ？　この黙りようは何だ？　お前たち、わしが傷を負っているのがわからないのか」

事実、老人の左脇腹は血だらけでした。

「父君を支えてあげなさい」とわたしはゲオルギエに命じました。「そして、ズデンカ、あなたはなにか気つけになる食物をあげなさい。さもないと父君はいまにも力が尽きてしまいますよ！」

「父さん」と言ってゲオルギエはゴルシャに近づきました――。「傷を見せなさい、わしが見れば傷の具合はわかるし、手当の仕様もある……」

息子が父親の上着を脱がせにかかると、老人は邪険に息子の手を払いのけ、両手で自分の脇腹を覆いました。

「放っといてくれ。下手に手を出されると傷がひどくなるばかりだ」と彼は言いました。

「だけど、心臓に傷を受けてるじゃないか！」と顔面蒼白になってゲオルギエは叫びました――。「上着を取りなさい、取らなきゃ、だめだ！　だめだ、と言ってるのに！」

老人は立ちあがって身体を真っ直ぐに伸ばしました。

「気をつけろ、わしの身体にちょっとでもさわってみろ、お前を呪ってやるぞ！」と彼は虚ろな声で言いました。

ペタルがゲオルギエと父親のあいだに割ってはいりました——。

「放っときなさい。父さんは苦しんでいるじゃないか！」

「逆らわないほうがいいわ。お父さんは自分の言うとおりにしないと我慢できないお人だから」とゲオルギエの細君が言いました。

そのとき、土埃《つちぼこり》の雲を巻きあげながら羊の群が家に向って帰ってくるのが見えました。羊に付き添っていた犬が自分の主人を見まちがえたのか、それともなにかほかの理由によるのか、ゴルシャの姿に気がつくと足を留めて、なにかただならぬものを見たかのように毛を逆立て、全身を震わせて唸りはじめたのです。

「いったい、この犬はどうしたんだ？」と老人は言って、一層顔をしかめました。「いったい、どうなっているんだ？　わしは自分の家族のなかで他人になってしまったのか？　十日山の中にいたあいだに、飼い犬にまで見損なわれるほどにこのわしは変ってしまったのか？」

「聞いたか？」とゲオルギエは細君に尋ねました。

「何を？　ゲオルギエ」

「彼は、十日が過ぎた、と自分の口から言ったではないか」

「そうじゃないわ、だってお父さんは決まった期間内に帰ってこられたではありませんか」

「わかったよ、わかったよ。何をすべきか、おれにはわかっている」

犬は吠えつづけていました。

「忌ま忌ましい犬め、まだ吠えてやがる……こいつを撃ち殺せ！　聞いているのか？」とゴルシャは叫びました。

ゲオルギエは身体を動かそうとしませんでしたが、ペタルは目に涙を浮べて立ちあがり、父親の小銃を手に取って犬を撃ちました。犬は埃のなかに転がりました。

「ぼくのお気に入りの犬だったのに」とペタルは声を落して言いました。「どうして父さんには犬を殺す必要があったのか、ぼくにはわからん」

「そいつは死に価するからだ」とゴルシャは答えました――。「寒くなってきたな。家の中にはいらせてもらうぞ」

こういうことが起っているあいだ、ズデンカは老人のために洋梨と蜂蜜と干し葡萄と火酒《ラキヤ》を混ぜて煮立たせた飲物をつくって出しましたが、老人はそれを嫌悪するように払いのけました。老人はゲオルギエの差し出したライスを添えたマトンの脇腹肉の料理にも同じ嫌悪の目を向け、部屋の隅に行って坐り、何やら訳のわからぬ言葉を呟いていました。

暖炉では松の薪が炎をあげて、そのちらちらと揺れる明かりで老人の顔を照らしていましたが、その顔はあまりにも蒼白で憔悴しきっており、もしこの明かりがなかったならば死人の顔に見えたことでしょう。ズデンカが近寄ってきて彼のそばに坐りました。

「お父さん」と彼女は言いました――。「お父さんはなにも食べないし、休もうともしないけど、山の中の戦闘の手柄話をなにかしてくださいな」

こう言いながら娘は老人の心の琴線に最もよく触れるものが何であるかを知っていました。彼が日頃トルコ人との戦闘や小競合いの話をするのが好きだったからです。そして、まさしく微笑が彼の土気色の唇に浮びましたが、その目は相変らず生気がありませんでした。彼は手を伸ばして娘の美しいブロンドの髪を撫でながら言いました。

「よし、ズデンカ、山で起ったことをお前に話してやろう。だが、きょうはだめだ。あすにしよう。わしは疲れきっている。ただ、ひとつだけ言っておこう。アリ・ベグはもう生きてはいない。お前の父の手にかかって死んだのだ。もしそれを疑う者がいるなら」と老人は家族に視線を向けて言いました。

「これがその証拠だ！」と言って、彼は肩にかけていた頭陀《ずだ》袋の口を押し広げて、その中から血だらけの生首を取り出しました。その生気の失せた土気色は老人の顔色の比ではありませんでした。わたしたちは縮み上がって生首から顔をそむけましたが、ゴルシャはそれをペタルに渡して言いました。

「さあ、こいつをわが家の扉の上に懸けておけ。道を通る者みんなに、アリ・ベグが殺されて、スルタンの親衛隊を除いて、街道荒らしはひとり残らず退治されたことを知らせるのだ！」

ペタルはいやいやながら命令に従いました。

「これですべてわかったよ。かわいそうに犬は屍体の臭いを嗅ぎつけて吠えていたんだ」と彼は言いました。

「そうだ、犬は屍体の臭いを嗅ぎつけたんだ」と暗い声でゲオルギエは言って、そっと出て行きました。やがて彼はなにかを手にして戻ってきて、それを部屋の隅に置きました。それが杭であることがわたしにはわかりました。

「ゲオルギエ」と彼の細君が低い声で言いました——。「あなた、まさか……」

「お兄さん」と妹が口をはさみました——。「いったい何を考えているの！　だめ、だめよ、お兄さんにそんなことできないわ、そうでしょう？」

「おれに構うな！　おれは、何をすべきか、自分で知っている。必要ないことはなにもやらん」とゲオルギエは答えました。

もう夜の帷《とばり》がおりていました。その家の人々は、薄い間仕切り壁でわたしの部屋と隔てられている別の部屋へ寝に行きました。正直に申しまして、わたしがその晩見たことはわたしの想像力を猛烈に刺戟しました。わたしはランプの灯を吹き消しました。月光がわたしの部屋のベッドのそばの低い窓から射しこんで、奥様がた、ちょうどいまのこの部屋のように、床や壁に青味がかった反照を投げかけていました。わたしは眠ろうとしても寝つかれませんでした。わたしはそれを月光のせいにし、窓のカーテン代りになるようなものはなにかないかと捜しはじめましたが、なにも見つかりませんでした。そのうちに間仕切り壁の向うで話す声が聞こえてきました。わたしは聞き耳を立てました。

「さあ、お前は寝なさい」とゲオルギエが細君に言いました——。「それからペタル、お前も。ズデンカ、お前も。なにも心配することはない。おれがみんなの代りに不寝番をするから」

「でも、ゲオルギエ、いっそのこと、あたしが起きて寝ずの番をするのがいいと思うわ。あなたは昨夜も働いて、きっとお疲れでしょう。それにあたしは上の子の面倒を見なければなりません。あの子がきのうから体の具合が悪いのは、あなたもご存知でしょう」と細君が答えました。

「いいから安心して寝ろ。おれがお前の分まで面倒を見てやる」

「お兄さん」とズデンカが静かな優しい声で言いました。「誰も起きている必要はなさそうよ。お父さんは眠っているし、それに、ご覧なさい、あんなに安らかに眠っているではありませんか」

「お前たちは誰ひとり何もわかっていないんだ」とゲオルギエは反論を許さない語調で答えました。「いいか、お前たちは寝ろ。不寝番はこのおれがする」

そのあと深い沈黙が支配しました。まもなくわたしは瞼が重くなって、睡魔に襲われました。突然、わたしの部屋のドアがそっと開いて、ゴルシャ老人が敷居に立っているのが見えました。しかし、彼を見たというよりは、むしろ彼を推量したのでした。と言うのは、彼が出てきた部屋は真っ暗だったからです。彼の光を失った目はわたしの考えを読み取って、わたしの心の動きを注視しようとしているように思われました。そこで、彼は片足を一歩前へ踏み出して、もう片方の足を上げました。それからきわめて慎重に、抜き足、差し足、忍び足でわたしのほうに近づいてきました。そして最後のひと足をおろしてわたしのベッドのそばに立ちました。わたしは言い知れぬ恐怖に襲われましたが、なにか抗しがたい力に押されて身動きができませんでした。老人はわたしの上に屈みこみ、その蒼白な顔をわたしの顔にぐっと近づけました。わたしは死人の息づかいを感じました。わたしはそのとき自分のものとは思えない気力をふりしぼって目を醒ましました。わたしは全身に冷汗をかいておりました。部屋の中には誰もおりませんでした。しかし窓の外に目をやると、ゴルシャ老人の姿がそこに見分けられ、彼は窓ガラスに顔を押しつけるようにして恐ろしい目でじっとわたしを見つめていました。わたしは叫び声をあげなくてすむだけの心のゆとりがありましたので、気持を落着かせて、なにも見なかったと思うことによってベッドから起きあがることはしませんでした。しかし、どうやら老人はわたしが眠っているかどうかを確かめにだけ近づいてきたのであって、中にはいるつもりはないようでした。彼はわたしをじっと観察してから窓を離れました。彼が隣の部屋へはいって行く足音が聞こえました。ゲオルギエは眠りこんでいて、壁が揺れるかと思うほどの大鼾をかいていました。そのとき子供が咳をしました。そしてゴルシャの声がしました。

「坊や、寝てなかったのかい」と彼は訊きました。

「うん、おじいちゃん、ぼくおじいちゃんとお話がしたかったんだよ」と子供は答えました。

「そうか、話がしたかったのか……じゃあ、何の話をしようかな」

「ぼく、おじいちゃんのお話が聞きたいな、おじいちゃんがトルコ人と戦争をしたお話、ぼくもトルコ人と戦ってみたいんだもん」

「わしもそう思ってな、坊や、短剣《ヤタガン》の小さいのをひとつ持ってきてやったよ、あしたお前にそれをあげよう」

「わあっ、おじいちゃん、いますぐちょうだいっ！　だって、おじいちゃん起きてるんだから」

「だけど、坊や、どうしてお前はまだ明るいうちにわしと話そうとしなかったんだね？」

「だって、お父さんがいけないと言ったんだもん」

「用心深いんだなあ、お前のお父さんは。で、お前は短剣が早く欲しいんだね」

「うん、欲しくてたまんない。でも、ここじゃあだめだよ、お父さんが目を醒ますといけないから」

「では、どこで?」

「おじいちゃん、外に出ようよ。そっと行けば、誰にも気づかれないですむよ」

わたしの耳には、ゴルシャが虚ろな含み笑いをしたように聞こえました。子供は起きだしたようでした。

わたしは吸血鬼の存在を信じてはいませんでしたが、いま見たばかりの悪夢に神経が昂ぶっていて、それに、あとで後悔するようなことになってはいけないと思い、立ちあがって拳で間仕切り壁を叩きました。眠っている家族を起すにはこの一撃で充分なはずでしたが、彼らにはこのノックが聞こえなかったようでした。わたしは子供を救う決心でドアにとびかかりましたが、ドアは外側から鍵がかかっていて、わたしの力では錠前ははずれませんでした。わたしがドアをはずそうとしているあいだに、子供を抱いて歩いて行く老人の姿が窓越しに見えました。

「起きてください、起きてください!」とわたしは声の限りに叫び、拳で間仕切り壁をどんどん叩きました。それで目を醒ましたのはゲオルギエだけでした。

「じいさんはどこだ?」と彼は尋ねました。

「急いで行きなさい。彼は子供さんを連れて行きましたよ」とわたしは叫びました。

ゲオルギエは、わたしの部屋のドアと同じように外側の錠がおろされているドアを蹴破って、森に向って駆けだしました。わたしはやっとのことでペタルと彼の兄嫁と妹のズデンカを起しました。わたしたちは家の前に集まりました。数分後にゲオルギエが子供を抱きかかえて帰ってくるのが見えました。ゲオルギエは道端に気を失って倒れていた子供を発見したということでしたが、子供はすぐに意識を回復し、健康状態が悪化している様子はありませんでした。子供はいろいろ質問されましたが、おじいさんは自分になにもしなかった、ただ話をするために外に出たが、外に出た途端に目眩《めまい》がして何が何だかわからなくなったのだ、と答えました。一方、ゴルシャの姿はどこにもありませんでした。

夜明けまでにはまだ間がありましたが、もはや眠るどころの騒ぎではなかったことは、お察しいただけることと存じます。

翌朝、村から四分の一マイルほど離れたところで街道と交差しているドナウ河に氷が流れているという知らせがはいりました。流氷は秋の終りや春先にはよくあることでした。数日間は河を渡ることは不可能で、出発のことは案じてみても仕方のないことでした。しかし、たとえ出発が可能だったとしても、好奇心がわたしを引き留めていたことでしょう。そして好奇心以上に強い力を持っていたのはズデンカへのわたしの想いでした。わたしはズデンカを見れば見るほど、強く彼女に心惹かれるようになっていました。奥様がた、わたしは、小説に出てくるような、急激な抑えがたい恋を信じるような人間ではございませんが、愛が普通よりも速い速度で深まって行くということはあり得ることでございます。ズデンカの独特の美しさ、彼女とド・グラモン公爵夫人との不思議な類似――わたしがパリを去ったのはその人と別れるためだったのに、再びここで絵のように美しい民族衣裳を着て響のよい異国の言葉を話すその人に会おうとは！　それに、わたしがそのためには二十回身を滅ぼしてもよいと思ったあの額の特異な表情、こういったすべてのことが、わたしの置かれた状況の異常性、わたしの周囲に起った事柄の神秘性と結びついて、ほかの状況ならば漠然とした束の間の心理現象にすぎないであろうような胸中の感情の発達に影響を及ぼしたのでした。

昼間、わたしはズデンカが次兄と話している声を聞きました。

「ペタル兄さん、このことをどう思っているの？　まさか兄さんもお父さんを疑っているんじゃないでしょうね」と彼女は訊きました。

「疑うつもりはないんだ」とペタルは答えました。「それに、親父はなにもしなかった、と子供も言ってることだしね。親父が急にいなくなったのは変かも知れないけれど、以前にもこういうことはよくあったし、留守にした理由をいちいち説明したこともなかったからなあ、そうだろう？」

「そりゃあそうだけど」とズデンカは言いました――。「でも、お父さんを救うためには、どうすればいいの？　だって、ゲオルギエ兄さんは……」

「わかっているよ、兄貴と話しても埒は明かないさ。兄貴の用意した杭を隠してしまおう。そうしたら別の杭を見つけることはできないだろうよ。うちの側の山にはヤマナラシの木は一本も生えていないから」

「そうね、杭を隠すといいわ。でも、子供たちにはこのことは内緒よ。子供たちがゲオルギエ兄さんの前でうっかり口を滑らすといけないから」

「そうだ、子供たちには絶対に内緒だ」とペタルは言い、二人は別れました。

夜が訪れました。しかしゴルシャ老人の話は一度も出ませんでした。わたしは前の晩と同様にベッドに横になりました。月の光がわたしの部屋を隈なく照らしていました。眠気がさして頭が朦朧としはじめたとき、突然、わたしは直感的に老人の接近を感じました。わたしが目をあけて見ると、窓ガラスに押しつけられた老人の蒼白い顔がありました。

今度はわたしは起きあがろうとしました。ところが、それができませんでした。身体が麻痺したようになって、言うことをきかないのです。老人はわたしをじっと見つめてから、窓から離れました。わたしは彼が家の周りを廻って、ゲオルギエとその細君が眠っている部屋の窓をそっと叩く音を聞きました。子供はベッドで寝返りをうち、夢を見て呻き声をあげました。数分間静寂がつづき、それからまた窓を叩く音が聞こえました。子供は再び呻いて、目を醒ましました。

「なあんだ、おじいちゃんだったの?」と子供は言いました。

「わしだよ」と虚ろな声が答えました――。「お前に短剣《ヤタガン》を持ってきてやったよ」

「でも外へは出られないよ、お父さんがだめだと言うから」

「外に出る必要はないさ。ただ、窓を開けてわしにキスをしてくれればいいのだ」

子供が起きあがり、窓が開く音が聞こえました。

わたしは全力をふりしぼってベッドからとび起き、間仕切り壁を叩きはじめました。ゲオルギエはすぐに起きあがりました。彼は罵り、彼の細君は悲鳴をあげました。すぐに家じゅうの者が意識を失って倒れている子供の周りに集まりました。ゴルシャは前夜と同じように姿を消していました。わたしたちの必死の介抱で子供は意識を取り戻しましたが、非常に衰弱していて息をするのもやっとでした。子供は、かわいそうに、どうして自分が気を失ったのか知りませんでした。母親とズデンカは子供に、それは話してはいけない、おじいさんと会っているところを見つかって、びっくりしたためだ、と説明しました。わたしは黙っておりました。しかし子供は落着きを取り戻し、ゲオルギエを除いて、みんなは再び眠りにつきました。

明け方近くゲオルギエが細君を起し、二人が囁き声で話すのが聞こえました。そこへズデンカが加わって、兄嫁と一緒に啜り泣く声がしました。

子供が死んだのです。

わたしは家族の悲しみに口をはさむことは差し控えました。それに、ゴルシャ老人を非難する者は誰もいませんでした。少なくとも彼のことにあからさまに触れる者はいませんでした。ゲオルギエは押し黙っておりましたが、彼のいつもながらの暗い顔の表情は、なにか一段と凄味を増していました。それから二日間老人は姿を見せませんでした。三日目の夜——その日に子供は埋葬されたのでしたが——わたしは家の周りを歩く人の足音と下の男の子の名を呼ぶ老人の声を聞いたような気がしました。そしてゴルシャ老人がわたしの窓に顔を押しつけたように一瞬感じたのですが、その夜は月が雲のかなたに隠れていたものですから、それが現実のことだったのか、それとも幻想の悪戯《いたずら》にすぎなかったのか、はっきりさせることはできませんでした。それでもわたしはすぐにそのことをゲオルギエに知らせるのが自分の義務だとは思いました。彼は子供に尋ねました。子供は、確かにおじいさんが自分の名を呼び、窓越しに覗いているのを見た、と答えました。ゲオルギエは、もしまた老人が現れたら、必ず自分を起すように、と厳しく子供に命令しました。

こういう状況にもかかわらず、わたしのズデンカに対する想いは妨げられるどころか、募る一方でした。

昼間はわたしは彼女と二人きりで話すチャンスはありませんでした。夜になり、間近に迫った出立のことを考えると、胸が締めつけられる思いでした。ズデンカの部屋とわたしの部屋は玄関口の土間によって隔てられていました。その土間は一方は通りに面していて、もう一方は中庭に通じていました。

わたしは気晴らしに家の周りでも歩いてみようかという気を起しました。家の男たちはもう寝ていました。土間に出て行くと、ズデンカの部屋の戸が少し開いているのが目に留まりました。

思わずわたしは立ちどまりました。聞き慣れた衣擦れの音にわたしは胸の動悸を覚えました。それにつづいて、小声で口ずさむ歌の言葉がわたしの耳に届いてきました。それはセルビアの王様が戦場に赴く際の愛する乙女との別れの歌でした――。

老いたる王は言いました――

わたしのポプラの若い樹よ、

わたしは戦地に赴くが、
わたしのことを忘れるな。
山の麓に立つ樹々は
すらりと伸びてしなやかだ、
けれどもきみの若い軀の比ではない。
風に揺らぐナナカマドの実は赤い、
けれどもきみの唇の比ではない。
しかしわたしは葉の落ちた樫の老木。
わたしの髭はドナウの水の泡よりも白い。
わたしの心よ、わたしを忘れるな。
わたしは悲哀のあまり死ぬだろう、
敵は老いたるこの王を敢えて殺しはしないから。

若い娘は言いました——
わたしは誓います——わたしはあなたを忘れません、心変りはいたしません。
もしもわたしが誓いを破ったら、
墓から出てわたしのもとへ来て、
わたしの心臓の血をお吸いください。

老いたる王は言いました――
そうあって欲しいもの。
そして王は戦場へ去った。
そして美しい乙女はすぐ王のことを忘れた。

ここでズデンカは歌うのを止めてしまいました。まるでこの歌を最後まで歌うのを恐れているかのようでした。わたしは自分を制することができませんでした。彼女の優しい、真情の溢れるような声はまさにあのド・グラモン公爵夫人の声でした。考える余裕もなく、わたしはドアを押して中にはいりました。ズデンカはこの地方の婦人たちが着るコサック服に似た上衣を脱いだばかりのところでした。彼女がその下に着ていたのは、金糸と赤の絹糸で刺繍をほどこしたブラウスとウェストのぎゅっとくびれた単純なデザインのチェックのスカートでした。そのような薄着姿のうえに彼女のブロンドの髪はほつれていましたが、そのために、かえって、彼女は普段よりも一段と美しく見えました。彼女はわたしの闖入に怒った様子は示しませんでしたが、戸惑って少し顔を赤らめました。

「ああ、どうしてここへいらしたのですか」と彼女は言いました。「一緒にいるところを家の者に見られたら、わたしはどうなるでしょう」

「わたしの大事なズデンカ、心配はいりません」とわたしは答えて言いました。「みんな、寝静まっていますよ。わたしたちの話し声を聞き分けることができるのは、草のなかのこおろぎか、飛んでいる甲虫ぐらいですよ」

「いいえ、いけません。いますぐお引き取りください。もし兄にこんなところを見つかったら、わたしはもうお終いです」

「いや、ズデンカ、さっきの歌のなかで美しい乙女が王様に約束したように、あなたがいつまでもわたしを愛していると約束してくださるまではこの場を動きません。わたしの出発の日は近いのです。わたしたちはいつまた会えるのか、わからないのですよ。ズデンカ、あなたはわたしにとって自分の魂よりも自分の命よりも大切なのです。わたしの命はあなたのものなのです。どうぞわたしの命に代えて一時間だけわたしに時間を割いてください」

「一時間後には何が起るかわかりませんわ」とズデンカは考えこんだように言いましたが、わたしの手を放そうとはしませんでした。「あなたはわたしの兄がどんな人かご存知ないのです。わたしは兄がここに来るような予感がするんです」と彼女は体を震わせながら、こう付け加えました。

わたしは言いました――。「落ち着きなさい、ズデンカ、あなたのお兄さんは徹夜つづきで疲れています。彼は樹々の葉に戯れる風の音を子守歌に眠っていますよ。彼の眠りは深く、夜は長いのです。だからお願いです、一時間だけわたしと一緒にいてください！　お別れはそれからです。多分、永遠の別れとなるでしょうから！」

「いや、いやです、永遠のお別れなんて！」とズデンカは熱っぽく言って、まるでその自分の声に驚いたかのように、あとずさりしました。

「ああ、ズデンカ」とわたしは叫びました。「わたしの目に映るのはあなたの姿だけ、耳に聞こえるのはあなたの声だけです。もうわたしは自分を制することができません、なにか自分を超えた力に操られているのです。赦してください、ズデンカ」

そしてわたしは我を失って彼女を抱き寄せました。

「ああ、いけません、こんなことなさるかたはお友だちとは言えません」と彼女は言って、わたしの抱擁をふりほどき、部屋の隅に隠れるように身を置きました。わたしはそのとき自分が彼女に何と答えたか覚えておりません。わたしは自分のあまりの大胆さに自分自身驚いていたのです。それは、同じような状況において大胆な振舞というものがよい結果をもたらしたためしがなかったからではなくて、自分の熱情の激しさにもかかわらず、ズデンカの純潔に対して深い尊敬の念をいだかざるを得なかったからなのです。

確かに、最初はわたしも、当時の美しいご婦人がたに受けのよかった甘いお世辞の一つ二つは並べてみたのですが、すぐにそういう巧言を弄することが自分で恥ずかしくなり、やめてしまいました。そういう言葉の意味は、奥様がたには、最初のひと言だけでもうとっくにおわかりであることは、みなさまのお口もとのほころびからお察しできるのですが、素朴そのものの娘にはそういう意味深長なことはとうてい理解のおよぶことではないと見てとったからでございます。

こうして言うべき言葉を知らずにわたしは彼女の前に立ちつくしておりましたが、突然彼女が身震いして恐怖の眼差しを窓の外に送ったのに気がつきました。わたしは彼女の視線の跡を追い、そこにわたしたちをじっと見つめているゴルシャの姿をこの目ではっきりと見たのです。

その瞬間、わたしは誰かの重い手が肩に置かれたのを感じました。わたしは振り返りました。それはゲオルギエでした。

「あんたはここで何をしているのかね?」と彼はわたしに訊きました。

この鋭い質問にわたしはうろたえて、窓の外からわたしを見つめていた彼の父を手で示すのがやっとでした。ゲオルギエが見たとたん、ゴルシャの姿は消えました。

「老人の足音を聞いたので、妹さんにそのことを知らせに来たのです」とわたしは言いました。

ゲオルギエはわたしの心の奥底にあるものを読み取ろうとするかのようにわたしを見つめました。それから彼はわたしの手を取って、わたしをわたしの部屋に連れて行き、ひと言も言わずに立ち去りました。

翌日の夕方、家族は家の戸口に据えられた、いろいろな乳製品のご馳走が並んだ食卓についていました。

「子供はどこだ?」とゲオルギエが尋ねました。

「外で勝手に遊んでいますよ、トルコ人相手の戦争ごっこをしているみたい」と母親が言いました。

彼女がそう言うか言わないかのうちに、非常に驚いたことに、わたしたちの前に背の高いゴルシャがのっそりと姿を現わしたのです。彼は森の中から出てきて、ゆっくりとした足取りでわたしたちに近づき、食卓につきました。それはわたしが到着した日の状況とまったく同じでした。

「お父さん、いらっしゃい」嫁は蚊の鳴くような声で言いました。

「いらっしゃい」とズデンカとペタルが小声で繰り返しました。

「父さん」とゲオルギエが気色ばんで、しっかりとした声で言いました——。「食前の祈りを父さんにしてもらおうと思って、待っていたところだ」

老人は眉をひそめて顔をそむけました。

「さあ祈りを、いますぐ！」とゲオルギエは繰り返しました。「さあ、十字を切って。でなければ、聖ゲオルギエに誓って……」

ズデンカとその兄嫁は老人にむかって、身を屈めるようにして祈りをしてくれるよう頼みました。

「いかん、いかん、わしに命令する権利はこいつにはないぞ。もしこれ以上しつこく言うなら、こいつを呪ってやる！」と老人は言いました。

ゲオルギエはとびあがって、家の中に駆けこみました。しかし彼はすぐに戻ってきました——彼の目の色は変っていました。

「杭はどこだ」と彼は叫びました。「お前たち杭をどこへ置いたのだ？」

ズデンカとペタルは顔を見合わせました。

「死人め！」とそのときゲオルギエは父親に向き直って言いました。「おれの上の子をどうしたんだ？　おれの息子を返せ、この死人め！」

こう言いながらゲオルギエの顔はますます蒼ざめ、目はぎらぎらと輝きました。

老人は邪悪な目で彼を睨みつけていましたが、その場を動こうとはしませんでした。

「杭、杭はどこだ？　杭を隠した奴にはおれたちを待ち受けているあらゆる災いの責任を取ってもらうぞ！」とゲオルギエは叫びました。

そのときわたしたちは下の男の子の楽しげな笑い声を耳にしました。その子は馬に跨ったような格好で大きな杭を股の下に引きずって、セルビア人が戦闘の際に発する雄叫びを子供らしい声であげながら現れました。ゲオルギエの目がぎらりと輝きました。彼は子供の手から杭をもぎ取り、父親目がけて突進しました。父親は野獣のような唸り声をあげて、この世のものとは思われないようなスピードで、森の方角へ逃げだしたのです。

ゲオルギエは野を横切ってそのあとを追いかけて行き、まもなく彼の姿はわたしたちの視界から消えました。ゲオルギエが家に帰ってきたとき、もう日は沈んでいました。彼は死人のように蒼ざめ、髪の毛は逆立っていました。彼はかまどのそばに坐りこみましたが、歯の根が合わない様子でした。敢えて彼から事情を訊き出そうとする者は誰もいませんでした。いつも家族が就寝する時間になると、彼はどうやら元気を取り戻したらしく、わたしを脇へ引き寄せて、何気ない口調で言いました。

「お客さん、わたしは河のところへ行ってきました。氷はなくなっていて、道はもう通れるようになっていました。もうあなたをお引き留めする理由はなくなりました」そしてズデンカのほうをちらりと見て、付け加えました――。「わたしらと名残を惜しむ謂《いわ》れもないことです。わたしが家の者を代表してあなたの旅のご無事をお祈りいたします。あなたもわたしらのことをどうか悪く思わんでください。あすの夜明けには鞍をつけた馬を用意しておきます。道案内の者もつけておきます。さようなら。もしわたしらのことを思い出して、ここでの暮らしがご期待にそえず落着かないものだったと思われても、どうぞご勘弁くださるようお願いします」

ゲオルギエの厳しい顔つきが、そのときだけ人の好さそうな表情を見せました。彼はわたしを部屋まで送ってきて、最後の握手をしてくれました。それから彼は、寒さに震えるかのように、再び体を震わせ、歯をガチガチと鳴らせました。

独りになると、わたしはとうてい寝る気が起りませんでした。みなさまにもそれはすぐお察しがつくことかと存じます。さまざまな想いにわたしの心は千々に乱れました。わたしが恋をしたのはその時が初めてではありませんでした。わたしは優しい感情や腹立たしさや嫉妬は体験上知っておりましたが、その時の胸を引き裂かれるような悲哀は、ド・グラモン公爵夫人との別れの時にすら感じたことはありませんでした。まだ日も昇らぬうちにわたしは旅装を整え、今生の別れにもうひと目ズデンカに会いたいものとその機を窺っておりました。しかしゲオルギエが玄関口の土間でわたしを待ち受けておりましたので、彼女の姿を見る可能性は消えてしまいました。

わたしは馬にとび乗って、拍車をかけました。ヤッスィからの帰り道にはこの村に立ち寄ろうとわたしは自分に約束しました。そしてそのような希望は、まだ遠い未来のことにせよ、少しずつわたしのふさいだ心を晴らしてくれたのでした。わたしは早くも帰りのことを満足げに想像し、あれやこれやと細かいことに至るまで胸に想い描いておりましたが、そのとき突然、馬が予期しなかった動きをして、わたしは危うく鞍から振り落されそうになりました。馬は後脚立ちをして、迫っている危険を知らせるように鼻嵐を吹きました。わたしは注意ぶかくあたりを見まわしました。そして百歩ほど離れたところで地面を掘っている一匹の狼を見ました。わたしが脅しつけると、狼は逃げだしました。わたしは馬の脇腹に拍車をかけ、むりやり馬を進ませました。狼のいたところには新しく掘られた墓穴があることがわかりました。また、狼が掘り返していた土の中から杭が外に二、三十センチ突き出ていたように見えましたが、なにしろ馬が速くそこを通り過ぎたものですから、それを確認したわけではありません。

侯爵はそこで話をとめ、嗅ぎタバコをひとつまみ取り出した。

「それでお終いですの?」と貴婦人たちが訊いた。「いや、とんでもありません」とデュルフェ氏は答えた——。「この話の続きは、わたしにとっても最も胸苦しい想い出なのでございます。わたしはなんとかしてその想い出を断ち切りたいと思っているぐらいです」

わたしが任務を帯びて行ったヤッスィでの仕事は、そこに予想以上に長くわたしに足留めを食わせました。その仕事が済むのに半年かかりました。どう申しあげたらよいか? こういうことを言うのはたいへんつらいことなのですが、この地上には永遠に続くような感情などはないという真実をわたしは認めざるを得ないのでございます。わたしがヴェルサイユの政府の承認を得て行った政治折衝は成功を収めたのです。今回のウィーン会議でわたしたちは政治にうんざりさせられたわけですが、ひと口に言って、この忌まわしい政治というものに振り回されて、わたしのズデンカに対する想いは薄れかけておりました。そのうえ、モルダヴィアの君主のお后がたいへん な美女で、完璧なフランス語を自由に操られるお方でして、わたしがヤッスィに到着した最初の日から、当時そこに滞在していた若い外国人のなかでもわたしを特別に引き立ててくださったのでした。フランス的騎士道精神の伝統のなかで教育を受け、血統的にゴール人気質をもつわたしのことですから、お后のご寵愛に対して忘恩をもって報いることなどは思いも寄らぬことでございました。わたしはお后がわたしに示されたご好意に慇懃にお応えし、祖国フランスの権利と利益を守り強化することを図るためには、モルダヴィアの君主の権利と利益のためにも尽すことを自分の義務と考えるように努めはじめたのでございました。

パリから帰還命令が出ましたので、わたしはヤッスィへ来た時と同じ道をとおって帰国の途につきました。わたしの頭の中にはもうズデンカのことも彼女の家族のこともありませんでした。ところが、ある晩のことでしたが、野を渡っていると、突然八時を知らせる鐘の音が聞こえてきました。その鐘の音はなんとなく聞き覚えがあるような気がしました。案内人は、近くの修道院の鐘だ、と教えてくれました。わたしは修道院の名を訊きました。それは、なんと、あの「樫の木のもとの聖母」の修道院だったのです。わたしは馬を急がせ、ほどなく修道院の門の扉をノックしました。隠遁の修道士がわたしたちを迎え入れ、旅人を泊めるための部屋に案内してくれました。そこは巡礼者でいっぱいだったので、わたしは泊る気がしなくなり、村のどこかに泊る処はないかと尋ねました。

「泊る処はあるにはありますがね」と隠者は深い溜息をついて言いました。「その家は空家なのです。それもみんな呪われたゴルシャのせいなのです！」

「それはどういうことですか？　ゴルシャ老人はまだ達者なのですか？」とわたしは尋ねました。

「いや、そうではないのです。彼は間違いなく埋葬されたのです。心臓に杭を打ちこまれて！　ところが、彼はゲオルギエの息子の血を吸ったのです。その子は夜帰ってきて、戸口のところで、寒いから家の中へ入れてくれと言って、泣いたのです。愚かな母親は自分の手でその子を埋葬したにもかかわらず、わが子を墓へ追い帰す勇気がなく、中へ入れてしまったのです。あっと言う間もなく子供は母親にとびかかり、彼女の血を全部吸ってしまいました。彼女も埋葬されたのですが、帰ってきて、下の男の児の血を吸いました。それから夫の血も吸い、義理の弟の血も吸いました。こうして一家はみな同じ運命をたどったのです」

「で、ズデンカはどうなったのですか？」とわたしは尋ねました。

「ああ、気の毒に、彼女は悲しみのあまり気が狂ってしまいましたよ。もうこれ以上お話ししないほうがいいでしょう」

その答にはどこか曖昧なところがありましたが、質問を繰り返す気にはなれませんでした。

「吸血鬼になるということは伝染病のようなものです」と修道士は言って、十字を切り、話をつづけました——。「村の家族の多くがその病に感染しました。そしてそのために全滅してしまった家族も多いのです。ですから、わたしの言うとおりにして、この修道院にお泊りください。あなたが村にはいって、たとえ吸血鬼どもに食われなかったとしても、吸血鬼に襲われた恐怖のために、わたしが夜明けの鐘を打ち鳴らす前に、髪の毛が真っ白になってしまいますよ。わたしはご覧のように貧しい修道士にすぎませんが、旅の方には自分にできるかぎりのお世話をさせていただいております。わたしのところには素晴らしいチーズもございますし、見ただけで涎の出そうな干し葡萄もございます。それに総主教さまがお用いになってもおかしくないようなトカイ葡《ワ》萄《イン》酒も何本かございます」

そのときわたしの目には修道士が居酒屋の亭主に変ったかのように映りました。わたしは、彼がわたしに巡礼者並みにお布施を出させるために、わざとこんな恐ろしい作り話をしたのだ、と思いました。聖者といえども、巡礼者たちの喜捨があるからこそ彼らの世話ができるわけですから。

それに彼の言った「恐怖」という言葉が、進軍ラッパが軍馬に勇を鼓すように、わたしに負けん気を起させたのです。ただちに出発しなければ、わたしは恥を晒すことになります。わたしの案内人はすっかり怖じ気づいて、修道院にとどまらせてくれと頼みましたので、わたしは喜んで許してやりました。

村に着くまでに小半時かかりました。村は、言われたとおり、荒てはてていました。燈影の映る小窓ひとつ見えず、歌声ひとつ聞こえてきません。静寂のなかをわたしは馬を進めて、大部分は見覚えのある家々を通り過ぎて、ゲオルギエの家の前に着きました。感傷的な想いと若気の豪胆を抑えきれずに、わたしはそこに泊ることに決めました。

わたしは馬をおりて、門を叩きました。返事はありませんでした。門扉を押すと、蝶番《ちょうつがい》を軋ませて、それは開きました。わたしは前庭にはいりました。

わたしは、ひと晩分の飼料になりそうな燕麦が置いてあった軒下に馬を鞍をつけたまま繋いで、さっさと家の中にはいりました。どの戸も鍵はかかっていませんでしたが、どの部屋も人の住んでいる気配はありません。しかしズデンカの部屋はつい前の晩まで人がいたような様子に見えました。ベッドの上には衣服が何着か乱雑に置かれていました。机の上にはわたしの贈物であるいくつかの宝石が月光を浴びて輝いておりましたが、そのなかにわたしがブダペストで買った七宝の十字架のペンダントがあることに気がつきました。過ぎ去った愛であるとはいえ、わたしは断腸の思いに堪えられませんでした。とにもかくにも、わたしは外套にくるまってベッドの上に身を横たえました。すぐにわたしは眠りに落ちました。わたしは夢を見ました。細かいことは覚えておりませんが、夢に現われたズデンカは昔のままの、美しい無邪気な優しいズデンカでした。彼女を見ながら、わたしは冷淡で移り気な自分を責めました。わたしは、わたしを愛してくれたこんな可愛い娘をどうして棄てたりしたんだ、どうして忘れたりしたんだ、と自分自身に問いました。まもなく彼女に対する想いはド・グラモン公爵夫人に対する想いとひとつになって、この二人の面影が重なって一人の同じ女性になりました。わたしはズデンカの足許に身を投げ出して、彼女に赦しを乞いました。わたしの全存在、わたしの全身全霊は言いしれぬ悲しみと愛の感情にすっぽりと包まれていました。

こういう夢を見ていたのでしたが、野面を渡る風にそよぐ麦の穂の音にも似た快い音が、半ばわたしの目を醒ましかけました。そよぐ穂の心地よいさやぎと小鳥たちの歌に混じって滝の音と樹々の葉擦れの音が聞こえてきました。やがて、この不明な音は女性の衣擦れの音にほかならないことがわかり、そう思ったところでわたしの夢は終りました。わたしは目を開け、ズデンカがベッドのそばに立っているのを見ました。皓々と冴え渡る月光のもとに、わたしは、かつてのわたしにとってかけがえのないものであり、その美しさの意味するものがいま見たばかりの夢ではじめて理解できたあの面立ちを微細な点に至るまで見分けることができました。ズデンカは以前にも増して美しくなり、大人っぽくなっているように思えました。服装は最後に会った時の、あの彼女がひとりでいた時とまったく同じで、金糸と赤の絹糸の刺繍のブラウスに腰のくびれたタイト・スカートという格好でした。

「ズデンカ!」とわたしはベッドから身を起して叫びました。

「はい、わたしです」と彼女は静かな淋しげな声で答えました。「わたしはあなたがお忘れになったズデンカです。ああ、どうしてもっと早く帰ってきてくださらなかったのですか。もうなにもかもお終いです。すぐにここを出て行ってください。一刻も早く。急がないと死んでしまいます! さようなら。もうこれっきりです。さようなら」

「ズデンカ、きみの家にいろいろ不幸があったことは聞いたよ。さあ、一緒に話そう。話せば気が楽になるさ!」とわたしは言いました。

「ああ、あなた、わたしたちについてお聞きになったことを全部信じることはありません。でも、出て行ってください。いますぐ。ぐずぐずしていたら破滅です」

「いったい、どんな危険がぼくに迫っていると言うんだね、ズデンカ? まさか一時間もここにいてはいけないってことはないだろう。一時間だけでいい。きみと話をしたい」

ズデンカは体を震わせ、なにか奇妙な変化が彼女の中で生じたかのようでした。「では、一時間だけ」と彼女は言いました。「一時間だけですよ、きっとですよ。ちょうど、わたしが昔の王様の歌をうたっていたときにあなたがこの部屋にはいってらした、あの時と同じようにね。あなた、そうおっしゃったでしょう? いいですわ、一時間ご一緒いたしましょう。あっ、だめ、だめ」と急に彼女は我に返ったように言いました。「出て行ってください。一刻も早く。逃げてください。逃げて、手遅れにならないうちに!」

なにか野性的な活力が彼女の顔にみなぎりました。

なにが彼女にそう言わせたのか、その理由はわたしには理解できませんでしたが、彼女があまりにも美しかったので、わたしは彼女の言うことに耳を貸さずに、とどまる決心をしました。彼女もとうとうわたしの願いを容れて、わたしと並んで坐り、過ぎた日々のことを話しはじめ、わたしをひと目見た時から好きになったと言って顔を赤らめました。話しているうちに、わたしは彼女に生じた奇妙な変化がだんだんはっきりしてきたことに気がつきました。先程までの遠慮がちな様子に代って、妙に馴れ馴れしいところが見えてきました。あれほどまでに内気な表情を見せていた彼女の目にはなにか厚かましさが現われていました。やがて、わたしに対する彼女の態度にはかつての彼女の特徴であった慎しみぶかさがほとんど残っていないことに気がついて、わたしは愕然としました。

『こんなことがあろうか』とわたしは考えました。『このズデンカは半年前わたしの目に映ったほどには純真で無垢な娘ではなかったのか? 彼女は兄の目を恐れてあんなふうにしおらしく振舞っていたにすぎなかったのだろうか？　わたしは彼女の外見上のしおらしさに騙されるほどに愚かだったのか？　しかし、あの時彼女がわたしを去らせようとしたのは何のためだったのか？　あれは一種の手のこんだ媚態《コケットリー》だったのだろうか？　それなのに、わたしは彼女を理解しているつもりだったのだ。しかし、どっちみち同じことだ。もしズデンカがわたしが思っていたようなディアーナでなかったとしても、彼女をもっと魅力の少ない別の女神に比較すればいいのだ。ただ、自分にはアクタイオン役よりもアドニス役のほうが好ましいことは確かだ』

わたしが自分自身に当てはめたこの古典的な引喩はいささか流行遅れのように思われるかも知れませんが、奥様がた、わたしがお話し申し上げている出来事は一七五九年のことだということをお覚えください。神話は当時の人々の関心事でしたから、別段わたしが時代に先駆けようとしたわけではございません。あの時から世の中はずいぶん変りました。革命後まだそんなに時が経っているわけでもありません。異教の名残ばかりでなくキリスト教信仰までも排して、それらに代って「理性」という新しい女神が登場しました。しかしこの女神は、奥様がた、みなさまと同じように美しいご婦人がたといつもご一緒させていただいていたわたくしにとっては守護神とはなりませんでしたし、いまお話ししている出来事が起った頃のわたしは、「理性」の女神に犠牲を捧げる精神が最も乏しかったのでございます。わたしはわたしをズデンカに惹きつけた感情の虜になっておりましたので、彼女の媚態に嬉々として反応を示していました。そのような甘美な親しさを楽しんでいるうちにいくばくかの時が過ぎました。わたしはズデンカを喜ばせようとして彼女の持っているいろいろな宝石で彼女の身を飾って遊びながら、最後に机の上にあった例の七宝の十字架のペンダントを彼女の首に懸けようとしました。ズデンカは身震いしてあとずさりしました。

「そんな子供じみた遊びはもうたくさん。そんな玩具《おもちゃ》はほうり投げて、あなたのこと、これから先のことを話しましょうよ」と彼女は言いました。

ズデンカの狼狽ぶりが気になって、わたしはいろいろ考えはじめました。彼女を注意して見ると、ふつうセルビア人が子供の時から死に至るまで肌身離さず持っている小型聖像《イコン》と香袋を彼女も以前は首に懸けていたのに、いまはそれがないことに気がつきました。

「ズデンカ、きみがいつも首に懸けていた聖像《イコン》はどこにあるんだね」とわたしは訊きました。

「なくしてしまったわ」と彼女は怒ったような声で答え、すぐに話題を変えました。

わたしはそのときふと嫌な予感がしました。

わたしは早々にそこを立ち去ろうとしましたが、今度はズデンカがわたしを引き留めました。

「どうしたの? 一時間一緒にいさせてくれとさっき言ったばかりなのに、もう帰ろうとするの!」と彼女は言いました。

「ズデンカ、きみがぼくに出て行ってくれと言ったのは、もっともだった。なにかざわめきが聞こえて、人が来るような気がするんだ」

「なにも怖がることはないわ。まわりの者はみんな寝静まっているし、わたしたちの話を聞いているのは草むらのこおろぎと飛んでいる甲虫ぐらいよ!」

「いや、そうじゃない、ズデンカ、ぼくは行かなければならないんだ!」

「待って、待ってよ！　わたしはあなたを自分の魂よりも自分の命よりも愛しています。あなたの命も血もわたしのもの、とあなたご自分でわたしにおっしゃったではありませんか」

「だけど、ズデンカ、きみの兄さんが、兄さんが来るような予感がするんだ」

「落着いてください、あなた、兄は樹々の葉に戯れる風の音を子守歌に眠っていますわ。彼の眠りは深く、夜は長いわ。今度はわたしのほうからお願いするわ。一時間だけでいいからわたしと一緒にいて！」

　そのように言う彼女はとてもきれいでしたので、わたしを苦しめていた漠然とした恐怖は、彼女と一緒にいたいという願望に一歩を譲りました。わたしの全存在は、表現の仕様がない感情、なにか恐怖と官能とが入り混じったような感覚に包まれていました。わたしの意志が弱まるにつれて、ズデンカはますます優しくなり、わたしは気が緩んで、彼女の言うとおりにすることにしました。しかし、ただいま申しましたように、残念ながら、わたしは半ば分別を失ったような状態でしたので、ズデンカはそういうわたしの気後れに気がついて、修道院の隠者から手に入れたという上等の葡萄酒《ワイン》を飲んで夜の寒気を追いはらおう、と言い出しました。わたしがいともあっさりと同意しましたので、彼女は思わず笑みを浮べました。葡萄酒《ワイン》はたちまちその効力を発揮しました。二杯目に口をつける頃には、聖像《イコン》がなくなっていたうえに十字架を胸につけることを拒んだことに発した彼女のあの悪印象はすでに完全に消えていました。無頓着な服装で美しい豊かな金髪を半ば乱し、月光にきらめく宝石で身を飾ったズデンカは、わたしには抗しがたい魅力でした。わたしは自分を抑えることができず、彼女を抱き締めたのでした。

ところが、奥様がた、わたしにはどうしても説明がつかないのですが、そしてもともとそういうものを認める傾向はわたしにはなかったにもかかわらず、体験上その存在を信じざるを得ない不思議な出来事のひとつを、そのときわたしは発見したのです。

わたしがズデンヵをつい力あまって強く抱きすくめたので、その弾みで、十字架の鋭い尖端のひとつがわたしの胸に突き刺さったのです。それはみなさまにお話した、あのパリを発つに当ってド・グラモン公爵夫人から贈られた十字架でした。その瞬間に感じた痛みはすべてのものを照射する光線のようにわたしには思えました。わたしはズデンヵの顔を見ました。あれほどまでに美しかった彼女の面立ちは死の苦痛に歪み、その目はなにも見えず、その微笑は死人の顔に刻まれた苦悶の痙攣にすぎませんでした。それと同時に、わたしは部屋の中に墓場の屍体が発するような吐き気を催す臭いがたちこめていることに気がつきました。恐るべき真実がいまやわたしの眼前にことごとくその醜さをさらけ出したのでした。わたしは修道士の警告を思い出しましたが、時すでに遅し、でした。わたしは自分の置かれている状況の危険性を理解していましたし、すべては自分の勇気と沈着とにかかっていることも承知しておりました。わたしは、自分の顔に表われていたにちがいない恐怖の色を気づかれてはならじと、ズデンヵから顔をそむけました。わたしの視線は窓のほうに向いました。そこには血塗られた杭にもたれて動こうともせず、ハイエナのような目でわたしを見据えているゴルシャの恐ろしい姿がありました。別の窓の向うには恐ろしいほどに父親そっくりになったゲオルギエの土気色の顔が浮びました。この二人はわたしの一挙手一投足を見守っているように思われました。わたしがちょっとでも逃げる気配を示そうものなら、即座にとびかかってくるにちがいありません。そのため、わたしは彼らに気がつかなかった振りをして、気をしっかり持って、奥様がた、この恐るべき発見に至る以前と同様の愛撫をズデンカに対してつづけました。それと同時に、悲哀と不安を感じながら、いかにしてここを脱すべきかを考えておりました。わたしは、ゴルシャとゲオルギエがズデンカと目くばせをしたこと、彼らがもう待ちきれないでいることに気がつきました。壁の向うからは女の声に混じって子供たちの叫び声が聞こえましたが、彼らの叫び声は山猫の唸り声と間違えられるほどに恐ろしいものでした。

『身支度をすべき時だ、一刻も急がねばならぬ』とわたしは考えました。

わたしはズデンカに話しかける際、彼女のおぞましい親族に聞こえるように、大きな声で言いました。

「ねえ、きみ、ぼくは疲れて、もうくたくただ。横になって、三、四時間寝たいんだ。でも、寝る前に、ぼくの馬が餌を食べたかどうか見てきたい。ぼくが戻ってくるまで、どうかどこへも行かないで、ここで待っていてくれないか」

わたしはズデンカの冷たい、生命のない唇に口づけをして立ち去りました。わたしの馬は全身玉の汗をかいて繋ぎ索をほどこうとしていました。馬は燕麦を食べていませんでした。馬はわたしが近づいてくるのを見て嘶《いなな》いたので、ひやりとしました。馬の嘶きでわたしの意図がばれるのではないかと思いました。しかし吸血鬼たちは、おそらく、わたしとズデンカとの会話を聞いていたためであったのでしょうか、まだ動きだそうとしません。わたしは門が開いているのを見定めて、すばやく鞍にとび乗り、馬に拍車をかけました。

門を駆け抜けるとき、わたしはこの家の周りにおびただしい数の吸血鬼たちが集まっていて、その大多数が窓ガラスにはりつくようにして家の中を覗いていたことに気がつきました。わたしの出し抜けの出発に吸血鬼たちは呆気にとられていたらしく、しばらくのあいだは夜のしじまのなかに聞こえるのは疾駆するわたしの馬の蹄の音だけでした。わたしは自分の計略が巧く行ったことを祝いたい気持になりかかっていましたが、そのとき突然、山に吹きすさぶ暴風にも似たざわめきがわたしの後ろに聞こえました。それから、喧嘩が収まったかのように、すべての声が沈黙し、まるで歩兵の小部隊が駆け足で近づいてくるような速い足音だけが聞こえてきました。

わたしは無慈悲にも拍車をかけて馬を急がせました。わたしの血管には熱病性の燃えるような血が流れ、わたしは気力をしっかりと保つために、全力をふりしぼりました。そのときわたしの後ろで声がしました――。

「待って、待ってください、いとしいかた！　あなたはわたしの魂よりも大切なおかたです。待って、待って、あなたの血はわたしのもの！」

そして、たちまち冷たい吐息がわたしにかかりました。ズデンカが背後から馬にとび乗ったのです。

「いとしい人、わたしの心」と彼女は言いました。「わたしにはあなたしか見えません。わたしに必要なのはあなただけ。わたしはもう自分を抑えることができません。強い力にわたしは堪えられない。赦して、あなた、わたしを赦して！」

そして彼女はわたしの体のまわりに手を回して、わたしを後ろ向きにさせて喉に噛みつこうとしました。わたしたちのあいだに凄まじい格闘がはじまりました、わたしは必死で防戦し、ついに片方の手でズデンカのベルトを摑むことができました。そしてもう片方の手で彼女の髪を摑み、鐙《あぶみ》に両足を踏んばって彼女を地面に投げつけました。

すると、わたしから全身の力が抜け、精神が錯乱しはじめました。何千という歪んだ仮面をつけたような気違いじみた恐ろしい怪物どもがわたしを追跡してきました。まず、ゲオルギエとその弟のペタルが道路の両端に沿って走り、わたしを挾み撃ちにしようとしました。しかしそれは巧く行きませんでした。ほっとしかけて後ろを振り向いて見ると、ゴルシャ老人が杭で身を支えながら、ちょうどチロルの山人が岩の裂け目を棒高跳びの要領で跳び越すような格好で跳びながら追いかけてきました。突然、彼は動きをとめました。すると、二人の子供の手を引いてその後につづいていた嫁が子供の一人を彼に向って抛り投げました。彼はその子を杭の先端に乗せて受けとめたかと思うと、その杭を古代人の投石具のように力いっぱい振って、子供をわたし目がけて飛ばしました。わたしはその攻撃から身を躱《かわ》しましたが、子供はブルドッグにも劣らぬ身ごなしで馬の首っ玉に喰らいつきました。わたしはやっとのことでそれをもぎ離しました。同じ要領でもう一人の子供がわたし目がけて飛んできましたが、その子は馬の蹄の真下に落ちて踏み潰されました。その先、何が起ったのか、わたしには記憶がありません。しかし、わたしが正気に返ったときは、すでに明るくなっていて、わたしは道端に息絶えたわたしの馬と並んで倒れていたのでした。

　こうして、奥様がた、わたしの恋の旅路は終ったのでしたが、これを最後に、新奇を求めるわたしの好奇心は断たれたはずでございます。わたしが帰国後、以前よりは多少分別のある男になったかどうかは、みなさまのお祖母様がたでわたしと同年輩のかたがたにお尋ねくだされば、おわかりいただけることかと存じます。いずれにいたしましても、もしわたしがあのとき敵に負けていたら、わたしもまた吸血鬼になっていたのだろうと思うと、いまでも身震いするのでございます。しかし、神の摂理によってそうならずにすみました。ですから、奥様がた、みなさまがたのための血を頂戴したいなどという渇望はわたしには毛頭ございません。むしろ、みなさまがたのためならば、老いの身を顧みず、喜んで自分の血を最後の一滴に至るまで流す所存でございます。

（栗原成郎 訳）

# 不思議な話

ツルゲーネフ

## ◆イワン・セルゲーヴィチ・ツルゲーネフ

Иван Сергеевич Тургенев 1818–1883

一九世紀ロシアの文豪の一人。農村の生活を正確に描き出したスケッチ的散文集『猟人日記』によって作家としての地位を確立。その後、長編『ルージン』『貴族の巣』『その前夜』『父と子』などの長編で同時代の社会・思想的問題を積極的に取り上げた。フランス生活が長く、ロシア文学の西欧への紹介に貢献した。一般にツルゲーネフはロシア・リアリズム文学の代表格として扱われるが、「まぼろし」「クララ・ミリッチ」などの神秘的傾向の強い幻想小説も書いていることを忘れてはならない。ここに新訳で収録した「不思議な話」も、その系統に連なる作品で、知られざるツルゲーネフの一面を表すものである。

……十五年も前のことになりますが――とH氏が話しはじめた――役所の用向きで私は県庁所在地のT市で何日か過ごさなければなりませんでした。私が泊まったのはしっかりした旅館で、一儲けしたユダヤ人の仕立屋が私が訪れる半年前に建てたものでした。うわさではこの旅館が繁盛したのも束の間だったということですが、こういうことは我が国ではまったくよくある話です。しかし、私が訪れた頃は、まだ実に豪華絢爛たるものでしてね。新品の家具は夜ごとピストルを撃つような音をたてるし、シーツ類やテーブルクロス、ナプキンはシャボンの香りがし、ペンキを塗った床からは乾油が匂いました。もっとも、ボーイ――この男はきわめて清潔とまでは言わないとしても、実にお上品でしたが――の考えでは虫がはびこるのを防ぐということでした。このボーイは、むかしはG公爵の近侍を務めていたという男で、物腰の遠慮のなさと自信たっぷりなことで際立っていました。いつも決まって古着の燕尾服に履き潰した靴という出で立ちで、腋の下にナプキンを挟んで歩き回り、頬にはにきびをたくさんこしらえて、汗だらけの腕を傍若無人に振り回しては寸鉄人を刺すような口を利きました。彼の私に対する態度には、私を彼の教養と世知を理解できる人物と見ているような、どこか保護者然としたところがありました。けれども、自分の運命はいささか幻滅のまなざしで見ていました。「今さら言っても始まりませんが」と、ある時彼は私に言いました。「今日びの私どもの有様ときたらどうでしょう？　まったく、風向き次第でどこに飛ばされるか知れたものではありません！」彼の名はアルダリオンと言いました。

私は町の役人を何人か表敬訪問する必要がありました。例のアルダリオンが私のために四輪幌馬車と従僕を調達してくれましたが、どちらもたがゆるんでいて擦り切れている点ではいい勝負でした。それでも、従僕はお仕着せを着ているし、馬車は紋章で飾ってありました。公式訪問をすべて済ませると、私は、父の昔からの知人でだいぶ以前からT市に住み着いていた一人の地主のもとに寄ってみました。彼とは二十年近く会っていませんでした。彼はすでに結婚して立派な家庭を築き、やもめ暮らしも経験して金満家になっていました。彼は徴税請負業を手掛けていました。と言うのはつまり、高額の利子を取って徴税請負人たちに担保を貸しつけていたのです……「虎穴に入らずんば虎子を得ず、と申しましてな！」もっとも、虎穴というほどの危険はありませんでしたが。私達が話をしている間に、ためらいがちな、それでいてまるで爪先立ちのように軽い足取りで、年の頃は十七の華奢でほっそりとした女の子が部屋に入って来ました。「これが」と、私の知人が私に言いました。「うちの長女のソフィーです。ご紹介します。亡くなった妻の代わりをつとめてくれましてなあ。家の切り盛りやら弟たち妹たちの世話もこの子がやってくれとります」。私は入って来た女の子にもう一度挨拶して（彼女の方は、その間に黙って椅子に腰を下ろしました）、この子は家事だの子育てだのにはあまり似つかわしくないな、などと一人考えていました。彼女はまったくあどけない丸顔をしていて、目鼻立ちは小ぢんまりしていて感じがよいものの、凍りついたようでした。高くて、やはりぴくりとも動かぬ不揃いの眉の下にある青い目は、瞳をじっと凝らしていましたが、それはほとんど驚愕のまなざしと言ってもいいくらいで、なんだかまるで何か思いがけないものを見つけたところといった風情でした。むっちりとした口許は上唇が少しめくれ加減で、笑うことがなかったばかりか、そもそも笑うという習慣すら知らないように見えました。頬には柔らかく細長いほくろがあって、薄い肌の下にばら色の血が濃くも淡くもならずに溜まっていました。ふさふさとした金髪は小さな頭の両脇からいくつもの軽やかな房となって下に垂れていました。その胸は静かに息づいていて、両の腕はほっそりとした胴にどこかぎこちなげながらもきつく押しつけられていました。青いドレスはひだを作ることもなく——子供っぽく——小さな足元に打ちかかっていました。この娘から受けた全般的な印象は、病的というわけではないが、謎めいた感じでした。私が目の前にしていたのは、ただのはにかみがちな田舎の箱入り娘ではなく、独特の、なんとも判然としない印象を心に残す存在でした。それは私を引きつけもしなければ、不快にもしませんでした。私にはそれがよくつかめず、ただ、いまだかつてこれほど誠実な魂に出会ったことはない、と感じるばかりでした。あわれみ……そうです！　この若く真剣でぴんと張り詰めた娘《いのち》が私の心に呼び起こしたものは、あわれみでした——そのわけは神のみぞ知る！　「この世のものとも思われない」——私にはそんな気がしました。もっとも、実際のところ、その顔つきにはなんら「理念的《イデアール》な」ものなどなく、ソフィー嬢《マドモアゼル・ソフィー》が客間に現れたのは、父親が触れていたように主婦の役をするためなのは明らかでしたが。

彼はT市の生活について、この街で得られる社交上の楽しみや娯楽設備について話し始めました。「ここの住人ときたらおとなしいものでしてなあ」と彼は言いました。「県知事は憂鬱病《ふさぎのむし》にとりつかれ、貴族団長はいまだに独身《ひとりみ》ときています。ところで、そうそう、明後日《あさって》貴族会館で大舞踏会が開かれます。おいでになるとよろしい。当地には美人がおらんこともないですて。それに、当地のインテリゲンチアのすべてを御覧になれますよ」

私の知人は、かつて大学で学んだことのある人間として、難解な表現を好んで用いました。彼はそうした表現を皮肉を込めて、しかし恭しく口にしました。しかも、周知のように、徴税請け負いの仕事は人の押し出しを良くするだけでなく、ある種の洞察力を養うものでもあったのです。

「失礼ですが、その舞踏会にいらっしゃいますか?」私はその知人のお嬢さんに話しかけました。私は彼女の声の響きが聞きたかったのです。

「お父様は行かれるつもりですの」と、彼女は答えました。「それで私も一緒に参ります」

彼女の声は小さく、ゆっくりとしていて、一語一語をまるでどこか腑に落ちないといったふうに発音しました。

「それでしたら、最初のカドリールをお願いできませんか?」彼女は同意のしるしに頭を前に傾けましたが、それでもやはりにこりともしませんでした。

私はじきに暇を告げましたが、覚えている限りでは確か、私にじっと注がれている彼女の眼差しがなんだか不思議に思えて、彼女は私の背後に誰か、それとも何かを見ているのではなかろうかと、思わず自分の肩越しに振り返ったほどでした。

旅館に戻り、相も変わらぬ「スウプ・ジュリエンヌ」にカツレツのエンドウ豆添え、真っ黒になるまでカリカリに焼けたエゾライチョウで食事をすませると、私はソファーに腰を下ろし、物思いにふけりました。その対象はあのソフィア、私の知人のあの謎めいた娘でした。しかし、食事の後片づけをしていたアルダリオンは、私の物思いを勝手に解釈しました。彼はそれを退屈さのせいにしたのです。

「この街には旅のお方の気晴らしになるようなものが、ほんとわずかしかございませんですからねえ」と、彼はいつもの遠慮のない慇懃無礼さで切り出しましたが、その間中、汚ならしいナプキンで椅子の背をぱたぱたとたたき続けていました。御存知のように、これは、ひとり教養のある召使のみにつきものの動作です。「ほんとうに少ないのです!」彼が口をつぐむと、白い文字盤に薄紫色のバラの模様のついたやけに大きな壁掛け時計が単調なかすれた音を立ててチクタク言うのが、まるで彼の言葉を確かめるかのように「ほーん・と《オー・チン》! ほーん・と《オー・チン》!」と聞こえました。「コンサートもなければ、お芝居もございません」と、アルダリオンは続けました(彼は自分の主人について外国に行き、パリを訪れたこともあると言っていいくらいでした。それで彼は『しべい』などと言うのは田舎者だけだということをよく知っていたのです)。「ダンスもなさいませんし、それにたとえば、貴族の旦那方の晩のレセプションにしろ、この手のものは一切ございません」(彼は一瞬言葉を切りました。おそらく、自分の話し口の洗練されていることを私に気づかせるためでしょう)。「お互いにお会いになることさえまれです。一人一人がどこかの『にゃんころ』か何かのように高いところにじっとしたままなのです。それで、よその土地の人たちがこの街を訪れても、出かける所などどこもない、ということになるのです」

アルダリオンは私を横目でちらと見ました。

「ただ――ですね」と、アルダリオンは言葉を区切るようにして続けました。「もし、その気がおありでしたら……」

彼はまた私のほうをちらと見て、薄笑いさえ浮かべていました。けれども、きっと、しかるべき意向を私の中に見出せなかったのでしょう。

お上品な召使いはドアのほうに近寄り、ちょっと考えて戻って来ると、その場で少しためらってから、私の耳元に屈みこんで、いたずらっぽい微笑を浮かべて言いました。

「あの世に行った人たちにお会いになりたくはございませんか?」

私はびっくりして見つめました。

「そうです」彼は言葉を続けましたが、今度はささやき声になっていました。「ここには、そういう人間がいます。庶民の出で、読み書きもできませんが、摩訶不思議なことをいたします。たとえば、あなた様が彼のところに出かけて行って、誰でもいいですから、お知り合いの中で亡くなった方に会いたいと望まれれば、彼はきっとその人に会わせてくれることでしょう」

「どうやってだね?」

「それは彼の秘密です。と申しますのも、彼は読み書きもできず、有り体に言って満足に口もきけないのですが、神がかりの業《わざ》に通じているのです！　商人たちからはそれは大層な敬われようです！」

「それで、そのことは街では皆知っているのかね」

「知る人ぞ知る、でございますね。しかし、もちろん、警察には用心しなければなりませんからね。どう言ってみたところで、こういうことはご法度なわけですし、一般大衆には誘惑となります。この一般大衆というのは烏合の衆でして、ということはつまり、ご存知のように、すぐに喧嘩をおっぱじめるわけですから！」

「彼は君を死人に会わせたことがあるのかね？」と、私はアルダリオンに尋ねました。このように教養のある人間を「おまえ」呼ばわりするのは気が引けました。

アルダリオンは頭を振りました。

「会わせてくれましたです。両親を、まるで生きているみたいに見せてくれました」

私はアルダリオンをじっと見つめました。彼はちょっとにやにやして、ナプキンをおもちゃにしていました。それから、ことさら腰を低くしたように、それでいて毅然とした態度で私のほうを時々見ていました。

「それにしても、それは随分とおもしろそうな話じゃないか！」とうとう私は叫びました。「僕がその町人と知り合いになることはできないだろうか？」

「彼と直接交渉することは絶対できません。彼の母親を通す必要があります。これがまた大した婆さんで、橋の上で水漬けリンゴを売っています。御意とあらば、私が彼女に頼んで参りましょう」

「ひとつお願いしたい」

アルダリオンは手でひとつ咳ばらいをしました。

「それで心づけのほうは大していりませんが、適当な額をお決めになって、それもまた、もちろん彼女に、例の婆さんに手渡さなくちゃいけません。私のほうでは婆さんに、旦那は旅の方で貴族だから恐れる必要はないということを話しておきます。それから、もちろんおわかりだと思いますが、これは秘密のことですし、どんなことがあっても彼女に不愉快な思いをさせないようにしてください」

アルダリオンは片手に盆を取り、自分の体と盆とを優雅に振りながら、ドアのほうに向かいました。

「それじゃあ、あてにしていいんだね?」と私は彼の後ろから叫びました。

「どうぞ御心配なく!」自信に満ちた彼の声が響きました。「婆さんと話し合って、返事はちゃんとお伝えしますから」

アルダリオンが教えてくれた異常な事実のために、私の頭の中にどんな考えが生まれたか、今、長々としゃべる気にはなりません。しかし約束された返事を首を長くして待っていたことを認めるのにやぶさかではありません。夜遅くアルダリオンが私の部屋にやって来て、残念ながら老婆を見つけられなかった、と告げました。しかし私は、彼の励みになるようにと三ルーブル紙幣を手渡しました。翌朝彼は再び私の部屋に現れましたが、今度は明るい顔をしていました。老婆は私と会うことに同意した、ということでした。

「おい、坊主！」と、アルダリオンが廊下に向かって叫びました。「小僧！　こっちへ来い！」入って来たのは六歳ぐらいの男の子で、子猫のように全身煤まみれ、刈り上げた頭はところどころ禿げていて、あちこち破れている縞の上っ張りを着て、素足にぶかぶかのオーバーシューズをはいていました。「こちらの方を例の場所にお連れするんだ」と、アルダリオンは「小僧」のほうを向いて私のことを示しながら、言いました。「それから旦那は、お着きになったら、マストリディア・カルポヴナをお尋ねになってください」

子どもが鼻をぐずぐず言わせたのを合図に、私たちは出発しました。

私たちはかなり長いこと、T市の舗装されていない通りをいくつも抜けて進みました。とうとうその中のひとつの、もっとも人気がなくわびしいと言えそうな通りを歩いていたとき、私の道案内の少年は古ぼけた二階建ての木造の家の前で立ち止まり、上っ張りの袖で鼻をごしごし拭ってから言いました。

「ここでさあ。右に行ってくだせい」

私は表階段を通って入り口の間《ま》に入り、右のほうへあてもなく進みました。低いドアが錆びついた蝶番《ちょうつがい》のところでキーと音を立てたかと思うと、目の前に、兎の毛で裏打ちした焦げ茶色の短い上衣を着て、頭にまだら模様のプラトークをかぶった太った老婆がおりました。

「マストリディア・カルポヴナは?」と、私は尋ねました。

「その本人です」と、老婆は甲高い声で私に答えました。「さあ、どうぞ。お掛けになりませんか?」

老婆に通された部屋は、ありとあらゆるがらくたやぼろ切れ、枕、羽根布団、袋が散らかっていて、身動きする余地もほとんどありませんでした。太陽の光が、埃まみれの二枚の窓からかすかにさしこんでいました。隅の方の行李が山と積んである陰で、弱々しく溜め息をつき、泣き言を言っているものがありました……が、それが誰なのかはわかりませんでした——もしかしたら病気の子どもかもしれないし、もしかしたら子犬なのかもしれません。私が椅子に腰を下ろすと、老婆は私の前にしゃんと立ちました。彼女の顔は黄色く半透明で、蠟で出来ているかのようでした。唇はすっかり落ち窪み、無数の皺の中にあって横真一文字の皺の一本になっていました。頭に被ったプラトークの下から白髪が房をなしてのぞいており、突き出た額《ひたい》の下からは赤く腫れ上がった灰色の目が、はしこく賢そうに見つめていました。そして、とんがった鼻は実に錐よろしく突き出していて、空気を吸い込んでは、わたしゃこすいからね!　とでも言っているみたいでした。「いやはや!　あんたは食えない婆さんだよ!」と、私は思いました。そのうえ、彼女は少しウォッカの匂いがしました。

私は彼女に訪問の理由を告げました。もっとも、私の見たところ、彼女はそれを知っていたにちがいありません。彼女は私の話をおしまいまで聞くと、素早くまばたきをして、前よりもさらに鼻を突き出しただけでしたが、その姿はまるで突っつこうとしているかのようでした。「そうそう、そうでございました」と、彼女はやっと口を開きました。「アルダリオン・マトヴェイチから手前どもにお話がありました、おっしゃるとおりでございます。旦那は倅のヴァーシンカの技がお望みだとか……ただ旦那様、手前どもにはどうにも、その……」

「それはまたどうしてです？」と、私は割って入りました。「私に関してはまったく心配は無用ですよ……私は密告したりしませんから」

「おやおや、これはまた」と、老婆があわてて引き取って言いました。「何をおっしゃいます？ 旦那のことを手前どもがそんなふうに考えるだなんて！ それに手前どもが密告されるだなんて、何の謂れがございましょうか？ 手前どもが何か罪深いことをたくらんでいるとでもいうのでしょうか？ ねえ旦那、うちの倅は何か不浄な事柄の片棒を担いだり……何かの魔法を弄んだりするような……そんな子ではありませんよ。おお神様、くわばらくわばら、生神女《しょうしんじょ》マリア様！（老婆は三度十字を切りました。）倅は県下で一番精進を守り、一番お祈りを捧げています。一番ですよ、ねえ旦那、いいですか！ 嘘じゃありませんよ。倅が賜っている御慈悲の深さといったら、はかりしれないんですから。そうですとも！ これはあの子ひとりの業《わざ》ではありませんねえ、神業でございますよ。ええ、まったく」

「それではよろしいですね？」と、私は尋ねました。「いつお宅の息子さんに会わせていただけるのでしょう？」

老婆はまたまばたきをし始め、たたんだハンカチを二度ばかり袖から袖へと移しました。「おお、旦那様、旦那様、手前どもにはどうにも、その……」

「マストリディア・カルポヴナ、これをお納めください」。私は彼女をさえぎると、十ルーブル紙幣を手渡しました。

老婆はフクロウの肉づきのよい爪を思い出させる、むっちりとして反り返った指ですぐにそれを引っつかみ、素早く袖に押し込むと、ちょっと考えるようにして、それから、まるで急に腹を決めたとでもいうかのように、両の手のひらで太股《ふともも》をぴしゃぴしゃ叩きました。「今晩七時過ぎにおいでください」と、彼女はいつもの声ではなく、別のもっと重々しく低い声で話し始めました。「ただ、この部屋には寄らずに、まっすぐ二階へお上がりください。すると左手にドアがありますから、そのドアを開けてください。旦那が中に入ると、その部屋は空っぽで、椅子が見えるでしょう。その椅子に腰掛けてお待ちになってください。そして、たとえ何を目にしても、一言も発さず、何もしないでください。うちの伜にも話しかけたりなさいませんように。と申しますのも、あの子はまだ幼くて、おまけに癲癇の気があるのです。ちょっとしたことでもびっくりしやすいのです。何かの雛みたいにブルブルブルブルからだを震わせ始めたら……大変なことになります！」

私はマストリディアを見つめました。

「彼は幼いとおっしゃるけれど、もしあなたの息子さんなら……」

「血のつながりこそありませんがねえ、我が子も同じですよ！　私は孤児《みなしご》をたくさん抱えていましてね」彼女はそう付け加えると、訴えるようなピーピー声が聞こえて来るほうにかぶりを振りました。「おおお、天にましますす神様、生神女《しょうしんじょ》マリア様！　それからねえ、旦那、こちらにおいでになる前に、お身内かお知り合いで亡くなった方の中で——その方々のご冥福をお祈りします！——お会いになりたい方のことをよくお考えになってくださいね。亡くなった方々を思い起こし、どなたかを選ばれましたら、ひたすらその人のことを思い、うちの伜が来るまでずっと思い続けていてください！」

「息子さんにはお話ししなくてもよろしいのですか、誰のことを私が……」

「いえいえ、ひとっ言もいらないんですよ。あの子は必要なものは、自分であなたの心の中に見つけ出すでしょう。旦那はただ、旦那のお知り合いのことをよーく思っていてくだされば、それで結構です。それから午餐の席ではワインを召し上がれ——コップに二杯か三杯くらい。ワインを飲むのはいつだって悪くないですからね」老婆は噴き出し、唇をなめると、手で口元を撫で、一息つきました。

「それでは、七時半ということでは？」椅子から立ち上がりながら、私は尋ねました。

「七時半ですね、旦那、七時半に」マストリディア・カルポヴナは、私を安心させるように答えました。

　私は老婆と別れ、旅館に戻りました。自分が一杯食わされようとしているのには、疑いありませんでした。ただ、どんな手が使われるのだろう？——その思いで、私の好奇心は疼いていました。私はアルダリオンとは、ほんの二言三言しか言葉を交わしませんでした。

「お目通りが叶いました?」と、眉をひそめて彼は私に尋ねました。そして私が肯定的に答えると、叫ぶのでした。「あの婆さんと来たら、大臣顔負けですからねえ!」

私はその「大臣」の忠告に従って、亡くなった人たちのことを思い返し始めました。かなり長いこと迷ったあげく、私はもうだいぶ前に亡くなった、私の家庭教師をしていた一人のフランス人の老人に思いを馳せました。私が他ならぬ彼を選んだのは、彼にとりわけ惹かれるのを感じたからではなく、彼の容貌の全体が実に一種独特で、今の人たちとは似ても似つかないので、その真似をすることが全く不可能だったからでした。彼は大きな頭をしていて、ふさふさとした白髪を後ろに撫でつけ、黒く濃い眉に鉤鼻で、額の真ん中に薄紫色の大きなこぶが二つあって、真鍮の滑らかなボタンの付いたグリーンの燕尾服を着込み、縞のチョッキに立襟、胸飾り、袖飾りという出で立ちでした。「もし彼が私のデセール老人に会わせてくれるなら」と私は考えました。「まあその時は、彼が魔法使いだということを認めなくてはなるまい!」

午餐の席で私は、老婆の忠告に従って赤葡萄酒《ラフィト》を一本飲み干しました。それは、アルダリオンの主張するところでは極上品ということでしたが、コルクの焼けたきつい匂いがし、何杯ついでもグラスの底にどろっとしたビャクダンの澱《おり》が沈んでいました。

きっかり七時半に、私は御大層なマストリディア・カルポヴナとの会談に臨んだ家の前に立っていました。窓の鎧戸はすべて閉められていましたが、ドアは開いていました。私は家の中に入り、ぐらぐらする階段を昇って二階に上がり、左手のドアを開けると、そこは老婆があらかじめ教えてくれたように、まったく空っぽのかなり広々とした部屋でした。窓敷居の所に据えられた獣脂蠟燭が、あたりを鈍く照らしていました。ドアの向かいの壁際には籐の椅子が置いてありました。たっぷり燃えた蠟燭には丁子頭《ちょうじがしら》が出来ていたので、私はそれを切ると椅子に腰を下ろして待つことにしました。

最初の十分間はかなり速く過ぎました。部屋自体には、私の注意を引きそうなものはまったく何一つとしてありませんでした。それでもちょっとでも物音がすると、その度に私は聞き耳を立て、閉まったままのドアをじっと見つめました……心臓がどきどきしました。最初の十分間に続いて、次の十分間が過ぎました。それから半時、四分の三時間と経ちました――せめてあたりで何かこそりとだけでもしてくれれば！　私は何度か咳をして、自分がいることを知らせようとしました。うんざりして腹が立って来ました。こんなふうにして一杯食わされようとは、計算違いでした。私は今にも椅子から立ち上がり、窓際の蠟燭を取って下に行こうとしていました……見ると、蠟燭にはまたキノコのように丁子頭が出来ていました。けれども、窓からドアに視線を移したとき、私は思わずはっとしました。ほかならぬそのドアにもたれて、誰かが立っていたのです。その男はとても素早く、音もなく入って来たので、私には何も聞こえなかったのです。

彼は質素な青いラシャの上衣を着ていました。背丈は中ぐらいで、かなりがっしりとした体格をしていました。両腕を背中に回し、うつむくと、彼は私のほうをじっと見据えました。蠟燭の鈍い光のもとでは、彼の目鼻立ちは、ちゃんと見定めることはできませんでした。見えたのはただ、乱れたたてがみのようにもじゃもじゃの髪の毛が額にかかっていることと、ちょっと歪んだ大きな唇、それに白っぽい目だけでした。私はもう少しで彼に話しかけそうになりましたが、マストリディアの戒めを思い出し、唇を嚙みました。入ってきた男は私のほうを見続けていました。私もまた彼を見つめていたのですが、不思議なことです！　私は同時になんだか恐怖のようなものを感じ、まるで命令でもされたかのように、急に私の年老いた家庭教師のことを思い始めました。そいつは相変わらずドアのところに立っていて、まるで山に登るか重い荷物でも持ち上げているみたいに、苦しそうに息をしていました。彼の目はあたかも段々見開かれていくかのようでもあれば、また私のほうに近づいて来るかのようでもあり――、その執拗で重苦しく威嚇するような視線にさらされているうちに、私は気詰まりになって来ました。時折、その目は内面の不吉な炎にぱっと燃え上がりました。そんな炎を私は兎に「狙いをつける」時のボルゾイ犬に見たことがありますが、ボルゾイ犬と同じように、そいつも私が「まこうとする」、つまり注意を外にそらそうとすると、私の視線をどこまでも自分の視線で追い続けて逃さないのでした。

　そんなふうにしてどのくらい時間が経ったのか――もしかしたら一分かもしれないし、もしかしたら十五分だったのかもしれません。彼は相変わらず私のことを見つめていました。私のほうは相変わらずどこか気詰まりな思いと恐怖を感じて、ずっとフランス人のことを考えていました。二度ばかり、「なんとばかげたことだろう！　なんたる茶番だ！」と自分に言い聞かせ、にっこり笑って、肩をすくめてみようとしましたが……むだでした！　私が心の中でどんな決意をしても、そのそばからそれは「凍りついてしまった」のです――これ以外には言葉が見つかりません。私はある種の虚脱状態に囚われていました。突然私は、そいつがいつのまにかドアのそばを離れて、一歩か二歩私に近づいて立っていることに気づきました。それから彼は両脚を揃えてほんの少し跳ねるようにして、もっと近づいて来ました……それからもっと……さらにもっと……。威嚇的な眼差しは私の顔中にじっと注がれ、両腕は背中に回されたままで、広い胸が苦しそうに息をしていました。彼が跳ねるのは滑稽でしたが、また薄気味悪くもなってきました。それに、どうにも解《げ》せなかったのですが、不意に眠気に襲われ出しました。まぶたがくっつきそうになって……青い上衣を着て白っぽい目をした毛むくじゃらの人影が、私の目の前で二つに分かれたかと思うと――突如として跡形もなく消えてしまったのです！　……私はぶるっと身震いしました。彼はまたドアと私の間に立っていましたが、いつのまにかずっと近づいていました……それからまた彼の姿が消え――なんだかまるで霧に包まれたかのようでした――、また現れては……また消え……また現れて……次第にどんどん近づいて来ます――いつしか彼の大儀そうな、鼻嵐も同然の荒い息遣いが私の顔にかかるまでになっていました。……再び霧が垂れ込めたかと思うと、その霧の中から忽然と、少し上に持ち上がった白髪を先頭に、デセール老人の頭がくっきりと現れ出したではありませんか！　そうなのです。ほら、彼のこぶ、彼の黒い眉、彼の鉤鼻が現れました！　ほら今度は、真鍮のボタンの付いたグリーンの燕尾服に、縞のチョッキ、それに胸飾りが……。私は叫び声を上げ、跳び上がりました……見ると、老人の姿は消え、彼のいた場所には再び青い上衣を着た男がおりました。彼はよろめきながら壁に近寄って頭と両腕をもたせかけ、へばった馬のように喘ぎながら、しゃがれ声で「お茶！」と言いました。と、どこからともなくマストリディアが彼に駆け寄り、「ヴァーシンカ、ヴァーシンカ」と言いながら、彼の髪と顔から滝のように流れ落ちる汗を丹念に拭き始めました。私は彼女のほうに歩み寄りかけたのですが、彼女が実に切々と、本当に胸を掻きむしるような声を張り上げて言ったのです。

「旦那！　情け深い方、御勘弁ください、後生ですからお引き取りください！」そこで私はその言葉に従いました。一方彼女は、再び息子に話しかけました。「いとしい子、かわいい子」彼女はなだめすかすように言うのでした。「今、お茶を持って来てあげるからね、今すぐ。それから旦那、お前様はお宅でお茶を召し上がれ！」彼女は私の後ろから大きな声で言いました。

帰ると私はマストリディアの言いつけに従い、お茶を持って来させました。私は疲れており、けだるささえ覚えていました。

「それでいかがでございました？」とアルダリオンが尋ねました。「お出でになったのでございますか？　御覧になりましたのですか？」

「確かに見せてもらったよ……正直言って、こんなこととは思ってもみなかったけれどね」と私は答えました。

「奥義を極めた男ですからねえ」と、サモワールを片付けながらアルダリオンが言いました。「商人たちからは、そりゃえらい敬われようですよ！」

床に就き、自分の身に起こった出来事についてあれこれ思いをめぐらしたあげく、私はどうにかその説明がつくように思いました。この男は、間違いなく、催眠術を操る力を相当に持っていたのだ。彼は、もちろん私にはわからない方法で私の神経に働きかけ、私が思っていた老人のイメージを私の脳にはっきり鮮やかに呼び起こし、そのあげく私には彼を目の前に見ているような気がしたのだ……。そういう「メタスターザ」、つまり感覚の転移のことは科学ではよく知られている。上出来だ！　しかし、そのような作用を引き起こすことのできる力は、依然として驚くべき謎のままでした。「なんと言おうと」と、私は思いました。「僕は見たのだ、今は亡き僕の家庭教師を、たしかにこの目で見たのだ！」

翌日、貴族会館で舞踏会が催されました。ソフィーの父親が私のところに立ち寄って、私が彼の娘を誘っていたことを思い出させてくれました。晩の九時過ぎには、私はたくさんの銅のランプに照らされたホールの真ん中に彼女と並んで立って、軍楽隊のうなるような大音響を伴奏にフランスのカドリールのやさしいステップを踏もうかとしているところでした。たいへんな人出でした。とりわけ御婦人の数が多く、それもなかなかの美人揃いでした。けれども、もし、幾分奇妙で人見知りする気味すらある目つきさえなければ、勝利の栄冠は、どうしたって私の貴婦人《パートナー》の頭上に輝くことになったでしょう。私は、彼女がまばたきをすることがほとんどないのに気づきました——彼女の瞳に見て取れる疑う余地のない誠実さをもってしても、その中にある尋常ならざるものの埋め合わせはできませんでした。それでも、彼女は容姿端麗で、遠慮がちではありましたが優雅な身のこなしをしていました。彼女がワルツを踊り、まるでパートナーから離れようとでもするかのように、上体を心持ち後ろにそらせ、ほっそりとした首を右肩の方に傾けている時には、こんなに胸に迫るほど初々しく清らかなものが他にあろうとは、全く想像もつかないほどでした。彼女は上から下まで白ずくめの装いで、トルコ石の十字架が黒のリボンで留めてありました。

私は彼女をマズルカに誘い、会話に引き入れようとしました。けれども、彼女は答えるのは気が進まないらしく、口数少なく、聞き役に回って私の話にじっと聞き入っていましたが、その顔には私が初めて彼女に会った時に驚かされたのと同じ物思わしげな驚愕の表情が浮かんでいました。彼女ぐらいの年齢や器量の娘にありがちな科《しな》を作るようなところなどかけらもなく、まったくにこりともしないし、その両の目はいつも話し相手の目をじっと見つめているのです——と同時に、その目はあたかも何か他のものを見、他のことを案じているようでもあります……なんと不思議な娘《こ》でしょう！　結局、私は彼女の心を動かす術を知らないままに、彼女に昨日の不思議な出来事の話をしようという気になりました。

彼女は私の話を見るからに好奇心をあらわにしてお仕舞まで聞きましたが、思いがけなかったことに、私の話に驚きも見せず、ただ、その人はヴァシーリーという名でないかとだけ尋ねました。私は、老婆が私のいる前で彼のことを「ヴァーシンカ」と呼んでいたのを思い出しました。「そうです。彼の名前はヴァシーリーです」と、私は答えました。「まさか彼を御存じというわけでは？」

「この町には、ヴァシーリーという名の神の御心に適った人物が一人住んでおりますわ」と、彼女は口を利きました。「その方のことではないかと思いましたの」

「神意に適っているいないは、この場合関係ありません」と、私は述べました。「これは動物磁気《マグネチズム》〔催眠現象を引き起こすと想像されていた力〕の作用にすぎません——動物磁気は、医者と科学者の関心を呼んでいる事実です」

　私は動物磁気と呼ばれている特別な力について、ある人の意志が別の誰かの意志の支配下に置かれる可能性等々について自分の見解を開陳しようとし始めました。けれども、私の説明は、本当のところいささか支離滅裂で、どうやら私の話し相手に感銘を与えるものではなかったようでした。ソフィーはおろした両手を膝の上で組み、手にした扇を少しも動かさずに聞いていました。彼女はそれをいじろうとしませんでしたし、指をぴくりともさせませんでした。私は、石像を相手にしているように、私の発する言葉がことごとく彼女に当たって跳ね返って来るのを感じていました。彼女は私の話を理解してくれましたが、それでもどうやら彼女には彼女なりの確固とした、容易なことでは消えない信念があるらしいのでした。

「あなたは奇跡などあるはずがないと思っていらっしゃるんですね！」と、私は驚きの声を上げました。

「もちろん、奇跡を信じていますわ」と、彼女は落ち着いて言いました。「それに、どうして奇跡を信じないでいられましょう？　からし種一粒ほどの信仰がある者には、山をも動かすことができると、福音書にありませんでしたかしら？　信仰を持ちさえすれば、奇跡は起こるでしょう」

「どうやら当節では信仰も弱くなったようですね」と、私は反論しました。「奇跡を耳にすることも、なぜかなくなりました」

「でもやっぱり奇跡は起こっていると思いますわ。あなた御自身御覧になったでしょう。いいえ、信仰は今でもすたれてなんかいません。信仰の基礎は……」

「叡知の基礎は、神に対する畏怖の念ですよ」と、私は混ぜっ返しました。「献身……卑下ですわ！」

「信仰の基礎は」と、ソフィーは動じる色も見せずに続けました。

「卑下もですか？」

「そうですわ。人間の自惚れ、傲慢、思い上がり――こうしたものはすっかり根絶やしにしなくてはなりません。先ほど、意志のことをおっしゃいましたけれど……それこそ挫かなくてはならないものです」

私は、うら若い身空でこんなことを口にする娘を、頭のてっぺんから爪先までじろじろ眺め回しました……「おやおや、この子は本気ときている！」と、私は思いました。私はマズルカの隣の組の人達に目を遣りました。彼らも私に一瞥をくれましたが、私が驚いているのをおもしろがっているような気がしました。一人などは、お気の毒様とばかり私にほほ笑みまで見せて、まるで「え？　どうです？　この町の変わり者のお嬢さんの御感想は？　ここでは彼女の性格を知らない者はないんですよ」とでも言いたげなようでした。

「御自分の意志を挫こうとなさったことがおありなんですか？」と、私はまたソフィーに話しかけました。

「誰でも、自分が正しいと思ったことをするべきなのです」と、彼女はどこか杓子定規に決めつけるような口調で答えました。

「失礼ですが」と、短い沈黙の後に私は口を開きました。「死者を呼び戻すことができると信じていらっしゃるのですか？」

ソフィーは首をゆっくり横に振りました。

「死者なんていません」

「それはまたどういうことですか？」

「魂に死はない、ということです。魂は不滅で、その気になればいつ現れてもおかしくありません……それは、たえず私達の周りを取り巻いているのです」

「なんですって？　それではたとえば、あそこにいる赤鼻の駐留軍少佐のすぐそばを不滅の魂が漂っている、とお思いになりますか？」

「おかしいかしら？　太陽の光がまさにあの方とそのお鼻を照らしていますわね――その太陽の光にしても、どんな光でも神様から発されたものではないこと？　それに外見がなんでしょう？　汚《けが》れなきものにとっては、汚れたものなど存在しません。ただ自分の師と仰ぐべき人が見つかりさえすれば、導き手が見つかりさえすれば！」

「まあまあ、失礼ですが」と、私は口をはさみましたが、白状しますと意地悪な気持ちもないではありませんでした。「あなたは導き手を欲しがっていらっしゃいますが……それでは、あなたの司祭様はなんのためにいらっしゃるのでしょう？」

ソフィーは私を冷ややかな目で見ました。

「どうやら、私をお笑いになりたいのね。神父様は私に、自分のなすべきことをするようにとおっしゃいます。でも、私が必要としているのは、自分を犠牲にする仕方を身をもって実際に示してくれるような導き手なんです！」

彼女は天井を仰ぎ見ました。あどけない顔つきと、凍りついたようになって物思いに沈み、絶えず驚愕《おののき》を心に秘めていることを現したこの表情とによって、彼女はラファエロ以前の聖母《マドンナ》を彷彿とさせました……。

「何かで読んだことがあるんですけれど」と、私のほうを向きもせず唇をかろうじて動かすようにして、彼女は続けました。「さる高官が、教会を訪れるすべての人に足で踏みつけにされ、踏みにじられるように、自分を教会の入り口の下に埋葬するよう命じたそうです……これこそ生きているうちからしなくてはならないことですわ……」

ドーン！　ドーン！　ドンドコ、ドンドコ！　二階桟敷からティンパニが鳴り響きました。

……正直言って、舞踏会でこんな会話をするのは、あまりにも突飛なような気がしました。それによっていやが上にも私の胸にかきたてられることになった思いは……宗教的なものとは正反対の性質を帯びていました。私は、マズルカを踊っていた人物の一人に私のパートナーが誘いを受けたのを潮に、我々の神学論争もどきの議論をそのまま打ち切りました。

十五分後、私はソフィー嬢《マドモアゼル・ソフィー》を両親のもとに送り届け、それから二日ほどしてT市をあとにしました。そして、あどけない顔をしながらまるで石で出来ているかのように人を寄せつけない心を持った、この娘の面影は、まもなく私の記憶から消え去ってしまったのです。

二年の歳月が流れ、ひょんなことから私は再びその面影を思い出すことになりました。というのは、こんなわけです。ある時私は、ちょうど南ロシア方面の旅から帰ったばかりの同僚と話をしていました。彼はT市でしばらく過ごしたので、私に彼の地の噂話をいろいろしてくれました。「そうそう、そういえば！」と、彼は叫びました。「君はたしか、V・G・Bとは知り合いだったよね」

「もちろんさ」

「じゃあ、娘のソフィーは知ってるかい？」

「二度ほど会ったことがある」

「それがね、駆け落ちしたんだとさ！」

「まさか！」

「いや、本当の話さ。行方不明になってから、もう三月《みつき》になる。おまけに驚くべきは、誰と駆け落ちしたのか、誰にもわからないということだ。いいかい、思い当たる節もなければ、皆目見当もつかないというんだからね！　彼女は誰からの求婚にも応じなかった。それに、行いはこの上なく地味ときている。どうもこの、おとなしいとか信心深いなんていう女ってのは困ったもんだね！　県をあげてものすごいスキャンダルだよ！　B氏はがっくりきちまってねえ……まったくなんだって家出なんかする必要があったんだろう？　父親は娘に何一つ不自由な思いはさせなかったっていうのに。なんといっても不可解なことは、県中のラヴレイス〔S・リチャードソンの小説中の登場人物。女たらしの意〕は一人残らず、みな揃っているということなんだ」

「それで彼女はまだ見つかっていないのかい？」

「海の底にでも沈んでいるんじゃないかね！　金持ちの嫁さん候補がまた一人減っちまった。いまいましい話だ」

　私はこの知らせにとても驚きました。それは、私の心に残っていたソフィア・Bの思い出とあまりにも食い違っていました。だが、この世では何が起きても不思議ではありません！

　同じ年の秋、またもや役所の用向きでしたが、運命のいたずらで私はS県を訪れることになりました。周知のように、この県はT県の隣にあります。雨が降っていて寒い日でした。私の乗った軽四輪馬車は、本街道の黒土のぬかるみの中を疲弊しきった駅逓馬に引かれてかろうじて走っている有様でした。たしか、あれは特についていない日でした。三度ばかり車輪のこしきまで浸かって、ぬかるみの中で「立往生」するはめになりました。私の御者は一つのわだちに見切りをつけては、ひっきりなしに馬をけしかけ唸り声をあげながら別のわだちに移ろうとしていましたが、それでも事態は一向によくなりませんでした。早い話が、夕方近くには私はもうへとへとで、駅に着くと旅籠に泊まることに決めました。私にあてがわれた部屋は、木のソファーはへこみ、床は傾き、壁紙が破れていました。その部屋はクヴァスや筵《むしろ》、たまねぎ、はてはテレビン油の匂いまでし、いたるところにハエが群れをなしていました。しかし、これで少なくとも雨宿りができました。雨のほうはいよいよいわゆる「本降り」になって来ました。私はサモワールの用意をさせ、ソファーに腰を下ろし、ルーシ〔ロシアの古名〕を旅する人にはおなじみの旅愁にひたっていました。


　私の物思いは、母屋から聞こえて来る、何かを打つ重い音のために中断させられました。私の部屋と母屋とは板でできた間仕切りで分けられていたのです。その音と一緒に鎖をがちゃがちゃ言わせるようなよく響く金属音もしましたが、だしぬけに荒々しい男の声ががなりたてました。

「この屋のすべての者に神の祝福あれ。神の祝福あれ！」「神の祝福あれ！　アーメン、アーメン、悪魔よ消え失せよ！」と、その声は、なんだか一語一語の最後の音節を調子はずれの粗野な仕方で引き伸ばすようにして繰り返しました……。騒々しい溜め息が聞こえたかと思うと、重そうな体が同じ金属音とともに板寝床《ラフカ》に腰を下ろしました。

「アクリーナ！　神の僕よ、こちらへ！」と、またその声が言い始めました。「見よ、ぼろを纏いて祝福されたる……ハッハッハア！　ペッ！　おお、神よ！　おお、神よ！　おお、神よ！」その声は、聖歌隊の副輔祭のように低い声で唸り出しました、「おお、神よ！　我が生命の主、我が罪深さを見よ……オーホーホー！　ハッハア……ペッ！　第七時にこの屋に神の恵みあれ！」

「あれは誰ですか？」と、私はサモワールを持って来てくれた気前のよい女主人《おかみ》に尋ねました。

「ああ、あれはねえ、旦那」と、彼女はせっかちなささやき声で答えました。「ありがたい聖人様でございますよ。この地方に最近姿を現されましてね。こうして手前どものところにもおいでくださったのでございます。こんなどしゃぶりの日だというのに！　かわいそうに、お体から雨が滴り落ちているじゃありませんか！ それにあの鉄鎖《かせ》、御覧ください、なんとたくさんついているんでしょう！」

「神の祝福あれ！ 神の祝福あれ！」再び声が響きました。「アクリーナよ！ これ、アクリーナ！ アクリーヌシカ、友よ！ 我らの天国はいずこにある？ 我らの素晴らしき天国は？ 荒野にこそ我らの天国がある……天国が……そして、この屋には時の始まり以来……大いなる幸が……お……お……お……」声は、何かわけのわからないことをつぶやき始めました。それから長いあくびの後で、いきなりまたしゃがれ声の哄笑が聞こえ出しました。この哄笑は、毎度毎度あたかも無意識のうちにほとばしるかのようでした。そしてその後には、毎度毎度憤慨して唾を吐くのが聞こえました。

「おやまあ！ ステパーニカがいないわ！ これは大変！」女主人はまるで独り言のように言い、いかにも一心に耳を傾けているという風情でドアのそばに立っていました。「何か救いの御言葉をおっしゃってくださるのに、私のような愚かな女にはさっぱりわかりません」そう言い残して、彼女は素早く出て行きました。

仕切り板には隙間がありました。私はそこに目を近づけてみました。聖愚者《ユローヂヴイー》〔弊衣をまとい狂人のような言動を行う放浪の行者〕は私に背を向けて板寝床に腰を下ろしていました。私には彼の並外れて大きな、ビール釜ほどもあろうかという、もじゃもじゃの頭と、つぎはぎだらけでびしょびしょのぼろ着をまとった猫背の広い背中しか見えませんでした。彼の前は土間になっていて、そこには古びた、やはりびしょびしょになった町人風の上衣を着て、目まで覆いかぶさるほどの地味なプラトークをしたひ弱な感じの女が、ひざまずいていました。彼女は聖愚者の足から靴を脱がせようとしていましたが、彼女の指は汚れてぬるぬるした肌の上を滑っていました。女主人は彼女のそばに胸の前で腕組みして立ち、「聖人」のことを恭しい眼差しで見つめていました。彼は相変わらず何かぶつぶつわけのわからない話をしていました。

町人風の上衣を着た女はやっと靴を引き抜くことができました。彼女はあやうく仰向けに倒れるところでしたが、体勢を立て直し、聖愚者の脚の巻き布をほどきにかかりました。足の甲には傷がありました……私は目をそむけました。

「お前様、お茶を御所望でございませんか?」女主人のへつらうような声が聞こえて来ました。

「なんということを!」と、聖愚者は応じました。「罪深い肉体を甘やかすことになる……オホーホー! オーオー、老婆よ、我々の中のサタンは手ごわいぞよ! 奴は飢えをもってしても、寒さをもってしても、天の底が抜けたかのような、肌を刺すどしゃぶりの雨をもってしても、びくともしない。しぶとい奴なのじゃ! この女は茶などとぬかしおる! 体中の骨という骨を打ちのめさねばならぬというに……至聖生神女庇護祭の日を忘れんように! 豊かな恵みを賜ろうぞ!」

女主人は驚きのあまり、小さくあっという叫びを漏らしました。

「わしの言うことを聞きさえすればよい! 持てるものをすべて差し出すのじゃ、頭も下着も差し出しなさい! そして、乞われずとも差し出すのじゃ! なぜなら、神様はすべてお見通しだからじゃ！　それとも神様はお前の家の屋根を吹き飛ばすのに手間取るじゃろうか？　慈悲深い神様からお前はパンを賜った。それをかまどで焼くがよい。神様はすべてお見通しなのじゃ！　お……み……とお……し……じゃ！　その三角形のものの中にあるのはどなたの目かな？　申してみよ……どなたのかな？」

女主人は三角巾《ネッカチーフ》の下でこっそり十字を切りました。

「古《いにしえ》よりの敵、手ごわい！　て……ご……わい！　て……ご……わい！」聖愚者は歯ぎしりをさせながら何度か繰り返しました。「古の蛇《くちなわ》め！　だが、神の復活のあらんことを！　神が復活なさり、その敵どもの消え失せんことを！　我は死者をことごとく呼び返さん！　神の敵と闘わん……ハッハッハア！　ペッ！」

「お宅に油はございませんか？」と、かろうじて聞き取れるほどの別の声が言いました。「傷口に塗らせてくださいな……布切れはきれいなのがありますから」

私はまた隙間からのぞいてみました。町人風上衣を着た女は相変わらず聖愚者の病気の足にかかりきりでした。「マグダラのマリアだ！」と、私は思いました。

「今すぐお持ちしますよ、お前さん」と女主人は言うと、私のいる部屋に入って来て、聖像の前の燈明からさじで油をすくい取りました。

「彼に仕えているあの人は誰ですか？」と、私は尋ねました。

「旦那、手前どもも存じませんのです。きっとあの方も救いを求め、罪の償いをなすっているのでございましょう。それにしてもなんと信心深いお方でしょう！」

「アクリーヌシカ、かわいい我が子よ、愛しい我が娘よ」と、その間に聖愚者は繰り返し、突然泣き出しました。

彼の前にひざまずいていた女は、彼のほうに目を上げました……おや？　この目にはどこかで見覚えがあるぞ。

女主人は、さじ一杯の油を持って彼女に近寄りました。女のほうは手当てを終え、床から立ち上がり、きれいな物置部屋と干し草が少しないかどうか尋ねました……。「ヴァシーリー・ニキーチッチは干し草の上でおやすみになるのがお好きなのです」と、彼女は付け加えて言いました。「そりゃもう、こちらへどうぞ」と、女主人は答えました。「お前様、どうぞこちらへ」と、彼女は聖愚者に向かって話しかけました。「服を乾かしてお休みください」

彼はうめき始め、ゆっくりと板寝床から立ち上がりました――彼の鉄鎖《かせ》がまた、がちゃがちゃ言い出しました――それから、振り返って私のほうに顔を向け、聖像を目で探し、思いきりよく十字を切りました。

私はすぐに彼が誰かわかりました。この男は、かつて私を亡くなった家庭教師に会わせてくれた町人のヴァシーリーにほかなりませんでした！

彼の顔立ちは、ほとんど変わっていませんでした。ただ、その表情が以前にもまして尋常ならざる、恐ろしいものになっているだけでした……。むくんだ顔の下のほうは一面もじゃもじゃのあご髭に覆われていました。その髭はひきちぎれ、汚れ、荒れ放題だったので、私は恐怖よりも嫌悪を感じました。彼は十字を切るのはやめましたが、相変わらずうつろな眼差しで隅のほうや床をきょろきょろ見回していて、まるで何かを待っているかのようでした……。

「ヴァシーリー・ニキーチッチ、どうぞこちらへ」と、町人風上衣の女がお辞儀しながら言いました。彼は不意に勢いよく頭を振って向きを変えましたが、足がもつれ、よろよろし始めました……。彼の道連れの女はすぐに彼のもとに駆け寄り、腋の下に手をやって支えました。声や体つきからすると、まだ若い女性のようでした。彼女の顔は、ほとんど見ることができませんでした。

「アクリーヌシカ、友よ！」聖愚者はもう一度なんだかぞっとするような声で言うと、口を大きく開け、自分の胸を打ち、低くこもった、魂の奥底から上って来るような呻き声をあげました。二人は女主人の後について部屋から出て行きました。

私は固いソファーに横になり、今しがた目にしたことについて長いこと思いをめぐらしました。私の催眠術師の成れの果ては、聖愚者だったのだ。それこそ、いやでも気づかされた彼の中の、あの力の導きで、彼が行き着いたところだったのだ！

翌朝、私は出発の支度をしていました。雨脚は昨日と変わりませんでしたが、私はこれ以上ぐずぐずしているわけにはいかなかったのです。洗顔用の水を差し出した召使いの顔には、皮肉な思いを圧し殺しているような一種独特の薄笑いが浮かんでいました。この薄笑いのことはよくわかっていました。それは、私の召使いが良家の人々について何か芳しくない噂、はては何かいかがわしいことを耳にした、ということを意味していました。彼はいかにも私にそれを伝えたくてたまらない、といった風情でした。

「それで、いったい何事だね?」と、私はついに尋ねました。

「昨日の聖愚者は御覧になりましたか?」召使いは、すかさず切り出しました。

「見たが、それがどうした?」

「女の連れのほうも御覧になりましたか?」

「連れも見た」

「あれは御令嬢なのでございますよ、貴族の出の」

「なんだって?」

「嘘偽りではございません。今日、T県から商人の一行が通りかかり、そのことに気づいたのでございます。お家の名前も申しておりましたが、度忘れいたしまして……」

まるで頭の中で稲妻が閃いたかのようでした。

「聖愚者はまだいるかね、それとももう行ってしまったのかね?」と、私は尋ねました。

「おそらく、まだおりましょう。今しがた門のところに居座ってなんとも妙なことをいたしておりまして、さっぱりわけがわかりませんでした。道楽でき印みたいなまねをしているんですからね。奴さん、あれで自分の損にはならないことを承知しているんでございますよ」

私の召使いは、アルダリオンと同じく教養ある下僕という部類に属していました。

「令嬢も一緒なのかね?」

「御一緒でございます。そばに付き添っていらっしゃいます」

私は玄関に出て、聖愚者を見ました。彼は門のそばのベンチに腰を下ろし、両の手のひらでベンチにしっかりつかまって、うなだれた頭を左右に揺り動かしていました——その姿は檻の中のけだものそっくりでした。ぼうぼうに伸びた縮れ毛の乱れ髪が目に覆いかぶさっていて、垂れ下がった唇ともどもゆらゆらと揺れていました。奇妙な、ほとんど人間のものとも思われないようなつぶやきが、彼の口からもれていました。彼の連れの女はちょうど棹にぶら下げた水差しの水で顔を洗ったばかりで、まだ頭にプラトークをかぶり切らずに、肥だめの黒いたまり水の上に渡した幅の狭い板の上を門のほうに向かって後ずさりしているところでした。私はこの、今やどこからも丸見えの頭を見つめ、驚きのあまり思わず両手を打ち合わせました。目の前にいるのは、なんとソフィー・Bではありませんか！

彼女はすばやく振り返り、その青い、昔と同じようにまばたき一つしない目で私を見据えました。彼女はずいぶんと痩せてしまい、肌は荒れ、日焼けしてほんのり朱色がかっており、鼻先はとんがり、唇は輪郭がきつくなっていました。それでも、彼女の容色に衰えは見られませんでした。ただ、昔の物思わしげで驚愕《おののき》に震えているような表情に、それとは別の毅然とした、ほとんど恐れを知らぬような、内面的な昂揚に奮い立った表情が加わっていました。その顔にはもはや、あどけなさなど影も形もありませんでした。

私は彼女のほうに歩み寄りました。

「ソフィア・ヴラヂーミロヴナ」と、私は叫びました。「本当に貴女《あなた》なのですか？　こんな格好で……こんな人たちと一緒に……」

彼女はびくっとして、自分に話しかけているのが誰なのか知ろうとするかのように、前よりももっと瞳を凝らして私を見つめましたが、私には一言も答えないまま、自分の連れに取りすがりました。

「アクリーヌシカ」と、彼はぶつぶつ言い出し、深いため息をつきました。「我らの罪じゃ、罪じゃ……」

「ヴァシーリー・ニキーチッチ、すぐに出発いたしましょう！　よろしいですか、今すぐですよ、今すぐ」と言いながら、彼女は片手でさっとプラトークを額にかぶり、もう一方の手で聖愚者のひじを取って抱き起こしました。「参りましょう、ヴァシーリー・ニキーチッチ、ここは危険です」

「参ろう、よしよし、参ろうぞ」聖愚者はおとなしく答え、全身を前に傾けてベンチから立ち上がりました。「ただ、この鎖をしっかり留めておかんと……」

私はもう一度ソフィーのそばに寄り、自分の名を名乗り、私の話を聞いて何か一言言ってくれるよう懇願し始めました。私は彼女に、車軸を流すような大雨を指し示しました。私は彼女自身とその連れの体を大切にするように願い、彼女の父親のことも口の端に上らせました……けれども、彼女はなんだか悪意に満ちた、情け容赦のない昂揚感のようなものに支配されていました。私のことなど一顧だにせず、歯を食いしばり、途切れがちに息をしながら、彼女は取り乱した聖愚者に小声の、優しいけれども有無を言わさぬ言葉をかけてせきたて、彼の帯を締めてやり、その体に鉄鎖を縛りつけ、髪にはつばの歪んだラシャの子供用帽子を深くかぶらせ、片手に杖を握らせ、自分の両肩には背嚢を引っ掛けて、門の向こうの通りのほうへと出て行きました……力ずくで彼女を引き止める権利は私にはありませんでしたし、そんなことをしてもなんの役にも立たなかったでしょう。私の絶望的な最後の眼差しにも、彼女は振り返ろうともしなかったのです。「聖人」の腕を支えながら、彼女は通りの黒々としたぬかるみの上を足早に歩み、数秒後にはどんよりと立ちこめた朝もやの間から、一面に降りしきる雨ごしに、聖愚者とソフィーの二人の影が、これを最後にちらと見えました。……そして、その二つの影は道に張り出した百姓家の角を曲がると、永久に消えてしまったのです。

私は自分の部屋に戻りました。深い物思いにとらえられました。私にはさっぱりわかりませんでした。あのように育ちの良い、若くて裕福な娘が、どうして自分の生まれた家も家族も知り合いも何も彼もなげうち、誰も彼も捨て、それまでのありとあらゆる習慣と生活の便を断念するようになぞなったのか、それもなんのために？――私にはさっぱりわかりませんでした。半気違いの放浪者の後にしたがい、彼の提燈持《ちょうちんも》ちになるためなのか？　このような決意をするに至った原因が、倒錯的なものにせよ心の奥底にある性向、愛だとか激情だとかであったという考えには、一瞬たりとも落ち着くことはできませんでした……「聖人」の目をそむけたくなるような姿を一目見れば、そのような考えをすぐにも頭から追い払うのに十分でした！　いや、ソフィーは汚《けが》れなきままでした。そして、かつて彼女が私に言ったことがあったように、彼女にとっては汚れたものなど何一つとしてなかったのです。私にはソフィーの振舞いは理解できませんでした。けれども、私は彼女を責めはしませんでした。後に、自分たちが真実だと思い、そこに自分の使命を見出したもののために同じようにすべてを捧げた他の娘たちのことを責めはしなかったように。ソフィーがまさにこの道を進んだということは残念でなりませんでした。彼女に感嘆の念を、さらに言えば尊敬の念を覚えずにいることもできませんでしたが、彼女が私に献身について、卑下について語ったのも故なきことではなかったのです……彼女にあっては、言葉と行ないが食い違うことはありませんでした。彼女は導き手を、指導者を求め、それを見つけたのです……だが、それが誰だったのか、おお神よ！

いかにも、彼女は人に足で踏みつけにされ、踏みにじられるよう、進んで自らに課したのです。……やがて時が経ち、風の便りに聞いた話では、家族の人たちはついにこの迷える子羊を捜し出し、家に連れ帰ったとのことでした。けれども、彼女は薄命で、「沈黙行者」のように誰とも口をきかずに亡くなったのです。

哀れな、謎めいた存在よ、汝の心に平安あれ！　ヴァシーリー・ニキーチッチは、おそらく今でも聖愚者の振舞いを続けていることでしょう。このような人々の頑健さには、まことに驚くべきものがありますから。ただこれも、癲癇のためにどこかで行き倒れになったりしていなければの話ですが。

（相沢直樹　訳）

# ボボーク

——ある人物の手記

ドストエフスキー

◆フョードル・ミハイロヴィチ・ドストエフスキー

Федор Михайлович Достоевский 1821-1881

言うまでもなく一九世紀ロシア最大の文豪の一人。日本ではトルストイと並んでもっともよく読まれてきたロシア作家と言えるだろう。長編『貧しき人々』でデビュー。社会主義サークルに参加したため逮捕され、シベリア懲役を経験するが、『死の家の記録』『地下生活者の手記』などで作家活動に復帰。その後、『罪と罰』に始まり、『白痴』『悪霊』『未成年』『カラマーゾフの兄弟』と続く長編を次々に書いた。「ボボーク」は比較的読まれることの少ない後期の短編の一つで、時事評論集『作家の日記』に収められている。『作家の日記』にはその他、〝天上〟を描いた「おかしな男の夢」と、〝地上〟を描いた「おとなしい女」が収録されており、〝地下〟を描いた「ボボーク」とともに言わば三幅対を成している。なお「ボボーク」とはロシア語で「豆粒」の意味だが、ここでは一種の擬音語として使われている。

セミョーン・アルダリオーノヴィチは、おととい私に向かってまさにこんな具合にたずねた——

「ねえイワン・イワーヌイチ、君はしらふでいるときなんてあるのかい、ひとつ聞かしてもらいたいもんだね」

変な要求だ。私は腹を立てない。私は臆病な人間なのだ。しかしながらこの私がなんと気狂いあつかいされたことがあるのだ。たまたまある画家が私の肖像画を描いた——「何てったって君は文学者だからな」と彼は言うのだ。私は彼の言うことに従った。彼はそれを展覧会に出したというわけだ。新聞を読むと「この病的で、気狂いに近い顔を見に行くがいい」と書いてある。

こんなことはどうでもいいが、それにしてもこんなにあからさまに活字にしていいものなのだろうか？　新聞や雑誌では、何でも品がよくなくてはならない。理想がなくちゃいけない。それなのにこれでは……

少なくとも遠まわしに言ってもらいたい。そのために文体というものがある。いやあ、遠まわしに言うなんてご免だ、と言うのである。今どき、ユーモアとか見事な文体なんて姿を消しているし、悪口雑言が切れ味のいい皮肉にとって代っている。私は腹を立てない——気がふれるほどの大した文学者じゃない。小説《ボーヴエスチ》を書いたが、のせてはくれなかった。諷刺的な読物《フエリエトン》を書いたが、断わられてしまった。こういったフェリエトンをたくさん私はいろいろな編集部にもちこんだのだが、いたるところで断わられ続けた――あなたのものは一味足りないんですよ、と言うのだ。「どんな味が足りないんだね？ アッチカ風のしゃれた味かね？」と私は冷やかし半分にたずねる。

だがわかっちゃくれないのだ。主に本屋たちのために、フランス語の翻訳をしてやっている。商人たちのために広告文を書いてやったりする――「めったにない品！ 自家農園より産する上等なるお茶」という具合だ。故ピョートル・マトヴェーヴィチ閣下に捧げる頌詞《しょうし》を書いてお金をたんまり頂戴《ちょうだい》した。『ご婦人方にもてる秘訣《ひけつ》』なる本を、本屋の注文でこしらえたことがある。まさにこんな種類の本を私は今までに六冊ほど出している。ヴォルテールの警句集《ボン・モ》を作りたいのだが、わが国の読者たちには、薄味すぎるのではないかと心配である。今ごろヴォルテールがどうだというのだ。今どき、ヴォルテールなんぞいやしない、いるのはでくのぼうだけだ。たがいに相手の最低の歯を何本もぶち抜いたりするのだ！ 私の文学上の仕事なんてそんなところだ。金にならないのに、自分の名前をフルネームで署名した手紙をほうぼうの編集部に送るくらいのことだ。何やかやと訓戒を垂れてみたり、忠告してみたり、批判してみたり、道を教示してやったりしている。ある編集部に先週手紙を送ったが、この二年間だけで四十通目の手紙なのだ。切手だけで四十ルーブリもつかったことになる。私の性分のいやらしさ、もってかくのごとしである。

私の思うところでは、例の画家が私を模写したのは、文学のためではなく、私の額でシンメトリーをなしている二つのいぼのためなのだ――つまりたぐいまれなる現象だ、というわけだ。思想なんてものがなけりゃ、人は今やいろいろなたぐいまれな現象を食いものにするのだ。それにしても彼の描いた肖像画では、私のいぼがなんとうまくいったことか――本物そっくりだ！　これを人呼んでリアリズムと言う。

ところで気狂い云々《うんぬん》の話だが、わが国では昨年、多くの人が狂人リストにのせられたのだ。それもこんな調子でやるのだ――「かかる生得の才能を有しながらも……とどのつまり、以上のことが明らかとなった……もとより、ずっと前から予見し得たはずであるが」云々……。こうなるとかなり手のこんだものである。純粋な芸術的見地からしても、称賛してもいいほどである。それでこの連中が突然、いっそう賢いってことになる。だから、わが国では人の理性を失わせるようなことばかりして、人により分別をもたせようとしたためしはない。

私の考えでは、誰よりも賢いのは、月に一度でもよい、自分自身をばかだと呼べる人である――今どき、めったに例のない能力である！　かつては少なくとも、ばかはばかなりに、年に一度くらいは自分について、自分はばかだと自覚したものであるが、今となっては、全然である。そしてばかと利口の区別さえできないほど事態は混乱している。これは連中がわざとやったことなのだ。

二世紀半も前にフランス人は自分の国に最初の精神病院を建てたが、その時にスペインで語られた警句がある。それがふと心に浮んだ――「彼らは、自分たちが賢い人間であると言いくるめようとして、自分の国のばかどもを一人残らず特別な建物に閉じこめた」というのである。まったくその通りだ——他の人を精神病院に閉じこめたところで、それで自分の賢さを立証したことにはならない。「Kは気が狂った、だから、今やわれわれが賢い人間なのだ」というのか。いやいや、とてもそういうことにはならない。

しかし、ばかばかしい……何だって私は自分の知恵をひけらかして騒いだりしたのだろう——私は始終ぶつぶつ言い通しなのだ。女中も私にうんざりするようになった。昨日、友達が家に立ち寄ってくれた、そして言うには、「君の文章は変ったね、ぶつ切りだ。ぶつぶつと細かく切っちまう——そして挿入文が来る、その挿入文にまた挿入文が来る、それから括弧の中にまた何かを入れて、それからまたぞろ、切れ目刻み目がある……」

友達の言う通りだ。私には何か奇妙なことが起っているのだ。そして性格も変りつつあるし、頭痛がする。私は何か奇妙なものを見たり聞いたりするようになった。それは声というわけではないが、やはりまるで誰かがそばにいて、「ボボーク、ボボーク、ボボーク！」と言っているようなのだ。

だがこのボボークとはいったい何なのだろう？　気をまぎらす必要がある。

気晴らしをするために歩いていたら、葬式に出会った。遠縁にあたる人だ。ところでこの人の位は六等官だ。未亡人に五人の娘がいるが、この娘がみな結婚前なのだ。そういうわけだから靴だけとってみても、いくらかかるかわかりゃしない！　故人の実入りはよかったが、今となってはわずかな年金しかない。しおたれてしまうだろう。私はこの人たちに歓待されたことは一度もない。だからこういう特別の場合でなかったら、今日だってこんなふうに姿を見せることはなかっただろう。他の人びとにまじって墓地まで送って行った。みな私を避けて、つんと構えている。私の略服は実際のところすこしくたびれている。思えば二十五年間、私は墓地に足を踏み入れたことがない。だがしかしなんていう所だろう！

第一に、このにおいだ。死人が十五人ばかりどっとやって来たのだ。覆い布も良いもの悪いもの色とりどりで、霊柩台《れいきゅうだい》が二つもあった――さる将軍とさるいずれかの奥方様のであった。悲しみに沈んだ顔も多かったし、つくりものの悲嘆の表情も多かったが、あからさまに嬉しそうな様子をしている者も多かった。坊主たちはとやかく言うことはない――頂くものがあるからだ。だが、このにおい、におい。こんなところの坊さんなんぞにはなりたくないものだ。

自分がそれほど感じやすいたちだとは思っていないものだから、私は死人たちの顔を注意深くのぞきこんでみた。柔和な表情もあれば、不愉快な表情もある。概してにやっとしているのはよくない。中にはとてもいやなのもある。わたしはいやだ。夢に見そうだ。

ミサの最中だったが、教会の外へ出た――灰色がかった日ではあったが、乾いていた。おまけに寒くもある。そう、なにしろもう十月なのだから。私は墓の間を行ったり来たりしてみた。いろいろな等級がある。三等級は三十ルーブリだ。かなりちゃんとしていて、値もそんなに高くない。一等級の二つの墓は教会の中で、上り口の下にあたるが、これは高くて手が出やしない。三等級にこの時葬られたのは六人ほどいたが、そこにはあの将軍や貴婦人もいたのである。

墓の中をのぞいてみた――ひどいものだ。水、それも何たる水であろう！　まったく緑色になっていて……なんともひどいものだ！　ひっきりなしに墓掘人足がひしゃくで汲《く》み出していた。式が行なわれていたので、私は外へ出て、門の外をぶらぶらと歩いた。そこには今では養老院があって、そのもう少し先にはレストランもある。それは、ちょっとした、悪くないまあまあのレストランである――ちょっとつまむことでも何でもできる。葬列に加わっていた人も大勢いた。たいそう陽気で本当に生き生きしている感じであった。私はひと口つまんで一杯ひっかけた。

　それから棺を教会の中から墓へ移す時に、私も手を貸した。死人というのはどうして棺の中に入るとこんなに重くなるのだろう？　何か惰性の力で、からだがどういうわけか自分ではもうどうにもならないという話もある……そしてそんなたぐいのたわごとが語られているのだ。力学と健全な常識とは相容《い》れない。わが国では、普通教育しか受けていないのに、専門的なことに口出しする向きがあるが、私はそれを好まない。でもわが国では年がら年中そういうことがある。文官は軍事的な事柄を論じることを好み、元帥所管事項だって論ずるのだ。そして工科の教育を受けたものが哲学や経済学を論ずることになる。

　死者のための追善のお祈りには行かなかった。私は誇り高い人間だ。だから、非常の際だからとて致し方ないというふうにしか迎えられないのなら、葬式だからといって、あんなやつらのもてなしの席なんぞをなんでうろつきまわるものか？　ただわからないのは、なぜ自分が墓地に残ったのか、ということだ。墓の上に腰をおろして、そのまま物思いにふけった。

物思いは、モスクワの展覧会から始まって、一般的なテーマとしての「驚き」で終った。この

「驚き」について出した私の結論は次のようなものである――

《あらゆることに驚くというのは、もちろん愚かなことであり、何事にも驚かないということは、ずっと美しいこととされ、なぜかりっぱな振舞いだと認められている。しかし、本当にそうなのであろうか。私の意見では、何事にも驚かないというのは、あらゆることに驚くことよりもずっと愚かなことである。それに、それだけではない、何物にも驚かないということは、何物も尊敬しないのとほとんど同じなのだ。まったくのところ、愚か者は尊敬することができないのだ》

「そうなんです、私は何よりもね、尊敬することを望んでるんです。私は尊敬することを熱望してるんですよ」――私の知人が先日のことだが、あるとき私にこう言ったのである。

この人は尊敬することを熱望しているのだ！　そこで私は考えたものだ――おや、おや、そんなことを今あえて活字にでもしてみたまえ、君はどんな目にあうかわかりゃしないぞ！　と。

そこで私はわれを忘れて物思いに沈んだのだ。私は墓碑銘を読むのが好きではない。永遠に変ることがない。私のそばの扁平《へんぺい》な墓石の上には、食べかけのサンドイッチがのっている――ばかげた、場所柄もわきまえぬ話だ。それを地面に投げ捨ててやったが、それというのも、それがパンではなくて、ただのサンドイッチだからだ。もっとも土の上にパンを落して砕くことはどうやら罪ではないらしい。床の上だと罪になるのだ。スヴォーリン発行の日めくりを参照されたい。

きっと私は長いこと坐っていたようだ、あまり長すぎるくらいに。つまり、大理石の棺のような形の長い石の上に横になるという破目になっていた。するとどうしてそうなったのかわからないが、突然さまざまなことが聞えてきたのだ。初めは気にもとめなかったし、無視していた。しかしながら、その会話は続けられていった。耳に入ってくるのは、低い声で、まるで枕《まくら》で口をふさいでいるような感じだ。それにもかかわらず、その声は、はっきりと聞きとれるし、とても近い。私はわれに返り、腰をすえて注意深く聞き入り始めた。

「閣下、そりゃまったくやりきれませんや。あなた様はハートと宣言されました。私がアシストする側ですが、あなた様は急にダイヤの七をお出しになる。前もってダイヤについて話をきめておかなくちゃならなかったんです」

「何かね、すると、いちいち覚えておいてやらなくちゃならんのかね？　それじゃおもしろかないじゃないか？」

「いけませんや、閣下、ギャランティーってものがなけりゃどうしたってやれるもんじゃありません。どうしたって空席の手番を代行しなくちゃならないし、それにめくら配りをするしかないですからな」

「だが、ここで阿呆《あほう》な空席なんて見つかるもんか」

しかしなんという横柄な言葉であろう！　不思議なことであるし思いもかけぬことでもある。一方はいかにも重みのあるしっかりした声で、もう一方はまるで柔らかく甘ったるくした声である。私自身の耳で聞いていなかったならば、とても信じられないような声であった。私は追善供養には行かなかったようだ。だが何だってこんなところで選択ゲーム《プレフェランス》などをやっているのだ？　それにこの将軍閣下は何ものなのか？　墓の下の方から声が響いたということは、疑いもないところだ。私はかがみこんで墓碑銘を読んだ——

《ここに眠るは、陸軍少将ペルヴォエードフの遺骸なり……かくかくしかじかの勲章所有者なり。ふむ、本年八月没……享年五十七歳……親愛なるなきがらよ、喜ばしき朝まで眠れかし！》

ふむ、なんてこった、本当の将軍様だ！　へつらうような声が出て来た小さな別の墓には、まだ墓碑がなかった。ただ平らな墓石があるだけだった。きっとまだ新入りなのだろう。声の感じでは、七等官相当の宮廷参事官てとこだ。

「お、ほ、ほ、ほ！」――将軍のいる場所から十メートル《五サージェン》ほど離れた、真新しい墓の下からまったく新しい声が聞えて来た。平民階級の男の声だが、うやうやしげな、感じ入りましたという調子で、ひどく音を落していた。

「お、ほ、ほ、ほ！」

「ああ、またあの男がしゃっくりをしている！」――突然、上流社会の人のような、いらいらした貴婦人の、神経質そうな尊大な声が響いた、「こんな商人《あきんど》風情のそばに来るなんて、まったくやりきれない！」

「私は少しもしゃっくりなどしておりませんでしたよ。それに何も食べちゃいませんしね。こりゃもう私の性分なんで。それにしても奥様、相変らずあなた様はここにいらしてもそのわがままがたたって、安らかにおなりになれないのですね」

「いったい何だってお前さんはここに寝てるのかね？」

「私を置いてくれたんですよ、女房や小さな子供たちが置いてくれたんで、私が自分からごろんと横になったわけじゃありません。死の神秘ですな！　私にしたって、どんなわけがあろうとも、どんなにお金を積まれようとも、あなた様のおそばなんかで寝たくはなかったのです。でも自分のふところと相談で、値段から見ていいところに寝ているわけでございます。と申しますのも、自分たちの墓のために三等級の料金を払うぐらいはいつでもできますもので」

「ためこんだね。お客さんたちの勘定をごまかしたんだね？」

「一月以来、あなた様の私どもへのお支払いは、たぶん、少しもなかったはずですから、どうしてあなた様をごまかせましょう。あなた様の勘定書は私どもの店にございます」

「まあ、なんてばかな話。私の思うには、こんなところでそんな借金の詮索《せんさく》をするなんてばかげた話よ！　娑婆《しゃば》におもどり。私の姪《めい》にでも聞いといで。あの子が相続人なんだから」

「今となってはいったい、どこで聞けるもんですか。それにどこに行けるというんです。二人とも来るところまで来てしまったのですし、神様のお裁きの前では、罪深いことでは同じでございますよ」

「罪深いですって！」と死んだ女は、軽蔑《けいべつ》するように口まねをした。「もうこの私には口をきくようなことはしないでよ！」

「お、ほ、ほ、ほ！」

「それにしてもあの商人《あきんど》のやつ、奥様の言うことをよく聞いておりますな、閣下」

「やつが言うことを聞かんはずはないじゃないか？」

「そりゃもうあたりまえのことで、閣下。というのもここでは新しい秩序がありますからな」

「その新しい秩序というのは何だね？」

「その、私たちは言ってみれば、死んだんじゃありませんか、閣下」

「ああ、そうさな！　うん、それでもやはり、秩序というものは……」

いやはや、結構なことで。よくもまあそんなことを、いいお慰みだ！　ここでもこんなところまで来ていたとすりゃあ、地上の娑婆世界じゃ、何を期待できるというのか？　それにしてもなんというお笑い草だ！　ずいぶん憤慨してはみたが、それでも聞き耳を立て続けていた。

「いいや、私は生きていたかった！　いいや、……私はね、そのう……生きていたかったんだ！」――突然、将軍とかんしゃく持ちの奥様との間のどこやらで、誰やらの新しい声が叫んだ。

「お聞きおよびで、閣下、やっこさんがまた同じことを言っております。三日前までは沈黙に沈黙を重ねてきたのに、急に『私は生きていたかった、いや、私は生きていたかったんだ！』とくる。それもあんなにすごい勢いですからな、ひ、ひ、ひ！」

「それも軽薄な調子でだな」

「がっくりきてるんでございますよ、閣下、それに埋められちまって、もうすっかり埋めこめられてますからな。もう四月からここにいるんですし。それが突然『私は生きていたかった！』とくるんですからな」

「しかしいささか退屈じゃな」と閣下はおっしゃった。

「少々退屈でございます、閣下、アヴドーチヤ・イグナーチエヴナでもまた少々からかってみますですか、ひ、ひ、ひ！」

「いや、もうかんべんしてもらおう。もうあの小生意気な泣き虫にはがまんならん」

「私のほうだって、あべこべに、あなた方お二人にはがまんできませんわ」――泣き虫夫人はさもいやそうに口答えした――「あなた方お二人こそ退屈なことこの上ない人間だわ、理想的なことといったら何ひとつ話すこともできないのよ。閣下、あなたのことについてはね――どうかそうもったいぶらないで――ちょっとしたお話をひとつ知ってますわよ、ある人の奥さんのベッドの下から、朝早く従僕に床磨きのブラシで掃き出されたというお話をね」

「いやらしい女だ！」――将軍は歯の間から吐き出すようにぶつぶつと言った。

「もしもし、アヴドーチヤ・イグナーチエヴナ」――突然またあの小商人《こあきんど》が絶叫した――「奥さん、聞かせてください、昔の憎しみは忘れて、私は今魂の苦難をつぎつぎと受けているところなのでしょうか、それとも何か他のことが起っているのでしょうか？……」

「ああ、この人はまた同じことを言っている。そんなことだという予感があったんだわ。だって臭いにおいがねえ、におうんだから。それはこの人がのたうちまわるからさ！」

「のたうってなんかいませんよ、あなた。それに私はそんな特別ににおってるわけじゃありません。なぜってまだ私のからだはすっかりそのまま元通りですからね。あなたのほうこそ、奥さん、もういたみ始めてますよ――だってそのにおいたるや、実際ここにいたってがまんできませんや。礼儀を守って言わないだけのことですよ」

「ああ、いやらしい無礼な男だこと！　自分がぷんぷんとにおいを立てているくせに、私のせいにするなんて」

「お、ほ、ほ、ほ！　あの四十日忌が早くやって来ないものかなあ――私の上の方で泣き濡《ぬ》れた声が聞かれるだろうに、女房の泣きじゃくる声や子供たちの静かなすすり泣きが聞かれるのに！」

「さあね、何で泣くわけがあるもんかね――法事の後の恒例の御飯《クチヤー》でもたらふく食べて、さっさと行っちまうだろうよ。ああ、誰か目をさましてくれないかしらねえ！」

「アヴドーチヤ・イグナーチエヴナ」とおべっか使いの官吏が話しだした、「ほんのちょっとお待ちくださいな。新しく来た連中が話しだしますから」

「その中に若い人たちがいるかしらね？」

「若い人たちはいますよ、アヴドーチヤ・イグナーチエヴナ、若者って言っていいのだっていますよ」

「まあなんて具合のいいこと！」

「だが、何だってまだ話しだしちゃいないのかね？」と閣下はおたずねになった。

「おととい来た連中だってまだ目をさましちゃいませんよ、閣下、ご存じでございましょう、場合によっては一週間も口をきかないことがありますからね。きのう、おととい、そして今日と、どういうわけかいっぺんに突然どさっと運んで来たからよかったですよ。さもなければ、この約二十メートル《サージェン》四方というもの、ほとんど相変らず去年の連中ばかりでしたからな」

「そうさな、おもしろいことだ」

「それに閣下、今日は文官二等級の現任枢密顧問官たるタラセーヴィチ殿が葬られました。人びとの話し声でそれとわかりました。あの方の甥《おい》が私の知り合いでして、先ほどもその人が棺をおろしたというわけです」

「ふうむ、それで今はどこに?」

「それが、閣下、あなたのところから五歩ばかり左の方なんでございます。ほとんどあなたのお足元と言っていいくらいで……こりゃあ、閣下、お近づきになったほうがよろしいですな」

「ふうむ、いや——どうも……私から話を出すべきじゃなかろう」

「いえ、あの方がご自分で話をお始めになりますよ、閣下。あの方にはそれが嬉しいことだと言ってもいいほどです、私におまかせください、閣下、そうすれば私が……」

「ああ、ああ……ああ、ぼくはいったいどうしちまったんだろう?」と突然誰か、新入りのびっくりしたような声がうめきだした。

「新入りですよ、閣下、新入りです、ありがたいことで。それにしてもなんと早いことでしょうね! 時には一週間も口をきかないことがありますからね」

「ああ、どうやら若い人らしいわ!」とアヴドーチヤ・イグナーチエヴナは金切り声を張り上げた。

「ぼく……ぼく……ぼくは余病を併発してこんなに突然!」——若者はふたたびどもりながら言い始めた。「前の晩、シュルツがぼくに言ったんだ——あなたは余病を併発しましたって、すると突然明け方にぼくは死んじまった。ああ! ああ!」

「ねえ、仕方ないんだよ、お若い方」――親切そうに将軍は声をかけたが、明らかにこの新入りが来たことを喜んでいた、「心安らかにしていなくてはならん！　われらが、いわゆるヨシャパテの谷へようこそおいでなすった。私たちは善良な人間たちだよ、知り合いになれば、そのことがわかるだろう。陸軍少将ワシーリイ・ワシーリエフ・ペルヴォエードフです。何につけお役に立ちますぞ」

「ああ、いいえ！　いや、いや、違うんです！　そのぼくはシュルツのところに行ったんです。それでですね、ぼくの余病が併発して、初めは胸がつまりそうになって、咳《せき》が出て、それから風邪をひいてしまったんです――胸のほうと流感なんですよ……そしてなんと突然まったく思いがけないことに……肝要な点は、その思いがけないというところなのです」

「あなたは初めは胸だとおっしゃいましたね」と、新入りを元気づけたいとでもいうような調子で官吏が穏やかに口をはさんだ。

「ええ、胸と痰《たん》です。それから突然痰が出なくなって、胸のほうになって、息ができなくて……そしておわかりでしょう……」

「わかりますよ、わかります。でも胸でしたら、むしろエクーにかかったほうがよかったでしょうな、シュルツよりもね」

「いや、そのう、ぼくはやはりボートキンのところへ行こうと思ってたんですけれど……突然に……」

「じゃがボートキンじゃ痛い目にあうだろう……」

「いいえそんなことはありません、ちっとも痛い目にはあいませんよ。ぼくの聞いたとこでは、あの人はとても行き届いた方で、何でも前もっておっしゃるそうですよ」

「閣下は費用のことをおっしゃってるんです」と官吏が意味の取りちがえを直してやった。

「何ですって、でも全部で三ルーブリですよ。それにとてもよく診察してくれますし、処方箋《しょほうせん》だって……それでぼくはどうしても行ってみたかったんですよ、だってみんなに言われてたもんですから……どうでしょう、みなさん、ぼくはどうしたらいいでしょう、エクーにするか、ボートキンにするか?」

「何だって? どこにするかって?」——愉快そうに笑いながら、将軍の死骸はゆらゆらと揺れ始めた。官吏が将軍のまねをして裏声で笑い声をあげた。

「なんてかわいい子だこと、嬉しくなっちゃうわ、とても好きよ!」とアヴドーチヤ・イグナーチエヴナは有頂天になって金切り声をあげた、「私のそばにこんな子を置いてくれたらよかったのにねえ!」

いいや、とてもこんなことは許せない! これが当世風の死人というものか! しかしもう少しは聞いておいてやって、結論を急がぬことにしよう。この新入りの洟《はな》たれ小僧だが——先ほど棺の中にいたのを覚えている——びっくりしたひよっこみたいな顔つきをしていて、世にも不愉快きわまるものだった! それにしてもこの先どうなるのだろうか。

しかしその先は、たいへんな混乱が始まったので、その一部始終をとても覚えてはいられなかった。というのは、非常に多くの者が一度に目をさましたからである。五等官の官吏が目をさましたが、間髪を入れずに即座に将軍と、ある省の新しい分科委員会の計画について話し始めたのである——この分科委員会に関連しておそらく起きるであろう公務員の人事異動が問題となったのだ——この話でそれはたいへんに将軍の気がまぎれたのであった。実を言えば私自身も多くの新しい事実を知ったのであり、それを知るこんな手段があるものかと驚いた次第である。このような手段によって時にはこの首都の行政上のニュースを知ることができるというわけだ。それから一人の技師が目をさましたが半分寝ぼけていて、まったく意味もないことを長々とぶつぶつしゃべっていた。それで仲間たちもこの男にはかかずらわらず、しばらくは休ませておくことにした。最後に、今朝がた霊柩台に納められて埋葬された著名なる奥方が、墓地的興奮の徴候を示した。レベジャートニコフは（ペルヴォエードフ将軍のそばの、おべっか使いで私の嫌いな七等官が、レベジャートニコフという名であることがわかったから言うのだが）今回は、こんなにも早くみんなが目をさますものだから、あたふたしてびっくりしていた。実のところ私もびっくりしたのである。もっとも、目ざめた者たちのうちのあるものは、ついおととい葬られたばかりであって、たとえば十六歳くらいのとても若い娘などがそうだ。始終くすくす笑いをしていた娘だが……いやらしい、みだらな笑い方だ。

「閣下、三等文官、タラセーヴィチ枢密参事官殿がお目ざめです！」——突然レベジャートニコフがひどくあわただしげに報告した。

「あー？ 何じゃと？」――いかにも不愉快という感じで、しゅうしゅうと言う声で、突然目をさました三等文官がもぐもぐと言った。その声の響きには、一種気まぐれな命令調があった。私は好奇心にかられて耳を傾けた。というのも、このタラセーヴィチについては、最近ちょっと耳にしたことがあるからだ――それはきわめて誘惑的で物騒な話だった。

「私めでございます、閣下。さしあたりましては、この私だけでございます」

「請願の趣は何かな、何の用かね？」

「ただ閣下のご機嫌うかがいだけでございます。みなさま方ここではお慣れでないようで、初めは窮屈のようにお感じでございますが……ペルヴォエードフ将軍が閣下とお近づきの光栄に浴したいと望んでおられまして、できますならば……」

「聞いたことがないな」

「とんでもないことで、閣下、ペルヴォエードフ将軍でございます、ワシーリイ・ワシーリエヴィチ様で……」

「あなたがペルヴォエードフ将軍かね？」

「いいえ、閣下、私はただの七等官レベジャートニコフでございまして、どうぞよろしくお願いいたします。そのペルヴォエードフ将軍は……」

「ばからしい！ どうかわしにかまわんでおいてくれ」

「やめておきなさい」とついにペルヴォエードフ将軍が威厳のある態度で、自分から墓場の自分の子分の忌わしいせわしなさを押しとどめた。

「まだ眼が覚めてはいないんでございますよ、閣下、そのことを考えに入れなくてはなりません。こういう方がたはまだ慣れておりませんもの――眼が覚めれば、その時は違ってきますでしょう……」

「ほうっておきなさい」と将軍はまた繰り返して言った。

「ワシーリイ・ワシーリエヴィチ！　もしもし、閣下！」――アヴドーチヤ・イグナーチエヴナのすぐそばで、突然まったく新しい声が、声高に激しい調子で叫んだ――それは貴族然としたあつかましい声で、今流行のものうげな発音の仕方をし、それでいて生意気に調子をつけてしゃべっているのだ、「私はあなた方をもう二時間もずっと観察してきております。実は三日もここで横になっていますからね。ワシーリイ・ワシーリエヴィチ、あなたは私を覚えていらっしゃいますか？　クリネーヴィチです。ヴォロコンスキー家でよく会いましたでしょう。どういうわけか知りませんが、あの家ではあなたも客人あつかいでしたね」

「これは、ピョートル・ペトローヴィチ伯爵……それにしてもあなただとは……そんなにお若いのに……まったくくやしいことです！」

「私自身にもくやしいことです。ですが私にとってはどうでもよいことなのです。私はいたるところからできるものは何でも引き出すことにしていますから。それから私は伯爵じゃなくて男爵です、しがない男爵ですよ。私の家は疥癬《かいせん》かきみたいなへっぽこ男爵でしてね、従僕あがりの家柄ですよ。どしてそうなったのか知りませんがね、そんなこと屁《へ》とも思っちゃいません。私はえせ上流社会のごろつきにすぎませんが、『愛すべきどら息子《ボリソン》』だと思われています。私の父は取るに足らぬ将軍でしたが、母のほうは en haut lieu《アン オー リュー》（宮廷に）召されたことがあります。私は去年ユダヤ人のジーフェルと組んで五万ルーブリの贋札《にせさつ》を作ったんですがね、それからやっこさんを密告してやりましたよ。ですがその金は全部ユーリカのやつが、シャルパンチエ・ド・リュシニャンがボルドーに持って行ってしまいましてね。ところでなんと私はすっかり婚約をすませたところだったんです――シチェヴァレーフスカヤという娘ですが、十六歳に三か月足りないという子でして、まだ学校に通ってまして、九万ルーブリ持参金がつくというんです。アヴドーチヤ・イグナーチエヴナ、覚えておいでですか、十五年ほど前のこと、まだ十四歳で幼年学校の生徒でしたが、そんな私を堕落させたことを……」

「ああ、あんただったのかね、このごろつきさん、神様があんたを送り出してくださったのはいいけれど、ここでは……」

「あなたはお隣りの商人さんがいやなにおいを立てるなんて、理由もないのに疑ったりしてましたね……私は何も言わないで、笑っているだけでしたがね。実は私のにおいなんですよ。こんな具合に釘づけにされた棺に入れられたまま埋葬されてしまったもんですからね」

「ああ、なんていやらしい人だろう！　でも私はやっぱり嬉しいわ。あなたには信じることもできないでしょうけど、クリネーヴィチ、信じられやしないでしょうよ、どれだけ生き生きとしたものや機知が欠けてるってことをね」

「いかにも、いかにも、ですから私にしてもここで何か一風変ったことを始めようと思ってるんですよ。あの、閣下——いいえ、あなたじゃありませんよ、ペルヴォエードフさん——閣下といっても、別の方です、タラセーヴィチ様、三等文官殿！　お答えください！　クリネーヴィチです。お精進の時にマドモアゼル・フュリーのところにお連れしましたが、聞えますか？」

「聞えているよ、クリネーヴィチ君、いや、とても嬉しいよ、ほんとにな……」

「ほんともくそもあるもんですか、屁とも思っちゃいませんぜ。私はね、親愛なるご老人、ただもうめちゃめちゃに接吻《せっぷん》したいとこですよ。でも幸いなことにそれもできませんがね。みなさん、このgrand-père《グラン・ペール》（おじいさん）が何をやらかしたかご存じですか？　この人はおとといか、さきおとといに死んだんですがね、それがなんと、全部で四十万ルーブリもお上《かみ》の金に穴をあけたままにしてきたんですよ。未亡人や孤児《みなしご》のためのお金なんですがね。それなのにこの人はひとりで好きなように処分してたんです。それで、ついには、この八年間あまり、監査もなしというわけでした。あちらでは、今みながどれだけ仏頂面をしているか、この人のことをどんなふうに考えているか、想像してみているところですがね。いやそう考えるとまったく官能をそそるんですな！　私はこの一年間というもの、こんな七十のお年寄りで、手や足やからだの節々《ふしぶし》が痛風でがたがたになっているのに、放蕩《ほうとう》にふけるだけの力が残っていたってことが、不思議でならなかったのですよ——今やっとその謎《なぞ》が解けましたよ！　こういった未亡人だとか孤児《みなしご》ですがね——そういう人たちのことを考えただけでもう、この人はかっかと燃えてきたにちがいないんです！

……私はそのことについては、もうずいぶん前から知っていたんです。私だけが知っていたんです。シャルパンチエが知らせてくれましたからね。そのことを知るとすぐに私は、復活祭の週のことですが、この人のところへ行って知り合いのよしみで一押ししてみたんです――『二万五千ルーブリ差し出しなさいよ、さもないとあすにも監査がありますぜ』とね。ところが、どうです。この人にはその時たった一万三千ループリしかなかったんですよ。だからたぶん、非常に都合のいい時に死んだということになるんです。Grand-père《グラン・ペール》、grand-père《グラン・ペール》、聞えてますか?」

「Cher《シエール》(親愛なる)クリネーヴィチ、私は君にはまったく賛成だがね。それにしても君はいたずらにだな……そんな細かいところまで言い出すなんて。人生には悩みごとやひどい苦しみが実に多いのに、その報いというのは実に少ないもんじゃからな……結局のところ、私は安息を得たかったのじゃよ。それに見たところ、ここからだってどんなことでも引き出させそうに思えるな……」

「賭《か》けをしてもいいがね、やっこさんはもうカチーシ・ベーレストヴァのことを嗅《か》ぎつけたんだ!」

「どの?……どのカチーシだね」――老人の声は好奇心をそそられたように震えだした。

「おや、おや、どのカチーシだね、ですって? それがこの左なんですよ、私から五歩、あなたのところから十歩のところですよ。あの娘《こ》がここへ来てもう五日目ですがね、grand-père《グラン・ペール》、あの娘《こ》がどんなひどい女かあなたがもし知っていたらねえ……良家の出で、教育もあるのに、化物みたいな女、それもこれ以上のものはないっていう化物なんですよ! 私は前世では誰にもあの娘《こ》を見せませんでした。知ってたのは私だけ……カチーシ、返事をしな!」

「ひ、ひ、ひ！」と若い娘の声だが、ひびの入ったような音がそれに答えた。だがその音には何か針で刺すような感じがあった。――「ひ、ひ、ひ！」

「それで、《きん・ぱ・つ《ブロン・ディーン・カ》》かね？」とgrand-père《グラン・ペール》は三つの音に分けて、とぎれとぎれに口ごもりながら言った。

「わしは……わしはもうずっと前から」――老人はあえぎながら、口ごもりつつ話しだした――「金髪の女のことを空想してみるのが好きでな……年のころは十五ってとこだな……それもまさにこんなお膳立《ぜんだ》てがあればな……」

「ああ、ひどい人！」とアヴドーチヤ・イグナーチエヴナは叫んだ。

「もう止めましょう！」とクリネーヴィチはその話にけりをつけた、「どうやら材料はすばらしいですな。私たちはここでさっそくもっとうまく事をおさめましょうよ。要するに、残された時間を愉快に過さなくては。ですが、どんな時間なんでしょうな？　もしもし、あんた、何やら役人らしいお人、レベジャートニコフさんでしたな、どうやらそんな名前のように聞えましたがね！」

「レベジャートニコフです、宮廷参事官、位は七等官、セミョーン・エフセーイチです、何なりとお申しつけください、たいへんに、たいへんに嬉しゅう存じます」

「あんたが嬉しかろうが、そんなことは屁とも思わないがね、どうやら、ここで何もかも知っているのはあんただけのようだ。まず第一に教えちゃあくれませんか（私はもう昨日からびっくりし続けってとこですよ）、私たちはどんなふうにしてここでしゃべってるんでしょうな？　だって私たちは死んでるんでしょう。それなのにしゃべってる。まるでからだも動いてるみたいで、それでいて、しゃべってるわけでもなく、からだも動いてないんですからな？　なんて妙な仕掛けなんでしょうかね？」

「それはですね、男爵、もしお望みでしたら、私よりもプラトーン・ニコラーエヴィチのほうが上手に説明できますでしょう」

「プラトーン・ニコラーエヴィチというのは何者ですかな？　歯切れの悪い話なんぞやめて、本題に入ったらどうです」

「プラトーン・ニコラーエヴィチはこの土地の、素人《しろうと》っぽい哲学者で、博物学者で、博士号をもってるんです。何冊か哲学の本も出してますが、この三か月というもの、すっかり眠りこんでしまってるんで、今ではもうこの人を揺り動かしてもだめでしょう。一週間に一度は、あまり関係ないような言葉をちょっとぶつぶつ言ってますがね」

「本題に、本題に！……」

「この人によれば、そんなことはみなきわめて単純な事実で説明されるのです。つまり、地上の世界で、私たちがまだ生きていた時には、私たちが誤って地上の世界の死が死であると思いこんでいたということですよ。からだはここでもう一度生き返るみたいに思えますし、生命の名残りが一箇所に集中するようですが、それも意識の中での話です。つまり――うまく言い表わせませんが――生命はいわば惰性で持続しているようなのです。この人の意見では、すべてが意識のどこかに集まってまだ持続するというのですよ、二か月か三か月……時には半年も……たとえば、ここに一人の男がいますが、ほとんど腐りきってしまったんですが、まだまだ六週間に一度くらいは突如として一つの言葉をつぶやくんです。もちろん、それは意味のない言葉で、何やらまめ《ボボ》つぶ《ク》のことを言ってるらしいのですが、『ボボーク、ボボーク』と言うのです――ですが、この男の中でも、したがって、生命が目には見えませんが火花のように依然としてかすかに燃えてるんですよ……」

「かなりばかげてますな。それにしても私は嗅覚《きゅうかく》をもっていないのに、臭気がかげるのはどうしてなのかな？」

「それはですね……へ、へ……さて、もうそのへんになりますと、われらが哲学者も霧の中に入ったみたいにわからなくなりましてな。哲学者さんはまさにその嗅覚のことも言ってましてね、ここでかげるのは、言ってみれば精神的な臭気というやつだとね――へ、へ！　いわば魂の臭気というやつで、そのために、二、三か月もしたらふと気がつくようになるということです……これはいわば、最後のお恵みなんです……ただね、男爵、こんなことはみな、神秘的なうわごとなんだと私には思えますよ。その置かれてる状況からはきわめて無理からぬものですが……」

「もう結構、その先だって、みなたわごとだってことは確かですからね。要するに、二、三か月は生命があっても、とどのつまりはボボークなのさ。私はみなさんに提案しますよ、この二か月をできるだけ愉快に過すようにとね。そしてそのためにはみんなが別の基礎の上に立って暮すようにしたらいい。諸君！　私は何も恥ずかしがるなということを提案します！」

「そう、そうしましょう、恥ずかしがらないようにしましょう！」――多くの声が聞えてきたが、妙なことに、まったく新しい声も聞えてきたのである。つまり、ちょうどその時、ふたたび目をさましたばかりの連中の声である。もうすっかり目ざめた技師は、特に乗り気になって、低音《バス》を響かせて自分の賛意を示した。カチーシ嬢は嬉しそうに忍び笑いをし始めた。

「ああ、わたしも何も恥ずかしがらないようになりたいわ！」とアヴドーチヤ・イグナーチエヴナは有頂天になって叫んだ。

「お聞きですか？ なにしろアヴドーチヤ・イグナーチエヴナが何も恥ずかしがらないようになりたいんだそうですからね……」

「いいえ、いいえ、クリネーヴィチ、恥ずかしいということにかけてはあちらの世界では恥ずかしがったものよ。でもここでは私、ものすごく、それはものすごく、何も恥ずかしがらないようにしたいの！」

「私にはわかりますよ、クリネーヴィチ」と技師が低音《バス》で言いだした。「あなたがここの、いわば、生活というものを、新しい、今度こそ道理にかなう原理の上に築こうと提案なさっていることが」

「そんなことは糞《くそ》くらえだ！ そのことについちゃあ、クデヤーロフを待ってることにしましょう、昨日連れて来られたんでね。眼をさましたら、何もかもみんなに説明してくれるでしょうな。そりゃあ大した人物です、大したりっぱな人物ですよ！ たぶん明日、引っ張ってこられるのは、博物学者が一人、おそらく将校が一人というところで、それから、もし私が思い違いをしてるんでなかったら、三、四日したら、新聞にちょこちょこ書いてる人が一人、たぶん編集者といっしょに連れてこられるでしょうよ。もっともそんな連中は勝手にしやがれってとこですが、どうやらわれわれのグループがちゃんとできて、すべてひとりでにうまくゆくようになるでしょうな。でも今のところは嘘をつくということはしたくない。私が望んでいるのはそのことだけですよ。なぜってそれが肝心なことですからな。地上の世界では、嘘をつかずに生きてくなんて不可能です。というのは、生きるということと嘘をつくということは同義語《シノニム》ですからね。ですがここではひとつおなぐさみに、嘘をつかないことにしましょう。畜生め、墓場にだって何か意味があってもいいじゃないですかね！　われわれはてんでに自分たちの身の上を声に出して話すことにして、もう恥ずかしがらないようにしましょう。私がまず自分のことを話しますよ。私はですね、肉食動物に属してましてね。あちらの上の世界じゃ何でも腐ったひもで縛られていたんですね。そんなひもなんて消えちまえ。そしてこの二か月をまったくの破廉恥な真実の中で生きることにしましょう！　自分をさらけ出し、裸になりましょう！」

「裸になろう、裸になろう！」いっせいに叫び始めた。

「わたし、ものすごく、ものすごく裸になりたいの」とアヴドーチヤ・イグナーチエヴナが金切り声を上げた。

「ああ……ああ……ああ、ここはおもしろくなるらしいぞ。ぼくはもうエクーのところには行きたくない！」

「いや、ぼくはまだ生きたい、ねえ、生きたいんだ！」

「ひ、ひ、ひ！」とカチーシが忍び笑いをした。

「肝心なことは、誰もわれわれに禁止するなんて言えないってことです。ペルヴォエードフがどうやら腹を立ててるようですが、それでもやはりやっこさんの手は私には届きませんからな。Grand-père《グラン・ペール》、あなた賛成しますか?」

「わしはまったく、まったく、それも大満足して賛成だ。だが、それはカチーシが最初にみ・の・うえ話をしてくれるという条件つきだ」

「反対！　全力をあげて反対する」と断固としてペルヴォエードフ将軍は言った。

「閣下！」とごろつきのレベジャートニコフはあわただしく心配げに、声を低めて、舌足らずな物言いで説得にかかった、「閣下、賛成しておいたほうが私たちのためじゃありませんか。いいですか、今、この娘さんが……それにつまるところ、いろんな話があることですし……」

「そりゃ娘はいいが……」

「そのほうがためになりますよ、閣下、本当に、そのほうがためになりますよ！　さあ、ひとつためしに、ちょっとやってみてはいかがで……」

「墓に入ってまで静かにさせちゃあくれんのか……」

「まず第一に将軍、あなたは墓の中で選択《プレフェランス》ゲームなどをやってるじゃありませんか。第二にあなたなんぞ、く・そ・くらえですよ」とクリネーヴィチが言葉を区切り調子をつけて言った。

「失礼だがあなた、それにつけてもわれわれを忘れんように願いますぞ」

「何ですって？　あなたは私に手が届かないんだから、私はここからあなたをあのユーリカの狆《ちん》のようにからかうことができますよ。それに、第一、諸君、ここでやっこさんがどうして将軍なんです？　あちらでは将軍だったとしても、ここじゃあ空《くう》の空《くう》だ！」

「空《くう》の空《くう》なんてことはない……わしはここでも……」

「ここじゃあ、あんたは棺の中で腐るだけですよ。そしてあなたのものとしちゃ真鍮《しんちゅう》のボタンが六つ残るだけですよ」

「ブラヴォー、クリネーヴィチ、は、は、は」と一同がわめき始めた。

「わしは陛下にお仕えしたんだ……わしは剣をもってるぞ……」

「あんたの剣じゃあ、ねずみでも刺すのがいいとこだ。それにあんたはその剣を一度も抜いたことがないんだ」

「そんなことはどうでもよろしい。わしは全体の一部を構成しておったんだ」

「全体の一部なんてものはいろいろとありますからな」

「ブラヴォー、クリネーヴィチ、ブラヴォー、は、は、は！」

「剣とは何なのか、私にはわかりませんね」と技師が宣言した。

「われわれはプロシアのごきぶり野郎からねずみみたいに逃げ出してだな、めちゃくちゃにやられてしまうのさ！」と遠くで私の知らない声が叫んでいた。だがそれは文字通り熱狂しのどをつまらせている声であった。

「あなた、剣というものは、名誉そのものですぞ！」と将軍が叫びだしかけたが、その声を聞きとったのは私だけだった。長い狂暴な咆哮《ほうこう》、大騒動、がやがやわいわいの騒ぎがもちあがって、アヴドーチヤ・イグナーチエヴナのヒステリーじみた性急な金切り声が聞えてくるだけだった

──

「さあ早く、早くったら！　ああ、いつになったら何も恥ずかしがらないようになるっていうのかしら！」

「お、ほ、ほ！　まったくのところ魂が死後の苦難の道を歩いているのだな！」という平民の声が聞えてきた、そして……

そしてここで私が突然くしゃみをしたのだった。それは不意の、思いもかけない出来事だったが、その効果には驚くべきものがあった──墓地らしく何もかも静まり返り、夢のようにすべて消えてしまった。真に墓場のような静寂が訪れた。私がいるので連中が恥ずかしがったとは思えない──なにしろ何も恥ずかしがらないと決心したところだったから！　私は五分間ほど待ち続けてみた──ところが言葉も音も、何一つ聞えはしなかった。警察に密告されることを恐れたということも考えられないことだ。なぜなら警察でもここではなすすべもないからだ。そこで致し方なく私が下した結論は、やはり彼らにしてもこれから死すべき人間にはわからない秘密のようなものがあって、それをすべての生きている者から丹念に隠そうとしているにちがいない、ということであった。

「さあ、愛すべき人たち、私はまたあんた方を訪ねて来よう」という思い、その思いを言葉にして墓地から立ち去った。

いや、こんなことを認めるわけにはゆかない。いや、まったくだめだ！　ボボークが私の心をかき乱したというわけではない（なにしろそれがまさにボボークだということがわかったのだから！）。

あのような場所における退廃、最後の希望の堕落、しおれて腐ってゆく死体どもの堕落――それも意識の最後の瞬間さえも大切にしようとはせずに！――彼らにそういうものが与えられ、この瞬間が恵まれているのだが……だが肝心なのは、肝心なことは、それがあのような場所で行なわれているということだ！　いや、私はこれを認めることはできない……

他の等級に属する連中のところにもあちこちと行ってみよう、いたるところで聞いてみよう。そこだ、そう、概念を作り上げるためには、一箇所からだけじゃなくて、いたるところで聞いてみなくちゃならん。もしかするとおもしろい話にぶつかるかも知れない。

ところであの連中のところにはまたぜひ行ってみよう。連中は自分の身の上話やさまざまなおもしろおかしい話《アネクドート》をすると約束していた。やれやれ！　だが行こう、ぜひ行ってみよう。これは良心の問題だ！

《市民《グラジグニーン》》誌へもちこむことにしよう。あそこではある編集者の肖像画だってのせられてるんだから。もしかすると掲載してくれるだろう。

（川端香男里　訳）

# 黒衣の僧

チェーホフ

## ◆アントン・パーヴロヴィチ・チェーホフ

Антон Павлович Чехов 1860–1904

ロシア・リアリズムの末期を代表する短編の名手、劇作家。医師でもあった。南ロシアの港町タガンローグに商人の息子として生まれる。モスクワ大学医学部で学ぶかたわら、家族を養うためチェホンテの筆名でユーモア小説や雑文を書きまくる。その後、本格的な文学に転じ、「六号室」「可愛い女」「犬を連れた奥さん」などの名作を発表。晩年は劇作にも力を入れた。『かもめ』『ワーニャ伯父』『三人姉妹』『桜の園』が四大戯曲と呼ばれる。結核のため、四四歳で亡くなった。普通チェーホフは現実を冷徹に描くリアリストと見なされ、怪奇趣味などとは縁がないと考えられがちだが、ここに収録した「黒衣の僧」はロシア幻想文学のアンソロジーには必ず選ばれる古典的作品である。

# 1

学士のアンドレイ・ワシーリイチ・コヴリンは、疲労こんぱいのあげく神経を痛めた。別だん治療は受けていなかったが、ある時ぶどう酒を飲みながらふと友人の医師にその話をしたところ、春と夏を田舎へ行って過すようにすすめられた。折からターニャ・ペソーツカヤが長い手紙を寄越して、ボリーソフカへ泊りに来るように頼んで来た。そこで彼も本当に出掛ける必要があるぞと心にきめた。

まず最初に――それは四月のことだった――彼は父祖伝来の領地コヴリンカへ行って三週間ほどひっそりと過し、それから道のよくなるのを待って、もと彼の後見人であり養育者だったペソーツキイのところへ馬車で出かけた。これはロシア中にその名を知られた園芸家である。コヴリンカからペソーツキイ家の暮らしているボリーソフカまでは七十キロたらずの道のりで、やわらかい春の道を静かなバネつきの幌馬車に揺られて行くのは、えも言えぬ心地であった。

ペソーツキイの屋敷はすばらしく大きかった。何本もの円柱が立ち並び、そこここに漆喰《しっくい》のはげ落ちたライオンの像が飾られ、車寄せには燕尾服すがたの従僕がひかえていた。イギリス風に設計された陰気でいかめしい古風な庭が、屋敷のすぐ手前から川まで延々ほとんど一キロにわたってつづき、そのはずれは、毛むくじゃらの足そっくりの根をむき出した松のそびえる、切り立った急な粘土の川岸になっている。その下には川の水がぶあいそうに輝き、しぎが哀れっぽい鳴き声をあげながら飛び交い、いつ見ても、ふと腰を下ろしてバラードの一つも書きたくなるような気分がただよっていた。それにひきかえて、屋敷のまわりや中庭や、苗床をふくめて三十ヘクタールほどの地所をとった果樹園のほうは、天気の悪い日でも見るからに晴れ晴れと生気にあふれていた。こんな素晴しいバラや百合《ゆり》やつばきや、純白から漆黒にいたるありとあらゆる色のこんなチューリップや、総じてペソーツキイ家にあるようなこんな豊富な花々を、今までコヴリンは見たことがなかった。春はなお浅く、花園の本当の豪華さはまだ温室の奥深く身をひそめていたが、並木道ぞいに、あるいは花壇のそこここに咲き出た花々だけでも、庭をそぞろ歩きしながら優しい色の国を訪ねた気持を抱くには十分だった。花びらの一つ一つに露のきらめく朝まだきには、わけてもそうだった。

庭の装飾的な部分となっていて、ペソーツキイ自身が嘲るようにつまらぬものと呼んでいたあたりは、むかし少年時代に何かおとぎ話に似た感じをコヴリンに与えたものである。そこにはありとあらゆる気まぐれが、凝《こ》りに凝った畸形や自然に対するあざけりの数かずがあった！　果物のなる木を集めた垣根もあれば、ピラミッド状のポプラを形どったなしの木もあり、球状のかしの木やぼだい樹も、りんごの木のパラソルも、アーチも、組合せ文字も、シャンデリヤも、さらにはペソーツキイがはじめて園芸にたずさわった年を示す一八六二という、すももで作った数字までがあった。そこにはまた、棕櫚のように真直な固い幹をした、美しい、すらりと伸びた若木の茂みがあって、それがよくよく見ると、すぐりの木だったりするのである。それにしても、この庭で何よりも楽しげで、そしてまたこの庭に生気をあたえているのは、たえまのない人の動きであった。朝はやくから宵の口まで、木立や茂みのまわり、並木道や花壇のなかで、手押車やシャベルや如露《じょうろ》を手にした人びとが、蟻のように動きまわっていたのである。……

　コヴリンは夜の九時すぎにペソーツキイ家へ着いた。ちょうどターニャと父親のエゴール・セミョーヌィチが、大騒ぎをしているところだった。澄みわたった星空と寒暖計があくる朝の霜を知らせているというのに、園丁のイワン・カールルィチが町へ出かけて、頼りになる男手がなかったのである。夜食のあいだも話題と言えば朝の霜のことばかりで、あげくの果てにターニャがこのまま寝ずに十二時ごろ庭をまわって異常がないかどうかを確かめ、一方エゴール・セミョーヌィチは三時かそれ以前に起きる手筈になった。

　コヴリンは宵のうちターニャと一緒に坐って過し、真夜中すぎに一緒に庭へ出た。寒かった。中庭に降り立ったとたんに、もう焦げ臭い匂いが強く鼻をついた。商売用と呼ばれていて、毎年エゴール・セミョーヌィチに何千ルーブリもの純益をもたらす大きな果樹園に、黒い、濃い、刺すような煙が地面いっぱいに広がり、その煙が木々をおおってこの数千ルーブリを霜から救っていたのである。ここの木々は将棋の駒を並べたようにきちんと立ち、その一列一列が兵隊の列のように整然と真直に並んでいた。そしてその厳格な、ペダンチクな整然たる並び方や、木という木が背丈も同じなら梢も幹も寸分たがわず同じ様子をしていることが、単調な、むしろ退屈な眺めを作り出していた。コヴリンとターニャは、肥料《こやし》やわらやさまざまな塵《ちり》あくたを積みあげた焚火のくすぶっている木々の列のあいだを歩いて行った。時どき人夫たちが煙のなかを亡霊のようにさまよっているのに出会った。桜とすももと数種類のりんごの木だけが花をつけていて、果樹園じゅうが煙のなかに沈み、苗床のそばへ出た時にようやくコヴリンは胸いっぱい夜気を吸った。

「僕は子供の時分に、ここでよく煙のためにくしゃみをしたものですよ」と彼は、肩をすくめながら言った。

「それにしても、この煙がどうして冷害を防ぐのか、今もって僕にはわからない。」

「雲のない時に、煙が代りをしますの。……」とターニャが答えた。

「じゃ、何のために雲がいるんです？」

「どんよりと雲った日には、朝の霜がありませんの。」

「そういうわけなのか！」

彼は思わず笑いだして彼女の腕を取った。黒い細い眉をつけた、大柄なひどく真面目くさった彼女の寒そうな顔や、頭の自由な動きを妨げている外套のぴんと立った襟や、夜露を嫌って裾をからげた、痩せぎすの、すらりと高い彼女の姿ぜんたいが、彼の心を感動でひたした。

「ああ、この人ももう大人になったのか！」と彼は言った。「五年前に僕が最後にここを発《た》って行った時は、あなたはまだ子供子供していたのに。痩せっぽちで、足ばかり長くて、髪にリボンひとつつけずに、丈の短い服を着ていて、僕はよく青しぎと言ってあなたをからかったものですよ。……時というのは恐ろしいものだなあ！」

「そうですわ、五年ですもの！」と言って、ターニャはふっと溜息をついた。「あの時から、ずいぶん沢山の水が流れましたわ。ねえ、アンドリューシャ、本当のお気持を聞かせて下さいな」と彼女は、彼の顔を見つめながら勢い込んで話しはじめた。「あなたはもうあたしたちのことをお忘れになって？　でも何をあたしおききしているのかしら。あなたは男ですもの。もう面白いご自分の生活をお持ちですわね、それに偉くおなりになって……。縁遠くおなりになるのも当然ですわ！　でもね、アンドリューシャ、あたしやっぱりあなたにあたしたちを身内だと考えて頂きたいの。あたしたち、そうお願いする権利がありますもの。」

「僕はそう思っていますよ、ターニャ。」

「ほんとう？」

「ええ、ほんとうですよ。」

「あなたは今日、うちにあんまり沢山あなたのお写真があるのでびっくりなさっておいででしたわね。でもご存じのはずですわ、父があなたを尊敬しているのを。あたしには時どき、父があたしよりもあなたのほうをよけい愛しているような気がしますの。父はあなたが自慢なんですもの。あなたは学問のある非凡な方で、立派に出世をなさった。父はあなたがご立派になったのを、自分が育てたからだと思い込んでいます。あたしも父のそうした考えに差出口はしませんの。そう思わせておけばいいんですもの。」

もう夜明けが始まっていた。夜気を通して煙の柱や木々の梢がだんだんくっきりと見えはじめたことが何よりの証拠だった。うぐいすがさえずり、野原からはうずらの鳴き声が聞えて来た。

「でももう寝る時刻だわ」とターニャが言った。「それに寒いわ。」彼女は彼の腕を取った。「アンドリューシャ、ほんとうに来て下さってありがとう。このあたりにいるのは詰らない人たちばかりで、それにそうした人たちでさえあんまりいませんの。ただもう果樹園、果樹園、果樹園で――それ以外には何ひとつありませんの。親株だの子株だの」と言って彼女は笑いだした。「青りんごだの赤りんごだの、接芽《つぎめ》だの接枝だの……。あたしたちの生活ぜんぶがそっくり果樹園に呑まれてしまって、あたしなんか、りんごやなしの夢しか見たことがないぐらい。そりゃ果樹園もいいわ、有益ですわ、でも時には何か変化がほしくなりますの。未だに覚えていますけれど、あなたが以前、休暇か何かでうちへお見えになると、家のなかがシャンデリヤや家具から被いを取ったように生き生きと明るくなりましたわ。あたしあの頃まだ小さかったけれど、それがよくわかって。」

彼女は長いこと尽きぬ思いをこめて話していた。するとなぜかふと彼の頭に、自分がこの夏のあいだにこの小さな、弱々しい、おしゃべり屋の娘に愛着を感じ、夢中になって、しまいには恋するかも知れないという考えが浮かんで来た。――ふたりの立場としてそれは大いにありうることだし、また自然なことでもある！　そう思うと感動がこみあげて来て、同時にまた何かくすぐったい気がした。彼は愛くるしい、心配そうなあいての顔ちかく身を屈めて、小声で歌いはじめた。――

オネーギン、私は隠すまい、

気の狂うほどタチヤーナが好きなのさ……

〔プーシキン作『エヴゲーニイ・オネーギン』より〕

家へ帰って見ると、エゴール・セミョーヌィチはもう起きていた。コヴリンは眠くなかったので、老人と話をしながら一緒に果樹園へ引き返した。エゴール・セミョーヌィチは、長身で肩幅が広く、腹が飛び出ていて、喘息《ぜんそく》になやんでいたが、そのくせいつも後ろから追いかけるのが大変なほど足が早かった。彼はいつもひどく心配そうな様子をしてのべつどこかへ急いでいて、一分でも遅れたが最後、何もかも破滅する！　と言わんばかりの表情を浮かべていた。

「なあ、君、面白いじゃないか。……」と彼は、ひと息入れるために足を止めて切りだした。「地面はこれこの通り霜があるが、棒のうえに寒暖計をつけて地面から四メートルほど持ちあげると、そこは暖かいんだよ……どういうわけだろうね？」

「さあ、わかりませんね」とコヴリンは言って、笑いだした。

「ふうむ。……そりゃまあ、何もかも知るわけにゃ行くまい。……いくら知恵ぶくろが大きくたって、何から何まで入れられまいからな。で、お前はあい変らずもっぱら哲学をやっているのかい？」

「ええ。心理学をやっていますが、大体は哲学が本業ですから。」

「それで退屈はしないかね？」

「とんでもない、それだけを頼りに生きているんですもの。」

「うん、まあ結構。……」とエゴール・セミョーヌィチは、思い惑うように白い頰ひげをなでながら言った。「結構々々。……わしはお前のためにとても嬉しいよ。……嬉しいのさ、兄弟……」

その時、急に彼は耳を澄ました。そして恐ろしい形相に変ると、わきのほうへ駈けだして、あっというまに木立の向うの煙の雲のなかへ姿を消した。

「りんごの木に馬をつないだ奴は誰だ?」と言う彼の絶望的な、胸を引き裂くような叫びが聞えた。「どこのでくの棒が馬をりんごの木につないだんだ? ああ、どうしてくれるんだ! すっかり滅茶滅茶だ、台なしだ、処置なしだ、大損害だ! 果樹園がだめになった! 果樹園が滅んじまった! ああ!」

コヴリンのところへ引き返して来た時、彼は力の抜けたような、侮辱されたような顔をしていた。

「実際ああしたろくでなしが相手じゃ、どう仕様もない!」と彼は、両手を広げながら泣き声で言った。「スチョープカの奴が夜なかに肥料を運んで来て、馬をりんごの木につないだんだ! 馬鹿野郎め、あんまりきつく手綱を巻きつけたもんだから、樹皮が三ヵ所すりむけちまった。何ということだ! いくら言っても、あいつは棒くいのように突立って、眼ばかりぱちくりやっていやがる! 縛り首にしても足りない奴だ!」

少し気が静まると、彼はコヴリンを抱擁して、一方の頰に接吻をした。

「うん、まあ結構……結構……」と彼はつぶやいた。「お前が来てくれて、わしはとても嬉しい。口では言えないほど嬉しいよ。……ありがとうよ。」

それから彼は、あい変らずの早足と心配そうな顔つきで果樹園じゅうを見まわりながら、温室や、霜よけの囲い場や、今世紀の奇蹟と呼ばれている二棟の養蜂場などを以前の被養育者に見せた。

ふたりが歩いているうちに太陽が昇って、果樹園を明るく照らしだした。あたりが暖かくなって来た。明るい、晴れ晴れとした、長い一日の訪れを感じながら、コヴリンはふと、今はまだほんの五月のはじめで、これからまだ同じように明るい、晴れ晴れとした、長い夏がたっぷりあるのを思い出した。するととつぜん彼の胸に、まだ子供の頃にこの果樹園を走り回りながら味わった楽しい若々しい気持がぴくりと動いた。そこで彼は、自分から老人を抱きしめて、優しく接吻をした。ふたりは感動して屋敷へ入り、牛乳とバターのたっぷり入った栄養のあるビスケットやクリームをお茶うけに、古風な陶器の茶碗で紅茶を飲みはじめた。——と、こうした瑣細なことが一つ一つ、ふたたびコヴリンに少年時代や青年時代を思い起させた。すばらしい現在と、ふと目ざめた過去のさまざまな印象が一つに溶けあった。そのために胸が締めつけられるような気がしたが、それでも快かった。

彼はターニャが目ざめるのを待って一緒にコーヒーを飲み、しばらく散歩をしてから、自分の部屋へ引きあげて仕事に向った。一生けんめい読書をしてノートを作りながら、時どき眼をあげて開け放した窓や、机の上の花びんに活《い》けたみずみずしい、まだ露にぬれている花々を眺めては、ふたたび書物に眼を落とす。体じゅうの血管が一本一本、喜びにふるえて躍っているような気がして来た。

2

田舎でも彼は、町にいる時と同じ神経質な、落ちつかない生活をつづけていた。読書や書き物に精を出し、イタリア語を勉強し、散歩に出ている時も、もうすぐまた仕事をはじめるのだとわくわくしながら考えていた。彼はまた皆の驚くほど少ししか眠らなかった。何かの拍子で昼間のうちに三十分も寝ると、それからは夜通し眠らず、そうした寝ずの夜を過したあとでも、けろりとして元気な陽気な気持でいられるのだった。

彼はさかんに喋りまくったり、ぶどう酒を飲んだり、高価な葉巻をふかしたりした。ペソーツキイ家へは、しばしば——というよりほとんど毎日、近所の令嬢たちが訪ねて来ては、ターニャと一緒にピアノを弾いたり歌をうたったりして行った。時にはこれも隣人の、バイオリンの上手な青年が来ることもあった。コヴリンは音楽や歌をむさぼるように聞いて、そのためにへとへとに疲れたが、そうするとすぐに肉体的な反応があらわれて、瞼がひっついたり頭が横へ傾いたものである。

ある日のこと、夕べのお茶のあとで、彼はバルコニーに腰を下ろして本を読んでいた。折から客間では、ターニャがソプラノ、令嬢のひとりがコントラルト、例の青年がバイオリンという組合せで、ブラーガの有名なセレナードを練習していた。コヴリンはその歌詞に――それはロシア語だった――耳を澄ましていたが、どうしてもその意味がわからない。本を放り出してじっと聞き入った時、ようやくわかった。――それは空想の病いに取りつかれたひとりの娘が、夜ふけに庭で神秘的なある調べを聞くが、その調べがえも言えずうるわしく不思議なために、彼女はその調べを、われわれ限りある身には理解のできぬ、それゆえにむなしく天へ飛び去って行く聖なる歌声と思い込むという話である。そのうちにコヴリンは、瞼がくっつきはじめた。彼は立ちあがってぐったり疲れたまま客間をひと回りし、それから広間を歩いた。合唱が終ったとき、彼はターニャの腕を取って、一緒にバルコニーへ出た。

「僕は今日、朝からずっと、ある伝説のことを考えているんですよ」と彼は言った。「どこかで読んだのかそれとも聞いたのか、まるで覚えがないんですが、ふしぎな、訳のわからない伝説なのです。まず最初にお断りしておかねばならないのは、それが何かぼんやりしていることです。千年も前のこと、黒い衣を着たどこかの坊さんが、シリヤかアラビアの砂漠を歩いていた。……すると、その坊さんの歩いていた場所から数マイルはなれたところで、漁師たちがもうひとり黒い衣を着た坊さんが湖の表面をそろそろと動いているのを見たのです。この二ばんめの坊さんは蜃気楼だった。まあどうか光学の法則は忘れて――何しろあいては伝説で、法則などお構いなしなんだから、――つづきを聞いて下さい。その蜃気楼からもう一つの蜃気楼が生まれて、それからまた別の蜃気楼が生まれてというふうに、この黒衣の僧の姿が大気のある層から別の層へと際限なく伝わって行ったのです。で、アフリカでもイスパニアでも、インドでも、北極圏でも見えた。……ついには大気圏外に出て、今じゃ宇宙ぜんたいをさまよっている。今もってどうしても消えるべき恰好な条件にめぐりあえぬわけです。たぶん今ごろは、どこか火星の近くか南十字星のそばに見えることでしょう。しかしこの伝説の本質は、一ばんの要点は、例の坊さんが砂漠を歩いていた年から数えてちょうど千年目に、ふたたび蜃気楼が大気圏のなかに現われて、人びとの眼にふれるということです。しかもこの千年がどうやら終りかけているらしい。……伝説の意味するところに従うと、黒衣の僧をわれわれは、今日あすにも見るはずなのです。」

「変な蜃気楼だこと」と、ターニャが言った。彼女はこの伝説が気に入らなかった。

「しかし一ばん不思議なのは」と言ってコヴリンは笑いだした。「どこからこの伝説が僕の頭に入り込んだのか、どうしても思い出せないことです。どこかで読んだのか？　聞いたのか？　それともひょっとして僕が黒衣の僧の夢でも見たのか？　それが天地神明に誓って覚えがない。それでいて、その伝説が僕を捕えてはなさない。僕は今日、一日じゅうこの伝説のことを考えているのです。」

ターニャを客たちのところへ帰らせてから、彼は屋敷を出て、物思いに沈みながら花壇をひと回りした。日が沈みかけていた。花々は、たった今水をもらって、しっとりした、いらだたしい香気を放っていた。屋敷のなかではふたたび合唱がはじまり、遠くで聞くと、バイオリンが人間の声のような感じを与えた。コヴリンは、あの伝説をどこで聞きどこで読んだかを思い出そうと思考の糸をたぐりながら、ゆっくりと公園へ向って、いつのまにか川岸へ出た。

むき出しの根のそばを通って切り立った川岸を走る小道をたどりながら、彼は水ぎわへ下りて行った。しぎの群がさわぎ、鴫が二羽飛び立って行った。陰気な松並木にはまだ入り日の最後の光が照り映えていたが、川の水面には早くも宵景色が訪れていた。コヴリンは板橋づたいに向う岸へ渡った。行く手には、一面に若い、まだ花をつけぬ裸麦の畑がひろびろと広がっていた。見渡すかぎり人家ひとつ、人影ひとつ見あたらず、細い一本の小道をたどって行けば、今しがた日が落ちて、おごそかな夕映えがひろびろと燃えている未知の謎の世界へわけ入れるような気がする。

『ここはまた、何というひろびろとした、自由で静かなところだろう！』とコヴリンは、小道をたどりながら考えた。『それに全世界が僕を見つめながら、息を殺して、僕がそれを理解するのを待ちうけているようだ。……』

とその時、裸麦の畑のうえを波が走って、夕べの微風がやさしくむき出しの彼の頭をなでた。一分ほどたつと、ふたたび一陣の風が吹き渡ったが、今度はかなり強く、――裸麦がざわざわとざわめきはじめ、後ろで松並木の鈍いつぶやきが聞えた。コヴリンはぎょっとして立ち止まった。地平線のあたりに、つむじ風か竜巻のような高い、黒い一本の柱が地面から中天にかけて立っている。輪郭はぼやけていたが、ひと目見た瞬間それがひと所に立っているのではなく、恐ろしい勢いで動いていて、それもこっちへ向って、コヴリン目がけて、まっしぐらに近づいて来るのがわかった。そして近づけば近づくほど、しだいに小さくはっきりして来た。コヴリンは傍の裸麦の畑へ飛び込んで道をあけた。間一髪の差で間に合った。……

黒い衣をまとい、白髪《しらが》あたまに黒い眉をつけたひとりの僧が、胸に両手を組んでかたわらを通り過ぎた。……彼のはだしの足は地面を踏んでいなかった。六、七メートル通り過ぎると、彼はくるりとコヴリンのほうを振り向いてこくりとうなずき、優しいが同時にずるそうな微笑を浮かべた。それにしても、何という青白い、ぞっとするほど青白い、痩せた顔だろう！　と思う間もなく、ふたたび大きくなりながら川を飛び越えて、音もなく粘土の岸や松並木にぶつかって、その間へ煙のように消えて行った。

「そら見たことか……」とコヴリンはつぶやいた。「あの伝説はやっぱり本当なんだ。」

この奇怪な現象を解きあかそうともせず、自分が黒い僧衣ばかりか顔や眼をあんなにも近ぢかと、あんなにもはっきりと首尾よく見たその一事に満足しながら、快い興奮をおぼえて彼は家へ帰った。

公園や庭では人びとが静かに歩きまわり、屋敷のなかでは音楽がつづいていた。——ということは、彼ひとりが僧を見たわけである。彼はターニャとエゴール・セミョーヌィチに一部始終を話したくてならなかったが、たぶんふたりが自分の言葉をうわ言と取って驚くだろうと考え、むしろ話さないほうがいいと思い直した。彼は大声で笑ったり歌をうたったりマズルカを踊ったりした。晴れ晴れとした気持だった。客たちもターニャも、誰もが今日は彼が一種特別の、輝かしい、霊感にみちあふれた顔をしていて、非常に愉快なのに気づいた。

3

　夜食がすんで客たちが帰って行くと、彼は自分の部屋へ引きあげて、ソファに横たわった。あの坊さんのことが考えたかったのである。しかし一分ほどすると、ターニャが入って来た。

「アンドリューシャ、お父さんの論文を読んでごらんなさい」と彼女は、ひと束のパンフレットと抜き刷を差し出して言った。「すばらしい論文なのよ。お父さんはとても筆が立つの。」

「とんだ筆の立ちようさ！」娘のうしろから部屋へ入って来て作り笑いをしながら、エゴール・セミョーヌィチが言った。恥かしがっていたのである。「取りあわんでくれ、読まないでくれ！もっとも、眠りたいと思ったら、読んでごらん。すばらしい催眠剤だよ。」

「あたしは立派な論文だと思うわ」とターニャは確信あり気に言った。「読んでごらんなさい、アンドリューシャ、そうしてもっとたびたび書くように父にすすめて頂戴。お父さんは立派な園芸論が書けるのよ。」

　エゴール・セミョーヌィチは引きつったように大声で笑って顔をあからめ、当惑した著者がいつも言うきまり文句を並べだした。とうとう彼は降参しはじめた。

「そういうわけなら、まず手はじめにゴーシェの論文と、ここにあるロシア人の論文を読んでくれ」と彼は、ふるえる手でパンフレットを選《え》り分けながらつぶやいた。「そうしないとお前にはわかるまいからな。わしの反駁を読む前に、わしが何を反駁しているのか知らねばならん。しかし、つまらんよ……退屈だよ。それにもう寝る時間じゃないかな。」

　ターニャは部屋を出て行った。エゴール・セミョーヌィチは、コヴリンと並んでソファに腰を下ろすと、ほっと深い溜息をついた。

「そうなんだよ、兄弟。……」と彼は、しばらく黙っていてから口を切った。「そうしたものなんだよ、可愛いわしの学士君。わしはこうして論文も書けば展覧会に出品もする、メダルも貰う。……世間じゃやれペソーツキイのところじゃ人間の頭ほどもあるりんごができる、やれペソーツキイは果樹園で財産を作ったと言いはやす。ひと言で言えば、コチュベイは富みかつ栄えたりさ〔財産家のことを意味するロシアの慣用句〕。しかし、わしはききたいのだが、こうしたことは一体なんになるんだ？ なるほどうちの果樹園は立派だ、模範的だ。……果樹園じゃなくて、高度な国家的な重要さをもつ立派な施設だ。なぜかと言えば、これはいわばロシアの農業、ロシアの産業が新しい時代に入る一つの段階だからだ。だが、それが何になる？ どんな目的がある？」

「仕事が自分で語ってくれますよ。」

「わしはそんな意味で言っているんじゃない。わしがききたいのは、わしが死んだあとこの果樹園がどうなるかということだ。わしが死ねば、この果樹園は今お前が見ているような姿では一と月も保《も》つまい。成功のすべての秘密は、果樹園が大きくて人夫の数が多いことにあるのではない、わしが仕事を愛していることに、――わかるかい？――恐らくは自分じしんよりもよけい愛していることにあるのだ。まあわしを見るがいい、わしは何もかも自分でやっている。朝から晩まで働いている。接木も自分でやる。鋏を入れるのも自分、植えつけも自分、何もかも自分だ。人に手伝われると、わしは妬《や》けて来て、いらいらして来て、つい乱暴になる。すべての秘密は愛にあるのだ、つまり主人の鋭い眼に、主人の手に、――そう、小一時間もどこかへ客に行って坐っていると何か心が落ち着かないで、自分が自分でないような気がして、果樹園で何か起らなけりゃいいと気がかりになるが、そうした感情にあるのだ。わしが死んだら、誰があとを見てくれるだろう？　誰が働いてくれるだろう？　園丁か？　人夫たちか？　ええ？　だからわしはお前にこう言いたいんだよ、兄弟、われわれの仕事の第一の敵は、兎でもない、こがね虫でもない、霜でもない、それは他人の手だ。」

「じゃターニャは？」とコヴリンは笑いながら言った。「あの人が兎より有害なはずはないでしょう。あの人は仕事を愛して理解していますよ。」

「そう、あの子は仕事を愛して理解している。わしが死んだあと、果樹園があの子の手に移ってあの子が主人になれば、勿論それに越したことはない。ところが、ひょっとしてあの子が嫁に行ったらどうなる？」とエゴール・セミョーヌィチはささやいて、おびえたようにコヴリンの顔を見つめた。「それ、そこが問題だ！　嫁に行って子供ができる。そうなったら最後、もう果樹園のことなんか考える暇もない。わしが一番おそれるのはここのところだ。あの子がどこかの若造と結婚する、そいつが欲の皮をつっ張らせて果樹園を商人たちに賃貸しする、そうなったが最後、一年たらずのうちに何もかもおじゃんだ！　われわれの仕事じゃ、女は神の笞さ！」

エゴール・セミョーヌィチはふっと溜息をついて、しばらく黙った。

「恐らくこれは利己主義だろう。しかしあけすけに言うと、わしはターニャに嫁に行ってもらいたくないのだ。心配なのだ！　ほら、よく家へバイオリンを持ったハイカラが来て、キイキイやって行くだろう。ターニャがあんな男のところへ嫁《い》かないのはわしも知っている、百も承知している、しかしあの男を見るとわしは我慢がならない！　そりゃまあ兄弟、わしは大変な変人だろう。それは自分でも認める。」

エゴール・セミョーヌィチは立ちあがって、興奮した様子で部屋のなかを歩いた。何かとても重要なことを話したいのに話し出せないでいるらしかった。

「わしはお前を心《しん》から愛しているから、いっそお前あいてにざっくばらんに話してしまおう。」両手をポケットへ突込みながら、ようやく彼は思い切ってこう言った。「ある種のデリケートな問題に対して、わしは簡単明瞭な態度を取って、思うことをずばりと言う性質《たち》だ。いわゆる秘《ひ》め事は我慢がならない。ずばりと言って、お前は、わしが娘をやって心配しないですむ唯一の男だ。お前は賢くて、情にあつい。だからよもやわしの愛する仕事を滅ぼしはしまい。もっとも一ばん重要な理由は、――わしがお前を実の息子のように愛して……誇りに思っていることだ。ひょっとしてお前とターニャのあいだにロマンスでも生まれたとしたら、――そうしたら、どうだろう、わしはさぞかし喜んで仕合せになるだろうなあ。わしは気取らずにずばりと、正直な人間としてこう言うのだ。」

コヴリンは笑い出した。エゴール・セミョーヌィチは、部屋を出るためにドアをあけて、敷居のうえに立ち止まった。

「もしお前とターニャのあいだに息子が生まれたら、わしはその子を園芸家に仕立てあげるよ」と彼はしばらく考えてから言った。「もっともこれはつまらん空想さ。……ま、お休み。」

ひとりになると、コヴリンはいっそう具合よく横になって、論文を読みはじめた。最初の論文には『中間栽培について』という表題があり、二つ目の論文には『新しい果樹園の土壌の掘返しに関するZ氏の覚え書について』、三つ目のには、『ふたたび眠れる芽の接芽について』――すべてこういった種類のものだった。それにしても、何という落着きのない、でこぼこな調子だろう、何という神経質な、ほとんど病的な熱情だろう！　例えば、実におだやかな題の、平凡な内容らしく見える論文がある。ロシア産の晩成種《おくて》りんごについての論文である。ところがエゴール・セミョーヌィチはその論文を《audiatur altera pars》〔反対意見をも聞くべし〕ではじめて《sapienti sat》〔賢者には十分なるべし〕で終え、これらの格言のあいだを、《おのれの講壇の高みから自然を観察せるわが専売特許的なる園芸家諸氏の学的無知》にあてた、あるいは《門外漢やディレッタントらのおかげにて成功を博したる》ゴーシェ氏にあてた、さまざまな毒のある言葉の噴水でうめている。そしてそこには、果実を盗んだりそのために樹木を傷つけたりする百姓さえも今では笞打てないという場ちがいな、わざとらしい、不誠実な残念さまで織り込まれていた。

『美しい、愛すべき、健全な仕事なのに、やっぱり苦難や闘争があるのだ』とコヴリンは思った。『きっとどこでも、――どんな世界でも、理想家はただの人は神経質で、きわだった感受性を持っているに違いない。たぶん、そうでなければならないのだろう。』

彼はターニャのことを思い出した。彼女はエゴール・セミョーヌィチの論文が大好きだという。小柄で青白く、鎖骨の見えるほど痩せているターニャ。大きく見開かれた、黒ずんだ、利口そうな眼は、たえずどこかをじっと見つめて、何かを探している。歩き方は父親そっくりに小きざみで、せっかちだ。お喋りで、議論ずきで、いつもほんのちょっとした言葉を言う時にも、大げさな身ぶり手ぶりを交える。きっとあの娘もひどく神経質なのだろう。

コヴリンは先を読みはじめたが、何ひとつ解らなかったので放り出した。さっきマズルカを踊ったり音楽を聞いたりした時の愉快な興奮が今では彼をなやませて、次から次へと多くの考えを誘い出した。彼は立ちあがって、黒衣の僧のことを考えながら部屋を歩きはじめた。もしあのふしぎな、超自然的な坊さんを見たのが自分ひとりだとしたら、つまり自分は病気で、それももう幻覚を起すところまで進んでいるのだろうか、——ふとこんな考えが彼の頭に浮かんだ。そう思うとぞっとしたが、それも長いことではなかった。

『しかし気分はいいし、誰に悪さをするわけでもないじゃないか。つまり僕の幻覚には何ひとつ悪いことはないんだ』——と彼は思った。そしてふたたびいい気持になった。

彼はソファに腰を下ろして、自分の存在ぜんぶを満たしている得体の知れぬ喜びを抑えながら、両手で頭を抱えた。それからもう一度ぐるりと部屋をひとまわりして、今度は仕事に向った。しかし、書物から読み取るさまざまな思想も、彼を満足させなかった。彼は何か途方もなく大きい、無限の、驚天動地のことが欲しかった。明け方ちかく、彼は服をぬいで、しぶしぶ寝床へ入った。眠らなければならなかったのである！

果樹園へ出て行くエゴール・セミョーヌィチの足音が聞えた時、コヴリンはベルを鳴らして従僕にぶどう酒を持って来るように言いつけた。彼はラフィートを三、四杯、旨《うま》そうに飲んでから、頭から夜具を引っかぶった。やがて意識がかすんで、彼は眠りに落ちた。

4

エゴール・セミョーヌィチとターニャは、よく喧嘩をして不愉快なことを言いあった。

ある日の朝、ふたりは何か言い争った。ターニャは泣きだして自分の部屋へ引っ込んだ。それなり彼女は、午餐にもお茶にも顔を見せなかった。エゴール・セミョーヌィチは、はじめのうちこそ自分にとってはこの世で正義と秩序が何よりも重大なのだと解らせようと、厳《いか》めしい、ふくれ返った顔をして歩きまわっていたが、まもなく意地を張り切れなくなって、しょげ返ってしまった。彼は沈痛な面持で公園をぶらつきながら、たえず『ああ情けない、ああ情けない！』と溜息をつき、――午餐のときにもパン一と切れ食べなかった。とうとう彼は、すまなさそうな、良心の苦しみに堪えかねたような顔をして錠の下りたドアを叩き、おずおずと呼んだ。――

「ターニャ！　ターニャ！」

その返事にドアの向うから、弱々しい、泣き疲れたような、しかしきっぱりした声が聞えた。――

「ほっといて頂戴、お願いですから。」

主人たちの苦悩は家じゅうに、果樹園で働いている人びとのあいだにも反映した。コヴリンは自分の興味ぶかい仕事に没頭していたが、しまいには彼までわびしい、気詰りな気持になって来た。家じゅうの冴えない気分を何とか晴らすために、彼は仲裁に入ろうと決心をして、夕方まえにターニャの部屋をノックした。彼は部屋へ通された。

「やれやれ、よく恥かしくないもんだ！」と彼は、泣きはらして赤いしみだらけになった悲しそうなターニャの顔を驚いて見つめながら、冗談めいた調子で口を切った。「一体そんなに深刻なことなんですか？　やれやれ！」

「だって、父がどんなにあたしを苦しめたかご存じだったら！」と彼女は言った。すると涙が、熱い涙が大きな眼からはらはらと流れ落ちた。「父はあたしにひどいことを言ったの！」と彼女は両手をもみしだきながらつづけた。「あたしは何も……何も言いはしなかったのに。あたしはただ、こう言っただけなの、いつでも……いつでも日傭いを傭うことができるんだったら、よけいな人夫を抱えておく必要はないって。だって……だって、人夫たちはもう丸一週間なんにもしないんですもの。……あたしは……あたしはただそう言っただけなの。それを父は頭ごなしに怒鳴りつけて、あたしに……ひどいことを、ひとを傷つけるようなことを言うんですもの。なんのためにあんなことを？」

「もう沢山、たくさん」とコヴリンは、彼女の髪を直してやりながら言った。「これだけ言いあって泣けばもうたくさん。いつまでも怒っていてはいけない、よくないことですよ。……ましてやお父さんはあなたを眼のなかへ入れても痛くないんだから。」

「父はあたしの一生を……あたしの一生を台なしにしましたの」とターニャはしゃくりあげながら言葉をつづけた。「いつも人を馬鹿にした……侮辱した言葉ばかり聞かされて。父はあたしをこの家の余計者と思っているんだわ。いいわ。父は正しいんだわ。あたしは明日ここから出て行きます、電信係になります。……どうともなるがいい。……」

「さあ、さあ、……何も泣くことはありませんよ、ターニャ。泣くことはない。……あなたたちはどっちも気が短くてかんしゃく持ちなんだから、両方が悪いんだ。さあ行きましょう、僕が仲直りさせてあげます。」

コヴリンは優しく言い聞かせるようにこう言ったが、彼女はあい変らず肩をふるわせて両手を握りしめながら泣きつづけた。まるで本当に恐ろしい不幸が襲ったような様子だった。彼は、彼女がそれほど深刻な悲しみでもないのにひどく苦しんでいるだけに、よけい可哀そうでならなかった。このか弱い女性を一日じゅう、いや一生涯、不幸にするには、何という瑣細なことで十分なのだろう！　ターニャを慰めながらコヴリンは、この娘とその父親いがいに自分を親身な身内として愛してくれる人びとは、昼日中たいまつを掲げて探しても見つからないだろうと考えた。もしこのふたりがいなかったら、幼い頃に両親を失った彼は、非常に近しい肉親に対してだけ人が抱くあの心からの優しさや純真な理屈ぬきの愛を、死ぬまで知らなかったことだろう。そして彼は、この泣いて身をふるわせている娘の神経が、磁石と鉄のように自分の半ば病的な、いらだった神経にぴりぴり響いて来るのを感じた。彼は健康で丈夫で頬の赤い女性を愛することは一生できなかっただろうが、青白い、弱い、不幸なターニャは好きだったのである。

彼は喜び勇んで彼女の髪や肩をなで、手を握り締め、涙をふいてやった。……とうとう彼女は泣き止んだ。それからもまだ長いあいだ父のことや、この家での自分の重苦しいやり切れない生活のことをこぼして、コヴリンあいてに自分の身にもなってほしいとせがんでいたが、やがてだんだんと微笑を浮かべたり、神様が自分にこんな嫌な性格を下さったことを溜息まじりにこぼしたりしはじめ、あげくのはてには大声で笑って自分を馬鹿な女と呼んで部屋から駈け出して行った。

しばらくしてコヴリンが果樹園へ行って見ると、エゴール・セミョーヌィチとターニャはもう何事もなかったように並木道を並んで散歩しながら、裸麦のパンに塩をつけて食べていた。ふたりともお腹が空いていたのである。

5

仲裁者の役割が成功したのに満足して、コヴリンは公園へ行った。ベンチに坐って物思いに耽っていると、馬車の響と女の笑い声が聞えて来た。——客たちが乗り込んで来たのである。夕べの影が果樹園に下りはじめた頃、バイオリンの音や歌声がかすかに聞えた。それを聞くと、ふと黒衣の僧のことが思い出された。どこの国を、それともどこの遊星を、今頃あの光学上の矛盾は飛びまわっているのだろうか?

彼が例の伝説を思い出して、このまえ裸麦の畑で見た黒っぽい幻を想像のなかで思い描くや否や、ちょうど真正面の松林のなかから、音もなく、衣ずれの音ひとつたてずに、中背の男がひとり出て来た。白髪《しらが》あたまをむき出しにした、全身黒ずくめの、乞食に似たはだしの男で、その青白い、死人のような顔には黒い眉がくっきりと引かれていた。この乞食というより巡礼は、愛想よくうなずきながらベンチに近づいて腰を下ろした。その瞬間コヴリンはそれが例の黒衣の僧だと気づいた。一分ほどふたりは互いに相手をじろじろ探りあった。——コヴリンは驚きの眼で、坊さんはあの時と同じように優しく、幾ぶんずるそうに、抜け目のない表情を浮かべて。

「だって君は蜃気楼じゃないか」とコヴリンが言った。「何だってここへ来て、じっと坐ったりするんだ？　伝説と話がちがうじゃないか。」

「おなじことなのさ」と僧は、彼のほうに顔を向けながら、しばらく間《ま》をおいて小声で答えた。「伝説も、蜃気楼も、私も、——そうしたものは全部、お前の興奮した想像力の産物でね。私は幻だよ。」

「すると、君は実在しないわけだな？」とコヴリンがたずねた。

「まあ好きなように考えるさ」と僧は言って、弱々しくにたりと笑った。「私はお前の想像のなかに存在しているが、お前の想像は自然の一部だから、つまり私は自然のなかにも実在することになるのさ。」

「君はとても年取った、利口そうな、すばらしく意味ありげな顔をしてるね、まるで本当に千年以上も生きて来たみたいだ」とコヴリンが言った。「僕はまさか自分の想像力がこんな現象を創造することができようとは思わなかった。それにしても、何だって君はそんなに嬉しそうに僕の顔を見つめているんだい？　僕が気に入ったの？」

「そうだ。君は正しく神に選ばれた者と呼ばれるに足る数少い人びとのひとりだ。君は永遠の真実に奉仕しているのだ。君の思想も、目論見も、君の驚くべき学問も、いや君の一生ぜんぶが、神の、天界の刻印を帯びている。なぜなら、それらが理性的でうるわしいものに、つまり永遠なるものに捧げられているからだ。」

「君は永遠の真理に、と言った。……しかし永遠の生命のない人間に、永遠の真理がわかるだろうか、永遠の真理が必要だろうか?」

「永遠の生命があるのさ」と僧は言った。

「君は人間の霊魂の不滅を信じてるんだな?」

「そうさ、勿論。お前たち人間を待っているのは、偉大な輝かしい未来だ。そしてこの地上にお前のような人間が多くなればなるほど、それだけ早くこの未来が実現される。意識的な、自由な生活を送っているお前たち最高原理への奉仕者がいなければ、人類は実に詰らないものになり下って、自然の順序に従って発展しながらこのうえまだ長いことその地上の歴史の終末を待たねばならないことだろう。お前たちがいればこそ、数千年はやく人類を永遠の真理の国へ連れて行くことができる。――そしてまたそこに、お前たちの偉大な功績があるのだ。お前たちは人間のあいだで眠ってしまった神の祝福を身をもって現わしているのだ。」

「それじゃ永遠の生命の目的は何だい?」とコヴリンがたずねた。

「どんな生命とも同じように、快楽さ。真の快楽は認識のなかにある、しかも永遠の生命は認識のために数かぎりない、汲めども尽きぬ源をもたらす。わが父なる神の屋敷にはあまたの部屋ありと言うのは、こういう意味さ。」

「君の話を聞くのがどんなに楽しいかわかってもらえたらなあ!」とコヴリンは、満足そうに両手をすり合せながら言った。

「それはとても嬉しいね。」

「しかし僕はわかっているんだ、君が行ってしまうと、君の本質についての問題が僕を不安にするのが。君は幻だ、幻覚だ。ということはつまり、僕が精神病で異常だということじゃないか？」

「だったらそうしておき給え。何もくよくよすることはないじゃないか！　お前は病気だ、なぜかと言うと、根かぎり働いて疲れたからだ。しかしそれは、お前が自分の健康を思想の犠牲にした証拠で、お前が生命そのものをも思想に捧げる時が近づいている証拠なのさ。これよりいいことがあるかね？　これこそ、総じて本能のあるあらゆる高潔な本性の進むべき道だぜ。」

「だが、自分が精神病なのを知っていたら、僕は自分を信じることができるだろうか？」

「じゃどうしてお前は、世界中が信じ切っている天才たちが、同じように幻を見なかったと言い切れるんだ？　今じゃ学者たちが、天才は精神錯乱と紙一重だと言っている。健康で正常なのは、君、平々凡々たる、いわゆる群衆だけさ。精神病時代だ、過労だ、堕落だなどという考えに真面目に興奮するのは、人生の目的を現在においている連中、つまり群衆だけだよ。」

「ローマ人たちは言っているぜ、——mens sana in corpore sano〔健全な精神は健全な肉体に宿る〕と。」

「ローマ人やギリシア人が言ったからと言って、全部が全部、真実じゃないさ。高尚な気分だの、興奮だの、恍惚だの、——そうした、予言者や詩人や思想に殉ずる人たちをありきたりの連中と区別するものは全部、人間の動物的な面、すなわち肉体的な健康に反するものだ。繰り返して言うがね、健康で正常でありたかったら、群衆の仲間入りをし給え。」

「ふしぎだなあ、君が繰り返して言うのは、僕の頭によく浮かぶ考えと同じなんだ」とコヴリンは言った。「まるで君が、僕の秘密の考えをこっそり覗いて立ち聞きしたみたいだ。しかしまあ僕の話はよそう。君は永遠の真理という言葉で何を意味しているんだね？」

僧は答えなかった。コヴリンが彼の顔をのぞいて見ると、その顔はもう見分けられなかった。輪郭がぼっとかすんで、にじんでいたのである。ついで頭が、手が消えはじめた。胴体がベンチや夕闇と混りあった。そしてとうとうすっかり消えてしまった。

「幻覚が終ったのだ！」とコヴリンは言って笑い出した。「惜しいなあ。」

彼は晴れ晴れとした幸福な気持で屋敷へ引き返した。黒衣の僧が話した数少い言葉が、彼の自尊心というよりは魂ぜんたいを、存在ぜんたいをくすぐった。選ばれた人になること、永遠の真理に奉仕すること、数千年も早く人類を神の王国にふさわしいものたらしめる、つまり人類を数千年のよけいな闘争や罪や苦しみから解き放つ人びとの間に加わること、一切を——青春も力も健康も——思想のために捧げること、一般的な幸福のために死ぬ覚悟でいること、——それこそ何という気高い、何という仕合せな運命だろう！　ふと彼の記憶のなかを、清らかな、純潔な、労働に満ちた過去がさっと飛び過ぎた。彼は自分が学んだことや人に教えたことを思い出して、黒衣の僧の言葉には少しの誇張もなかったことを知った。

公園のなかでばったりターニャに出会った。彼女はもう別の服を着ていた。

「ここにいらしたの？」と彼女は言った。「あたしたちずいぶん探したのよ、ずいぶん探したのよ。……でも、どうなさったの？」彼の歓喜に満ちた晴れやかな顔と、涙のあふれそうな眼を見ると、彼女は驚いて言った。「ほんとに変な人、アンドリューシャ。」

「僕は満足なんですよ、ターニャ」とコヴリンは、彼女の肩に両手をおいて言った。「満足以上だ。僕は幸福なんですよ！　ターニャ、可愛いターニャ、あなたはほんとうに気持のいい人だ。可愛いターニャ、僕はこんなに嬉しい、こんなに嬉しいんです！」

彼は彼女の両手に熱烈に接吻をしてからつづけた。――

「僕はたった今、明るい、素晴しい、この世のものならぬ時間を味わったのです。でもあなたに全部お話しするわけにはいかない、どうせ僕を気違い呼ばわりするか、僕の言葉を真に受けないんだから。それよりあなたのことをお話ししましょう。可愛い、素晴しいターニャ！　僕はあなたを愛している、あなたを愛することに慣れてしまった。あなたが傍にいることが、一日のうちに十ぺんも顔をあわせることが、僕の魂の要求となってしまった。ここを引きあげてから、あなたなしでどうして暮らせばいいか、僕にはわからない。」

「まあ！」と言ってターニャは笑いだした。「二日もたてば、あたしたちのことなんかお忘れになるわ。あたしたちはちっぽけな人間なのに、あなたは偉い方ですもの。」

「いや、真面目にお話しましょう！」と彼は言った。「僕は、ターニャ、あなたを連れて行く。いいでしょう？　あなたは僕と一緒に来てくれるでしょう？　あなたは僕のものになってくれるでしょう？」

「まあ！」とターニャは言って、もう一度笑い出そうとしたが、笑いにはならなかった。赤い斑点が彼女の顔に浮かんだ。

彼女は息をはずませて、大急ぎで歩きはじめた。屋敷のほうへではなく、公園の奥へ向ってである。

「あたしそんなこと考えたことがありません……考えたことがありませんの！」と彼女は、まるで絶望したように両手を握りしめながら繰り返した。

コヴリンは彼女のあとを追いながら、あい変らず晴れやかな、歓喜にあふれた顔でこう繰り返していた。——

「僕は、僕の全部を摑むような愛がほしいのです。そういう愛を僕にくれることができるのは、ターニャ、あなたひとりなのです。僕は仕合せだ！　ああ、仕合せだ！」

彼女はあっけにとられ、うずくまって身を縮めた。一ぺんに十年も老《ふ》けたようにみえた。しかしコヴリンは彼女を美しいと思って、大声で歓喜の叫びをあげていた。——

「この人は何て美しいんだろう！」

## 6

ロマンスができたばかりか結婚式まであるとコヴリンから聞いたエゴール・セミョーヌィチは、興奮を隠そうとしながら長いあいだ部屋を隅から隅へ歩きまわっていた。手はふるえだし、首はふくらんで紫色になった。彼は競走用の馬車の用意を言いつけて、どこかへ出て行った。ターニャは、父がぴしりと馬に鞭をあてた時の様子や、深ぶかとほとんど耳まで帽子をかぶったその様子から彼の気持を察すると、自分の部屋へ閉じ籠って、一日じゅう泣いて暮らした。

温室のなかでは、はやくも桃とあんずが熟れていた。こうした柔い、いたみやすい荷物の荷造りと発送には、非常な注意と労力と配慮が必要だった。それにこの夏はとても暑くて乾燥していたので、一本一本、木に水をやる必要があって、それに多くの時間と労働力を取られたうえに、毛虫がどっさり発生し、コヴリンの嫌がるのもかまわず人夫たちやエゴール・セミョーヌィチ、それにターニャまでが、指で押しつぶした。かてて加えて、秋の果物や果樹の注文を受けつけたり、ぼう大な手紙のやり取りをしなければならなかった。しかも、誰にも暇な時間など一分もなさそうなこの一ばん忙しい時に、野良仕事の時期が重なって、それが果樹園から半分以上もの働き手を奪い取った。エゴール・セミョーヌィチは真黒に日焼けしてへとへとに疲れ、すっかり気が立って、果樹園へ、野良へと馬を走らせながら、手足がばらばらになりそうだとか、額へずどんと一発ぶち込みたいとか喚き散らしていた。

そこへまた嫁入支度の騒ぎである。この支度をペソーツキイ家ではなかなか重視していた。鋏のちゃきちゃきいう音、ミシンの鳴る音、火のしの熱気、神経質で怒りっぽい婦人裁縫師の気まぐれなどのために、家じゅうの人びとがてんてこ舞いをしていた。そこへわざとねらったように毎日客が来て、その相手をしたりご馳走を出したり、泊めたりもしなければならなかった。それでもこうした苦役は、まるで霧のなかの出来事のように、知らず知らずのうちに過ぎて行った。ターニャは、十四の年からなぜかきっとコヴリンが自分と結婚してくれると思い込んではいたものの、今はまるで愛と幸福が不意に自分を捕えたような気持がしていた。彼女は驚いたり、戸惑ったり、われとわが身が信じられなかった。……突然、雲の下まで飛んで行ってそこで神に祈りをあげたいような喜びが湧きあがるかと思うと、突然、八月にはなつかしい古巣と別れ、父を置き去りにしなければならぬのを思い出したり、あるいはどこからともなく、自分は取るに足らない詰らぬ女で、コヴリンのような偉い人にはふさわしくないという考えが浮かんで来る。――そう思うと彼女は自分の部屋に逃げ込んで鍵を掛け、何時間ものあいだぶっつづけにむせび泣く。客が来れば来たで、突然、彼女はコヴリンが並はずれて美しく、あらゆる女性が彼に恋して自分に焼きもちを焼いているような気がし、まるで自分が全世界を征服したかのように歓喜と誇りで心が一杯になるのだったが、彼がどこかの令嬢あいてににこやかにほほえもうものなら、早速、嫉妬に身をふるわせて自分の部屋に逃げ込み、――ふたたび涙に暮れるのである。こうした新しい感覚のとりこになってしまうと、彼女はもう機械的に父を助けるだけで、桃のことも毛虫のことも人夫たちのことも、時がずんずん過ぎて行くことも気づかなかった。

エゴール・セミョーヌィチにもほとんど同じことが起っていた。あい変らず彼は朝から晩まで働き通し、たえずどこかへ急いだり腹を立てたりいらだったりしていたが、そうしたことが全部、なにかこう魔法にかかった夢うつつの状態で行なわれていた。彼の内部にはふたりの男が住みはじめたように見えた。ひとりは正真正銘のエゴール・セミョーヌィチで、彼は園丁のイワン・カールルィチが乱脈ぶりについて報告するのを聞きながら、憤慨したり絶望的に頭を引っつかんだりする。もうひとりのほうは、半ば酔っぱらったような本物でない彼で、これは仕事の話の最中に突然あいてをさえぎって園丁の肩にさわり、こんなことをつぶやきはじめるのである。――「何と言っても、血は争えないものさ。あの男の母親は、驚くべき、稀に見る高潔な、世にも聡明な女性だった。天使のように善良で晴れやかな、清らかなその顔を眺めると、心がはずんだものさ。絵を描くのも上手なら詩を書くのも上手で、外国語を五つも話した。……可哀そうに、――彼女に天国を与え給え――肺病で亡くなったのさ。」

本物でないエゴール・セミョーヌィチは溜息をついて、しばらく黙っていてから言葉をつづけた。――

「あの男がまだ子供の時分うちで育っていたころには、同じように天使そこのけの、晴れやかな、善良そのものの顔をしていた。目差も、立居振舞も、話しぶりも、母親と同じように物やわらかで優美だった。じゃ頭のほうは？　あの子はいつも頭の良さでわれわれを驚かしたものさ。そうとも、あの子が学士様なのもそのはずだ！　そのはずなのさ！　まあ見ているがいい、イワン・カールルィチ、十年たったらあれがどんな男になるか！　足許にも近づけなくなるさ！」

しかし、そこで本物のエゴール・セミョーヌィチがはっと我に返って恐ろしい形相をし、頭を引っつかんでこう叫ぶ。――

「畜生！　汚しちまった、駄目にしちまった、くしゃくしゃにしやがった！　果樹園がなくなった！　果樹園が滅びた！」

一方コヴリンは、あい変らず熱心に仕事にはげみ、周囲の騒ぎにはまるで気づかなかった。恋はただ火に油を注いだだけである。ターニャとのあいびきをすませたあとでは、いつも仕合せと歓喜に酔って自分の部屋へ帰り、ターニャを接吻して彼女に恋を誓った時とおなじ激しさで、読書に没頭したり原稿に精を出したりした。神の選良だの永遠の真理だの人類の輝かしい未来だのについて黒衣の僧の話した言葉が、彼の仕事に特別の、異常な意義をもたらし、彼の心を誇りと、自分は高尚なのだという意識で満たした。一週間に一度か二度、公園か屋敷のなかで彼は黒衣の僧と会って長いあいだ話を交わしたが、今はもう恐れるどころか反対に有頂天になっていた。こういう幻影が訪れるのは、思想への奉仕に自分を捧げる選ばれた、すぐれた人たちだけだと固く信じ切っていたのである。

ある日、僧が午餐の最中にあらわれて、食堂の窓ぎわに腰を下ろした。コヴリンは喜んで、極めて巧みにエゴール・セミョーヌィチとターニャをあいてに、僧に喜ばれそうな事柄を話しはじめた。黒衣の客は聞き入りながら愛想よくうなずいていたが、一方エゴール・セミョーヌィチとターニャも同じように聞き入りながら嬉しそうな微笑を浮かべていた。ふたりはまさかコヴリンが、自分たちとではなく独り勝手な幻覚と話しているとは思わなかったのである。

知らぬまに聖母昇天祭〔旧暦の八月十五日〕の精進期が近づいて、すぐそのあとに婚礼の日が来た。エゴール・セミョーヌィチの強《た》っての願いで、婚礼は《鳴物入りで》祝われることになった。二日二晩ぶっ通しの馬鹿げた大饗宴が開かれたのだ。三千ルーブリからの大盤ぶるまいだったが、わざわざ傭った下手くそな楽隊や、そうぞうしい乾杯や、給仕の駈け回る足音や、騒音や狭苦しさなどがたたって、せっかくモスクワから取寄せた高価なぶどう酒や豪勢なザクスカの味もさっぱりわからなかった。

## 7

ある長い冬のひと夜、コヴリンは寝床に寝そべってフランスの小説を読んでいた。町の暮らしに不慣れなため毎夜頭痛に苦しんでいた可哀そうなターニャは、もうとっくに眠っていて、時どき辻褄《つじつま》のあわないうわ言をつぶやいていた。

三時が鳴った。コヴリンはろうそくを吹き消して横になった。それから長いあいだ眼を閉じて横たわっていたが、寝室がひどく暑く思われるのと、ターニャがうわ言を言うために寝つくことができなかった。四時半ごろ、彼はふたたびろうそくをともした。と、その時、黒衣の僧が寝床のそばの肘掛椅子に坐っているのに気づいた。

「ご機嫌よう」と僧は言った。そしてちょっと黙っていてからこうたずねた。「君は今、何を考えているんだね？」

「名声についてさ」とコヴリンが答えた。「僕がたった今読んだフランスの小説に、ひとりの男のことが書いてあった。若い学者なのだが、この男は馬鹿げたことをして、名声を憧れるあまり痩せ衰えて行くんだ。僕にはこの憧れがわからない。」

「それは君が利口だからさ。君は名声に対して恬淡《てんたん》としている。まるで興味のない玩具のように。」

「そう、まさにその通りだ。」

「名声は君の気に入らないのさ。君の名前が墓石に刻み込まれて、それからその碑文を金箔と一緒に時が擦り落してしまうことにどんな嬉しいことや、楽しいことや、教訓的なことがあるだろう？　それに、弱い人間の記憶力が君たちの名前を覚え込むには、仕合せなことに、君たちは多すぎるからね。」

「なるほど」とコヴリンは相づちを打った。「それに、なぜそんなものを覚え込む必要があるか、だ。しかしまあ、何か別の話をしよう。例えば幸福について。そもそも幸福とは何だ？」

時計が五時を打った時には、彼は両足を絨毯のうえに垂らして寝台に腰かけたまま、僧のほうを向いてこう話していた。――

「昔ある幸福な男が、とうとう自分の幸福が恐ろしくなった。――それほど素晴しく幸福だったのさ！――そこで神々の機嫌をとり結ぶために、自分の大事な宝石入りの指輪を捧げたという。知っているだろう？　僕もこのポリクラトスと同様に、自分の幸福に少し不安になりはじめている。朝から晩までただもう喜びを味わい、喜びが僕の全部を満たしてその他の感情を全部おし殺してしまっているのが、不思議に思われて来たのだ。僕はわびしさも悲しみも退屈も知らない。こうして一睡もせずに眠られぬ夜を過しながら、僕は退屈を感じない。真面目な話、僕は疑惑を持ち始めた。」

「しかしなぜだね？」と僧は驚いて言った。「喜びははたして超自然的な感情だろうか？　喜びは人間の正常な状態であってはいけないのだろうか？　人間の知的な、精神的な発達の度合いが高ければ高いほど、人間が自由であればあるほど、いっそう大きな満足を人生はもたらすものだ。

ソクラテスも、ディオゲネスも、マルクス・アウレリウスも、喜びを味わいこそすれ、悲しみは味わわなかった。使徒も言っているじゃないか。——たえず喜びを持て、と。喜びを持って、仕合せでいることさ。」

「しかし突然、神々が怒り出したらどうする？」とコヴリンが冗談を言って笑い出した。「万一、神々が僕から安楽を取りあげて、僕を凍えさせたり飢えさせたりしたら、僕の趣味にあわないね。」

ターニャはそのあいだに目をさまして、驚きと恐怖を浮かべて夫を見つめていた。夫は、肘掛椅子に向って話しかけ、身ぶりをまじえたり笑ったりしていた。眼はぎらぎらと輝き、笑い声には何か奇妙な響があった。

「アンドリューシャ、あなた誰と話しているの？」と彼女は、夫が僧のほうへ差出した手を握りしめてたずねた。「アンドリューシャ！　誰と話しているの？」

「ええ？　誰と？」コヴリンは面食らって答えた。「ほらあの男とさ。……そこに坐っているじゃないか」と彼は、黒衣の僧を指さしながら言った。

「ここには誰もいないのよ。……誰も！　アンドリューシャ、あなた病気なのね！」

ターニャは夫を抱き、彼を幻影から守るようにひしと寄り添いながら、片手で彼の眼をおおった。

「あなたは病気なのね！」全身をわなわなとふるわせながら、彼女は激しく泣きだした。「ご免なさい、あなた、でもあたしもうずっと前から、あなたの精神が異常なのに気づいていたの。

……あなたは精神病なのよ、アンドリューシャ。……」

彼女のふるえが彼にもうつった。彼はもう一度だれもいない肘掛椅子に眼をやり、不意に手足にだるさを感じると、ぎょっとして服を着はじめた。

「いや、何でもないさ、ターニャ、何でもないよ。……」と彼はふるえながらつぶやいた。「実際、僕は少し健康を損なっている。……そろそろそれを自覚しなけりゃ。」

「あたしはもう前から気づいていましたの。……お父さんも気がついていらっしゃるわ」とターニャは、泣くまいと努めながら言った。「あなたはひとり言を言ったり、変な笑い方をしたり、……夜もお休みにならないんですもの。ああ、神様、神様、あたしたちをお救い下さい！」と彼女はおびえて言った。「でもアンドリューシャ、心配しなくていいのよ、心配しなくて、後生ですから心配しないで頂戴。……」

彼女も同じように服を着はじめた。いま彼女の姿を眺めてはじめて、コヴリンは自分の容態が非常に危険なのを知った。黒衣の僧が何を意味し、彼との対話が何を意味するかを理解した。自分が気違いだということが、今こそはっきりとわかった。

ふたりは自分でも何のためかわからずに身仕度を整えて広間へ行った。ターニャが先に立ち、彼がそのあとにつづいた。広間では、泣き声に目をさましたエゴール・セミョーヌィチが、部屋着すがたでろうそくを手に立っていた。彼は客に来ていたのである。

「心配しなくていいのよ、アンドリューシャ。」熱病にかかったようにわなわなとふるえながら、ターニャが言った。「心配しなくていいのよ。……お父さん、こんなことすぐに治るわ。……すぐに治るわ。……」

興奮のあまりコヴリンは口を利くことができなかった。彼は舅《しゅうと》に向って冗談まじりに、「祝って下さい、僕はとうとう気がふれたようですよ」と言いたかったが、ただ唇を動かして苦しそうに微笑しただけだった。

朝の九時に、彼は外套のうえに毛皮外套を着せられ、ショールでくるまれて、箱馬車でドクトルのところへ連れて行かれた。彼は治療を受ける身となった。

## 8

ふたたび夏がめぐって来て、ドクトルは田舎へ転地を命じた。コヴリンはもう快方に向って黒衣の僧を見ることもなく、あとはただ体力をつけさえすればよかった。田舎の舅の屋敷に住んで、彼はたっぷり牛乳を飲み、一昼夜に二時間だけ仕事をした。酒も煙草ものまなかった。

イリヤー祭〔旧暦の七月二十日〕の前夜、屋敷では晩禱式が行なわれていた。寺男が司祭に香炉を渡すと、古いだだっ広い広間のなかに墓地のような匂いがただよいはじめ、コヴリンはわびしい気持がして来た。彼は庭へ出た。豪華な花々には目もくれずに彼はしばらく庭を散歩してからベンチに腰かけ、それから公園を歩いて行った。川岸へ着くと彼は下へおりて、そこで流れを眺めながら物思いに沈んでたたずんだ。去年おなじここで若々しい、喜びに満ちた、元気いっぱいな彼の姿を見かけたあの毛むくじゃらな、根をむき出しにした無愛想な松並木は、今は葉のそよぎ一つ立てずに、じっと唖のように立っていた。まるでそれが彼だと見分けられないみたいだった。そしてまた、事実、彼の頭は短く刈り込まれて、ふさふさした美しい髪は今はなく、歩き方はものうげで、顔は去年に比べて幾ぶん太って青白かった。

板橋を通って彼は向う岸へ渡った。去年裸麦の畑があったあたりには、刈り取られた燕麦が列を作って横たわっていた。太陽はもう沈んで、明日の風を知らせる大きな赤い夕焼けが地平線に燃えていた。静かだった。去年はじめて黒衣の僧があらわれた方角を眺めながら、コヴリンは夕焼けが消えはじめるまで二十分ほどたたずんでいた。……

物うげな、満ち足りぬ思いで屋敷へ帰って来た時には、もう晩禱式は終っていた。エゴール・セミョーヌィチとターニャは、テラスの段々に腰かけてお茶を飲んでいた。ふたりは何かしきりに話をしていたが、コヴリンに気づくと急に黙り込んだ。彼らの顔つきから、コヴリンは自分のことが話題になっていたに違いないと思った。

「そろそろ牛乳を召上る時間ですわね」とターニャは夫に言った。

「いや、まだ早い。……」と彼は段々の一ばん下に腰をおろしながら答えた。「お前、飲んでくれ。僕は飲みたくない。」

ターニャは心配そうに父と目配せをして、すまなさそうな声で言った。

「牛乳がお体にいいことは、ご自分でもご存じなのに。」

「ああ、とってもいいよ！」と言ってコヴリンはにたりと笑った。「僕はあなた方にお祝いを言いますよ、金曜日いらいまたまた一フントも目方がふえましたからね。」彼は両手でぎゅっと頭をし、言うべき言葉もなかった。「何のために、何のためにあなた方は僕を治療したのです？　臭素剤、暖衣飽食、温浴、監視、ひと口食べるにも、一歩あるくにも、戦々兢々《きょうきょう》としている、――これじゃ結局、僕を白痴に追い込むようなものだ。なるほど僕は気が狂った。誇大妄想狂だった。しかしその代りには陽気で元気いっぱいで、仕合せでさえあった。興味のある、独創的な男だった。今の僕は、確かに分別もありいっそうしっかりもして来た。しかしその代りには皆と同じ人間になってしまった。月並な人間になって、生きるのが大儀になっている。……ああ、あなた方は何という残酷なことを僕にしてくれたことか！　僕は幻覚を見た。しかしそれが誰の邪魔になったのだ？　一体、誰の邪魔になったのだ？」

「お前は何を言っているんだ！」エゴール・セミョーヌィチはふっと溜息をついた。「馬鹿ばかしくて聞いちゃおられん。」

「じゃお聞きにならんが宜しい。」

人が傍にいること、とりわけエゴール・セミョーヌィチが居合わせることが、今ではコヴリンをいらだたせた。彼は舅に対して素気ない、冷たい、時には乱暴な返事をし、舅の顔を見る時はいつもあざ笑いと憎悪を浮かべていた。エゴール・セミョーヌィチはどぎまぎして、自分では何ひとつ悪いとは思わないがすまなさそうに咳をした。ターニャは、なぜ自分たちの親しい和やかな間柄がこんなにも急激に変ったかを理解できないまま、心配そうに父の眼をのぞき込んでいた。彼女は理解したいとは思っても理解できなかった。彼女にはっきり解るのは、自分たちの関係が日一日と悪化の一途をたどっていて、父親が最近めっきり老け込み、一方、夫が怒りっぽく気まぐれになり、喧嘩っぱやい、詰まらない男になったことだけだった。彼女はもう笑うことも歌を歌うことも忘れ、食事の時も何ひとつ口にせず、今にも何か恐ろしいことが起りそうな気がして毎夜おちおち眠られなかった。そして疲労こんぱいのあげく、気を失って午餐の時から晩まで寝込んだこともあった。晩禱式の最中に彼女は父がすすり泣いているような気がしたが、今三人そろってテラスに腰を下ろしながら、彼女はそのことを考えまいと必死に努力していた。

「仏陀にしてもマホメットにしても、あるいはシェイクスピアにしても、何という仕合せな人たちだろう、善良な親戚やドクトルに恍惚や霊感を治療されなかったのだから!」とコヴリンが言った。「もしマホメットが神経症と言われて臭素カリを飲んだり、一昼夜に二時間しか仕事をしなかったり、牛乳を飲んだりしたら、あの偉人が死んだあとには、犬ころ一匹死んだぐらいしか残らなかったことだろう。ドクトルや善良な親戚というものは、けっきょく人類を愚鈍にして、凡人を天才と考え、文明を滅ぼしてしまうのだ。どんなに僕があなた方に感謝しているか」とコヴリンはいまいましそうに言った、「それが判ってもらえたらなあ!」

彼は激しいいらだちを感じたので、余計な言葉を言わないように素早く立ちあがって家のなかへ入った。静かだった。開け放した窓越しに、庭から煙草とおしろい花のえも言えぬ香りが流れ込んで来た。広い暗い広間の床やピアノのうえに、月の光が緑色の影を落としていた。コヴリンは、おなじようにおしろい花の匂いがただよい、窓に月の照っていた去年の夏のあの喜ばしい気持を思い起した。去年の気分を取り戻すために、彼は急いで書斎へ入って強い葉巻に火をつけ、従僕にぶどう酒を持って来るように言いつけた。しかし葉巻のために口じゅうがえがらく不愉快になったばかりか、ぶどう酒も去年のようには味わえなかった。それにひとたび習慣を断ってしまうと、何とみじめだろう！　葉巻とたった二口のぶどう酒のために頭がふらふらして、動悸がしはじめた。臭素カリを飲まねばならなかった。

床につく前に、ターニャがこう言った。――

「父はあなたをうやまっています。あなたは何か父に腹を立てておいでですけど、それが父の寿命を縮めているのです。ごらんなさい、父は一日ごとにどころじゃない、一時間ごとに老け込んで行きます。お願いですから、アンドリューシャ、後生ですから、あなたの亡くなったお父様のために、あたしの心が安まるように、父に優しくして下さいな！」

「僕にはできないね、それにそうしたくもない。」

「でも、どうしてなの？」とターニャは、全身をわなわなとふるわしてきき返した。「お話して頂戴、どうしてなの？」

「あの老人が気に入らない、ただそれだけの理由さ」とコヴリンは無雑作に言って、肩をすくめた。「しかしまあ、あの老人の話はやめよう。君のおやじなんだから。」

「わからないわ、あたしにはさっぱりわからない！」こめかみをおさえ、じっと一点を見つめながらターニャが言った。「何か得体の知れない恐ろしいことが、うちに起っているんだわ。あなたはお変りになった、別人になったみたい。……あなたのような頭のいい飛び抜けた人がくだらないことのためにいらだったり、喧嘩口論に口出ししたりする。……他の時だったらただあきれて本当にもなさらないような瑣細なことが、興奮の種になる。一体これがあなたでしょうか？

まあ、まあ、怒らないで頂戴、怒らないで頂戴」と彼女は、自分の言葉に驚いて、彼の手に接吻しながら言葉をつづけた。「あなたは頭のいい、善良な、気高い方ですわ。きっと父によくして下さるわ。父はあんなにいい人なんですもの！」

「あれはいい人じゃない、ただのお人好しさ。君のおやじのような、血色のいいお人好しの面《つら》きをした、すてきに客好きな、おどけ半分のボードビル的な小父さんは、前には小説やボードビルや実生活のなかで僕を感激もさせれば面白がらせもしたが、今じゃむかむかするだけさ。あれは骨の髄までエゴイストだ。何よりもむかむかするのは、あの連中のぬくぬくと食い太った様子と、牡牛かいのししのような胃の腑の楽天主義だ。」

ターニャは寝床に崩おれて、枕に頭を伏せた。

「拷問だわ」と彼女は言った。その声から、彼女がもうへとへとに疲れて口を利くのもやっとなのがわかった。「冬からずっと、一瞬間も気の休まる時がないんですもの。……ああ、恐ろしいわ！　あたし苦しい。……」

「そうさ、勿論僕はヘロデで、君と君のおやじはエジプトの赤ん坊さ。きまってらあ！」

ターニャには夫の顔が醜く不愉快に思われた。憎悪と嘲笑の表情は、およそ彼の顔には似合わなかった。以前にも彼女は、夫が髪を刈っていらい顔そのものが変りでもしたように、何かが彼の顔に欠けているのに気づいたことがあった。彼女は何か侮辱の言葉を言い返そうと思ったが、その瞬間じぶんの敵意に気づくと、ぎょっとして寝室から出て行った。

## 9

コヴリンは独立した講座を受け持つことになった。初講義は十二月二日ときまり、大学の廊下に掲示が出た。しかしその日になって彼は、学生課長あてに電報で、病気のため休講するむねを通知した。

喉から血が出たのである。以前から血痰を吐くことはあったが、月に二度ほどおびただしい血を吐き、そんな時にはひどく衰弱して、昏睡状態に陥った。この病気が別だん彼を驚かさなかったのは、亡くなった彼の母が同じ病気を患いながら十年以上も生きながらえたのを知っていたからである。医者たちも危険はないと受けあい、ただ興奮を避けて規則的な生活を送り、なるべく話をしないようにすすめただけだった。

一月にも講義はおなじ理由で行なわれなかった。二月には講義をはじめるにはもう遅すぎた。来年度まで延ばさねばならなかった。

彼はもうターニャとではなく、他の女と暮らしていた。この女は彼よりも二つ年うえで、赤ん坊の世話をするように彼の面倒を見た。彼の気分は穏やかで平静だった。喜んで言いなりになり、ワルワーラ・ニコラーエヴナが――彼の情婦はこう呼ばれていた――彼にクリミア行きをすすめた時にもすぐに同意した。もっともこの旅行はろくなことにはなるまいという予感がしていた。

彼は夕方セワストーポリに着いて、ホテルに泊った。ひと息入れて、あくる日ヤルタへ行くためである。ふたりは旅に疲れていた。ワルワーラ・ニコラーエヴナは、お茶を飲むなり寝床に入って、すぐに眠りに落ちた。しかしコヴリンは床に入らなかった。停車場へ出かける一時間ほど前、まだ家にいた時にターニャから手紙を受け取りながら、封を切る気になれず、そのまま今も脇ポケットに入っていて、その手紙のことを考えると不愉快な胸さわぎがするのだった。実際、心の底で彼はターニャとの結婚を失敗と考え、思い切りよく彼女と別れたことに満足していたが、彼女についての思い出が——最後には生ける屍となって、じっとあいてを見つめる利口そうな大きい眼いがいすべてが死んでしまったように見えたあの女についての思い出が、彼の胸に一片の哀れみと自分じしんに対する腹立たしさを呼びさました。封筒の筆蹟が、二年ほど前の自分がどんなに不公平で残酷だったか、罪もない人びとあいてにどんなにでたらめに自分の心の空虚さや、退屈や、孤独や、人生への不満をぶちまけたかを思い出させた。それにつれて彼は、ある日じぶんが、病気のあいだに書いた学位論文やあらゆる論文をずたずたに引き裂いて窓から放り投げ、その紙切れが風に乗って樹や花にひっかかったのを思い起した。その一行一行に彼は奇怪な何の根拠もないうぬぼれや、軽薄な自信や、尊大さや、誇大妄想狂の印しなどを読み取り、それがまるで自分の悪徳の記録を読んだような印象を彼にもたらしたのである。ところが最後のノートが引き裂かれて窓ごしに飛び散って行った時、彼はなぜか突然いまいましい悲痛な気持に襲われて妻のところへ行き、思うぞんぶん不愉快な言葉をあびせかけた。ああ、どんなに彼は彼女を苦しめ抜いたことだろう！　ある日、彼は、妻に苦痛を与えようと思って、彼女の父がふたりのロマンスに実にいやらしい役割を演じた、なぜなら自分に彼女と結婚してくれと頼んだのだと言った。

エゴール・セミョーヌィチは偶然それを立ち聞きして部屋へ駈け込んで来たが、絶望のあまりひと言も口を利くことができず、ただ一と所で足を踏み鳴らして、舌を抜かれたように奇妙なうめき声を立てるのが精一杯だった。ターニャは父の様子を見て、引き裂くような声で一声あっと叫ぶと、気を失って倒れた。これはもう醜悪の一語に尽きる光景だった。

こうしたあらゆる事柄が、なじみの筆蹟を眺めるにつれて記憶に浮かんで来た。コヴリンはバルコニーへ出た。静かな暖かい天気で、海の匂いがした。絵のような入江が月影と火影を浮かべ、容易に名づけられないふしぎな色をたたえていた。それは濃い青と緑の優しい物やわらかい混色で、あるところでは水が硫酸塩そっくりに青く、またあるところでは月光が濃縮されて水の代りに入江を満たしているように見えたが、全体としてはあざやかな調和を作り出して、何という穏やかな、静かな、崇高な気分がただよっていたことだろう！

バルコニーの下の一階の窓が開け放たれていたのだろう、女の話し声や笑い声が手に取るように聞えて来た。夜会が開かれているにちがいない。

コヴリンは勇気をふるって手紙の封を切ると、部屋へ帰って読んだ。——

『今、父が息を引き取りました。これはあなたのお蔭です。あなたが父を殺したのですから。うちの果樹園は滅びかけています。今はもう他人が管理しています、つまり可哀そうな父があんなに恐れていたことが起っているのです。これもあなたのお蔭です。あたしは心の奥底からあなたを憎悪して、あなたが一時も早く破滅するように願っております。ああ、どんなにあたしは苦しんでいるでしょう！　堪え切れないほどの苦痛が、あたしの心を焼いている。……あなたなど呪われるがいい。あたしはあなたを非凡な人と、天才と思い込んで愛したのに、あなたは気違いだった……』

コヴリンは先を読むことができずに、手紙を引き裂いて投げ捨てた。恐怖に似た不安が襲って来た。衝立の向うでは、ワルワーラ・ニコラーエヴナが眠っていて、その寝息が聞える。一階からはあい変らず女の話し声と笑い声が響いて来る。それなのに彼は、まるでホテル中に自分いがいひとりも生きている人がいないような感じがしていた。悲しみに打ちひしがれた不幸なターニャが、手紙のなかで彼を呪って、彼の破滅を望んでいるために、彼は不気味な気持になって、ちらりと戸口を眺めた。まるで二年ほどのあいだに彼の生活と近親者の生活を破壊したあの得体の知れぬ力が部屋へ入って来て、ふたたび彼をあやつりはしないかとおびえているような目つきだった。

彼は経験から、神経の調子が乱れたらそれを治す一ばんいい方法は仕事だと知っていた。机に向って何が何でもある一つの考えに気持を集中する必要がある。彼は赤い折カバンから、ちょっとした編纂の仕事の梗概を書き込んである一冊のノートを取り出した。この仕事は、クリミアで所在なさに退屈した時のために、考え出したものである。彼は早速テーブルに腰を下ろして、この梗概の仕事に取りかかった。穏やかで安らかな、むらのない気分が戻って来るような気がした。梗概を書き込んだノートは、人の世のむだ騒ぎをなげく瞑想までも誘った。彼は、人生が人間に与えることのできるあの取るに足りない、通り一ぺんの幸福の代価として、同じその人生がどんなに多くのものを取りあげるかを考えた。例えば、四十近くなってようやく講座を持つために、平凡な教授となるために、物うげな、退屈な、重苦しい言葉を連ねて平凡な、しかも他人の思想を述べるために、――ひと言で言えば、月並な学者の地位を手に入れるために、彼コヴリンは十五年も勉強して、昼も夜も仕事にはげみ、苦しい精神病にたえ、結婚の失敗を経験し、思い出すのさえ不愉快なありとあらゆる馬鹿げたことや間違ったことをやらねばならなかった。今やコヴリンは、自分が凡人であるのをはっきりと自覚し、あまんじてその自覚と妥協した。彼の意見によると、人は誰でもあるがままの姿で満足せねばならなかったからである。

梗概の仕事のお蔭ですっかり気が静まりそうに思えたが、引き破った手紙が床のうえに白く散らばっていて、気分の集中を妨げた。彼はテーブルから立ちあがって手紙の切れ端を拾い集め、窓から投げ捨てた。ところが海のほうから微風が吹いていたので、切れ端が窓じきいの上に散らばった。ふたたび恐怖に似た不安が襲って来て、ホテル中に自分いがいひとりも生きている人がいないような気がしはじめた。……彼はバルコニーへ出た。入江が、生き物のように、青い眼や、紺色の眼や、トルコ玉や火のような無数の眼で彼を見つめて、さし招いていた。実際また、暑苦しくて、ひと浴びしたいぐらいだった。

突然、バルコニーの下の一階でバイオリンが鳴りはじめ、ふた色の優美な女の歌声が聞えて来た。何か聞きおぼえのある歌だった。階下で歌われているロマンスは、夜ふけに庭でふしぎな調べを聞くが、それがわれわれ限りある身には理解のできぬ聖なる歌声だと思い込む、空想の病いに取りつかれたある娘の話だった。……コヴリンは息が止まりそうになった。心臓が悲哀のために締めつけられた。とっくに忘れていたあのえも言えぬ甘い喜びが、胸の底でふるえはじめた。

その時ふと、つむじ風か竜巻のような黒い高い柱が、ぬっと入江の向う岸に現われた。その柱は、だんだん小さく黒くなりながら、猛烈な早さで入江を横ぎってホテルのほうへ進んで来た。コヴリンは間一髪の差で脇へ寄って道をあけた。……黒い眉をつけ、白髪の頭をむき出しにしたはだしの黒衣の僧が、両手を胸に組んだままかたわらを通り過ぎて、部屋のまんなかに立ち止まった。

「なぜお前はわしの言葉を信じなかったのだ？」と彼は、優しくコヴリンの顔を眺めながら叱るような口調でたずねた。「もしあの時、お前は天才だというわしの言葉を信じていたら、お前はこの二年間をこんなみじめなわびしい気持で過すこともなかっただろうに。」

コヴリンは今や自分が神の選良であり天才であるのを信じて疑わなかった。彼は黒衣の僧と交わした以前の会話をまざまざと思い出し、口を利こうと思ったが、そのとき血が喉から胸へさっと流れ落ちた。どうしていいかわからないまま、両手で胸のあたりをなでまわしたので、カフスが血でべとべとになった。彼は、衝立の向うに寝ているワルワーラ・ニコラーエヴナを呼ぼうとして、けんめいにこう叫んだ。――

「ターニャ！」

彼はばったり床《ゆか》のうえに倒れた。そして、なおも両手で体を起しながら、もう一度呼んだ。――

「ターニャ！」

彼はターニャを呼び、露を浴びた豪華な花々の咲き匂う大きな花園を呼んだ。公園を、毛むくじゃらの根をむき出した松並木を、裸麦の畑を、自分の素晴しい学問を、青春を、勇気を、喜びを呼んだ。あんなにも美しかった人生を呼んだ。顔のそばの床のうえに大きな血溜りを見、衰弱のためにもうひと言も言えなくなったが、名状しがたい無限の幸福が彼の存在を隅ずみまで満たしていた。バルコニーの下の階下ではセレナードを弾いていた。黒衣の僧は、彼の耳許で、彼が天才であり、彼がいま死んで行くのは彼のか弱い人間としての肉体がもう平衡を失って、これ以上、天才をおおう覆いの役に立たないからに他ならないとささやいていた。

ワルワーラ・ニコラーエヴナが目をさまして、衝立の向うから出て来た時、コヴリンはもうこときれていて、その顔には幸福そうな微笑が凍りついていた。

（池田健太郎 訳）

# 光と影

ソログープ

## ◆フョードル・クジミッチ・ソログープ

Федор Кузьмич Сологуб 1863–1927

ロシアのデカダン詩人、小説家。ソログープは筆名で、本名はテテールニコフ。一貫して醜悪な現実を呪い、そこからの救いとして頽廃的な美や甘い世界を賛美し続けた。このような傾向は抒情詩では、死の別世界「オイレ」を描いた連作によく現れている。長編小説では『小悪魔』が代表作。これは田舎町を舞台とした狂気と邪悪とエロスの物語で、「悪魔主義」の作家としてソログープの名を一躍高めた。彼はまた短編小説の名手でもあり、この世ならぬ愛や美に引かれて破滅する子供たちの姿を好んで描いた。「光と影」もその作風を代表する短編の一つ。ソログープは革命後もソ連に残ったが、孤独と不遇のうちに亡くなった。その後、ソ連では彼の小説はごく最近に至るまで無視され続けた。

1

やせっぽちで蒼白い、十二歳ほどになる少年、ヴォロージャ・ロヴレフは、いま中学校《ギムナジウム》から帰ったばかりで、夕食を待っているところだった。彼は客間のグランドピアノのそばに立って、今朝郵便局から配達された「ニヴァ」〔当時ペテルブルグで出版されていた人気ある絵入り週刊誌〕の最新号に眺め入っていた。すると、「ニヴァ」のページにはさんであった新聞から、薄い灰色の紙に印刷された、小さな冊子が落ちてきた。それは、絵入り雑誌の広告であった。この小冊子のなかで、発行者は、将来の執筆陣として著名な文学者の名を五十人ほども数え上げ、雑誌全体から一つ一つのとても細かい部分にいたるまで、言葉を尽くして褒めあげ、見本の絵まで並べているのだった。

ヴォロージャは、なんともなしに灰色の冊子のページをぱらぱらとめくっては、ちっぽけな図版を眺めた。蒼白い顔に見開かれた大きな目を、物憂げに注ぐのだった。

あるページが、不意に少年の興味をひいた。彼の大きな目は、ますます大きく見開かれた。ページの上から下へかけて六つの絵が印刷されていて、そこに、いろいろなかたちに組んだ手が描かれていた。その手の影は白い壁におちて、暗いシルエットをつくりだしているのだった。角の生えたようなおかしな形の帽子をかぶった令嬢や、牛や、栗鼠《りす》の座った格好などといった類いのものである。

ヴォロージャは笑みを浮かべながら、夢中になってこの絵に見入っていた。この遊びは彼にも親しいものだった。彼も自分の片手の指を組み合わせて、壁にうさぎの顔をうつすことができるのだ。けれどここにある絵は、ヴォロージャがまだ見たことのないものばかりだった。しかも、いちばん大事なことだが、ここにある影はどれもかなり複雑で、両手を使わなければできないものだったのだ。

ヴォロージャは、ここに載っている影を自分でうつしてみたくなった。けれど、こんな時間、消え入るような秋の夕べの散漫な光のもとでは、むろん、まともなものはできるはずもなかった。

この本はもらっておかなくちゃ、どうせこんなもの誰もいらないんだから、と彼は考えた。

ちょうどこのとき、隣の部屋から母の足音と声が近づいてくるのが聞こえた。どういうわけか顔を赤くして、彼は小冊子をすばやくポケットに押し込むと、グランドピアノから離れて母を迎えた。母は、彼にとてもよく似た、目の大きな蒼白い美しい顔にやさしい笑みを浮かべて、彼のそばにやってきた。

母はいつものようにたずねた。

「今日はなにか変わったことはなかった?」

「ううん、なんにも変わったことなんかないよ。」ヴォロージャは眉をしかめて言った。

けれど、そのとたん、彼は自分が母に不作法な口をきいているような気がして、恥ずかしくなった。彼はやさしく微笑むと、ギムナジウムであったことを思いおこしてみた。しかし、そうするとなおさら忌々しさがつのってくるのだった。

「あのプルジーニンがまたおかしなことを言ったんだよ。」彼は、あまり乱暴なのでギムナジウムの生徒たちから嫌われている教師のことを話しはじめた。「友達のレオンチェフが先生にあてられて、答えたんだけど、間違えちゃったんだ。そしたら先生はこんな風に言うんだよ――もうたくさんだ、すわりなさい。しょうがないでくのぼうめ！」

「あなたたちにかかると、どんなことでもすぐに槍玉にあげられちゃうのね」と母は微笑みながら言った。

「大体、あの先生がすごく乱暴だからだよ。」

ヴォロージャはちょっと黙り込んで溜息をつくと、不満そうな調子でしゃべりだした。

「それにあの人たちはせかせかし過ぎるんだ。」

「だれが？」と母がきいた。

「先生たちだよ。みんな少しでも早く教科を終わって、試験のための復習を存分にやりたいと思ってるんだ。なにかちょっと質問しようとしただけで、こんな風に思うんだ。この生徒はあてられるのが嫌だから、どうでもいいようなことをくだくだ言って授業を引き伸ばそうとしているんだな、って。」

「なら放課後に先生方とお話しすればいいでしょう。」

「とんでもない。だって放課後もせかせか急いでるんだもの。家に帰るやら女子ギムナジウムに授業に行くやらでね。それにとっても目まぐるしいんだ。いま幾何をやっていたかと思うと今度はギリシャ語なんだから。」

「ぼやぼやするなっていうわけね。」

「そう、ぼやぼやするな！　かご車の中の鼠みたいだよ。まったく、癪にさわるったら。」

母はふっと軽い笑みを浮かべた。

2

夕食のあと、ヴォロージャは予習をするため自分の部屋に行った。母はヴォロージャが不自由しないように気をつかっていたので、ここには、こうした部屋に備わっているはずのものはなんでも揃っている。ここにいれば、ヴォロージャの邪魔をする者はいなかった。母でさえ、この時間には彼の部屋をのぞきに来たりはしなかった。彼女はもうすこし遅くなってから、もし必要があればヴォロージャの勉強を手伝いにやってくるはずだった。

ヴォロージャはまじめで、いわゆるできる子だった。ところが今日は、勉強する気になれなかった。どの科目にとりかかっても、なにかいやなことが思い出されてくるのだった。その科目の教師や、教師がなにかの拍子に吐きすてて、感じやすい子供の心の奥底にいやしがたい傷を残した、意地の悪い、乱暴な言葉が浮かんできた。どうしたわけかこのところ、どの授業にも身が入らなかった。先生たちは機嫌が悪く、仕事はすらすらとはかどらなかった。彼らのいやな気分はヴォロージャにも伝染し、今では、本やノートのページを開いただけで、陰鬱で漠然とした不安にとらえられるのだった。

ひとつの科目から次、そしてまた次へと、彼はそそくさと移っていった。そして、明日学校で「でくのぼう」にならないためには急いで終わらせなければならないいくつもの細かい事柄がちらちらし、無意味で不必要なものに思えて、彼をいらだたせた。彼は退屈さと空しさに耐えかねて、あくびさえしはじめ、椅子のうえで落着きなく体を動かしながら、いつまでも足をぶらぶらさせていた。

しかしこれらの宿題はみな、どうしても全部やってしまわなければならないということ、これは非常に大切で、彼の運命全体をも左右するということを、ヴォロージャはしっかりわきまえていた。だから彼は、退屈に思えても、まじめに取組んでいたのだった。

ヴォロージャはノートに小さなしみを付けてしまって、ペンをおいた。よくよく眺め入ったすえ、このしみはペンナイフで削りとれると考えた。気晴らしのできたことがヴォロージャには嬉しかった。机の上にナイフはなかった。ヴォロージャはポケットに手を突っ込んで探ってみた。男の子によくあるような、ごみやら屑やらがいっぱいつまっているポケットのなかに、彼はナイフを探り当てて、それを引っぱりだした。するとナイフといっしょになって、小さな本のようなものが出てきた。

ヴォロージャは、手につかんだ紙が何なのか最初は分らなかったが、まだ全部引っぱり出さないうちにすぐ、これが影絵の本だということに思いあたった。彼は思いがけず嬉しくなり、うきうきしてきた。

そう、これは、まさにあの本だったのだ。勉強しているうちに、彼はそのことをすっかり忘れてしまっていたのだった。

彼はぱっと椅子からとびあがると、ランプを壁に近づけ、だれも入って来はしないかと締切ったドアをおそるおそる横目で見やった。そして本のあのページを開くと、一番目の絵を眺め、その絵のとおりに指を組み合わせてみた。影は初めのうちは不格好で、思ったとおりにならなかった。ヴォロージャはランプの場所をあっちこっちと変えたり、指を折曲げたり伸ばしたりしてみた。そしてようやく、部屋の白い壁紙に、角みたいな帽子をかぶった女の顔をうつしだした。ヴォロージャは楽しくなってきた。彼は手を曲げ、指をほんの少し軽く動かした。すると、顔はおじぎをしたり、微笑んだり、妙なしかめっ面をしたりした。ヴォロージャは二番目の影絵に、そしてその次の影絵に移った。それらはどれも、はじめはなかなかうまくできなかったが、それでもヴォロージャはなんとかやってのけた。

こんなことをして彼は半時間もすごし、勉強やギムナジウムや、この世のあらゆることを忘れてしまっていた。

思いがけずドアのむこうに聞慣れた足音がした。ヴォロージャははっとして、本をポケットに突っ込むと、あやうくランプをひっくり返しそうになりながら、すばやくそれをもとの場所にもどし、席につくとノートの上に屈みこんだ。そこへ母が入ってきた。

「ヴォロージェンカ、お茶を飲みましょう」と彼女は言った。

ヴォロージャは、しみを見つめながらナイフを開こうとしているようなふりをした。母は彼の頭にやさしく手を置いた。ヴォロージャはナイフを放り出し、真赤になった顔を母に押付けた。母はなにも気づいていないようで、それはヴォロージャには幸運だった。だがやはり、まるで馬鹿げた悪戯をしてつかまったときのように恥ずかしかった。

3

食堂の真中の円いテーブルの上で、サモワールがぶつぶつと静かな音をたてて歌っていた。吊り下げられたランプの光が、白いテーブルクロスや暗い壁紙を、眠たげな雰囲気で満たしていた。母は美しい蒼白い顔をテーブルにうつむけて、なにか物思いに沈んでいた。ヴォロージャはテーブルに手を置き、コップの中をスプーンでかき混ぜていた。甘い流れが茶のなかにめぐり漂い、こまかな泡が表面にたちのぼってくるのだった。銀のスプーンは静かな音をたてた。熱湯がしぶきをたてて、サモワールの蛇口から母のコップに注がれた。

茶のなかに溶け込んでいたほのかな影が、スプーンから、受け皿やテーブルクロスへと走った。ヴォロージャはその影を見つめた。甘い流れと軽やかな空気の泡が投げかける影のなかで、それは何かを思いおこさせたが、それが何なのか、ヴォロージャにはわからなかった。うつむいて、スプーンをひっくり返し、指で撫でてみたが、なにもなかった。

『それにしても』と彼はしつこく考えていた。『別に指でなくても、影絵をつくることはできるんだな。どんなものからでもつくれるんだ。ただ練習しなくちゃならないけど。』

そしてヴォロージャは、サモワールや椅子、母の頭の影や、食器がテーブルに落とす影をじっと見つめはじめ、そうしたいろいろな影が、何の形に似ているかをとらえようとした。母がなにか言ったが、ヴォロージャはよく聞いていなかった。

「リョーシャ・シトニコフはちゃんと勉強しているかしら」と母はたずねた。

ヴォロージャはこのとき、ミルク入れの影を見つめているところだった。彼ははっと気がついて、あわてて答えた。

「猫にそっくり。」

「ヴォロージャ、あなたはまったく寝ぼけているのね。」おどろいて母が言った。「猫ってなに？」

ヴォロージャは赤くなった。

「わかんない。ぼくはどうしちゃったんだろう」と彼は言った。「ごめんなさい、ママ。聞いてなかったの。」

4

あくる日の晩、お茶の時間のまえに、ヴォロージャはふたたび影絵のことを思い出して、またやりはじめた。どんなに指を伸ばしたり曲げたりしても、どうしてもうまくできない影があった。

ヴォロージャはまったく夢中になっていて、母がやってくるのにも気づかなかった。ドアがぎいと開くのを聞いて、彼はポケットに本を突っ込み、どぎまぎして壁から向きなおった。けれど母はもう、彼の手を見てしまっていた。彼女の大きな目におびえるような不安の色が浮かんだ。

「何をしているの、ヴォロージャ。何を隠したの?」

「ううん、別に何でもないよ。」顔を赤くして、きまり悪そうにもじもじしながら、ヴォロージャがつぶやいた。

どういうわけか、母は、ヴォロージャが煙草を吸おうとして、煙草を隠したのだと思った。

「ヴォロージャ、あなたが隠したものをすぐに見せなさい。」母はおののくような声で言った。

「ママ、ほんとに……」

母はヴォロージャの肘をつかんだ。

「じゃあ私があなたのポケットをさがしてみましょうか。」

ヴォロージャは前よりもっと赤くなって、ポケットから本を取りだした。

「これです」と彼は言って、本を母に差し出した。

「これはいったい何?」

「ほら」と、彼は説明した。「ここに絵があるでしょう。ほらね、影絵なんだよ。それで、ぼくはこの影を壁にうつしていたんだけど、うまくいかないんだ。」

「まあ、なんでこんなものを隠したりする必要があるの。」母は安心するとこう言った。

「どんな影なの。私に見せてちょうだい。」

ヴォロージャは恥ずかしかったけれど、言われたとおり、おとなしく母に影を見せはじめた。

「これは禿げ頭の紳士の顔。こっちは、うさぎの頭。」

「まあ、あなたったら」と母が言った。「こんなことをして勉強してたのね。」

「ちょっとだけだよ、ママ。」

「ちょっとだけですって。じゃあどうして赤くなったりするの。でも、もういいわ。だって、あなたはやらなきゃならないことは怠けないできちんとやる子ですもの。」

母はヴォロージャの短い髪の毛をくしゃくしゃに掻き乱した。ヴォロージャは笑いだすと、ほてった顔を母の肘の下に隠した。

母は出ていった。けれどヴォロージャはあいかわらず気まずく、情けなかった。もし友達がこんなことをしているのを見たら、あざ笑ってやるにちがいないようなことなのだが、それを自分がやっているところを、母に見つかってしまったのだ。ヴォロージャは、自分が利口な子供だと知っていたし、自分はまじめだと思っていたのに、こんな遊びは、せいぜい、女の子がみんなで集まってやるようなものなのだから。

彼は影絵の本を、机の引出しの奥のほうに押し込んで、一週間以上もそこから取り出さなかったし、影のこともまる一週間、ほとんど思い出しもしなかった。ただ晩になると時おり、ひとつの科目から次の科目に移るときに、令嬢の角のような帽子を思い出して笑みをうかべたりした。時には引出しに手を突っ込んで本を取り出そうとすることもあったが、母に見つかったときのことを思い出すと恥ずかしくなり、すぐにもとの勉強にもどるのだった。

## 5

ヴォロージャとその母、エヴゲーニヤ・ステパーノヴナは、県庁所在地の町はずれにある、一戸建ての家に暮らしていた。エヴゲーニヤ・ステパーノヴナは、未亡人になってからもう九年になる。いまは三十五歳だが、まだ若く美しかった。そしてヴォロージャは母を心から愛していた。彼女は息子のためだけに生きていた。彼のためにギリシャ・ラテン語を習い、彼の学校の心配ごとに心をくだいていた。彼女はもの静かで愛想がよかったが、その蒼白い顔にやさしくきらめく大きな目は、こころなしかおびえながら世の中を見つめていた。

二人は女中と三人でくらしていた。プラスコーヴィヤは、無愛想な町人の寡婦で、力強く、頑丈だった。四十五歳くらいだったが、その口の重さといったら、百歳の老婆のようだった。暗く曇った、まるで石のような彼女の顔を見ると、ヴォロージャはよく、彼女が何を考えているのか知りたくなったものだった。長い冬の夜、台所で、冷たい編み棒が、ときおりかすかに音をたてて、彼女の骨ばった手のなかで規則正しく動いてゆき、乾いた唇が音もなく数をかぞえてゆくとき、彼女が思い出すのは飲んだくれだった夫だろうか。それともはやくに死んでしまった子供たちのことだろうか。あるいはまた、彼女のまえにちらつくのは、孤独で寄るべのない老いなのだろうか。

化石のようにこわばった彼女の顔は、どうしようもなく物憂げで険しい。

## 6

秋の長い夜。外には雨が降り、風が吹いている。

なんと退屈に、なんと無表情にランプは燃えていることだろう。

ヴォロージャは、左肘をついて机によりかかり、部屋の白い壁を、窓の白いカーテンを見つめていた。

壁紙の上に蒼ざめた花は見えなかった……退屈な白い花……

白い傘が、ランプの光を少しばかり遮っていた。部屋の上半分は薄明りに満たされていた。

ヴォロージャは右手を上にさしあげた。ランプの傘で薄暗くなった壁に、長い影が伸びた。それは輪郭がはっきりせず、ぼうっとしていた……

堕落し悲しみに満ちたこの世界から、天上へと飛び去ってゆく天使の影、ひろびろとした翼を持ち、はりだした胸に悲しげに頭をうなだれた、透きとおった影。

天使はそのやさしい手で、この世から、大切な、しかしかえりみられることすらなかった何かを、運び去ろうとしているのではないだろうか……

ヴォロージャは深い溜息をついた。彼の手はけだるそうに降ろされた。彼は本に退屈そうな目を落とした。

秋の夜長……うんざりするような蒼ざめた花……壁のむこうには泣声やつぶやき声……

## 7

母は、ヴォロージャが影絵遊びをしているのを、また見つけた。

こんど牡牛の頭がとてもうまくいったので、それにうっとりと見とれては、牡牛の首を伸ばしたり、もうと鳴かせたりしていた。

けれど母は、機嫌をそこねていた。

「全然勉強してないのね。」とがめるように彼女は言った。

「ちょっとだけだよ、ママ。」もじもじしながら彼はこうつぶやいた。

「そんなことは、他のときにもできるでしょう」と、母は続けた。「あなたは子供じゃないんですから。そんな馬鹿げたことばかりしていて恥ずかしくないの？」

「ママ、もうしませんから。」

ところがヴォロージャには、約束を守ることはむずかしかった。彼は影絵をつくることがとても気に入ってしまい、好きな科目の勉強をしているときでさえ、やってみたくなることがよくあった。

この悪戯をするためにたくさんの時間がとられて、授業の予習が十分にできない晩さえもあった。そんなときは、時間をとりもどすために、寝る時間を削らなければならなかった。だからといってこんな楽しいことをどうしてやめられよう。

ヴォロージャは新しい形をいくつかつくりだすことができた。それも指を使うだけではなかった。これらの形は壁の上に住んでいて、ヴォロージャにはときおり、この影たちが自分と面白い話を交しているようにさえ思えるのだった。

もっとも、彼は以前から大の空想家ではあったのだが。

8

夜。ヴォロージャの部屋は暗い。ヴォロージャはベッドに横になったが眠れない。彼は仰向けに寝て、天井を眺める。

通りをだれかがランプを持って歩いてゆく。すると、その人影が、ランプの光の赤い点につつまれて、天井をさっとかすめてゆく。通行人の手元でランプが揺れるのがわかる。影が不規則に、おののくように揺れるのだ。

ヴォロージャは、なんだか薄気味悪いような、恐ろしいような気がしてくる。彼は毛布を急いで引っ被り、全身をふるわせながら、すばやく右を下にして横になり、空想にふけりはじめる。

暖かく、心地よくなってくると、頭のなかに、愛らしく、無邪気な空想が浮かんでくる。それは眠りのおとずれる前触れの空想だ。

寝床に入ると、彼は不意に恐ろしくなることがある。まるで自分が小さく、そして弱くなってゆくかのように。けれど枕に顔をうずめると、子供っぽいしぐさは忘れて、やさしく愛想よくなり、ママを抱いてキスをしたくなるのである。

9

灰色の夕闇が濃くなった。影は溶けていった。ヴォロージャは物悲しかった。

しかし、ランプがここにある。机に敷かれた緑のラシャ地の上に光がそそがれ、壁にほのかな愛らしい影がそっと忍び込んでいた。

ヴォロージャは嬉しさと生気がこみあげてくるのを感じ、いそいそと灰色の本を取り出した。牡牛は鳴く……令嬢は高らかに笑う……この禿げ頭の紳士は、なんという意地悪な、まるっこい目つきをしていることだろう。

それから自分でつくりだしたもの。草原。袋を背負った旅人、引きのばすように歌われる悲しげな旅の歌が聞こえてくるようだ……

ヴォロージャは嬉しくもあり、悲しくもあった。

10

「ヴォロージャ、私がこの本をあなたのところで見るのは、もう三度目よ。どうしたっていうの。

あなたは毎晩ずっと、自分の指なんかに見とれているのね。」

ヴォロージャは、悪戯しているところを捕まえられた子供のように、ばつが悪そうに机のわきに立って、ほてった指で本をいじくりまわしていた。

「私にそれを渡しなさい」と母は言った。

ヴォロージャはどぎまぎしながら彼女に本を差し出した。母は本を取りあげると、黙って行ってしまった。ヴォロージャはノートをひらいて机に向かった。

彼は、自分のわがままのために母を悲しませたことが恥ずかしく、また、彼女が本を取りあげてしまったことが悔しかった。そのうえ、なおのこと情けなかったのは、自分からこんな事態を招いてしまったことだった。彼はとても気まずくなり、母にたいする忌々しさが彼をさいなんだ。母に腹をたてることは恥ずかしかった。けれど彼は、腹を立てずにはいられなかった。しかも、腹を立てることがきまり悪くて、よけいに腹が立ってくるのだった。

『なに、とりあげられたってかまうもんか。』彼は結局こう考えた。『本なんかなくたって大丈夫なんだから。』

実際のところ、ヴォロージャはすでに影の形をそらでおぼえていたのであり、本はただ、間違えないように使っていたにすぎなかった。

## 11

母は影絵の載った本を自分の部屋に持ってくると、それを開いてみた。そして考え込んでしまった。

『どうしてこんなものがそんなにおもしろいのかしら』と、彼女は考えた。『あの子は頭もいいし、いい子なのに、それがいきなり、こんな馬鹿げたことに夢中になるなんて。』『いいえ、そうするとこれは、ちっとも馬鹿げたことなんかじゃないんだわ……』『一体なんだろう。』彼女は自問した。

奇妙な不安が彼女の心のなかに芽ばえた。それは、これらの黒い絵にたいする、敵意ともつかない、おびえともつかない感情である。

彼女は立ち上がって蠟燭に灯をともした。灰色の本を手にしたまま、壁に近づくと、おびえのような憂鬱さにつつまれて立ち止った。『さあ、これがどういうことなのか、突き止めなければ。』彼女は決心した。そして影をうつしはじめた。一番目から最後のものまで。

彼女は、自分がつくろうとしている形がうまくあらわれるまで、辛抱づよく、注意深く指を組み合わせては、手を曲げていった。不安をかきたてるような臆病な感情が、彼女の心のなかでかすかにうごめいた。彼女はこの感情にうち勝とうとした。けれど不安は大きくなり、彼女をとりこにしていった。彼女の手は慄えおののき、想念は生のほのかな闇におびえて、恐るべき悲しみに向かって走り去っていった。

不意に息子の足音がきこえた。彼女はびくっと身ぶるいすると、本を隠し、蠟燭を消した。ヴォロージャが入ってきた。母が彼を険しい目つきで見つめながら、壁のそばにぎこちない妙な姿勢で立っているのにまごついて、彼は敷居のところで立ちどまった。

「どうしたの」と母は、厳しい、動揺した声でたずねた。

おぼろげな予感がヴォロージャの頭をよぎったが、ヴォロージャはそれをあわてて振り払い、ママと話しだした。

12

ヴォロージャは行ってしまった。

母は部屋のなかを何回か行ったり来たりした。彼女は、背後の床の上に自分の影がうごいているのに気づいた。奇妙なことだ！　彼女は生れてはじめて、この影に当惑してしまったのだった。影が存在するという考えは、たえず彼女の頭に思い浮かんできた。けれどエヴゲーニヤ・ステパーノヴナはどうしたわけかこの考えを恐れて、影を見まいとさえしていた。

それでも影は彼女のあとにつき従い、彼女をいらだたせた。エヴゲーニヤ・ステパーノヴナはつとめて他のことを考えようとしてみたが、むだだった。

彼女は急に立ち止まった。蒼白い顔色をして、不安にかられて。

「影、影なんかうんざりだわ！」彼女は声にだしてこう叫び、妙にいらだって足を踏み鳴らした。

「それがどうしたっていうの。何だっていうの！」

だが、こんなふうに叫んだり足を鳴らしたりするのが馬鹿げたことだとはっと気づいて、彼女はすぐにしずまった。

彼女は鏡のそばに寄った。その顔はふだんにもまして蒼白で、唇はおびえきって憎しみにふるえていた。

『神経だ』と、彼女は考えた。『落着かなくては。』

## 13

夕闇が降りてきた。ヴォロージャは空想に耽っていた。

「ヴォロージャ、散歩に行きましょう」と母が言った。

けれど通りにも、ひそやかでとらえがたい、夕ぐれ時の影がいたるところにあらわれていた。そしてこれらの影が、なんとなくなつかしい、はてしなく物悲しいことを、ヴォロージャにささやくのだった。

もやのかかった空に二つ三つの星がのぞいていたが、それはヴォロージャにとっても、彼をとりまく影にとっても、あまりに遠く、縁のないものだった。しかしヴォロージャは、母の気が晴れるようにと、星のことを考えはじめた。この星たちだけが、影とは縁のないものだったからだ。

「ママ。」母が何か話しかけようとしたのをさえぎったのに気づきもせず、彼は言った。「あの星まで行くことができないなんて、残念だね。」

母は空を見上げると答えた。

「そんなことしなくてもいいのよ。私たちは地上にいればいいの。あそこは別の世界よ。」

「あの星たちの光はなんて弱々しいんだろう！ でも、そのほうがいいね。」

「どうして。」

「だって、もし星たちがもっと強く輝いていたら、その光で影がうつってしまうもの。」

「ああ、ヴォロージャったら。いったいどうしてあなたは、いつも影のことばかり考えているの。」

「ぼくにもわからないよ、ママ。」ヴォロージャは後悔するような声で言った。

14

ヴォロージャはそれでもまだ、授業の予習をもっとしっかりするようにつとめていた。怠けることで母を悲しませるのを恐れたのだ。けれど彼は、あらたな、奇怪な影をうつそうとして、毎晩机の上にいろいろな物を積みかさねることに、ありったけの空想力を注ぎこんでいた。こんなふうにして、そこらじゅうにある物を手当り次第に重ね置いてみて、白い壁の上に意味のある形をした影が現れると、嬉しくなるのだった。これらの影の形は、彼にとって親しくかけがえのないものになっていった。影たちは無言ではなく、語りかけた。そしてヴォロージャには、そのかすかにささやくような言葉がわかるのだった。

ふるえる手に杖を持ち、うなだれるように曲がった背に袋を背負って、広い道を秋のぬかるみに向ってさまよって行く、うちひしがれた旅人が、なにを訴えているのか、彼にはわかった。

雪におおわれ、冬のしんとした静けさのなかにうち沈む森が、厳しい冷込みに枝をかすかに鳴らしながら、何をこぼしているのか、樫の老木の上にゆったりと落着いている鴉は、何を鳴いているのか、空っぽの木のうろの上で、せわしない栗鼠は何を嘆いているのか、彼にはわかった。

老いぼれて寄る辺もなく、みすぼらしいぼろをまとった乞食の老婆が、陰鬱な秋の風にさらされ、狭い墓場の傾いた十字架や、やるせないほど黒ぐろとした墓のあいだでふるえながら、何を泣いているのか、彼にはわかるのだった。

我を忘れて、身をさいなむような寂しさにとらえられる。

## 15

母は、ヴォロージャが悪戯を続けていることに気づいていた。食事のとき、彼女は言った。

「ヴォロージャ、せめてあなたが、なにか他のことに興味を持ってくれたら。」

「別のことって何に?」

「本を読むとか。」

「でも、本を手にとって読もうとしても、やっぱり、影絵のことが頭から離れないんだ。」

「なにか他の遊びでも考えればいいのに。せめてシャボン玉とか。」

ヴォロージャはさびしげに微笑んだ。

「でも、シャボン玉を飛ばせば、壁にその影がうつるよ。」

「ヴォロージャ、だってそんなふうにしていては、しまいには神経がおかしくなってしまいますよ。ママにはわかりますよ。あなたはこんなことをしているせいで、やせてしまったじゃないの。」

「ママはおおげさすぎるよ。」

「そんなことはありませんよ。だってママはわかってるんですから。あなたはいつも夜ちゃんと寝てないでしょう。それにうわごとを言うときもありますよ。さあ、考えてもごらんなさい。もし病気にでもなったら。」

「まさかそんな!」

「そんなことになっちゃ困るけど、気が狂ったり死んだりしたらどうするの。そんなことになったらなんて悲しいことでしょう。」

ヴォロージャは笑いだし、母の首に飛びついた。

「ママ、ぼくは死んだりしないよ。もう絶対にしないよ。」

母は、ヴォロージャがもう泣き出しているのに気づいた。

「さあ、もうたくさん」と彼女は言った。「お願いだから、もういいのよ。ごらんなさい。あなたはこんなに神経質になっているじゃないの。いちどきに笑ったり泣いたりして。」

## 16

母はじっと、心配そうにヴォロージャを見つめていた。今ではどんな些細なことも、彼女の不安をかきたてるのだった。

彼女は、ヴォロージャの顔が、ほんのすこし不釣合なことに気づいた。片方の耳がもう片方より上についていて、あごは少し横にかしいでいた。母は鏡をのぞいてみて、ヴォロージャがこんなところまで自分に似ているのに気づいた。

彼女は考えた。『これは、よくない遺伝の徴候で、退化のあらわれなのかもしれないわ。だとするといったいだれが、このよくない遺伝のもとなのだろう。私は、そんなに釣合いが取れていないのかしら。それとも父親のほうなのかしら。』

エヴゲーニヤ・ステパーノヴナは亡くなった夫のことを思い出した。それはとても善良なやさしい人だったが、意志が弱く、いたずらに情熱にかられて熱狂したり、かと思うと神秘的なものに魅かれて、より良い社会制度を夢み、民衆のなかへ入っていったりした。けれどその晩年には、彼はすっかり酒びたりになっていた。彼は若くして死んだ。まだ、三十五歳だった。

母は息子を医者にまで連れていき、病気を詳しく説明した。医者はまだ若く、楽天家だったが、彼女の話を聞きおえると笑いだし、冗談めかした洒落をまじえながら、食餌療法や生活の仕方にかんする忠告をあれこれ与えて、「ちょっとした水薬の処方箋」を楽しげにさっさと書きあげ、ヴォロージャの背中をぽんとたたくと、いたずらっぽく付け加えた。

「でも、いちばんいい薬は、鞭でどやしつけてやることですよ。」

母はヴォロージャに対してそんなことを言われたのに腹をたてたが、他の忠告には言われたとおり従った。

17

ヴォロージャは教室にすわっていた。退屈だった。彼はちゃんと聞いていなかった。

彼は目を上げた。すると正面の壁につながる天井に影がうごめいていた。ヴォロージャは、一番端の窓からその影が入ってきているのに気づいた。はじめのうち、それは窓から教室のまんなかへうつっていたが、やがて、ヴォロージャのところから、すばやく前の壁に滑り込んだ。きっと、窓の下の通りをだれかが歩いていったのだ。まだこの影が動いていたときに、二番目の窓からもうひとつの影が入ってきて、やはり最初は背後の壁にうつったが、さっさと正面の壁に回り込んだ。おなじことが第三、第四の窓でも繰返された。影たちは教室の天井に投げかけられ、通行人が前に歩いてゆくにしたがって、うしろに伸びてゆくのだった。

『そうだ』とヴォロージャは考えた。『これは外の開け放たれた場所で、人のあとに影がつき従ってゆくのとはちがうんだ。ここじゃあ、人が前にすすむと、影は後ろにすべってゆく、そして次の影が前方にまた現れて人に追いつくんだ。』

ヴォロージャは、表情のない先生の姿へと目を移した。先生のよそよそしく黄色い顔がヴォロージャをいらだたせた。ヴォロージャは彼の影をさがし、先生の椅子の後ろの壁に、その影を見つけた。影は醜く折れ曲り、ゆらめいていた。けれどそこには黄色い顔も意地の悪い嘲笑も浮んでいなかったので、ヴォロージャはそれを見ているのが心地よかった。彼の考えはどこか遠くに走り去ってしまい、もう、なにも聞こえてはいなかった。

「ロヴレフ。」先生が彼を呼んだ。

ヴォロージャはいつものように立上がって、ぼんやりと先生を見ながら立っていた。彼があまりにぼやっとした様子をしていたので、級友たちは笑い出し、先生は険悪な顔つきになった。それからヴォロージャは、先生が皮肉をこめていんぎんに彼を嘲けるのを耳にした。ヴォロージャは怒りと無力感にふるえていた。それから先生は、何も知らず授業も聞いていないので彼に「一」をつけると言渡し、すわるように告げた。

ヴォロージャは間の抜けた笑みをうかべ、自分の身に何がおこったのか考えようとしていた。

## 18

「一」がつくなど、ヴォロージャの人生ではじめてのことだった。

ヴォロージャにとってこれはなんとも妙な感じがした。

「ロヴレフ。」同級生が彼をからかって、笑ったりつついたりした。「落第点をとるなんて！

おめでとう！」

ヴォロージャはきまり悪かった。彼はこんなときどうしたらいいのかわからなかった。

「とったからってどうだというんだ」と、悔しそうに彼は言った。「おまえの知ったことか！」

「ロブレフ」と怠け者のスネギリョフが彼に叫んだ。「仲間がふえたな！」

はじめての「一」だ。それも母に見せなくてはならなかった。それは情けなく、気のめいるようなことだった。ヴォロージャは背中のランドセルに、奇妙に重くてばつの悪いものが入っているような感じがした。この「落第点」が彼の意識に、じつに具合悪く突出してきて、彼の頭のなかのどんなものともうまく繋がらなかった。

「一」だなんて。

彼は「一」についての考えにどうしてもなじめなかったが、かといって他のことはなにも考えることができなかった。ギムナジウムの近くに立っている警官が、いつものように厳しい目つきで彼を見たとき、ヴォロージャはどういうわけか、こう思った。

『ぼくが「一」をとったことを知っていたらなあ。』

それはまったくきまり悪く、気づまりなことだったので、ヴォロージャはどうやって頭を支え、どういうふうに手をうごかしたらいいのかもわからないほどだった。すっかりぎごちなさが身にしみていた。

そのうえ級友たちのまえでは何でもないかのような顔をして、他のことを話していなければならなかったのだ。

級友たち！　ヴォロージャは、彼らがみんな、自分の「一」をひどく喜んでいるのだと思い込んでいた。

19

母は「一」を見ると、いぶかしげな眼をヴォロージャに向け、ふたたび成績を眺めると、しずかな声で嘆いた。

「ヴォロージャ！」

ヴォロージャは母の前に立って、すっかり小さくなってしまっていた。彼は母の着物のしわや、蒼白い手を見つめていたが、彼女のおびえきった眼差しが、ぴくぴくする自分のまぶたに感じられた。

「これはどうしたの」と母がたずねた。

「ねえ、ママ。」突然ヴォロージャはしゃべりだした。「だってはじめてのことだよ。」

「はじめてですって！」

「ねえ、こんなことはだれにだってあるよ。それにね、まったくちょっとした拍子でこうなっちゃったんだから。」

「ああ、ヴォロージャ、ヴォロージャ！」

ヴォロージャは泣出し、赤ん坊のように掌で涙を頰にこすりつけていた。

「ママ、怒らないで」と、彼はささやいた。

「あなたが影なんかに夢中になっているからよ！」と、母は言った。

母の声が涙まじりになっていることにヴォロージャは気づいた。彼は心が締めつけられるような思いだった。彼は母を見た。母は泣いていた。彼は母に飛びついた。

「ママ、ママ。」母の手にキスしながら、彼は繰返した。「ぼくやめるよ。ほんとうに、影なんかみんな放り出すよ。」

## 20

ヴォロージャは大変な努力をして自分をおさえ、どんなに影絵をやりたくなっても我慢していた。彼はさぼっていた分を取りかえそうと勉強に励んだ。

しかし影は倦むことなく彼の心に浮かんできた。指を組んで影を呼び出さなくても、壁に影をうつそうとして物を積みあげることをやめても、影のほうから彼のまわりに執拗に、うるさくつきまとってくるのだった。ヴォロージャはもう、物には興味がなかった。彼は物を眺めることすらほとんどしなくなっていた。彼の注意はすべて、物のおとす影に注がれていったのだった。

家に帰ろうと歩いているとき、まだうっすらと雲におおわれた太陽が、秋の雨雲から顔をのぞかせるようなことがあると、彼は、いたるところに影が走るのを見て嬉しくなるのだった。晩に家にいると、ランプのつくる影が彼のそばに立ちあらわれた。

あたりのいたるところに影はあった。炎の投げかける強い影。おぼつかない昼の光からうまれるぼんやりした影――これらがみなヴォロージャに押寄せてきて交差しあったり、破れることのない網となって、彼を絡め取ってしまったりした。それらの影のなかにはわけのわからない、謎めいたものもあれば、なにかを思い起こさせるような、なにかをほのめかしているようなものもあったが、愛らしい影、馴れ親しんだ、なつかしい影もあった。そういう影を、ヴォロージャは自分でも気づかないうちに、いたるところ、他の様々な影の入乱れてちらつくなかにさがしだしては捕まえていた。だがこうした親しくなつかしい影には、どこか物悲しいものがあった。

自分がそういう影をさがし求めていることに気づくと、ヴォロージャは、良心にさいなまれ、母のところに告白しにゆくのだった。

ある日、ヴォロージャは誘惑に耐えられず、壁のそばに身を寄せて牡牛の影をうつしはじめた。母がそれを見つけた。

「またやっているのね！」母は怒って叫んだ。「もうだめ。しまいには私は校長先生に、あなたを監禁房にいれてしまうようにお願いするわ。」

ヴォロージャは悔しそうに顔を赤らめて、不機嫌な声で答えた。

「監禁房にだって壁はあるよ。壁なんかどこにだってあるんだ。」

「ヴォロージャ。」母は悲しそうに叫んだ。「なんてことを言うの。」

けれどヴォロージャはもう、乱暴な言い方をしたことを後悔して泣いている。

「ママ、ぼく自分でもわからないんだ。自分がどうなっちゃったのか。」

# 21

母は、影にたいする迷信じみた恐れから、やはり逃れることができなかった。自分もヴォロージャのように影のとりこになってしまうのではないか、そんな気持ちが、段々と彼女をとらえていった。けれど彼女は、自分を慰めようとつとめていた。

「なんて馬鹿げた考えなんでしょう!」彼女は独りごとを言った。「なにもかもうまくおさまってしまうにちがいないわ。思う存分あばれまわったらお終いになるはずよ。」

それでも心はひそやかな恐怖に凍りつき、彼女の考えは、生におびえて、近づきつつある悲しみのほうへ執拗に走ってゆく。

物憂い朝のひととき、彼女は自分の心をたしかめようとして、自分の生涯を思い出す。しかしその生涯が虚ろで、意味がなく、無益なことに思いいたるのである。それはただ、濃さを増してゆく闇のなかに溶け合ってゆく無意味な影のちらつきにすぎない。

『どうして私は生きているのかしら。』彼女は自問する。『息子のため? けれどどうして? あの子が影の獲物になって、偏執的な狂人になるためだというの。幻や、生命のない壁の上にあらわれる意味もない反映に釘づけにされてしまうためなの?』

『あの子もいつか生活に入ってゆくでしょうけど、それもきっと夢のようにおぼろげで、無意味な存在の連続になってしまうんだわ。』

彼女は窓辺の肘掛け椅子にすわって、じっと物思いに沈んでいる。

彼女の思いは痛ましく、物憂い。

彼女は美しく蒼白い手を、憂鬱そうに曲げる。彼女の思いは霧散してしまう。彼女は曲げた腕を眺めて、ここからどんなかたちの影が現れるか思案しはじめる。彼女はここではっと我にかえって、驚きのあまり立ち上がる。

「ああ、どうしたっていうの」と彼女は叫ぶ。「だってこれは、狂気じゃないの。」

22

母は、食事のときにヴォロージャを見つめた。

『あの不吉な本を手に入れてからというもの、この子は顔色が蒼ざめて、痩せてしまった。それにこの子はすっかり人が変わってしまった。性格もなにもかも。死の前になると性格が変わるって言うけれど。まさか、この子が死ぬなんて。』

『いいえ、どうかそんなことになりませんように。』

スプーンが彼女の手のなかでふるえた。彼女は不安そうな目で聖像を見あげた。

「ヴォロージャ、どうしてあなたはスープを全部飲まないの。」おびえたように彼女がたずねる。

「ほしくないんだよ、ママ。」

「ヴォロージャ、いい子だから、わがままな事を言わないでね。だって体にわるいじゃないの。

スープを飲まないなんて。」

ヴォロージャは気のない微笑を浮べて、やっとのことでスープを飲み終える。母はあまりにもたくさんスープを注いだのだ。彼は椅子の背に身を起こして、悔やしまぎれにスープがおいしくなかったと言おうとした。けれど母が、あんまり心配そうな顔をしているものだから、ヴォロージャはそれを言い出せず、蒼白い微笑みを浮べている。

「もうおなかがいっぱいだよ」と、彼は言う。

「あら、だめですよ、ヴォロージャ。今日はあなたの好きなものばかりでしょう。」

ヴォロージャは悲しそうに溜息をつく。彼はもう知っているのだ。ママが彼の好きな料理のことを言うときには、無理にでも食べさせるぞ、ということなのだ。お茶の時間にさえ母は、昨日とおなじように、肉を食べさせようと強いるにちがいない。彼にはそう思われた。

## 23

夜、母はヴォロージャに言う。

「ヴォロージャ、あなたはまた、影に夢中になりそうね。それならドアを開けたままにしておいたほうがいいわ。」

ヴォロージャは予習にとりかかる。けれど、背後のドアがひらいていて、そのドアのそばを時おり母が通りすぎてゆくのが、彼には腹立たしかった。

「これじゃだめだよ。」大きな音をたてて椅子を押しやりながら、彼は叫んだ。「ドアが開けっぱなしじゃ、なんにもできないよ。」

「ヴォロージャ、どうしてどなったりするの」と、母がやさしくとがめるように言った。

ヴォロージャはすでに後悔して、泣き出している。母は彼を愛撫しながら慰めようとして言った。

「だって、ヴォロージェンカ、私はあなたの遊びをやめさせようと思って、心配してるのよ。」

「それじゃあママ、ここに座っていて」とヴォロージャは頼んだ。

母は本を手にとって、ヴォロージャの机のそばに腰掛けた。ちょっとの間ヴォロージャは、しずかに勉強していた。けれど母がいるためにだんだんと落着かなくなってきた。

『まるで病人の付添いみたいじゃないか。』彼は腹立たしげにこう思った。

彼の思考はとぎれてしまい、彼は忌々しそうに体を動かしたり、唇をかんだりした。母はしまいにはそれに気がついて、部屋から出ていった。

けれどヴォロージャは安心できなかった。彼は、辛抱のなさを見せつけてしまったことで、後悔の念にさいなまれた。彼は勉強しようとしてみたが、できなかった。ついに彼は、母のところに行った。

「ママ、どうして出ていったの」と、彼はおそるおそるたずねた。

## 24

祭日の前の晩。聖像の前には灯明が点っている。

もう夜も更けて、しんとしている。母は眠れない。寝室のなぞめいた闇のなかで、彼女はひざまずき、子供のようにすすり泣きながら、祈りをあげている。

彼女のおさげ髪は白い服に垂れかかり、彼女の肩はふるえている。彼女は頼みごとでもするように手を胸にあて、泣きはらした目で聖像を見ている。鎖にぶら下げられた灯明は、彼女の熱い吐息にかすかに揺れていた。影が揺らめき、部屋の隅に群れ集まって、聖像の棚のかげでかすかな音をたて、なにか秘密めいたことをささやいている。そのつぶやきにはやるせない憂愁が感じられ、そのゆっくりしたそこはかとない揺らめきには、言い知れない悲しみが満ちていた。

蒼ざめて、大きな、奇妙な目をして、母は力の抜けた足でふらふらと立上がった。彼女はヴォロージャのところへ、音もなく歩いてゆく。影は彼女をとりまき、彼女のうしろでさらさらとやわらかい音を立て、足もとを這いまわったかと思うと、まるでくもの巣のようにかろやかに肩にふりかかったり、彼女の大きな目をのぞきこみながら、なにやらわけのわからぬことをささやいたりしていた。

彼女はそっと息子のベッドに近寄った。灯明の光につつまれて、彼の顔は蒼ざめてみえる。その上にくっきりした、妙な影が横たわっていた。息の音は聞こえない。彼があんまりしずかに寝ているので、母は恐ろしくなった。彼女はぼんやりした影にとりまかれ、ぼんやりした恐怖におそわれて、たたずんでいた。

25

教会の高い穹窿《きゅうりゅう》は暗く神秘に満ちている。夕べに歌われる聖歌がこの穹窿へとたち昇ってゆき、そこでおごそかな悲しみを響かせる。蠟燭の黄色い炎に照らされ、暗く沈んだ聖像画が、神秘的で厳しい眼差しを向けている。蠟と香の暖かな息が、あたりの空気を荘厳な悲しみに満たす。エヴゲーニヤ・ステパーノヴナは聖母の像の前に蠟燭をたて、ひざまずいた。けれど彼女は祈りに没頭できなかった。彼女は自分の蠟燭を見つめた。その炎は揺らめいていた。エヴゲーニヤ・ステパーノヴナの黒い服や床の上に、蠟燭から影が落ちかかり、不吉にふるえていたのだ。影は教会の壁をつたって流れ、暗い穹窿の高みに溺れてゆく。そこではおごそかで悲しみに満ちた聖歌が響いている。

26

次の夜ふけ。

ヴォロージャは目をさました。暗闇が彼を包んで、音もなくうごめいていた。

ヴォロージャは手をひきだしてさしあげ、動かしながら目を凝らした。暗闇のせいで手は見えなかったが、それでも彼には、目のまえで暗い影がかすかにうごめいているように思えた……黒く、神秘的で、孤独な憂愁と悲哀のさざめきを内に秘めている影……

母もやはり眠ることができなかった。憂愁に苦しめられていたのだ。

母は蠟燭をともし、息子の寝ている様子を見ようとして、そっと気づかれぬように息子の部屋にやってくる。

彼女は音ひとつ立てずにドアをあけ、おそるおそるヴォロージャのベッドを眺めた。

一筋の黄色い光がヴォロージャの赤い毛布をさっと横切って、壁のうえで身悸いした。男の子は光のほうに手を伸ばし、胸を高鳴らせて影の後を追った。どこから光がくるかなど、彼は気づきさえしなかったのだ。

彼はすっかり影にのみこまれていた。瞳は壁に釘づけになり、はげしい狂気にみたされていた。光の帯はひろがり、陰鬱で腰の曲がった寄る辺のない旅の女たちのような影が、駆けめぐってゆく。肩にのしかかるみすぼらしい家財道具を、どこかに運ぼうとあわてているかのように。

母は恐ろしさに身をふるわせながらベッドのそばに寄り、ちいさな声で息子を呼んだ。

「ヴォロージャ。」

ヴォロージャは我に返った。ほんのしばらくの間、彼は大きな目で母を見つめて、それから全身をぶるっとふるわせるとベッドからとび起き、母の足もとに身を投げると、彼女の膝にすがりついて激しく泣き出した。

「きっととっても怖い夢を見たのね、ヴォロージャ。」母は悲しそうに叫んだ。

27

「ヴォロージャ」と母は、朝のお茶の時間に言った。「このままじゃだめよ。毎晩影を捕まえようとしていたら、あなたはすっかりまいってしまうわ。」

蒼白い男の子は悲しげにうなだれた。彼の唇は神経質にふるえていた。

「ねえ、どうしたらいいでしょう。」母は続けた。「毎晩二人でいっしょに、ほんのちょっとだけ影遊びをして、そのあと授業の予習にかかったらいいんじゃないかしら。いいわね。」

ヴォロージャはほんのすこし、元気をとりもどした。

「ママ、すてきなママ！」もじもじしながら彼は言った。

28

外にいると、ヴォロージャは夢のなかにいるような、不安な感覚にとらわれた。霧は一面にたちこめて、肌寒く、さびしかった。家々の輪郭は、霧につつまれて異様に見えた。人々の陰鬱な姿が、不吉でよそよそしい影のように、霧にかすみながらうごいていた。なにもかもが、あまりにも異様な光景だった。四つ角でまどろんでいた辻馬車の馬が、霧のせいでとほうもなく大きな、見たこともないような獣に見えた。

警官は、敵でも見るようにヴォロージャを見据えた。低い軒にとまった鴉は、ヴォロージャに悲しみがもたらされるだろうと予言していた。けれど悲しみはすでに、彼の心のなかに忍込んでいた。なにもかもが自分に敵意を抱いているかのように見えるのが、さびしかったのだ。毛の抜けた犬が、門の下の隙間から、彼にむかって吠えだした。ヴォロージャはそんなことに、なにかしら奇妙な腹立たしさを感じた。

通りをゆく子供たちも、ヴォロージャを怒らせ、あざわらおうとしているように思えた。以前なら、こっぴどく懲らしめてやったところだが、今では恐れが彼の胸をいっぱいにして、力が抜けて手があがらないのだった。

ヴォロージャが家に帰ると、プラスコーヴィヤがドアを開け、陰気に、敵意をいだいているかのように彼を見た。ヴォロージャはたまらなくなった。彼はプラスコーヴィヤの陰鬱な顔を見るのがいやで、いそいで部屋のなかに入っていった。

29

母はひとり自分の部屋にいた。たそがれ時で、退屈だった。

どこかで光がきらめいた。

大きな、すこし異様な目をしたヴォロージャが、生き生きと嬉しそうに飛び込んできた。

「ママ、ランプがついているよ。すこし遊ぼう。」

母は微笑んで、ヴォロージャについてゆく。

「ママ、ぼくは新しい形を思いついたんだよ。」ランプを置きながら、興奮した様子でヴォロージャが言った。「見て……ほら、どう。これは雪におおわれた草原。雪が降っている。吹雪。」

ヴォロージャは両手をあげて組み合わせた。

「次は、ほらごらん、おじいさんが歩いてゆく。膝まで雪に埋もれて。歩くのが大変なんだ。一人っきりで。あたりは一面の野原で、村は遠い。おじいさんは疲れはてて凍え、恐ろしくなっている。このおじいさんはすっかりせむしになっている。とても年とっているからなんだ。」

母はヴォロージャの指をなおしてやる。

「ああ！」とヴォロージャが歓声をあげる。「風がおじいさんの帽子をもぎとって、髪の毛を吹き乱して、おじいさんを雪のなかにうずめようとしている。雪だまりがどんどん大きくなってゆく。ママ、ママ、聞いてるの。」

「吹雪ね。」

「あの人はどうなったかな。」

「おじいさんのことかしら？」

「うめき声がきこえる？」

「たすけてくれ！」

ふたりとも蒼ざめて、壁を見つめている。ヴォロージャの手がふるえると、おじいさんは倒れる。

母が先に我に返った。

「さあ、勉強の時間よ」と彼女は言う。

## 30

朝。母はひとり家にいる。気のめいるようなとりとめもない考えに心をうばわれて、彼女は部屋を出たり入ったりしている。

白いドアには、霧のかかった太陽の散漫な光につつまれて、彼女の影がぼんやりとその輪郭を現している。母はドアのまえで立ちどまると、妙に大きな身振りで、手をふりあげた。影はドアのうえで揺れ動きはじめ、なんだかなつかしい、悲しげなことをささやきだした。エヴゲーニヤ・ステパーノヴナの心のなかに不思議な喜びが溢れた。彼女はドアのまえに立って両の手を動かし、異様な微笑みを浮べて、ちらちらする影を追っていた。

プラスコーヴィヤの足音がきこえ、エヴゲーニヤ・ステパーノヴナは、自分が馬鹿げたことをしているのを思い起こした。

彼女はふたたび恐怖にとらえられ、気がふさいだ。

『ここから出てゆかなくては』と、彼女は考えた。『どこか遠くのあたらしい場所にゆかなくては。』

『ここから逃げなくては、逃げなくては。』

すると突然、彼女はヴォロージャの言葉を思い出した。

「そこにも壁はあるよ。どこにだって壁はあるんだから。」

『どこにも逃げ場はないわ。』

彼女は絶望して、蒼白い、美しい手をもみしだいた。

31

夜。

ヴォロージャの部屋の床のうえにランプがともっている。そのうしろの壁近くの床に、母とヴォロージャが腰をおろしている。ふたりは壁を見つめ、両手を変なふうにうごかしている。

壁には影が走り、ほのかに揺れている。

ヴォロージャと母には、それが何を意味しているのかわかっている。二人は悲しげに微笑み、おたがいに何だかけだるい、ありそうもない事を語りあっている。二人の顔は穏やかで、二人の幻ははっきりしている。ふたりの喜びは、なすすべもないほど物悲しく、二人の悲しみは異様な喜びにあふれている。

二人の瞳に狂気が、幸福な狂気が輝いている。

二人のうえに、夜のとばりが降りてゆく。


（貝澤哉 訳）

# 防衛

——クリスマスの物語

ブリューソフ

◆ワレリイ・ヤーコヴレヴィチ・ブリューソフ
Валерий Яковлевич Брюсов 1873–1924

ロシア象徴主義の代表的詩人の一人。フランス象徴詩の翻訳とそのロシア語への応用を集めた『ロシア象徴主義者』全三巻を独力で刊行し、文壇にデビュー。その後、『傑作』『これが私だ』『花冠』などの詩集を次々に発表した。多くの外国語に通じ、西欧文学に深い造詣を持つ。狂気と頽廃の世界に引かれながらも明晰な形式美を追求し、象徴派の中でも特異な位置を占める詩人である。散文では、作品集『地軸』に収められた短編に傑作が多い。これは狂気、エロティシズム、さらにはロマネスクな意匠に満ちた、幻想文学の精華とも言うべき作品集である。「防衛」もその中の一編。また、長編『炎の天使』は、一六世紀ドイツを舞台とした幻想小説である。

この物語をわたしに語ってくれたのは、R大佐である。わたしたちはいっしょに、共通の親戚に当たるM氏の領地のお客になっていた。それはクリスマス週間のことで、客間では、幽霊をめぐって夕べの語らいがはじまっていた。大佐はそれには加わらなかったが、われわれがふたりだけになると（わたしとかれとは同じ部屋で寝ていた）、大佐はタバコを吸いはじめ、つぎのようにわたしに語ったのである。

「これは、二十五年前、いやもっと前かもしれないが、一八七〇年代の中ごろ、わたしの身に起こったことです。わたしは当時、士官に任官したばかりでしてね。わたしたちの連隊は、とある県の小さな町に駐屯していました。わたしたちは、普通に士官たちがやるようにして時をすごしていました。つまり、大盤ぶるまいをしたり、カルタ遊びをしたり、女の尻を追いまわしたりです。

土地の社交界にあって一等ぬきん出ていたのは、S夫人エレーナ・グリゴーリエヴナでした。実をいうと、彼女は土地の社交界に属していたわけじゃないのです。というのは、以前はずっとペテルブルグに住んでいたのですから。ところが、一年前に未亡人となり、この町から十露里あまり離れた自分の領地にひきこもってしまったのです。齢《とし》は三十をいくらか出たところですが、異様に大きいとさえ思えるその両眼には、なにか子どもっぽいものがひそんでいて、それが夫人になんともいえない魅力をそえています。うちの士官たちは全員夫人に熱をあげていましたが、このわたしは、二十代特有のうちこみようで彼女に恋してしまったのです。

うちの中隊長というのがエレーナ・グリゴーリエヴナと親戚筋に当たるので、わたしたちも夫人の家に出入りすることができました。夫人は自分からはいささかも隠遁者めいた様子は見せず、ほとんど一人暮らしだったのに、若いものたちを自由にわが家に迎えてくれました。けれども夫人は、十分な節度と気品をもっておのれを持していたので、だれひとり、いささかなりとも夫人と近しいなどと吹聴するわけにはいきませんでした。口うるさい田舎の連中でさえも、つくりばなしで夫人を中傷するような真似は絶対にできなかったものです。

わたしは恋患《わずら》いにかかっていました。なによりわたしを苦しめていたのは、夫人に堂々と恋を打ち明ける可能性がないということです。エレーナ・グリゴーリエヴナの前にひざまずいて、大声で『わたしはあなたを愛しています』といえるためなら、この世のすべてを犠牲にしてもいいという気持でした。若さというのは、幾分、酩酊状態と似ておりますな。たとえ三十分でも自分の愛する相手とふたりっきりになるため、わたしはやけっぱちな手段に訴えようとしました。その年の冬というのは雪が深くてね。わたしはとりわけ猛烈な吹雪の夕方をえらんで、馬に鞍をおかせ、野原に乗りだしていきました。

まったくそのとき、よくも死なずにすんだものですよ。至るところ一寸先も灰色の壁に立ちふさがれたみたいでしてね。道路の雪はほとんど膝までとどくほど。わたしは二十回も道に迷ったほどです。二十回もわたしの馬は先に進むのを嫌《いや》がりました。わたしはコニャックのひと瓶をもっていたので、それでどうやら凍え死なずにすんだようなものです。十露里いくのに、ほとんど三時間もかかったほどでした。

わたしがS屋敷にたどりつくことのできたのは、まったくなにかの奇蹟といえるでしょう。もう夜もおそく、わたしはやっとのことで門をたたきました。門番はわたしを見て、あっと驚いたものです。わたしはからだじゅう雪まみれで、どこもかしこも凍りつき、まるで氷で仮装しているみたいでした。むろん、突然の訪問をいい訳するためのつくり話は準備してありました。わたしの計算に狂いはありません。エレーナ・グリゴーリエヴナはわたしを迎え入れないわけにはいかず、ひと晩を明かす部屋をわたしに提供するよう命じたものです。

三十分後、早くもわたしは、エレーナ・グリゴーリエヴナとふたりで食堂に腰をおろしていました。ところがエレーナ・グリゴーリエヴナは、非凡な巧みさで恋愛にかんする話題を一切避けて通るのです。夫人のおかげでわたしたちの語らいは、人々でいっぱいの大夜会におけるのとまったく同じものとなりました。夫人はわたしのしゃれや警句に笑い興じていましたが、こちらのほのめかしはさらさら通じないふりをしていました。

それにかかわらず、わたしたちのあいだには一種独特の近しさがしだいに生まれ、そのおかげでふたりとも、いっそう胸をひらいて語るようになっていきました。そして、もはやそれぞれの部屋にひきとるべき時が近づいたと知って、わたしはついに意を決したのです。どうやら、こんな機会は二度とめぐってこないという意識がわたしをかりたてたといえましょう。わたしは自分で自分にいいました。『今日という日を利用しなければ、おまえは自分自身を責めつづけることになるぞ』わたしはわれとわが意を強めて、不意に言葉なかばで会話を断ち切ると、なんともとりとめのないぶざまな調子で、胸にかくしていたことのすべてを、いきなり語りだしたのです。『なんだってわたしたちは知らんぶりをしているんですか、エレーナ・グリゴーリエヴナ！　今日どうしてわたしがここにやってきたか、よくご存知でしょう。わたしがここにきたのは、あなたを愛しているといわんがためです。そしていま、そういっています。わたしはあなたを愛さずにはいられないし、あなたにも愛してもらいたいのです。わたしを追いだすなら追いだしてください。そうしたらわたしは、おとなしく出ていきますよ。もしあなたがわたしを追いださないのなら、わたしはそれを、あなたに愛されている印《しるし》と見なします。わたしは、どっちつかずは嫌《いや》なんです。あなたのお怒りか、あなたの愛か』

エレーナ・グリゴーリエヴナの子どもっぽい目は、水晶のようにつめたくなりました。わたしは、夫人の表情にまことに明快な返答を読みとったので、黙って立ちあがると外に出ていこうとしたのです。夫人はわたしをひきとどめました。

『もうたくさん！　どこへいくのです！　子どもじゃないでしょ。お坐りなさいませ』

夫人は、わたしを自分のそばに坐らせると、まるで姉娘がむずかる幼な子をあやすように、わたしに語りはじめました。

『あなたはまだとてもお若いから、あなたにとっては恋もはじめてのことでしょう。よしんばわたくしの立場にべつの女性がいたとしても、あなたはきっとその女性に恋をなさることでしょう。何か月かたつと、またべつの女に恋をなさいますわ。ですけど、人間の魂を底まで汲みつくすような、べつの愛もあるのです。なくなった夫のセルゲイにたいするわたくしの愛は、そうしたものでした。わたくしは、自分の感情のすべてをすっかりかれに捧げてしまったのです。あなたがいくらわたくしに恋の話をなさっても、うかがっているわたくしの方は、むくろ同然なのです。分かっていただきたいのですが、もうわたくしのうちには、そうしたお言葉を理解できるような力が残っておりませんの。ですから、つんぼを相手にお話しになっているのと同じなのですわ。こんなことを申して、お腹だちになりませんように。ご自分の愛が死人同然のものを惹きつけないからといって、お怒りになるには当たりませんものね』

エレーナ・グリゴーリエヴナは、かすかな微笑を浮かべて語っていました。その様子は、わたしにとってほとんど侮蔑的とすら感じられたものです。わたしには、なき夫への愛をひきあいにだして彼女がわたしを嘲笑しているように思われました。そして顔面蒼白になってしまいました。目には涙が溢れ出てきたほどです。

わたしのただならぬ様子が、エレーナ・グリゴーリエヴナに分からぬはずはありません。見ると、彼女のつめたい目の表情が変わりました。わたしの苦しみが通じたのです。わたしが黙って立ちあがろうとしているのを、彼女は片手でおしとどめると、わたしのそばに自分の椅子をひきよせました。わたしの頰に彼女の息が感じられます。すると彼女は、部屋の中にはふたりだけだというのに、つと声を低めて、まぎれない率直さとやさしい誠意をこめてこう語ったのでした。

『もしわたくしがあなたを辱しめたのなら、許して下さいね。どうやらわたくしは、あなたのお気持を誤解していたようです。あなたのお気持は、わたくしが思っていたよりもずっと真剣なものなのですわ。ですからわたくし、あなたにすべてありのままにお話いたします。おききになってください。セルゲイにたいするわたくしの愛は死んではいません。生きているのです。わたくしがセルゲイを愛しているのは、過去のものとしてではなく、現実のものとしてですの。わたくしとかれとは、けっして別れていないのです。わたくし、あなたの告白を笑いなどいたしませんから、あなたもわたくしのことをお笑いにならないでください。なくなったその日から、セルゲイはわたくしの前に現われるようになりました。目には見えませんけど、現《うつつ》のままにです。わたくしには、かれが近づくのが感じられますし、かれの呼吸にふれることも、やさしくささやく声も聞くこともできるのです。わたくしがかれに答えます。そして、ふたりでひそやかな語らいをつづけるのです。ときどきセルゲイが、かすかにそれと分かるくらいに、わたくしの髪に頰にくちびるに接吻してくれます。ときたま、うす暗がりの中で、鏡に映るかれの姿をぼんやりと見かけることもあります。わたくしはもう、こうした亡霊との生活にすっかりなじんでしまいました。わたくしはいまでもセルゲイを愛しつづけております。それはべつの姿のかれですが、むかし愛していたのと同様に情熱をこめてやさしく愛しています。それ以外の愛など、わたくしにはいりませんの。それにわたくし、この世の境界を越してまでもわたくしを捨てずにいてくれる人にたいして、操を破るような真似はできません。もしあなたが、それはたわごとだ、幻覚だとおっしゃるなら、わたくしはこうお答えいたします。それでもかまいません！　と。自分の愛情のおかげで、わたくしは仕合わせですもの。なにも、この仕合わせをこばむ必要はありませんでしょう？　どうかわたくしを、仕合わせのままにしておいてください！』

エレーナ・グリゴーリエヴナは、この長い言葉をおだやかに、声を高めず、けれども深い信念をこめてのべたのです。わたしはその口調の真剣さにびっくりして、なんと答えるべきかも分かりませんでした。わたしは、一種の恐怖と同情とをこめて、錯乱した女を見るように彼女を見つめていました。けれども彼女は、ふたたび主人役に立ち返って、声をあらためると、これまでの話をすっかり冗談に変えてしまうように、こうわたしにいったものです。

『さ、解放の刻限ですわ。マトヴェイが今夜のあなたのお部屋にご案内しますよ』

マトヴェイとは、この家の老僕です。わたしは、さしのばされた手に機械的にくちづけしました。やがてマトヴェイがやってきて、自分のあとについてくるようにと、無愛想な声でいいました。そして、屋敷じゅうを通りぬけて、準備のととのった寝床へとわたしを案内すると、どうぞごゆっくり、と挨拶をすませ、わたしひとりにして立ち去っていきました。

そのときになって、やっとわたしは幾分正気づきました。自分がまったくつまらない役を演じたものだと、わたしは恥ずかしくなりました。うら若い女性と、ほかにだれもいないような家に二時間もいっしょにいながら、彼女のくちびるにキスすることさえかなわなかったのが恥ずかしくなったのです。その数分間、わたしはエレーナ・グリゴーリエヴナに、愛情ではなくむしろ敵意を感じ、復讐してやりたいという欲望を感じていました。もはやわたしは、彼女の頭の調子が狂っているなどと考えなくなっていました。彼女に愚弄されたように思われたのです。

寝床の上に坐って、わたしはあたりを見まわしました。この家の間取りは知っていました。わたしのいるのは、なくなったセルゲイ・ドミートリエヴィチの書斎です。その隣はかれの寝室になっており、なにもかもが生前とまったく同じままに残されていました。わたしの真正面の壁には、かれの油絵の肖像がかかっています。肖像は黒いフロックコートを着て、フランスの勲章レジオン・ドヌールの綬を佩用《はいよう》していました。いつどういう功績で受けたのかは知りませんが、第二帝制の時代にもらったのだそうです。すると、一種異様な連想が湧きあがり、ほかならぬこの勲章の綬が、まことに奇妙きてれつな計画をわたしに思いつかせたのでした。

わたしとセルゲイ・ドミートリエヴィチは、一見したところ顔立ちが似ていました。むろん、かれの方がわたしより年上です。けれどふたりとも、ロひげを貯え、同じ髪型をしています。もっともかれの髪の方には、白髪がまじってはいましたがね。わたしはかれの寝室に入っていきました。洋服ダンスには鍵がかかっていません。そこで、肖像画に描かれているのと同じフロックコートをさがしだすと、それを一着に及びました。つぎに、勲章の綬もさがしだしました。それから、自分の頭やロひげに白い髪粉をたんまりふりかけました。要するにわたしは、故人になりすましたというわけなのです。

かりにこの計画が成功していたら、おそらくわたしは、恥ずかしくてこんなお話をあなたにできはしなかったでしょう。たしかにわたしの策略たるや、単なるいたずらというにはあまりにひどいものでした。もしわたしがあれほど若くなかったら、彼女だとて絶対に許してはくれなかったところでしょう。それにしても、わたしはこの自分の行いにたいして十分な返報を受けたのです。

着がえをすませたわたしは、エレーナ・グリゴーリエヴナの部屋へと向かいました。あなたはこれまでに夜中、みんなが眠っている家をぬき足さし足で歩いたことがおありですか？　ちょっとした小さな音が、実に鋭く聞こえるし、あたりがしんとしていると、まったく大きな音をたてて床板がきしむものなんですよ！　召使いがいっせいに目をさましはしないかと、何度思ったか分かりませんよ。

やっとのことでわたしは、待ちに待ったドアのところまでたどりつきました。心臓は激しく高鳴っています。わたしは、ドアの把手《とって》を押しました。と、ドアは音もなくひらいたのです。入ってみると、部屋はあかあかと燃える聖像台の燈明にてらされています。エレーナ・グリゴーリエヴナは、まだ横になってはいませんでした。彼女はナイトガウンをまとって、ゆったりとした肘かけ椅子に腰をおろし、机に向かって考えこむように思い出にふけっていました。わたしの入っていったのも、彼女の耳には聞こえません。

数分間のあいだ、わたしはうす暗がりに立ちすくんだまま、一歩も前に進めませんでした。不意に、わたしのいるのを感じとったか、あるいはなにかの物音が耳に入ったのか、エレーナ・グリゴーリエヴナがこちらをふり向きました。わたしを認めると彼女は、わなわなと震えはじめたのです。わたしの策略は期待以上の成果をおさめました。彼女はわたしを、なくなった夫とばかり思いこんだのでした。かすかな叫び声をあげて椅子から身を浮かすと、彼女はわたしの方へ両手をさしのべました。わたしは彼女の喜ばしげな声をはっきりと耳にしたのです。

『セルゲイ！　あなた！　とうとう！』

そしてそれから、すさまじい興奮にゆすぶられた彼女は、またしても椅子の上にうち倒れてしまいました。どうやら気を失ったに相違ありません。

自分がなにをしようとしているのかもはっきり意識せぬままに、わたしは彼女の方にとびかかりました。ところが、わたしが椅子のそばにいったその瞬間、わたしは自分の前に、もうひとりべつの男がいるのに気づきました。それがあまりに突然だったので、わたしは茫然自失の態《てい》で立ちすくんでしまいました。それから、これは自分の前に大きな鏡があるのだというふうに考えました。そのもうひとりの男は、わたしの姿をそっくりそのまま再現しているのです。その男もやはり、黒いフロックコートをまとい、その胸にもやはり、レジオン・ドヌールの綬がかかっています。しかし、さらにつぎの一瞬がすぎて、わたしにははっきりと分かりました。これはまさしく、わたしにその姿を盗みとられた本人に相違ない。そして、おのれの妻を防衛するために墓場からやってきたその人に相違ない、と。すると、ぞくぞくするほどの恐怖がわたしの五体じゅうをさーっと走りぬけたものです。

数秒間わたしたちは、椅子の前でおたがいに向かい合っていました。そこには、たがいに相手から奪わんとしている女が、失神したまま横たわっているのです。わたしは身じろぎもできませんでした。そのとき、その男、この幽霊は、静かに片腕をあげて、わたしをおどしにかかったのでした。

後年、わたしはトルコ戦役に参加しました。ですから人間の死とか、その他の恐ろしいと思われることならすべて、目《ま》のあたりにしてきました。しかし、そのときわたしを捉えた恐怖にもまして恐ろしいものは、いまだかつて味わったことがありません。あの世から出てきた男のこの脅迫は、わたしの心臓の鼓動、血管の血の流れを停止させたほどでした。一瞬、当のわたしの方が、死人のようになりましたよ。そしてわたしは、あたりかまわずドアに向かって走ったものです。

壁づたいによろめきつつ、自分の足音がどんなに大きくひびこうがおかまいなしに、わたしはやっとのことで自分の部屋までたどりつきました。壁にかかっている肖像画を眺める勇気はとてもありませんでしたな。わたしはうつぶせに寝床に身を投げました。一種の黒っぽい感覚麻痺が、わたしを寝床に釘づけにしてしまったのです。

わたしは夜明けに目をさましました。依然として他人の服を着たままです。いたたまれない恥辱感を抱きながら、わたしはそれをぬぎ捨て、元の場所につるしました。自分の軍服に着がえると、マトヴェイをさがしだし、いますぐ帰るからと申しわたしたのです。マトヴェイはいささかびっくりした様子でした。わたしは女中のグラーシャに、奥さんはおやすみだろうかとたずねました。彼女が『よくおやすみになっておいでです』と答えたので、わたしは気をとり直しましたよ。そして、お別れのご挨拶もせずに出かける失礼をあやまっておいてほしいとたのむと、馬を駆って立ち去りました。

それから数日後、わたしは同僚たちといっしょに、エレーナ・グリゴーリエヴナのもとをおとずれました。彼女は、いつもの通り愛想よくわたしたちを迎えたものです。あの晩のことをわたしに思いださせるような言葉は、なにひとつほのめかしませんでした。いまに至るまでわたしには分からないのですが、いったい彼女は、あの晩なにが起こったか知っているのでしょうかねえ。」

（草鹿外吉 訳）

# 魔のレコード

グリーン

◆アレクサンドル・グリーン

Александр Грин 1880–1932

革命前後のロシアにあって、一貫してロマンティックな幻想小説を書き続けた特異な作家。父親はポーランド人で、本名はグリネフスキー。若い頃から冒険を求めてロシア各地を放浪、革命運動に加わって、逮捕されたこともある。グリーンの作品の大部分の舞台となっているのは、非ロシア語的に響く名前を持つ架空の地で、それを総称して「グリーンランディア」と呼ぶ。代表的な中・長編としては、『真紅の帆』『輝く世界』『波の上を駆ける女』など。その他四百編近い短編小説がある。異国情緒あふれるグリーンの世界は、ソ連では社会主義精神に合致しないものとして禁止された時期もあったが、いまだに広汎な読者の根強い人気を博している。

## 1

唇をきつく噛みしめ、自分の坐っていた肘掛け椅子のクッションに両手をついて身を支え、前に乗り出すようにして、ベヴェネルは目の前の光景を見守っていた。その断固たるまなざしは、ぴくりとも動こうとしない。そうして彼が見ていたのは、毒を盛られたゴナセッドの断末魔の苦しみである。

ゴナセッドが陽気な友人に注いでもらった死のワインを飲み干してから、まだ五分も経っていなかった。その晩、ベヴェネルは自分の腹黒い企みをまったく表には出さなかった。いつものように、やたらと笑うばかりで、彼の落ち着きのない目は何度も何度も表情を変えた。常にこんな状態でいるところを人に見せている人間は、その神経質なせわしなさのおかげで、どんな疑惑も打ち消すことができるものだ。たとえ、全世界の滅亡が問題になっているような場合でさえも。

ベヴェネルがゴナセッドを殺したのは、ゴナセッドが歌姫ラスルスの幸せな恋人だったからだ。殺人の動機としては確かに月並みなものだが、だからといってベヴェネルがちょっとした独創性を発揮することの邪魔にはならなかった。彼はある殺人の計画を未然に防ぐためにどうしたらいいか話し合いたいとゴナセッドに言って、犠牲となるべきこの男をホテルの自室に呼んだのだった。その殺人の計画というのは——ベヴェネルの説明によれば——ゴナセッドもベヴェネルも知っているある人間が企んだもので、やはりゴナセッドもベヴェネルもよく知っている人間が殺されかけているというのだ。

ゴナセッドは名前を言うようにと、ベヴェネルに迫った。

2

「その名前はとても危険でね」と、ベヴェネルが言った。「こんなところじゃ、とても口には出せない。なにしろ、劇場には舞台裏に耳があるって言うくらいだからなあ。今晩、ホテルに来てくれないか。〈赤い眼〉ってホテルの十二号室だ。名前はホテルの部屋で教えるよ」

ゴナセッドは丸々と太った男で、好奇心が強く、人を信じやすく、ロマンチックな気質の持ち主だった。彼がホテルの部屋にはいって行った時、ベヴェネルはちょうどビールをちびちび飲んでいて、たいそう上機嫌だった。なにしろ、鉛筆と紙を手に持って、げらげら笑っていたのだ。

「さあ、いいかげんに教えてくれよ」と、ゴナセッドが言った。「誰が誰を殺そうとしているんだ?」

「それじゃ、言おうか」二人はビールを一杯飲み、二杯飲み、三杯飲んだ。しかし、ベヴェネルは言い渋り、ぐずぐずしていた。「つまり、こういうことだ……」ようやく彼は口早に、納得がいくように話し始めた。「今晩は『オセロ』の公演がある。マリア・ラスルスがデズデモーナ役をやり、オセロ役は若いバルディオだ。いいか、ゴナセッド、君は何にもわかっていない。バルディオがマリア・ラスルスに惚れ込んで夢中になっているってことくらい、君の舞台の同僚なら誰だって知っている。ところが、彼女はバルディオを振ってしまったんだな。だから、今晩の舞台の最後の幕で、バルディオはマリアを殺そうとしているんだ。芝居の上のことじゃなくって、本当に殺そうとしているんだ！」

「なんで、もっと早く言ってくれなかったんだ！」と叫び声をあげて、ゴナセッドはさっと飛び起きた。「すぐに行かなくちゃ！　急いで！」

「冗談じゃない」とベヴェネルが反駁して、友人の行く手をふさいだ。「俺たちが劇場に行ったって、何の意味もないさ。バルディオが人殺しを企んでいるなんてことを、どうやって証明するつもりだ？　楽屋をさんざん騒がして、公演を中止させて、証拠もなしにバルディオに殺人未遂の疑いをかけ、あげくのはてには、名誉棄損と中傷の罪で裁判にかけられるのが落ちじゃないか」

3

「確かにその通りだ」と、ゴナセッドが言った。「でも、君はどうして知ったんだ？　それに、どうしたらいいって言うんだ？　もう一時間ちょっとしか残っていない。もうすぐ最後の幕だ……最後の！」

「僕がどうして知ったかは、今のところはまだ秘密ということにしておこう」と、ベヴェネルが答えた。「でも、どうしたらいいかは、分かっている。ラスルスが自分のパートを最後まで歌わないで劇場を離れるようにしなければならない。だから、君が彼女に手紙を書けばいいんだ。自殺しましたって手紙をね」

「何だって？」ゴナセッドは驚いた。「でも一体、どんな理由で？」

「自殺する理由なんか、君にはないさ。そんなことは分かってるよ。君は陽気で、健康で、有名で、人気者だ。でも、それ以外にどうしたら、マリア・ラスルスを劇場から引っ張り出すことができるって言うんだ？　そうだろう！　他人がどんな手紙を書いて、君が死んだってことを知らせてやっても駄目だろう。彼女は陰謀だって思うに決まっている。自分にひどい大失敗を押しつけたがっている誰かの陰謀だってね。そういうのは前例もあることだし。でも、オペラ歌手が心から愛している拍手喝采や、花束や、観客の微笑み――こういったものから彼女を引き離すことができるのは、やっぱり親しい人の死しかないだろう。だからこそ君が自分で、自分の手で、嘘の手紙を書いてマリアを呼び出さなければならないんだ。彼女は君の死体に対面するために、飛んでくるだろうよ」

「でも、バルディオのことを少し話してくれないか」

「今晩あとで話してやるよ。そら、紙と鉛筆はここだ」

「マリアはきっとびっくりするだろうなあ！」ゴナセッドは手紙を走り書きしながら、つぶやいた。「繊細な心の持ち主だからね」

書きつけの内容はこんなものだった。「マリア、僕は自殺した。ゴナセッド。ヴィクトリア通り、ホテル〈赤い眼〉」

4

ベヴェネルは呼び鈴を鳴らし、封をした手紙をボーイに渡してこう言った。「すぐに届けてくれ」一方、ゴナセッドは陽気に微笑んだ。

「マリアは僕のことをさんざん罵るだろうな！」と彼はささやいた。

「いや、喜びのあまり泣き出すさ」とベヴェネルは反論しながら、友人のグラスに毒を注いだ。

「われわれの友情に乾杯！　この友情が末永く続くように！」

「でも、あのバルディオっていう卑劣漢のことを必ず話してくれるんだろうね。ベヴェネル、僕のグラスはもう空っぽなのに、君はまだぐずぐずしてる……あんまり興奮したんで、頭がくらくらするよ……いやあ、何だか気分が悪くなった……ううっ！」

彼はシャツの襟をいきなりぎゅっと引っ張り、立ち上がったかと思うと、殺人者の足下に倒れ、這いずり回る両手で絨毯をしわくちゃにした。その体はぴくぴく震え、頬に血がのぼって赤く染まった。

とうとうゴナセッドは静かになり、ベヴェネルが立ち上がった。

「やつを殺したのはお前だからな、ラスルス！　愚かな女め！」彼は溢れる感情に我を忘れて言った。「俺だって死んだゴナセッドと同じくらい強く、お前を愛していたんだ。それなのに、お前は俺の愛を受け入れなかった。だからゴナセッドは死んだんだ。でも、どうだ、俺は嫌疑をうまくそらしてやった。名人芸だろう」

彼は呼び鈴を鳴らし、医者を呼ぶためにびっくり仰天したボーイを走らせてから、驚愕と絶望の場面の練習を始めた。医者と呆然としたラスルスの前で演じて見せなければならないお芝居のリハーサルというわけだ。

## 5

この一件に関する司法上の捜査は、何の成果もあげることができなかった。オペラ歌手のゴナセッドの死が自殺によるものであることを伝える、彼自身から恋人にあてられた書きつけが本物であることについては、議論の余地はなかった。ベヴェネルは泣きながら、こう言ったものだ。

「ああ、なんてことだ！　僕はなんだか重苦しい気分で、そのホテルに行ったんですよ。亡くなったゴナセッドが来てくれって言うもんですから。ただ、それが何のためなのか、説明はなかったんですが。僕らはとても親しかったんです……二人で飲み始めたんですが、ゴナセッドは何やら考え込んでいる様子でした。と、突然やつは紙と鉛筆を僕から借りると、何やら書いて、その手紙をラスルスに送るように命じたんですね。それから、頭痛薬を飲むと言って、粉薬をグラスに振りかけて、飲み干したかと思うと、気を失って倒れたんです」

どんなに鋭い洞察力を持った人たちでも、楽天的で幸せだったゴナセッドがどうして自殺したのか説明できず、途方に暮れたものだ。ラスルスはしばらく涙に暮れた後、オーストラリアに行ってしまった。一年が過ぎ、悲しい死のことは忘れられた。

一月にベヴェネルは、ロウデンの会社から何枚かレコードを録音しないかと誘われた。その申し出を受けたベヴェネルは、巨額のギャラを受け取って何曲かアリアを歌ったが、その中にはメフィストフェレスのものもあった。「この地上の人類は皆……」というアリアである。それを歌い始めた時、ベヴェネルはゴナセッドのことを思い出した。それは、死んだゴナセッドのお気に入りのアリアだったのだ。ベヴェネルの目には、舞台用のメーキャップをし、手を震わせながら歌う故人の姿がありありと浮かんだ。そして、ベヴェネルは妙な胸騒ぎを感じたのである。体は恐ろしいけだるさに襲われたのだが、声は張りを失わないどころか、いっそう力強くなり、堂々と轟いた。歌い終えた時、ベヴェネルはコップ二杯の水をむさぼるようにして飲み、挨拶もそこそこに、慌ててスタジオを立ち去った。

## 6

一月ほど経ってベヴェネル宅には、客が集まった。歌手、音楽批評家、画家、詩人――こういった面々が、ベヴェネルの舞台活動十周年を祝うために集まって来たのである。主人はいつものように、発作的に笑ってばかりいて、こまめに動き回り、元気だった。花束の間から、ご婦人方の優しい顔もちらほら見えている。部屋中の明かりという明かりがすべて輝いていた。夕食が終わりに近づいた頃、召使が食堂にはいって来て、ロウデンの使いが来たことを取り次いだ。

「それはちょうどよかった」とベヴェネルは言いながら、ナプキンを放り出し、席を立った。「僕がロウデンのために吹き込んだレコードを持ってきてくれたんですよ。さあ、皆さん、このレコードを聞いて、僕の声がうまく録音されているかどうか、おっしゃってください」

レコードのほかにロウデンは、素晴らしい新品の蓄音機を送ってよこした。歌手ベヴェネルへの贈り物というわけだ。一緒に添えられていた手紙によれば、ロウデン本人は病気のためお祝いには来られないとのことだった。召使が蓄音機を準備して針をはめ、ベヴェネル自身が何枚かのレコードをあれこれかき回して、メフィストフェレスのアリアを捜し出した。そのレコードを蓄音機に載せ、レコードの端に針を下ろして、彼は客のほうを振り向き、こう言った。

「このレコードにはあまり自信がないんです。歌った時、ちょっと緊張したものですから。でも、聞いてみましょう」

7

あたりは静まりかえった。レコード盤の上をすべる鉄の針の微かな柔らかい音、ピアノの迅速な和音……そして力強くしなやかなバリトンが有名なアリアを歌い始めた。しかし、何ということだろう、それはベヴェネルの声ではなかったのだ……その溌剌とした発声は、その場に居あわせた人たちが皆よく知っているものだった。その声のあらゆる微妙な表情から判断して、歌っているのが亡くなったゴナセッドであることは明らかだったのである。全員の驚愕の視線が、今晩の祝いの主人公に注がれた。ベヴェネルは笑い出した。しかし、その笑いは耐えがたいほどかん高くわざとらしいものだった。そして、皆は宴席の主人の目付きを見てぞっと身震いした。あちこちで叫び声が上がった。

「何かの間違いだ！」

「ゴナセッドはレコード録音をしたことなんてないはずですよ！」

「ロウデンが他のレコードとごっちゃにしたんじゃないか！」

「聞こえますか」殺された男の声に自分の意思を打ち負かされ、屈伏させられてゆくのに従って、ベヴェネルは力を失い、こう言ったのだった。「聞こえますか？　いま歌っているのはあの男です。私が殺した男です！　私はもう逃げられない。あいつが自分でここにやって来たんだから……レコードを止めてください！」

紙のように顔面蒼白になったプロンプターのエリスが、蓄音機に向かって飛び出していった。その手は震えていた。針を持ち上げて、彼はレコードをはずしたが、慌て過ぎたため——そして恐怖のあまり——そのレコードを床に落としてしまった。バリバリッという乾いた音が響き、黒い円盤はこなごなに砕けて散らばった。

「こんな前代未聞のことを目撃するとはね！」バイオリン奏者のインディガンがレコードの破片

を一つ拾い上げ、しまいながら言った。「でも、これが何であれ――錯覚なのかも知れないし、未知の法則に基づく現象なのかも知れませんが――私は記念にこのかけらを取っておくことにしますよ。今晩私たちを招待してくれた愛すべき友人は、これから警察に手抜かりなく連行されてしまうでしょうが、このレコードの色を見れば、彼の魂の色をいつでも思い出すことでしょう！」

（沼野充義 訳）

# ベネジクトフ

――あるいは、わが人生における記憶すべき出来事
（植物学者Xによって書かれたロマンティックな中編小説）

チャヤーノフ

◆アレクサンドル・ワシーリエヴィチ・チャヤーノフ

Александр Васильевич Чаянов 1888-1939

著名な農業経済学者。モスクワ史家、イコンや版画や古書の収集家でもある。革命直後のロシアで学究生活のかたわら、「植物学者X」のペンネームでロマン主義的な小説を五編自費出版した。ここに収めた「ベネジクトフ」（本邦初訳）もそのうちの一編。これらの作品では、実在の人物や場所を背景に幻想的な物語が繰り広げられ、現実と幻想がないまぜになっており、ホフマンやオドエフスキーの影響が強く感じられる。そのほかの小説に、農民が権力を握る牧歌的な未来社会を描いた『農民ユートピア国旅行記』がある。スターリン時代に「反動的」として逮捕され、銃殺される。後に名誉回復されるが、彼の小説がソ連で再評価されるようになったのは一九八八年以降のことである。

# 甦った夢に

## 1

少し前から、私が好んで読むのはプルタルコスだけになっている。もっとも、正直に言えば、アッティカの英雄たちの成し遂げることは少々型にはまって単調だし、おびただしい戦闘場面には、たびたび閉口させられていた。しかし、気高いティトゥス・フラーミニーヌスや情熱的なアルキビアデース、猛々しいピュルロス、エペイロスの王、その他、彼らに似かよった人たちが無数に描かれているページをめくってみれば、失せることのない魅力がいくらでも見出せるものだ。そうした偉大な人々の生涯をあれこれと思い描いているうちに、人はふと己れの長い人生、今となっては精彩を失って燃え尽きようとしている人生について、考えをめぐらすことになる。

夜ごとモスクワ川のほとりの坂道を散歩しながら、雲の落とす影がルーツコエの草原をすべりゆくのを見たり、バルヴィハの家畜の群れが大儀そうにのぼってゆくのを見たり、りんごの木の枝が果実の重さでたわんでいるのを眺めたりしていると、かつて五月にこの同じ枝で芳《かぐわ》しい春の花が咲いて甘い香りをふりまいていたことを思い出し、人生という行路において万物はまさに流転するのだということをしみじみと実感するものである。

そうすると、戦《いくさ》だけが大事なのでもなければ、哲学者の英知が問題なのでもない、太陽の下で生きているどんな昆虫だって同じだ、神の御前にあっては、私たち自身の人生もサラミスの海戦やジュリアス・シーザーの功績に劣らず記憶に値するものではないか、と思うようになる。

田舎に引きこもって、何年もの間いろいろなことを考えているうちに、私はカイロネイアの哲学者のひそみにならって、ごくありふれたロシア人の生活を書いてみようと思いたった。しかし、誰といって他人の生活については詳しいことを知らないし、蔵書も持ち合わせていないので、少々厚かましいかとも思ったのだが、私自身の身の上に起こった記憶すべき出来事を記すことにした。その中には、読者諸兄の興味をそそるようなことも少なくないのではないかと思う。

私は偉大なエカテリーナ女帝の時代に、わが古都モスクワのサドーヴニキにあるブラゴヴェーシェニエ教区で生まれた。父は、七年戦争でチェルヌィショフが例の有名なベルリン襲撃をしたとき行動を共にした近衛隊大佐だったが、その父については何も覚えていない。母は若くして寡婦となり、大変な貧乏をしながら、私とふたりで大《ボリショイ》トルマーチ通りのどこだったかで暮らし、夏はクスコヴォか、あるいは遠い親戚にあたるシュベンドルフ家で過ごした。シュベンドルフ家のイワン・カルロヴィチは駿馬の飼育場を経営しており、それはゴリツィン公爵の所有するポドモスコーヴナヤ・ヴラヘルンスカヤ、別名クジミンカにあった。ついでながら、老公爵はここを簡単に「製粉所」と呼ぶのが好きだった。

何年も涙ぐましい努力を重ねた母は、亡くなった父上の知人や友人の尽力もあってのことだろうが、うまい具合に私をモスクワ大学付属寄宿中学に入れてくれた。その中学のことを思い出すと、今でも敬虔な気持ちになる。ああ、友よ！　私たちの父であり恩人であるアントン・アントーノヴィチに対して私が昔も今も変わらず感じるこの気持ちを、はたして書き表すことなどできようか。お辞儀とダンスはラミラリ先生が教えてくれ、有名な俳優のサンドゥノーフが私たちの子供演劇を指導してくれた。

一八〇四年に、暗赤色の襟とカフス、それに金ボタンのついた青い新しい制服を着て、私は晴れの卒業式で、学校主任の手から学業優秀の証である剣をもらい受けた。

大学生活の一年目については何も書くまい。シュヴァロフやメリッシーノやヘラスコフの作りあげたものについては、すでにシェヴィリョフの天才的なペンがうたいあげているのだから、私が今さら繰り返すまでもないだろう。ひとつだけ言っておくとすれば、私の生活が一連の記憶すべき出来事に巻き込まれ、そのためにそれまでの流れからそれることになったのは、私がバウゼ教授のもとでスラヴ＝ロシアの古美術の研究に携わるようになってから、すでに半年が過ぎた頃だったということだ。

一八〇五年五月、コンスタンチン・カライドーヴィチと一緒にコロメンスコエ村から帰る途中のことだった。私は、彼が辺境地域の石の意義やホローピーの町について意気揚々と話すのをぼんやりと聞き流し、それよりも、高く澄みわたった春の空でさえずっているヒバリの声にむしろ耳をすましていた。やがて町にはいり、道づれと別れると突然、私は胸に異常なほどの圧迫感を感じた。まるで魂の自由も心の明瞭さも永久に失われ、誰かの重い手が私の頭蓋骨を砕いて脳にのしかかったように思われたのである。それからは一日じゅうソファに横になったまま、フェオグノストに何度も何度もポンス酒を温めてもらう日が続いた。それまであったスラヴ＝ロシアの古美術に対する興味は、私の心から跡形もなく消えてしまい、以前にはちょくちょく通っていた愛書家のフェラポントフのところにも、夏の間じゅう一度も行けなかった。

モスクワの街路を歩きまわったり劇場や菓子店を訪れたりしている間にも、私は町に不気味で圧倒的な何ものかが確かに存在することを感じていた。こうした感覚は、時に弱まったかと思うと、今度はおそろしいほど強まったりするので、額には冷たい汗がにじみ、手には震えがくるのだった——誰かが私を見つめており、今にも私の手をつかもうとしているように感じられるのだった。

この感覚は私の生活を台なしにしてしまったばかりか、日を追うごとに強まってゆき、とうとう九月十六日の夜半には決定的なものとなった。こうして私は、世にも不思議な出来事の数々を体験する羽目になったのである。

金曜日だった。私は友人のトレグーボフのところに長居して、夕方まで腰を落ち着けていた。彼は窓もドアもきっちりカーテンで覆い、『新キロペジヤ』を私に見せながら、モスクワのマルチネス派フリーメーソンの事業について秘密めかした話をした。

家に帰る途中、私は耐えがたいほどの圧迫感に襲われ、それはメドクス劇場のそばを通りかかった時にいっそう鋭い重圧感となった。

いくつもの灯明が巨大な劇場を照らし出しており、その建物の中に、私を苦しめた謎を解く手がかりが隠されているような気がした。まもなく私は、この仮装した円形劇場の中にはいり、客席へと足を向けていた。

2

私が静まりかえった薄暗い客席にはいっていった時には、もう芝居は始まっていた。フリーゲルランプがアル・ラシードの宮殿のゆらめく影を照らしており、赤紫色のマントをはおった女優コロソヴァが、弦の響きに身をゆだねてすべるように回転していた。コロソヴァは舞台の上の女王だった。私は、何度でも繰り返し「ブラボー！」と彼女に声をかける気になっていた。ところが、指示されたとおり二列目の席に腰をおろしたとたん、コロソヴァもカリフの宮殿のおとぎ話のような情景もすべて、私の心からすっと消えてしまった。静まりかえった客席の暗がりの中で、何か月ものあいだ私の心をねじ伏せてきた例の「圧倒的で支配的な」何ものかの存在を、はっきりと、いやと言うほど感じたのである。この時、思いがけずくっきりと思い出したことがあった。それは、子供のころ、窓格子の蜘の巣にひっかかったために蜘が近づいてくるのに動けないでいる虫をアリーナおばさんに見せられたことだった。

「ブラボー！　ブラボー！」コロソヴァの舞台が終わると、今度は海賊たちが、囚われのギリシャ女たちの魅力をイスラム教の君主に向かって歌いあげる番だった。私は椅子にしっかりとすわり直し、望遠鏡を舞台の方へ向けて、自分を圧迫している内なる感情に打ち勝とうと努力した。

小さな丸いレンズの中で、女たちの腕やあらわな肩が次々に通りすぎてゆく中に、客席の暗がりの方をじっと見入っている緊張した愛くるしい顔があらわれた。

首にほくろがあったことと、規則正しい息づかいに合わせて胸の上でサンゴの首飾りが上下していたことが、この場面を一生私の記憶に焼きつけることになった。

何かを求めるような彼女の視線には、やりきれないほどの従順さと心の苦痛が見てとれた。彼女も私も、ある同じ運命的な力におとなしく従っているのだ、ということが明らかなような気がした。それは、私たちに重くのしかかる容赦ない力なのだった。

舞台が進行してゆく中で、私はしばしの間、彼女の姿を見失い、近眼のため望遠鏡なしではすぐに見つけられないでいた。

そうこうするうちに、舞台には新たに白人や黒人の女奴隷が次々と登場し、パ・ド・ドゥの列が複雑なピルエットを見せる群舞《コール・ド・バレエ》に変わった。

突然、痛々しいまでに苦しげな声が私の心を深く突き刺した。その声を聞いて、私は再び彼女だとわかった。望遠鏡の丸いレンズに、再び彼女の魅惑的な顔とそのまわりに波打つ白い巻き毛があらわれた。

彼女の声は深みがあり、憂いに満ちており、許しを乞い願っているようだったが、イスラム教のカリフの許しを願っているのではなかった。その声はカリフにではなく、私たちの心を支配する者に向けられていたのだ。私は、そいつの悪魔のような意思と地獄のような息づかいを、暗がりの中で自分の右手すぐそばにはっきりと感じていた。

カーテンがおり、幕間の休憩となった。私の視線は何かを求めて、紺や黒の燕尾服の揺れる波間をさまよい、ぱたぱたあおがれる扇やきらりと光る片めがね《ロルネット》、絹のドレス、ブラバント地方のレースでできた肩かけなどの間をぬって、はたと止まった。間違えるはずはなかった。奴だ！

この運命の出会いが私にどのような不安やどのような感情をもたらしたか、うまく表現する言葉が今は見つけられない。そいつは、どちらかと言えば背の高い方で、少々流行遅れになったグレイのフロックコートを着ていた。髪は白くなりかけ、生気のない目はまだじっと舞台の方に向けられている。私の席から右の方へほんの数歩行ったところに腰かけ、座席の袖に肘をつき、機械的に片めがねを右目にあてたり左目にあてたりしている。

まわりに炎の舌があるわけでも、硫黄の匂いがたちこめているわけでもなく、すべてがごく平凡でありふれていた。しかし、その悪魔的な平凡さに「圧倒的で支配的なもの」がみなぎっているのだった。

その男は、ゆっくりと疲れたように舞台から視線をそらし、廊下に出た。私はまるで影のように、アウグスブルグの自動人形のように、そのあとを追ったが、そばに寄る勇気もなければ、退散してしまうだけの力もなかった。

男は私に気がつかなかった。ぼんやりした様子で廊下をぶらついていたが、どこからともなく聞こえてきた鐘の音に促されて観客が再び客席に戻り始めると、立ちどまり、人の少なくなってゆくロビーをうつろな目で見まわしてから、劇場の内階段を降り始めた。

私も彼のあとを追って、それまで知らなかった内通路を歩いていった。通路にはごくまばらに、ぼんやりと明かりがともっているだけだった。暗くじめじめした廊下、どこかへ通じている上り階段、そしてメドクス劇場の影を飲み込んだ壁——私には、まるでミノタウロスの迷路のように思えた。

不意に明るい光線がきらめき、ドアが開いて、ギャザーのある重いマントに身を包んだ女性がほとばしる光とともにこちらの方へ出てきた。その女《ひと》は、放心した様子で何も言わずに彼の差し出した手にすがり、スカートをさらさらいわせながら、急いで私のそばを通り過ぎ、階段の曲がり角に姿を消してしまった。

私にはその女《ひと》が誰だかわかった。名前まで知っていた。第一の女奴隷を演じる歌手はナスターシャ・フョードロヴナ・Kだとポスターに記されていたからである。

3

幻想的なモスクワの夜景のおかげで、私は少しだけ気分が晴れた。劇場を出た私は、見上げるほど大きいかと思われる黒い馬車が、ナスターシャ・フョードロヴナを乗せて、コピョー通りの救世主《スパース》教会の角でペトローフカ通りの方へ曲がり、いずこへか消えてゆくのさえ目にした。

私は夜のモスクワの町並みを愛しているし、友よ、私は好んで、あてもなく夜のモスクワを一人きりでさまよい歩く。

そんな時は、眠りについた家々が、まるでおもちゃの家のようになるものだ。私の足音も、目をさました番犬の吠え声も、庭園や中庭の静けさを乱したりはしない。わずかに明かりのともっている窓があれば、それは私にとって、静かな生活、乙女の夢想、孤独な夜の思索があふれる場なのである。

教会は物思いに沈み、人気《ひとけ》のない通りにはよく、アプラクシン宮殿の陰気な列柱や、天に向かってにょきっとそびえ立つパシコフ家の建物、その他偉大なるエカテリーナ女帝の鷲が落とす石の影が思いがけず浮かびあがったりする。

ところがその夜は、不安にさいなまれた私の心は冷静な観察どころではなかった。悪魔的な出会いがあるにちがいない、という考えが頭にこびりついて離れず、ひどく苦しかったのである。いや何か考えていたというわけでさえなかった。思考の動きは止まってしまっていた。私は、水に沈んでいるかのように、例の見知らぬ男についての淀んだ動きのない思考に沈んでいたのである。

ふと私は、強く押されて立ち止まった。ぼんやりしていたため、湿った霧の中で背の高い将校に肩をぶつけてしまったのだ。その将校は低い声で何やら悪態をついた。

モスクワの霧の中で、その男は巨人のように大きく見えた。流行遅れの軍服を着ているので、奇妙なことに、七年戦争の英雄たちにそっくりであった。

「ああ、あんたか！」その巨人は私を射るような目つきで眺めまわしてそう言うと、あかあかと灯のともった建物にはいり、ばたんと表ドアを閉めた。

私はさっぱりわけもわからずに、夜の暗がりの中で輝いている、内側の曇った窓ガラスを茫然と見つめていたが、ようやくシャブルイキン旅籠《はたご》の向かいに立っていることに気づいて、うす暗い通りの方へ引き返した。

そして再び、物思いに沈んだ。考えは、黒い糖蜜の中に落ちたハエのように固まって動かず、五感はすべてどうしようもなく弱まってしまったが、あるひとつの感覚だけは鋭くなり、異常なまでに研ぎすまされた。町のどこかの通りを巨大な黒い馬車が、見知らぬ男を乗せて走っており、こちらに近づいたり遠ざかったりしているのだということを、じめじめしたモスクワの霧を通して、はっきり感じていたのである。

しつこくつきまとうこの感覚から何とか逃れようと、私は強く頭を振り、夜の空気を胸いっぱいに吸いこんだ。

左手にはシロヤナギの黒々としたシルエットがくっきりと浮かんでいた。行く手は、税務庁の土塁が長く連なって暗闇の中に溶け込んでいた。その向こうには、マリーナ・ローシチャ地区の家々が眠たげな様子で重なり合っていた。霞がかかり、午前零時にはまだだいぶ時間があった。

私は家に帰りたいと思い、頭の中に家までの最短コースをもう描いていた。フェオグノストを起こして、キイチゴを煎じさせ、ポンス酒を温めさせようなどと考えていると、再び発作がぶりかえしてきたのがわかった。またしても真っ暗な町を黒い馬車が近づいてくるのを感じて、私は駆け出したくなった。しかし足が地面から生えたようになり、全く動きがとれなくなってしまった。恐ろしい四輪馬車が通りから通りへと飛び移りながら、だんだんこちらに近づいてくるのが感じられた。馬車が近づくにつれ、舗装された道ががたがた揺れている。冷や汗が額を濡らし、すっかり力の抜けてしまった私は、倒れないようにシロヤナギの幹にもたれかからなければならない有様だった。

息苦しい数分が過ぎると、右手から世にも恐ろしい馬車があらわれた。三日月が青く震える光を放つ中、車輪のスプリングを揺らしながら、土塁に沿ってその馬車はやってきたのである。御者台には、高いシルクハットをかぶった御者がすわっており、ガラスのような目を大きく見開いていた。

馬車が私のすぐそばまでやってくると、突然、扉が開き、白いドレスに身を包んだ女性が、全速力で走っている馬車からころげ落ち、ドレスに足をとられて地面に倒れた。手には何かをかかえている。馬車は遠ざかりかけたが、急に向きを変えて止まった。車体が不自然なほど激しく横に傾いた。

すると見知らぬ男が降りてきて、女の方へ急いで寄っていった。女はあのナスターシャ・フョードロヴナ、ナースチェンカだったのだが、飛び起きると、「もう私を支配する力は持っていらっしゃらないのよ！」と叫びながら池の方に向かって走り出した……。しかし池まで行きつくことはできず、両手に持っていたものを頭の上に持ち上げると、満身の力をこめてそれを水の中に放り込み、どうと倒れた。よどんだ夜の池の水が、投げられたものを飲み込んだ。

見知らぬ男が近づいていった。ナースチェンカが激しく泣き出したため、私の心はすっかり恐怖にとらわれてしまった。彼女を助けに飛んでゆきたいのはやまやまなのだが、一歩も足を踏み出すことができず、またしてもその男にすっかり支配されている自分を感じながら、魔法をかけられたように土塁のわきに立っているばかりだった。

「おい！」その男の威圧的な声が聞こえ、私の足はそちらに向かった。

その男と二人でどうやって私のナースチェンカを地面から助け起こして馬車に乗せたのだったか、どんな風に私が彼女の隣にすわり、どんな風に馬車が走り出したのだったか、まるで覚えていない。記憶にあるのはただひとつ、池のほとりに身をかがめ、執拗に何かを捜している見知らぬ男の猫背の姿を、去りゆく時に、夜霧の中で私が長いこと眺めていたということだけである。

4

ナースチェンカの家は、ナスターシャ・ウゾレシーチェリニツァ教会のすぐそば、ニェグリンカ川のほとりにあった。そこへ彼女を運び込んだ時、母親のマリヤ・プロコフィエヴナは驚きのあまり手を打ち合わせた。

この善良な婦人は（天国に安らぎ給え）、すぐにあれやこれやの仕事にとりかかった。二人でナースチェンカを、カレリア白樺でできた柱時計の下のソファに横たえると、マリヤ・プロコフィエヴナは私にサモワールを火にかけてくるよう言いつけ、自分はナースチェンカのコルセットをゆるめた。

彼女の意識を回復させるのには、ずいぶん時間がかかった。かわいそうに、ナースチェンカは泣いたり、いろいろわけのわからないうわごとを言ったりした。

夜が明けてきた。三番鶏が時を告げると、いとしい可愛い人は正気に戻り、私たちににっこり微笑みかけて、また静かに寝入った。モスリンのカーテンや窓ぎわに並べられたローズマリーの枝を透かして、朝空がバラ色に染まったのがわかった。マリヤ・プロコフィエヴナは、必要のなくなった蠟燭の火を消した。ナースチェンカは規則正しい静かな息をして胸を上下させており、金色の巻き毛が薄手の亜麻の枕カバーに広がっていた。朝の静寂の中で、時計のチクタク鳴る音がとりわけ意味深く、落ち着いて聞こえた。やがてコピョー通りの救世主《スパース》教会のあたりで、朝の祈禱を知らせる鐘が鳴った。

私は残念な気持ちで椅子から立ち上がり、帰ろうと思って帽子を捜し始めたが、マリヤ・プロコフィエヴナは私を帰そうとせず、一緒に朝のコーヒーを飲んで行ってくれとしきりに頼むのだった。この善良な婦人は、私をまるで古くからの知り合いのように迎えてくれたが、実はそれ以前には一度も会ったことはないのだった。

この日のことは決して忘れないだろう。この日、目にしたあらゆるものが、私にとっては記念すべきものとなった。光沢のある床に敷かれたマットも、クラヴィコードや開かれたままのモーツァルトの楽譜も、陶器や銀の食器が入った食器棚も……。しかし最も強く記憶に残ったのは、マホガニーの背もたれで朝日の斑点が眠気を誘うように物憂げにちらついていた、ふかぶかとしたソファと、凝った額に入れられてソファの上に飾られていたラデン地の繊細な墨絵のポートレートであった。

マリヤ・プロコフィエヴナは、銅製のだるま形ポットで私に三杯目のコーヒーを注ぎ、ナースチェンカを助けた時の様子を聞かせてくれと私に催促するのだった。もう五度目だったが、請われるままに私が話していると、ドアがきしみ、バラ色の部屋着をまとったナースチェンカその人が寝室から出てきた。私の話を耳にして、真っ赤になっていた。

5

すでに日が傾いていた。私は、ペトローフカ通りをアルバート街の方へ向かって歩いており、それほど大きくない青い封筒を手にしていた。封筒の表には、ナースチェンカの筆跡で「アルバート街マドリッド館のピョートル・ペトローヴィチ・ベネジクトフ様へ親展」と記してあった。封筒には、つんと鼻にくるスミレの匂いの香水がふりかけられていた。私の心には形容しがたい嫉妬が湧き起こってきたが、私には嫉妬をする資格などないのだった。

私はぼんやり歩いていたので、ペトロフスキー門の近くで、英国クラブに集まってきた著名人たちの馬車にあやうく跳ね飛ばされるところだった。クラブの白い壮大な柱廊は、金色に色づいた秋の葉々に埋もれて、やってくる客人たちを迎え入れていた。秋の並木道の連なりは鮮やかな喜びに満ちあふれており、空の青さを際立たせていた。雲の塊がモスクワ上空に張りついていた。誰かを待っている様子で私の前をゆっくり歩いている新たなるモスクワのダナエーに、秋の金色が降りかかっていた。彼女は青い洋服を着ており、細い手には、萎れたアスターの花束を握りしめていた。

ベネジクトフは三十八号室の真ん中で、使い古され脂で汚れた緑色のソファに腰かけ、羅宇《らお》の長いキセルを吸っていた。派手なブハラの上衣を着て、毛深い胸を覗かせていた。部屋はちらかり、いろいろなものがあちこちに放り出されていたが、トランクや長持の蓋が開いているので、旅行をするつもりだということが察せられた。テーブルの上には鍛造した鉄の手箱があった。

「何だ、君か?」ベネジクトフは、不満そうな態度で冷淡に私を迎えた。私は大いに動揺していたが、黙って彼に手紙を差し出した。しぶしぶ手紙を受け取った彼は、筆跡に目をくれると、びくっと身震いし、「何だって⁉」と叫んで立ち上がった。そして汗のにじんだ額を両手で拭き、明るい方を見やってから封書を開封し、ひどく気を高ぶらせながら読み始めた。

私は、自分の役目は終わったと踏んだので、運命的な手紙を手にしたベネジクトフを部屋の真ん中に残して、気づかれないように立ち去る方がいいだろうと考えた。

家具付き下宿の階段は唾で汚れてうす暗く、すっぱいキャベツの匂いがした。顔中にきびとそばかすだらけの男の子が、唾をつけながら軽騎兵の深長靴を磨いていた。外に出て、私はほっと安堵の胸をなでおろした。

ああ、紳士諸君、自分が惚れ込んだ当の相手から封印した手紙を預かって、他の誰かに届けるというのは、きわめて骨の折れる仕事である。

どこに向かうともなく、水たまりの中を歩いていると、再び、他人の意思が私の心にのしかかってくるのが感じられた。誰かの意思が私に引き返すようにと命令していることがわかり、苦しかった。私はコートをぴったりかき合わせ、そいつの思うとおりになどなるものか、自分の行きたい方へ行くのだ、とかたく心に決めた。私の心はまるで、嵐に襲われて風に身をよじったヤナギが、嵐の激しくなる中で枝を折り曲げているのに似ていた。

しかし私の意思は次第に薄弱となり、誰かの、スチクスの川の水のように陰気な悪魔の意思に、跡形もなく溶けてしまったのである。

私は三十八号室のドアを音もたてずに開け、悪い事をした生徒のように鴨居のところに立った。ベネジクトフは光り輝き、部屋は変貌していた。

旅のために用意されていた品々がソファの下に片づけられ、テーブルの上を見ると、ボヘミアンガラスのワイングラスにはシャンペンが泡立ち、カキやリンブルク産チーズがモスクワの温室で作られた種々の果実に混じって並んでいた。

「何て礼を言ったらいいんだ、ブルガーコフ！」ピョートル・ペトローヴィチはそう言いながら私にグラスを差し出した。「大天使ガブリエルだって、君ほど嬉しい知らせをもたらしちゃくれないだろうからなあ！　まったく！　少しでも君に理解できたらいいんだがな、ブルガーコフ。鎖を振り落として自由になった心が、この俺を愛してくれているんだ！」

飲みかけのワインが数本残っていた。ベネジクトフはすでに相当酔っており、私をテーブルにつかせると、酔って好意的になった口調で、食べ物をあれこれとしつこくすすめた。

シャンパーニュ地方の泡立つ液体のせいで舌がよくまわるようになった彼は、私を前にして、恋の悩みを打ち明けるのだった。やがて、ますます酔いがまわり、たえまなく「まったく！　少しでも君に理解できたらいいんだがな、ブルガーコフ！」と繰り返すようになったが、しまいには凶暴になり、宝石入りの鉄の指輪がきらめく大きな手で拳を作ってテーブルをどんどん叩き出した。その叩き方があまりに激しかったため、蠟燭はゆらめき始め、グラスは床に落ち、不安をかきたてるような音をたてて割れた。「俺はツァーリだ！　俺にくらべたら、君なんか虫けらにすぎないんだ、ブルガーコフ！」と彼は叫んだ。「さあ、泣いてみろっていうんだ！」すると私は、心が悲しみで満たされるのを感じた。無情にも喉がけいれんでつかえ、目から涙が流れ出たのであった。

「笑え、奴隷の魂め！」ベネジクトフがあらん限りの声で笑いながらそう続けると、今度は、明るい痛ましい喜びが私の悲しみを洗い流してしまった。テーブルにばらまかれた桃も、割れたグラスの破片も、ワインのしみがついた皺だらけのテーブルクロスの上の燭台や灯のゆらめいている蠟燭も、すべてが喜びを鳴り響かせているように思えた。

「俺の支配力ははてしなく大きく、憂いははてしなく深い、ブルガーコフ！　力が大きければ大きいほど憂鬱は深いんだ」そして彼は涙にむせぶ声で、次のように話し出した。「人類の魂は彼にぬかずき、彼の意思の命ずるままに屈している。彼はナースチェンカを愛し、彼女の愛が欲しい。しかも服従ではなく、自由な愛が欲しい。彼の意思の命令で生まれる愛ではなく、魂の自然な動きで生まれる愛が欲しいのだ。今までは彼女を永久に失ってしまうのがこわくて、彼女に対する支配力を捨て去ることができないでいた。しかしあの夜、ナースチェンカの魂を支配する力から離れたら、神は彼女の自由意思による愛で報いてくれた。私が持って行った青い封筒こそ、そのことを知らせる通知だったというのだ。

ベネジクトフは次第に分別を失ってゆき、両手を振りまわして部屋を歩きまわりながら、熱に浮かされているかのように取りとめもないことを口走った。彼の姿が動きまわって作り出す影（と言ってもひとつではなく、いくつもの影だが）が、壁にゆらゆらとうごめいていた。カーテンを引いてない窓から冷たい月の光が差し込み、燭台で燃えている蠟燭の黄色っぽい光とひとつに溶けあっていた。零時を知らせる救世主《スパース》塔の鐘の音が鈍く聞こえてきた。

「何もわかっちゃいないんだ、君は！」恐ろしい話し相手は、急に私の目の前で立ち止まった。「この鉄でできた手箱の中に何があると思ってるんだ？」彼は、酔いのせいで何もかも暴露してしまいたいという発作にかられて言った。「君の魂がはいってるんだぜ、ブルガーコフ！」

## 6

夜中の二時頃だった。ベネジクトフは自分のグラスを満たして、ぐいと飲み干すと、話を続けた。

「それでだ、真っ暗がりからその部屋にはいると、何か硫黄みたいな匂いの混じった強いタバコの煙で目がかすむほどだった。煙は何本も筋をなして、重そうにたなびいている。蠟燭のかわりに灯明皿にすえられた花ランプは、まるでアルコールを燃やしているみたいに、赤や青の炎の舌を出してきらめいている。黒いラシャのかかった大きな丸テーブルでは、カードに混じって金色の三角形が輝いている。紳士《ジエントルマン》が三十人ぐらい、赤と黒のフロックコートを粋《いき》に着こなして黒いシルクハットをかぶっているんだが、どいつもこいつも俺の連れと同様、痔持ちみたいな顔色で、時たま罵り声をあげる他は誰も一言も口をきかずにゲームをしている。ウィトチャペル通りで、たけり狂った聖職者どもから救ってやった赤毛の男は、すぐ近くの紳士たちと握手していたが、俺のいることとなんかまるで忘れてテーブルについた。

ほったらかしにされたんで、あたりを見まわしてみた。初めその部屋は、丸天井になっているのかと思ったが、何かの燃えるいやな匂いのする渦に目を凝らした限りでは、全く天井がないか、それとも天井が透明なのかどっちかだった。何しろあたり一面、無数の星が、細い筋状の煙に覆われてぼうっと光っているんだ。右手の奥には、ばかでかい彫像がそびえ立っていたが、悪魔アシュマダイが何かの儀式のためにヤギの姿をしているところだってわかった。ブラントンの本にちょうど同じのが描かれているからな。凶暴なアシュマダイの格好ときたら、どうしようもなく忌わしくていやらしくて、とても口にできたもんじゃない。彫像は頭のてっぺんから足の先まで、青い炎を出す糞にまみれている。次から次へとやって来る訪問客どもは、悪魔の神に供えるために、ぶるっと激しく身ぶるいをして腹の中を軽くするんだ。この黒ミサから立ちのぼる悪臭が、怪物の頭の上でたいまつを二本振り上げている太鼓腹のおいぼれ祭司イエロファントを覆い隠していた。ラシャをかぶせてあるテーブルが、灰色のもやの中で明るい斑点のように浮かんで見える。テーブルについている紳士たちは、カードに精を出しているか、がつがつ物をたいらげているかだ……。まるで魔女どもが夜会を開いているかのようだったが、そうは言っても、ここにいるのは男ばかりだった。

『へえ、シリュセン〔ドイツ語で終える、閉じるの意〕』と、みすぼらしい老人が声をかけて俺の手を引っぱり、しばらく席を離れるから代わりにゲームをやってくれと言って、カードをよこした。勝ち分は山分けにすると請け合うじゃないか。

俺は自分が何をしているのかもよくわからないまま席についたが、手にしたカードに目をくれたとたん、どっと血が頭に流れ込み、こめかみのあたりがどくどく言い始めた。

手の中で震えていたのは、世界じゅうのポルノ芸術が蒼ざめるような代物ばかりだったんだ。そこに描かれた、今にも張り裂けんばかりに盛り上がった尻や胸やあらわな腹を眺めていると、目が充血してきた。そいつらが自分の指の下で本当に生きて呼吸をし、動いているのを感じて、ぞっとした。赤毛の男がこちらの脇腹をつついた。俺の番なのだ。胴元がカードをめくると、それはスペードのジャックで、何か淫らなけいれんを起こしたいやらしいニグロだった。切り札のクイーンをそれに重ねて置くと、ニグロとクイーンはからみ合い、官能的な動きをしながら転げまわった。胴元は俺にまばゆく光る三角形を投げてよこした。すると、まるでハンマーで叩かれているみたいに、こめかみを血が激しく打った。しかし顔に出してはまずいと思い、ゲームを続けた。来たカードは、もつれ合った人々が繁殖の神プリアプを賛えて、めちゃくちゃな乱痴気騒ぎをしているもので……俺に有利に働いた。

例のみすぼらしい紳士が戻ってきた時、テーブルの上には、俺の目の前に相当な金貨の山ができていた。そいつは思いがけず嬉しかったと見えて、三角形をいくつかつかんで、俺の手に押し込むと、背中をぽんとたたいて『へえ、シリュセン』と叫んで、またゲームにのめりこんだよ。俺は悪魔のカードから離れ、血走って濁った目でホールを見まわした。ロンドンの悪魔クラブにいるってことは、もう疑うべくもなかった。何とか逃げ出さなくては。ウィトチャペル通りで出会った赤毛の紳士は、まずこちらの役には立つまい。さんざん負けたもので、頬ひげがぜんまいさながら、狂ったように縮んだり伸びたりしている……幸い、赤いフロックコートに琥珀色のなめし革ズボン、黒のシルクハットといういでたちをした、半分腹の突き出たチビデブが二人、目にとまった。二人は何か言い争いをしながら、近くにいるやつらに別れの挨拶をしている。どうやら出口の方へ向かっているようだ。俺は誰にも気づかれずに二人のあとを追った。そいつらは頑丈なレンガの壁に近づいたかと思うと、歩調をゆるめることもなく、そのまま壁の中に溶け込んでしまった。俺は右肩を前にして壁に突進した。冷たい石にぶつかるものとばかり思っていたのに、どうだ、壁の表面に触れるが早いか、もうピカデリー・ストリートの夕方の雑踏にまぎれこんでいるじゃないか」

ベネジクトフは一旦話を止め、汗ばんだ額をハンカチで拭いて、グラスを一気に干すと、先を続けた。

「宿に戻り、手に入れた七つの三角形をテーブルの真ん中に並べてはみたものの、どういう意味のあるものなのか、長い間わからなかった。それは金や、おそらくプラチナでできた厚い板で、表にアイク・ベカーのマークと魔法陣が刻み込まれている。ひどくこすれていて、かなり使われたらしい。アシュマダイの黒ミサの悪魔的な炎を内に秘めているように思えた。

どうしたものかと困って、ひとつ手にとって眺めながら考え込んでいると、俺の内部で新しい感覚が芽生え、だんだん膨らんできた。それまでなかったような感情が込み上げてくるのが感じられる。そして目がきくようになり、どういうわけか自由に物を刺し貫いて視線がどこまでも飛んでいくんだ。

青っぽい何か煙のようなものの中に（とは言っても、煙の中というのでもなく、壁の上というのでもない、新しい感覚の仕方をどう説明していいのかわからないんだが）、ベッドでしきりに寝返りを打っている娘が見えた。俺は胸が高鳴ったよ。夢にうなされて娘は毛布をはねのけ、美しい裸体を俺の目の前にさらけ出した。俺は胸がいっぱいになった。すると、その顔が見えないので、どうしても顔を見たいという気持ちでいっぱいになった。すると、その願いを聞き入れるかのように、娘は苦しげな様子でこちらを向いたんだ。その顔のきれいなことと言ったらなかったぜ！　裸の胸もすごくきれいなんだ！　次に、娘に目をあけてもらいたいと思うと、娘はぱっちり目をあけた。目を覚まして、ベッドに腰かけて怯えている。立ち上がってほしいと思うと、娘はこわばった様子で苦しそうに立ち上がった。シュミーズが足元にずり落ち、一瞬にして、まるで海の泡から生まれたキプリダのように目の前に立っている。それから、はっと我に返ってシュミーズを急いで身につけた娘は、イコンの収められた聖像箱《キオット》の前に跪いた。その中では燈明がかすかに燃えていた……するとキリストの顔が俺の心を睨みつけ、幻はかすんでしまった。

俺は手から三角形を落として、ずいぶん長いこと、虚空ばかり見つめていた……一時間か、もしかすると二時間ぐらいたったかもしれない……薪は暖炉で燃え尽きかけている。徐々に自分を取り戻して、もうひとつ別のプラチナ製三角形を手のひらに置いたが、ぞっとしてあやうく落としそうになってしまった……壁が左右に分かれて道をあけたところに、ジャネッタ・レクラークがいるじゃないか。パラス劇場の女優で、俺が口説き落とせなかった女さ。ジャネッタは上半身を起こした格好でソファに横になっており、ソファのすぐわきにはスコットランドの近衛隊将校が跪いている。服装が乱れ、優しげな態度をしているところを見ると、二人が逢い引きをしていることはまず間違いない。ジャネッタは身を震わせながら、けだるそうに、むきだしの腕と半開きの唇を男の方に差し出していた。そこで全神経を張りつめて、ジャネッタに跳びのけと命令したんだが、支配力はジャネッタには及ばない。ジャネッタは、白髪混じりの大佐をむきだしの両腕で抱いた。俺はかっと頭にきて、今度は男の方に『立て』と命じた。すると、男はおとなしく言うことを聞き、ジャネッタの抱擁を払いのけて跪いた姿勢から立ち上がった。それで、俺が支配しているのは男の魂の方なんだということがわかった。ところが、女のずうずうしさっていうのは全く不可解なもんで、ジャネッタは体を寄せて男にしがみつきやがった。俺は怒り心頭に発した。スコットランド人の全筋肉を支配しているのを感じながら、やつの両手でジャネッタの喉をつかみ、ジャネッタの体がけいれんを起こすまで、がむしゃらに喉を絞めあげてやったのさ。

その様子からジャネッタの死んだことがわかると、さらに意志の力をふりしぼって、スコットランド人が暖炉の角に頭を打ちつけるよう仕向けた。

幻は消え失せ、三角形は破け散って塵になり、あとには火傷をした時のような感じが残った。俺は長椅子にどうと身を投げ出し、重苦しい夢を見ながらまどろんだ。

翌朝、恐ろしい夢を見たってことを話そうと思ってジャネッタの家に行き、どれほど身の凍るような思いをしたか、話す必要もないだろう。そこで目にしたのは、野次馬に取り囲まれた家と絞め殺されたジャネッタ、そして夕べのスコットランド人が部屋のすみで頭蓋骨を打ち砕いて横たわっている姿だった。俺の人生は火が消えたようになってしまった。ロンドンの悪魔どものところで手に入れたものは、人間の魂だったんだ」

7

ベネジクトフはますます酔いがまわって、話が支離滅裂になってきた。過去の幻影が彼の脳をずたずたに引き裂いているのだ。彼は肘かけ椅子に深く沈み込んで、羅宇《らお》の長いキセルをふかし、その煙を胸の奥まで吸い込んでいた。死そのもののように蒼ざめた彼は、上院議員クリュー卿と結婚したばかりのうら若いレディの魂と身体を思うままに操り、通りがかりの重い足が野の花を踏みにじるようにそのレディの人生を台なしにしたが、彼女はアルデバラン星の魔法陣によって自分の魂が支配されているなどとは夢にも思わなかったはずだ、などと語った。

彼は、手箱を開けて、残っている四つの三角形を私に見せたが、もうひとつあったナースチェンカの魂の護符は、彼女がマリーナ・ローシチャの池に投げ込んでしまったため、見つけられないでいると言った。

すっかり酩酊したベネジクトフは、誰の魂かわからないプラチナ板を拳で叩き、姿を見せろと命令したり、ひどい言葉を投げつけたりしていたが、そのうち落ち着きを取り戻し、私の魂を賭けてピケット遊びをしようという誘いに喜んで乗ってきた。私は難なく、あっと言う間に彼を負かし、悪魔の三角形を震える手につかんだ。蠟燭が燃え尽きそうになり、消えた。くすぶっているランプの明かりで、ベネジクトフが重い頭をテーブルに沈めたのが見えた。

私が死人《ミョールトヴィ》横丁を走って墓場《マギーラ》横丁の昇天《ウスペニエ》教会のあたりに来た時、救世主《スパース》塔の鐘が三時を打った。

8

私は、一連の、世にも不思議な出来事に打ちひしがれて、秋の水たまりをぴちゃぴちゃはねながら歩いたが、心臓は高鳴り、目はらんらんとしていた。モスクワの夜のとばりが私を飲み込んだ。どこをどう歩いたのか覚えていない。下品な女が後ろから私にどなりかけてきて、スカートをまくり上げ、どぶの方へ誘った……巡査には二度、呼び止められた。気がつくと、目の前に光の反射しているのが見えたので、振り向くと、クールスク行き軽量郵便馬車の宿駅があかあかと照らし出されていた。

ここは、ぽつぽつと降り出してきた雨を避けて、夜明けを待ちながら考えをまとめることのできそうな唯一の場所だった。中にはいって、雨の滴を払った。雨はいちだんと激しくなった。宿駅の大きな部屋では、明かりが二つ、ほの暗くともっていた。

右手の小さなテーブルでは、客が何人か、ひとかたまりになってウォッカのハーフボトルを二本囲んでおり、カウンターの向こうでは、もう初老のヤロスラヴリ出身の主人がうたた寝をしている。左手の大きなテーブルには、ここに宿泊している男がたった一人ですわっていたが、その顔を見て、私は思わず背筋が寒くなった。

それは、いつかの晩、私がぶつかったあの風変わりな将校だったのだ。男はすわって書きものをしていた。ちらちらと燃えて丁子頭のできた蠟燭が、流行遅れの旅行用軍服や丈の高い長靴を照らしており、私はまたも七年戦争の英雄たちを思い出してしまった。

部屋の空気が極度に張りつめているのが感じられた。見たところ海千山千の客たちは、鷹が近づいてくるのを見て鳴きやむちっぽけな小鳥のように、鳴りをひそめているらしかった。グラスのウォッカも喉を通らないらしい。削り方が下手なためにきゅっきゅっと鳴るペンで紙きれに何か書きつけている将校を、みな陰気に見つめている。やがて、この正体不明の男はペンを投げ置き、書いたものを四つに折って、拍車の音を響かせながら出口に向かった。

「馬の用意をしろ、ペトルーヒン、一時間したら出発だ」とその男は主人に言い、水たまりをざあざあ叩きつけているどしゃ降りの雨の中に出て行った。

「とんでもない悪党野郎だぜ！」口の中でぼそぼそとこう言ったのは生気のない男だったが、それが古文書記録係だということはわけなくわかった。「あんな奴に出くわすなんて、ろくなことにはならないな」記録係の友だちが引きとってそう言い、ボトルをつかんだ。

「おい、駅長さんよ、あのしゃらくさい奴は誰だい？」

「セイドリッツですよ」実直なヤロスラヴリ出身の主人は、なぜかひどく用心深げに、丁重に答えた。

「で、何者なんだい?」

「それが誰にもわからないんですよ！　いろいろ噂されてましてね。二年ほど前になりますか、奴はノヴォトロイツキーに間借りしてたんですが、いかさま師のヴェルリンスキーを窓から放り投げましてね。そいつは死んじまったって話ですよ！」

名前は聞きおぼえがあるように思われた。生気のない男が、ますますやつれたような顔をして、「ペテルブルグにいた時、セイドリッツとやらのことを聞いたことがある。こう言ってはなんだが、世にも不思議な様子でひょっこりペテルブルグにあらわれたんだ」と言い出した。

「その頃パリで、メスメルとかいう男が暗躍してててな、何か棒みたいなものを使って誰でも思いのままに操ってた。そいつが何か言うと、誰でも言われたとおりのことをする。命令されると、何でもそのとおりやっちまうんだ。たとえば閣下だって、狼になれって言われたら、四つんばいで這いまわって吠え出すし、伯爵夫人だって、あんたは鶏だって言われれば、コケッコケッコって鳴き出す始末さ。

それでだ、聞いた話なんだが、ある時そいつがドイツ軽騎兵の大佐に、妊娠七か月めだってなことを言いつけたのさ。すると隊長さんの腹が膨らんだんだが、その時ふんばりすぎて当のメスメルがぽっくり死んじまった。誰も魔法をとくことができないもんだから、隊長さんも二か月ほどして死んだ。プロシャ王の侍医がその腹を裂いて赤んぼを取り出してみると、体じゅう緑色でねばねばした、頭のでかい赤んぼだったんだってさ……」

ドアがきしみ、拍車ががちゃがちゃ鳴ったので、話はここで途切れた。セイドリッツが戻ってきたのだ。彼は革袋と、五か所も封蠟で封印された手紙を駅長に放り投げた。「朝になったら司令官に送り届けてくれ」セイドリッツは勢いよくそう言うと、また出口に向かった。そこにいた連中はみな口を閉ざした。覆いかぶさっていた夜の恐怖が正体をあらわした。どしゃ降りの雨なのに、セイドリッツのコートは全く濡れておらず、一滴の水滴もついていないことに、全員はっきり気がついたのだ。私はまもなく勘定を済ませて、外に出た。

9

朝方眠ったために、私はずっと気分が良くなっていた。おろされたカーテンを通して、太陽の光が差し込んでいる。丸い太陽の斑点が、中国人を象《かたど》った磁器や彫り模様のあるピストルの柄の上でちらつき、部屋を静かにうっすらと明るくしていた。そのピストルは、父がルミャンツェフ＝ザドゥナイスキー将軍に贈り物としてもらったもので、私が寝床がわりにしている長椅子の上の壁にかけてあった。

数か月のあいだ心にのしかかっていた圧迫感が、きれいさっぱり消えていることに私は気づいていたが、どういうわけか、賭けで勝ちとった三角形のことは思い出しもしなかった。それほど、自分自身の運命など取るに足らないもののように思えたのだ。私は気が抜けたようになってしまい、喜びも悲しみも感じなかった。どうしたことか、何に対しても意欲が湧かなかった。ただナースチェンカのことを考える時だけ、心が輝いてくるのだった。

それにしても、ナースチェンカにとって私など何ほどのものだろう？　しかし同時に、ナースチェンカのいない私の人生など考えられないではないか？

私が青い小さな家にはいっていった時、そこではすべてが喜びに輝いていた。マリヤ・プロコフィエヴナが、袖まくりをして、味付け8の字パン《クレンデリ》をクッションの上に置こうとしているところで、ローズマリーやティー・トゥリーが喜びの芳香を放っていた。新しい青いリボンを結んでもらった白猫は、喜んで背中をいっそう丸めている。クラヴィコードの弦が今にも自らモーツァルトの歌を奏でそうに思える。ナースチェンカはカールした髪や、白いさらさらいうドレスの上に羽織ったレースの肩かけのギャザーを鏡の前で直していた。嫉妬にさいなまれ、悲しい気持ちで私が耳にしたことは、ベネジクトフが一時間もしたら、つまり二時には来ることになっていること、パラスケヴァ・ピャトニッツァのワシーリイ神父がじきじき婚約式のためにやって来てくれること、私はとても非凡でとても親切で人に幸福をもたらす人間だ、ということだった。

二時を知らせる鐘が鳴った。ニコライ・ポリカルポーヴィチ叔父さんが着飾った妻を伴ってやって来た。髪に大きなリボンをしたうら若い娘たち、つまりナースチェンカの演劇仲間も二、三人来て、みなで8の字パン《クレンデリ》を味見した。三時近くになり、ワシーリイ神父がやって来た。次第に喜びが心配へと変わっていった。来ている人たちは、食べ物をつまみ、ボナパルトの話をし、もう一度食べ物をつまんだ。神父は、五時頃また来ると言って、帰っていった。空気は重苦しく恐ろしいものに変わった。私は、胸の内で罪深い喜びの感情を押し殺していたが、最後には、いったい何があったのかベネジクトフのところへ行って様子を見てこようと申し出た。私はナースチェンカの眼差しが自分に注がれているのを捉えたが、その目は期待と感謝にあふれていた。ほとんど走るようにしてペトロフカ通りを急いだ。

アルバート広場に近づいた時、目に飛び込んできたのは、行き交う人々が不安そうな顔をし、何かすべてが平静を失っている光景だった。家具付き下宿「マドリッド」は庶民がおおぜい取り巻いており、わきには見覚えのある警察署長の幌馬車が止まっていた。給士人も警官も、なかなか中へ入れてくれなかったが、私が名のって、ピョートル・ペトローヴィチ・ベネジクトフに用があるのだと告げると、誰かに空いた手で肘をつかまれ、かなり乱暴に三十八号室に押し込まれた。中にはいるや、私は足がすくんでしまった。

部屋はめちゃくちゃにひっかきまわされており、必死でつかみあった跡が見てとれた。部屋の中央の、肘かけ椅子の破片やしわくちゃになったカーペットの中に、頭蓋骨をぶち抜かれたピョートル・ペトローヴィチが横たわっていた。ザゴレリスキー二等大尉が、部屋の所有者である女性を相手に取り調べを行なっていたが、その大柄な女性はすっかり蒼ざめていた。

## 10

中二階のある小さな青い家が目の前にあらわれた時には、もう私は完全に、まるっきり怖じ気づいてしまい、それ以上、一歩も前へ足を踏み出すことができなかった。今夜だけでもナースチェンカが何も知らずに眠ってくれれば！　ナースチェンカの不安が、暗澹たる絶望に変わってしまうようなことがなければいい！

私は帰宅して、鏡を覗いた。カレリア産白樺の枠の中から、痩せこけた顔がこちらを見ていた。まぶたの重く垂れた落ちくぼんだ目には、ぞっとするような光が認められた。無理にでも夕食をとろうとしたのだが、温かいポンス酒をふた口飲んだだけで、とてもものを食べる気にはならなかったので、ソファに床を作って二本のパイプにもう少しきっちりカプスタンを詰めるよう、フェオグノストに言いつけた。

夜が更けてきたが、取りとめもない考えが次から次へと湧き、着がえて横になることすらできなかった。私は何も理解できないまま、燃え尽きようとしている蠟燭の炎をぼんやり眺めていた。すると、カーテンを閉め忘れていた窓をこつこつと叩く音が聞こえ、私は重苦しい思考を断ち切られた。

大天使のラッパも、これほど私を揺り動かしはしなかっただろう。窓に駆け寄った私が曇ったガラスを通して月光の中に見たのは、髪も覆わず、木綿の厚いショールに身をくるんだ姿のナースチェンカだったのだ。

「助けて下さい。人殺しがすぐそこまで追ってきているんです！」

あれこれと余計なことをたずねたりはしなかった。すぐに、羞恥心をかなぐり捨てて（ああ、友よ！　こういう時にも羞恥心を忘れてはいけないではないか！）、シュミーズ一枚で立ちつくしていたナースチェンカに、急いで自分の男物の洋服を着せると、二人で塀を乗り越え、司祭の奥さんの家の庭へ降りた。私の手は父のピストルをしびれるほどぎゅっと握り締めていた。その時、私の家のドアを誰かが重々しく、しつこくノックするのが聞こえてきた。半時間後に、私たちはサドーヴニキにある、以前から知っている旅籠に着いた。そして夜明けには、子供時代からの私の友人であり乳兄弟でもあるチェレンチイ・コクリンが、駅馬券もパスポートも持っていない私たちを、キルジャチ市に住んでいる私の母の姉ペラゲーヤ・ミニーシュナおばさんのところへ、自分の持っている三頭立て馬車《トロイカ》で送り届けてくれたのだった。

11

「……とまあ、こういうわけなんです、ペラゲーヤおばさん。これ以上のことは僕も知らないんです」私は話を終えて、年老いたおばさんの方を見た。人のいいおばさんは溜め息をつき、私たちの世話にとりかかったが、何も聞いたりはせず、時折じっとナースチェンカの顔を見たり私の顔を覗き込んだりするだけだった。

ナースチェンカにはイギリス製フランネルで簡単なワンピースを仕立てたが、そのワンピースはすばらしくよく似合った。もっとも、おばさんの持ち物だった、エリザヴェータ・ペトローヴナ女帝の時代やエカテリーナ女帝の栄えある時代に流行した裾広がりのドレスだって、同じくらいナースチェンカにはよく似合ったけれど。

最初の数日、いとしいナースチェンカは、檻に入れられた動物のように身動きもせずにソファの端にすわったまま、何か驚いたような目で私たちを見ていた。嬉しいような寂しいような気持ちではっきりと思い出すのは、家事を終えて私たちのそばに腰をおろしたおばさんが編み棒をせっせと動かして靴下を編んでおり、ナースチェンカが残り少ない黄葉が落ちようとしている庭を眺めて、白い猫を撫でながら物思いに沈んでいた日々のことである。私はと言えば、ナースチェンカの足元に陣取って、コッェブーの著作やカラムジン氏の旅行記や偉大なデルジャーヴィンの感動的な詩篇などを読んでいた。

ああ、友よ、何とはるか昔になってしまったことか!

一週間後、私はモスクワに行き、ナースチェンカの家が焼けてしまい、マリヤ・プロコフィエヴナは行方不明だということを知った。

およそ一か月というもの、私は外国旅行用パスポートをとるために奔走しなければならなかった。当時もパスポートを手に入れるのは、今と同じく大変なことだったのだ。結局、私たちがプロシャ国境を越えたのは、ようやく十月の終わりになってからだった。フリードリヒ大王の暮らしぶりをいまだに残しているベルリン、あまたの望楼とライン川の灰色の波が美しいケルン、金や女や軍事的栄誉の雷鳴のせいで清廉潔白なマクシミリアンの遺訓にも蓋をしてしまったパリ。こうしたことが目の前をよぎっていった。

ナースチェンカは、自分のかたわらで起こっていることに全く関心を示さなかった。私の方は深刻な悩みに沈むようになった。母は亡くなる時に、それまで大切にとっておいた父の遺産を私にくれたのだが、その遺産のはいっているビーズの財布が日ごとに軽くなってゆき、将来のことが心配になってきたのである。私とナースチェンカは、互いにどうしようもなく惹かれていたが、二人の関係は本来あるべき姿ではなかった。ナースチェンカは結婚のことはまるで考えたがらなかった。寝る時は部屋にしっかりと鍵をかけてしまう。私が、根掘り葉掘り身の上をたずねてみると、主に子供のころのことや演劇学校のことを話してくれたが、それもしぶしぶだった。宿命的な秘密がナースチェンカの心に重くのしかかっているような気がした。私たちの行く手にもう一度、悲劇の仮面《マスク》があらわれて再び血が流されないと、二人の幸せは揺るぎないものにならないのではないか、そんなふうに思えるのだった。

一八〇六年四月二十九日、私たちがフォンテンブロー付近の森を散歩していた時のことである。ここは、何世紀にもわたってフランスの王たちが狩りをし、フランソワ王が自分の城を飾るフレスコ画について考えたところである。キヅタの巻きついたブナの幹や、棘のある低木が私たちの行く手をさえぎっていた。道に迷ったのではないかと心配に思った矢先、突然、フェンシングの剣を交える音が聞こえてきた。顔を上げてナースチェンカを見ると、彼女は死ぬほど蒼ざめ、木々の茂みを通して向う側の草地を見つめている。その視線の先に目をやると、緑の草の上で、騎兵隊の派手な制服を着た男たちが、やっきになって長剣を振りまわしている二人の決闘を、じっと観戦しているではないか。私は、決闘をしているうちの片方がセイドリッツだとわかって戦慄を覚えた。するとこの瞬間、セイドリッツがナースチェンカの姿を認めて、一歩後ろにあとずさった。相手の剣が稲妻のようにピカッと光って、セイドリッツの胸を突き刺し、セイドリッツは叫び声をあげて草の中につっぷした。介添人が走り寄った。

“C' est fini!”初老の将校が、息絶えたセイドリッツの手をとって叫んだ。

「ここから連れ去ってください」というナースチェンカの囁き声が聞こえた。

夕方ナースチェンカが、おいおい泣きながら、途切れ途切れに話してくれたところによると、あの運命の夜、酔っぱらったベネジクトフは、自分の言うことを聞かない悪魔の魂をずっと待ち受けていた。それがやってくると賭けをしたが、負けたため、ナースチェンカをセイドリッツに渡すことになってしまった。そして、このプロシャ人から無理やり受渡書を奪い返そうとして、殺された、ということである。

「これで私は自由になりました」ナースチェンカは話し終え、私に両手を差しのべた。この夜、彼女は寝室のドアに鍵をかけなかった。

12

これ以上、何をどう書いたらいいのか私にはわからない……私の人生を揺さぶった記憶すべき出来事は、もうだいぶ前にけりがついてしまった。その中で主要な登場人物はと言えば、私ではなかった。神はいみじくも、人間としての境界線を踏み越えてしまった人物の死に私を立ち会わせ、宝物のような貴重な遺産を私の手に譲り賜うた。

私とナースチェンカは、その年モスクワに帰り、コピヨー通りにある救世主《スパース》教会で結婚式をあげた。生活は何のかげりもなく流れてゆき、グルジヌィ通りに建てられた私たちの小さな家は、例のフランス人ナポレオンがやって来ても、火災にも強盗にも見舞われなかった。ナースチェンカは舞台をやめて家事にいそしんだ。しかし私たちは子供には恵まれなかった。だから、ドンスコイ修道院にあるナースチェンカの墓へ、私は全く一人ぼっちで詣でに行っている。

これで私の人生については話が尽きた。最後にひとつだけ付け加えておけば、例のフランス人との戦争から五年ほどもたった頃だったか、ミニン氏とポジャルスキー公爵を記念する碑の除幕式があり、私たち夫婦は招待券をもらったので、着て行く礼服を捜して長持の中をかきまわしていたら、私の古い学生服が見つかり、そのポケットから金色をした私の魂の三角形が落ちた。長いこと私たちはどうしていいかわからず、不思議な気持ちでその三角形を眺めていたが、やがてトランプ遊びのアクリカをやって、私はナースチェンカに負け、その三角形をとられてしまった。ナースチェンカは震える手でそれをつかむと、首にかけている十字架に結びつけた。実に不思議なことだが、それ以来、私は病気も悲しみも知らずに生きてきた。杖をたよりにモスクワ川のほとりの坂道を歩きまわっている今も悲しみと無縁なのは、ドンスコイ修道院の棺の中で、ナースチェンカが私の魂を守ってくれているからなのだ。

（沼野恭子 訳）

# 博物館を訪ねて

ナボコフ

◆ウラジーミル・ウラジーミロヴィチ・ナボコフ

Владимир Владимирович Набоков 1899-1977

ペテルブルグに生まれ、一九一九年革命を逃れて亡命、ケンブリッジ大学に学ぶ。ベルリンやパリを拠点として、シーリンの筆名によってロシア語で執筆。一九四〇年にナチス・ドイツに追われてアメリカ合衆国に渡る。これ以後、執筆に用いる言語を、幼時から母国語同様に習得していた英語に切り換える。『ロリータ』(一九五五)のスキャンダルのため国際的に有名になり、それ以後奇蹟的な「言葉の魔術師」として英語圏の作家に多大な影響を与え続けているが、一九八六年以降はソ連でも解禁され、ロシア作家として再評価する機運が高まっている。ロシア語で書かれた長編に『マーシェンカ』『死刑への招待』『賜物』など。「博物館を訪ねて」はロシア語で書かれた数多い短編の一つである。

数年前のこと、控え目に言っても一風変わったパリに住む友人の一人が、僕がモンティゼールの近くで二、三日過ごそうとしているのを知って、そこの博物館に立ち寄ってくれと頼んできた。彼の知るところでは、そこにはルロワの筆による彼の祖父の肖像画があるはずだった。笑って両手を広げながら彼はかなり曖昧な話をしてくれたが、正直言って、僕はかなり上の空で聞いていた。というのは、他人の執念深い話題が好きでないこともいくらかあったが、一番の理由は、その友人に関しては幻想のこちら側に踏みとどまっていられる能力をいつも疑っていたからだった。おおよその話は、日露戦争時に祖父がペテルブルグの家で亡くなった後、パリの家の家具は競売に付され、それからはっきりしない流浪の果てにこの肖像画は、画家ルロワの生まれた町の博物館に買いとられた、というものだった。友人は、そこに本当に肖像画があるのか、もしあればそれは買い戻せるのか、そしてもし買い戻せるのならいくらでか、を知りたがった。なぜ自分で博物館に問い合わせないのかと尋ねると、何回か手紙を書いたのに返事がないと彼は答えた。

僕は内心では依頼に応えないでおこうと決めた。病気とかルートの変更とかを口実にして。僕は博物館であろうが古めかしい建物であろうが、どんな名所にも吐き気を覚えるのだし、おまけに、憎めない変人の頼み事は全く馬鹿げた話に思えたのだ。ところが、意外な事態がおきた。死に絶えたようなモンティゼールの通りで文房具屋を探してさまよいながら、どこを曲がろうとも切れ目毎にそびえ立っている同じ首の長い大寺院を呪っている時、たちまちかえでの葉が落ちるのをみるみる速める程激しい雨に襲われた。南国の一〇月はもうどっちに転ぶかわからない。僕は軒下に駆け込み、気がつくとそこは博物館の石段だった。

博物館は多彩な石で積まれた小さな家だったが、円柱を備え、破風の壁画の上には金色の銘刻があって、ブロンズのドアの両わきには、ライオンの足をした二つの石のベンチがあった。ドアは半分開かれていて、その向こうは驟雨の閃きと比べると薄暗く見えた。僕は石段に立っていたが、屋根がせり出してはいたもののそこも次第に斑を帯びてきた。それから、雨が長びきそうなのを見て、仕方なく入ることに決めた。僕が玄関ホールの滑らかでよく響く敷石に歩を進めたとたんに、遠くの隅で腰掛が重々しい音を立て、新聞をのけて眼鏡越しに僕を見ながら、博物館の守衛がこちらに向かって立ち上がった。片方の袖に手のないありふれた傷痍軍人だ。一フラン払うと、（サーカスのプログラムの最初のように、決まりきってつまらない）入口のあれこれの彫刻を見ないようにしながら、僕は部屋に入った。

すべてあるべき姿そのままだった。灰色、物象の眠り、非物質化された物質性。傾いたビロードの上にすりへったコインをのせた戸棚。その戸棚の上には二羽のふくろうがいて、直訳して言うと一羽は「大公」、もう一羽は「中公」と名づけられていた。ほこりだらけの厚紙で作られた開いた棺には、栄ある鉱物が収められ、三角ヒゲをつけて驚き顔をした紳士の写真が、種々の大きさの古めかしい黒い球の一群の上に身をそびやかして、その球は傾いた陳列棚の下で、名誉ある位置を占めていた。その球は凍った糞をすぐに思い起こさせ、その性質や組成、用途はどうしても推し測れなかったので、僕は思わず考え込んでしまった。フランネルの靴底を鳴らして後を追いながらも、いつも僕からつつましやかな距離に身を置いていた守衛が、今度は片手をうしろに、もう一方の手の亡霊をポケットに入れて、喉仏から見ると何かを飲み込み直しながら近づいて来た。「これは何ですか?」と僕は球について尋ねた。「科学ではまだわかっていません」と彼は疑いなくまる暗記した言葉で答えた。彼は更に同じインチキ臭い調子で「これは名誉勲章を受けた市の参事官ルイ・プラディエ氏が一八九五年に発見したものです」と続けてから、震える指で写真をさした。「わかりました。でも、これが博物館に置く価値があるということは、誰が何故決めたのですか?」と僕は聞いた。「では、次にこの頭蓋骨を御注意ください!」と明らかに話題を変えようとしながら、老人は威勢よく叫んだ。「それにしても、これが何でできているかがわかれば面白いのに」と僕は彼をさえぎった。「科学では……」と彼はまた言い始めたが、急に言い淀んで、ガラスのほこりがついた自分の指先を不満気に眺めた。

僕はその先を見てまわった。おそらく海軍将校が持って来たらしい中国の花瓶、孔の多い化石の数々、濁ったアルコールに漬けた青白い幼虫、赤と緑で書かれた一七世紀のモンティゼールの地図、それから喪のリボンで縛られた鋤とシャベルと鶴嘴《つるはし》の三つのさびた道具。「過去を掘り返すのか」と僕はぼんやりと考え、陳列ケースの間を巧みにすりぬけながら、おずおずと音もなく後を追って来る守衛には、もう解説を求めなかった。最初の陳列室の向こうに、まるで最後の部屋のように次の陳列室があったが、その中央には汚ない浴槽のような大きな石棺があって、壁には絵がかかっていた。

二つの（牛がいて雰囲気のある）厭わしい風景画の間に、たちまちに男性の肖像画を認めると、僕は近づいてみたが、それがこれまで僕にはあてどもない理性の偶然のこしらえものとしか思えなかった当の絵であることを発見して、いささか仰天した。油絵具でかなり見ばえせずに描かれた男は、フロックコートを着て、頬ひげをはやし、紐つきの大きな鼻眼鏡をかけて、オッフェンバッハに似ていたが、卑しい紋切り型の手際にもかかわらず、その特徴の中に恐らく友人と類似した面を見分けることができたろう。黒い背景の隅には洋紅で「ルロワ」の署名が書かれていたが、作品そのものと同じように、平凡だった。

僕は肩にすっぱい息を感じて振り返ると、守衛の善良そうな眼と出会った。

「教えてほしいんだが」僕は尋ねた。「もし仮に誰かがこれかどれかの絵を買いたいとしたら、誰に申し出なければいけないのだろうか？」

「博物館の財産は町の名誉です。名誉は売ることはできません」と老人は答えた。

僕は彼の雄弁を恐れてあわてて同意したが、それでも博物館長の住所を聞いてみた。彼は石棺の話をして注意をそらそうとしたが、僕は自説を曲げなかったので、とうとう老人はムッシュー・ゴダールとかの名前を教えて、どこで探したらいいのか説明してくれた。

はっきり言って、肖像画の存在は僕を愉快にさせた。たとえ自分の空想でなかろうとも、空想の実現に立ち合うのは楽しいものだ。僕はすぐに事を終わらせようと決意した。実際、いったん僕は興がのったら、もう押し止められはしない。素早いよく響く足取りで博物館を出ると、雨はもうやんでいた。空には青色が広がり、はねをあびたストッキングの女性が自転車をこいでいて、まわりの町にだけまだ雨雲が立ちこめていた。大寺院はまた僕と隠れんぼを始めたが、今度は僕が出しぬいた。歌を歌っている若者でぎっしりいっぱいの赤い小型バスの狂暴なタイヤにもう少しで轢かれそうになった後、僕はアスファルトの通りを横切り、一分後にはムッシュー・ゴダールの門のベルを鳴らしていた。彼は痩せた初老の男だったが、ハイカラーで、胸にのりづけしたワイシャツを着て、ネクタイの結び目には真珠をつけ、顔は白いボルゾイ犬にひどく似ていた。それどころか、僕が彼の部屋に入っていった時、彼は封筒に切手を貼りながら、まるで犬のように舌なめずりをしていた。彼の部屋は小さかったが、家具が豪華に備えつけられていて、書きもの机には孔雀石のインクスタンドが置かれ、壁暖炉《カミン》の上には奇妙にもおなじみの中国の花瓶があった。二本のフェンシングの剣が鏡の上に交叉させて置かれ、その鏡には彼の細い白髪まじりのうなじが映っていた。そして、幾枚かの軍艦の写真が壁紙の青い植物模様を心地よげにさえぎっていた。

「何の御用でしょうか?」と彼は自分で封緘した手紙をごみ屑籠に捨てて尋ねた。この動作は僕には尋常でないように思えたが、あえて口出しする必要もなかった。僕は手短かに来訪の理由を述べ、友人が手放す用意がある——と言っても、彼は実際にはそれを明かさないで、博物館側の条件を待ってくれと頼んだのだが——相当の金額を明示さえした。

「これは皆、とても楽しいお話です」ムッシュー・ゴダールは言った。「でも、ただあなたは間違っておられる。うちの博物館にはそのような絵はありません」

「どうしてないんですか?」僕は大声で叫んだ。「たった今、僕は見てきたばかりですよ!　ギュスターヴ・ルロワ、ロシア貴族の肖像画です」

「なるほどうちにはルロワの絵が一つだけあります」ムッシュー・ゴダールは油布のノートをめくって、見つけた行に長くて黒い爪をあてて言った。「でもこれは肖像画ではなく、田園を画題とした『家畜たちの帰還』という絵です」

僕は五分前に自分の眼でその絵を見たのだし、何ものもそれを疑わしめることはできないと繰返した。

「わかりました」ムッシュー・ゴダールは言った。「でも、私も気違いではありません。私はうちの博物館の館長をやってもうそろそろ二〇年になりますから、このカタログは主の祈りと同じくらいよくそらんじています。ここには『家畜たちの帰還』と書かれていますから、要するに家畜たちが帰って行くのです。ですから、あなたの御友人のお祖父さんが牧人の姿で描かれていない限りは、その方の肖像画がうちにあることを認めるわけにはまいりません」

「彼はフロックコートを着ているんです」私は叫んだ。「誓って言いますが、彼はフロックコートを着ているんです！」

「では、一般的に言って」ムッシュー・ゴダールは疑わしそうに尋ねた。「うちの博物館はあなたの気に入られましたか？　あなたは石棺を評価されますか？」

「聞いてください」たぶん僕の声はもう震えていたことだろう。「どうかお願いです。今すぐあそこへ行きましょう。そして、こう決めましょう。もし肖像画があそこにかかっていたら、あなたは僕に売ってください」

「で、もしなかったら?」ムッシュー・ゴダールは興味を抱き始めた。

「その時は、僕があなたに同じ金額を支払います」

「よろしい」彼は言った。「さあ、鉛筆をお取りください。そして赤い方の、赤い方の先で私にそう書いてください」

熱くなって僕は彼の要求に応じた。僕のサインを読みながら、彼はロシア人の苗字は発音しにくいとぶつぶつ言ってから、その下に自分も署名して素早く紙を畳むと、チョッキのポケットに押し込んだ。

「さあ行きましょう」と彼はカフスをはずしながら言った。

彼は途中で店をのぞくと、べたべたしたドロップを一袋買ってきて、それをしつこく僕に勧めたが、僕がきっぱり断わると、僕の手に二個ばかり落そうとした。僕が手をのけると、ドロップは何個か歩道に落ちた。彼はそれを拾い集めると、急ぎ足で僕に追いついた。僕たちが博物館に近づくと、その前に一台の赤い空っぽの小型バスが止まっているのに気づいた。

「ああ」ムッシュー・ゴダールは満足気な声で言った。「うちは今日はたくさんお客さんがいるようですな」

彼は帽子をぬいで体の前に据えると、礼儀正しく階段を登っていった。

博物館の中はいただけなかった。お祭り騒ぎのような叫び声や華やかな笑い声、更にはつかみ合いでもしているような音まで聞えてきた。僕たちは最初の陳列室に入ったが、そこでは老守衛が、ボタン穴に何かのお祭りのバッジをつけた二人の聖物冒瀆者を押し止めているところだった。

二人は全体的に青味を帯びた非常な赤ら顔で、精力的に見え、ガラスの下から市の参事官の黒い糞球を取ろうとしていた。同じ村のスポーツ団体に属した他の快男児たちはと言えば、ある者はアルコール漬けの幼虫を、またある者は頭蓋骨を声高に嘲笑っていた。一人のお調子者は、陳列品と間違えたのだろうか、スチーム暖房のパイプに感心していた。もう一人は拳と指とでふくろうを狙っていた。全部で三〇人ほどもいたので混み合っていたし、足音と叫び声で恐ろしく騒がしかった。

ムッシュー・ゴダールは手をたたいて、「博物館の訪問者はきちんとした服装をしていなければならない」と書かれた掲示板を指さした。それから僕は彼につづいて二番目の陳列室に入り込んだ。一行も皆すぐさまそこになだれこんだ。僕がゴダールを肖像画の方へ導き寄せると、彼はその前で胸を突き出して立ちすくんだ。そして、その絵に見惚れたようにかすかに後ずさりして、自分の婦人靴のようなヒールで誰かの足をふんづけた。

「すばらしい絵だ」彼は全く心から感嘆した。「仕方ありません。細かい話はやめにしましょう。あなたは正しかった。つまり、カタログには間違いがあったに違いない」

こう言いながら、彼は実際的ならざる指つきで僕たちの契約書を取り出すと、それを細かく引きちぎった。細かい紙片は雪のようになって、ずっしりした痰壺に散り落ちた。

「この年寄りの猿は何者だい？」肖像画を見て縞模様の肌着をつけた誰かが尋ねた。それから、友人の祖父の肖像画は片手に葉巻を持っていたので、もう一人の道化者がタバコを取り出して、そこから火を借りる真似を始めた。

「お金のことを決めましょう」僕は言った。「ともかくここは出ましょうよ」

「皆さん通してください」ムッシュー・ゴダールは好奇心旺盛な人々をかきわけながら叫んだ。部屋の隅にこれまで気づかなかった通路があり、僕たちはそこへ入り込んだ。「私は何も決められないのです」ムッシュー・ゴダールは騒音に負けまいと叫びながら言った。「決断は法律に裏づけされた時にだけ正当なのです。私はまず最初に市長に相談しなければなりませんが、市長は亡くなったばかりで、まだ選出されていません。肖像画を買うことはきっとうまくいかないでしょうが、それでもあなたにはうちのもっと別の宝をお見せしましょう」

僕たちはもう少し大きな規模の部屋に出た。そこではガラスの下の長いテーブルに、ざらざらした紙に黄ばんだ斑点のついた分厚い、汚なく焼けた本が開いてあった。壁ぎわには、先の広がった深長靴をはいた軍人の人形が立っていた。

「さあ、話をつめましょう」僕は豹変したムッシュー・ゴダールを、隅のビロードのソファーへ向かわせようと、必死になって懇願した。しかし、守衛が僕の邪魔をした。片方しかない手を振りながら彼は僕たちに追いついてきたが、あとにうかれた若者の一団を引き連れていた。その中の一人は、レンブラント風に明るい輝きを帯びた銅の兜を頭にかぶっていた。

「脱ぎなさい、脱ぎなさい！」とムッシュー・ゴダールはわめいたが、誰かに突かれて兜は音をたててやくざものの頭から落ちた。

「もっと先へ」ムッシュー・ゴダールは僕の袖を引っ張りながら言った。僕たちは古代彫刻室に出た。

僕は一瞬巨大な大理石の脚の間で迷子になり、隣りの巨人女の白いかかとのうしろで僕を探していたムッシュー・ゴダールを再び見つけるまでに、巨人の膝を二回りした。その時、おそらく巨人女によじ登っていたらしい山高帽をかぶったどこかの男が、突然ものすごい高さから石の床へ落ちてきた。仲間が彼を起こし始めたが、どうやら二人とも一杯機嫌だった。ムッシュー・ゴダールは彼らに向かって手を振ると、次の部屋へ飛んで行った。そこでは東洋の織物が輝き、瑠璃色の絨毯の上を猟犬たちが疾駆していて、虎の毛皮の上には弓と矢筒が置かれていた。しかし、奇妙な事に空間と多彩さとはただ重苦しくて、混濁を誘うばかりだった。始終新しい訪問客が傍を走り過ぎていたためなのか、それとも自由な静けさの中でムッシュー・ゴダールとの実務的な話を終わらせるために、少しでも早くこの不必要なまでに長大化した博物館から抜け出したかったためなのか、僕は何となく不安にとらわれた。そうこうするうちに、僕たちは更にもう一つの部屋に移った。そこはフリゲート艦の骨組にも似た鯨の骨格全体が収められていることからわかるように、実に広大だった。そして、更に次々と部屋が見えてきた。雷雲に覆われ、その間を青色とバラ色の僧衣をまとった宗教絵画の優しい偶像たちが漂っている、巨大な幾枚もの絵が傾きながら光っていた。が、それらは皆突然に波立つ霧のような幕で途切れていた。シャンデリアが燃え上がり、光を浴びた水槽の中では魚たちが透明な鰓《えら》をふるわせていた。それから、僕たちが階段を駆け上って、上の陳列室から見おろすと、下には灰色の人々の群と、宇宙の巨大な模型を点検している傘が見えた。

とうとう、どこか陰気な、だが豪華な、蒸気機関の歴史を扱った部屋で、僕は一瞬だけ呑気な道案内人を止めることができた。

「もうたくさんです」僕は叫んだ。「僕は出て行きます。明日またお話ししましょう……」

彼はもういなかった。振り向くと、数センチ先に汗をかいた機関車の背の高い車輪が見え、僕は長いこと駅の模型の間で帰り道を見つけようと焦った……扇形をなす濡れたレールのむこうの闇に浮かぶ藤色の信号灯はなんと奇妙に燃えていたことか。僕の哀れな心臓はなんと締めつけられたことか……突如として、またしてもすべては一変した。僕の前には果てしなく長い通路が延び、そこには無数の事務所の戸棚があって、つかまえられない程急ぐ人々がいた。傍に飛び込むと、何千という楽器のただ中に出た。鏡の壁には並んだピアノが映り、真ん中には緑色の塊の上にブロンズのオルフェウスをのせたプールがあった。水のテーマはこれでは終らない。というのも、後戻りしようとすると、思いもかけず噴水や小川や池のある地帯にまぎれ込んでしまい、曲がりくねった滑りやすいその端を歩くのはひどく難しかったのだから。

時おり一方から、また一方から、段の上に水たまりのある石の階段が奇怪に僕をおびやかしながら、かすんだ深淵へと消え去っていったが、その深淵からは、まるでそこにもう閉鎖されたか、それともまだ建て終わっていないかどちらかの展覧会場でもあるかのように、警笛や食器の音、タイプライターをたたく音やハンマーを打つ音、その他もろもろの音が鳴り響いてきた。それから僕は暗闇に迷い込み、そこで得体の知れない家具にぶつかったが、赤い灯が見えると、とうとう足下でがたがたと音をたてる壇の上に出た……そして、その向こうにアンピール様式の明るい、上品に飾られた客間が突然現われたが、人っ子一人いなかった……僕はもう筆舌に尽しがたい程恐ろしかったが、向きを変えてこれまで来た道を戻ろうとすると、必ずもっと見たことのない場所に行きつくのだった――あじさいが植えられ、こわれたガラスから人工的な夜が黒ずんで見える温室とか、ほこりをかぶった蒸溜器が机にのった人気のない実験室のような所に。挙句の果てに僕はどこかの部屋に駆け込んだが、そこには黒いコートだのアストラカンの外套だのがやたらにたくさんかけてある衣服掛が置かれていた。その部屋のドアの奥で突然拍手がとどろいたので、僕はドアをあけたが、そこには劇場も何もなく、あるのはただ柔らかなもやだけ、ぼんやりとした街灯の光の、まるで本物のような斑点をうかべて、この上なく巧みに贋造された霧だけだった。人を信じさせるどころの話ではない！　僕がそこに入って行くと、たった今まで僕が身を置いてあがいていた非現実的な一切のごたごたは、すぐさま現実の喜ばしく、疑いのない感覚にすっかり置きかえられた。足下の石は本物の敷石で、たった今降ったばかりのかぐわしい香りの雪がそこに積もっていたが、その上には既に、たまにしか通らない通行人が真新しい黒い足跡を残していた。何故か驚くほど自分になじみ深い静けさと夜の雪の湿っぽさは、熱病のような放浪を終えた僕には最初は心地よかった。僕は素直な心で、いったいどこにたどりついたのか、何故雪がふっているのか、褐色の暗闇の中で誇張されて、しかしあちこちにぼんやりと光っている街灯は何なのかを考え始めた。僕はあたりを見回し、かがんで石の小柱にさわってもみた……それから、まるで掌に書かれた説明書を読もうとするかのように、湿った粒々の冷気に満ちた自分の掌を見た。僕は自分がなんて軽装で、なんて無邪気な恰好なのだろうと感じたが、博物館の迷宮から自由な地に出られた、再び本物の生活に出られたという鮮明な意識が依然として強かったので、最初の二、三分は驚きも恐怖も感じなかった。ゆっくりとあたりを見回し続けながら、僕は自分のすぐわきの家に眼を向けた。すると、雪の地下室へおりて行く同じ様な手すりのついた鉄の階段にすぐさま注意がひかれた。何かが僕の心を刺した。僕は新たな、落着きのない好奇心を抱いて、舗装道路を、黒い線がいくつか沿って伸びているその白い覆いを、ときおり奇妙な光が横切って行く褐色の空を、そして少し離れた厚い胸壁を眺めた。その向こうには穴の気配が感じられ、何かがきしむ音や、ごぼごぼいう音を立てていた。そして、更に遠い闇のくぼみのかなたには、けば立った灯の列がつらなっていた。湿った短靴で雪の上をがさがさ言わせながら、僕は右手の暗い家を眺めつづけて、数歩歩いた。一つの窓にだけ緑色のガラスの覆いのついたランプがともっていた。あそこには鍵のかかった木製の門が、そしてあそこにはきっと眠っている店の鎧戸が……それから、ずっと前からありえない知らせをその形で叫びつづけていた街灯の光で、僕は看板の最後の文字を見分けた。「……の修繕《インカ・サポーグ》」――しかし、雪ではない、硬音記号をこすりとったのは雪ではなかった。「いや、今に眼が覚めるさ」と僕は声に出して言うと、締めつける心で震えながら振り返り、歩き出すやまた立ちどまった。どこかから柔らかでものうく、同じテンポの蹄の音が、遠ざかりながら聞えてきた。雪は少しかしいだ小柱の上には丸帽子のように積もり、垣根

＊革命前のロシアでは硬子音で終わる単語の最後には硬音記号（ъ）が付せられていたが、革命後の新正字法により廃止された。従って「サポーグ」の最後に硬音記号がないことは、ここが帝政ロシアではなく、革命後のロシアであることを意味する。――訳注

の向こうの薪の山の上ではぼんやりと白んでいた。僕はもう間違えようもなく、自分がどこにいるのか悟ってしまった。ああ！　ここは僕の記憶にあるロシアではなかった。ここは本物の、現在のロシア、僕には禁じられ、絶望的なまでに奴隷的で、絶望的なまでに故郷であるロシアだった。僕は外国人流の軽装で、半分亡霊のように、一〇月の夜に無頓着な雪の中でたたずんでいた。ここはモイカ運河かフォンタンカ運河、あるいはまたオブヴォドヌイ運河〔三つともペテルブルグの地名〕のあたりだろう。何とかしなくてはいけない。どこかへ行かなくては、走って行かなくてはいけない。自分の脆い、非合法の生命を強く守らなくてはいけない。ああ、これに類したことは僕はもう夢の中で何度も味わったはずなのに、今ではこれが現実なのだ。すべてが、まるで雪をふるいにかけたような大気も、まだ凍っていない運河も、いけすも、暗い窓と黄色い窓の独特の四角形も、すべてが現実だった。霧の中からこちらに向かって、毛皮の帽子をかぶり、腋の下にカバンを持った男が現われ、びっくりしたような視線を僕に浴びせたが、もう一度だけ振り返ると、通り過ぎて行った。彼の姿が見えなくなるまで待ってから、僕はポケットの中のすべてのものを恐ろしく手早く引っ張り出し、破いて、雪に投げ捨て、それを踏み固め始めた。書類も、パリの妹から来た手紙も、五百フランも、ハンカチも、タバコもすべてを。しかし、亡命者のあらゆる鱗を一切ぬぐい去るためには、洋服も下着も靴も引きはがして捨て去り、理想的なまでに丸裸にならねばならなかったろう。そして、僕は憂悶と寒さとでひどく震えてはいたが、できる限りのことはやりとげた。

しかし、もう十分だろう。どのように僕が拘留されたのか、そしてそれからの苦難のことは語るまい。再び国外に脱出するためには、信じられないほどの忍耐と苦労が必要だったと言うだけでたくさんだ。そしてまた、それ以来僕は他人の気違いじみた依頼は絶対に果たさないとだけ言えばたくさんだ。

（諫早勇一　訳）

編者あとがき

# ロシアの怪談?

沼野充義

――へえ、ロシアにも怪談があったとはねえ。普通、ロシア文学っていうと「リアリズム」と相場が決まっていますよね。

――そうそう、そういう固定観念というのは、一度定着したらなかなかなくならないもんだからね。だけど、邦訳があるものだけを考えたって、ブルガーコフの『巨匠とマルガリータ』とか、ベールイの『ペテルブルグ』とか、ザミャーチンの『われら』とか、本当はロシア文学は底知れない幻想の宝庫なわけ。昔、荒俣宏さんが作った『世界幻想作家事典』にだって、ロシア・ソ連の作家は何十人もはいってます。アンソロジーだって、原(卓也)先生が訳された先駆的なロシア怪奇小説集とか、川端(香男里)先生が編まれた幻想小説集、神秘小説集など、すでにいくつか前例があるくらいだし。

――でも、「怪談集」と銘打ったロシア短編集は、日本ではこれが初めてじゃない?

——ぼくの知ってるかぎりでは、そうみたいですね。でも、正直なところ、「怪談集」を作れって言われたときは、かなり悩みましたね。だって「幻想文学」という広い括り方ができるものならロシアにも無数にあるけど、「怪談」というのは言わば恐怖を純粋な遊びとして楽しむ文学ゲームでしょう。ところがロシアには、「文学を純粋な遊びとして楽しむのは罪悪である」みたいな風土がある。日本流に「怪談」と呼べるような作品はねえ、なかなか見つからないんじゃないかと思って……。

——つまり、なんでもロシアにはいってくると、まじめになっちゃうという。

——それそれ。よく言われたことですけど、フランス流の軽喜劇《ボードビル》がロシアにはいってくるとどうしても、重く、悲しいものになっちゃう。それと同じことでね。

面白いのは、ロシアには怪談だけじゃなくて、オリジナルの本格推理小説もほとんどないんですね。社会派探偵小説ならソ連でもたくさん書かれているけど、謎ときを楽しむための推理小説となると、これはやっぱり純粋な文学ゲームですから、どうしてもロシア文学の風土とは相容れないところがある。アガサ・クリスティみたいな罪のない推理小説でさえも、いままでほとんどロシア語に訳されなかったんだから……。

——まあ推理小説のことはこの際どうでもいいんだけど、こうやってこの『怪談集』ができた以上は、ロシアにも面白い怪談がじつはけっこうあるんだという……。

——うん、まあ、そういうことになるかなあ。べつに、そんなに気張ったものでもないんですけど。ただ、ロシア文学の古典さえ今じゃあんまり読まれなくなっていて、文庫本の棚から姿を消しているご時世ですから、誰でも少なくとも名前だけは知っている古典作家をあえてたくさん入れて、「もう一つのロシア文学」の系譜がこんなふうな形で存在していたのか、と見てもらえるような編集をしたつもりですけどね。

——それで、プーシキンから始まって、ゴーゴリ、ツルゲーネフ、ドストエフスキー、チェーホフとつながってゆく。

——つまり、知られざる「恐怖のヴィジョン」が、リアリズム中心のように見えるロシア文学の本流の奥深くで脈々と受け継がれていた、と。まあ、その話をしだすと、文学史の講義みたいになって、きりがないから……。

——そこをあえて、ごく簡単に言うと?

——まあ、プーシキンから話を始めるなら、彼は古典主義の素養の上にロマン主義的な世界観を構築していったわけで、ロマン派的な「別世界」への興味は彼の場合、一方ではコーカサスなどのエキゾティックな異郷を題材とした作品に、他方では「葬儀屋」とか「スペードの女王」のような「異界」の日常生活への侵入を描いた作品に現れることになる。

——つまり、怪談の精神はロマン派的な世界観と密接な関係がある、と。

——そう、だからプーシキンとほぼ同時代の作家たち、一八二〇年代から三〇年代にかけて活躍したロシア・ロマン主義時代の作家たちはほとんど例外なく、幻想小説や恐怖小説を書いていますね。本書に収録したオドエフスキーやザゴスキンの作品を読むと、当時ゴシック・ロマンスの類がロシアでいかに流行していたかよくわかります。

——でも、こういうロシア・ロマン派の作家たちというのは、あまり知られていないんじゃないかな。

——だいたい、あの時代はロシアでは詩の黄金時代だったわけで、当時書かれた小説は二流のものとして長い間かえりみられなかったんです。日本のロシア文学者の中にもその辺の小説を読みあさるような「物好き」はほとんどいなかった。でも、最近ではソ連でも再評価の機運が生じて、ロシア・ロマン派幻想小説集といったタイプのアンソロジーがずいぶん出るようになりました。たとえば、いま手元にあるこの本ですが（『ロマン主義時代のロシア幻想小説』一九八七年）、ここにはポゴレリスキー、ソーモフ、ベストゥージェフ＝マルリンスキー、ザゴスキン、オドエフスキー、プーシキン、バラトィンスキー、レールモントフ、ゴーゴリといった綺羅星のごとき作家たちの幻想小説が収められています。その内容まで詳しく説明しているわけにはいきませんけど、この中には「怪談」的な要素の強いものもたくさんはいっていますね。

——いま、ゴーゴリの名前も出たけれど、一般的なゴーゴリのイメージというと、やはり「涙を通じての笑い」とか、現実に対する痛烈な風刺とか、まあそんなところで、ロシア・リアリズムを準備した最大の作家みたいに思えるんですけどね。

——でも、ゴーゴリのあの有名な「外套」だって、最後には外套を欲しがる幽霊がペテルブルグの町に出没するんだから、これも怪談的要素は濃厚ですよね。それにウクライナを舞台にした彼の初期の小説を読めばわかるけど、彼が初めに書いていたのは悪魔や妖怪が大活躍する幻想小説ばかりでしょう。

――そういえばこの『怪談集』にもはいっている「ヴィイ」も、ウクライナの民間伝承に基づくものですね。そういったフォークロア的要素が強いというのは、ロシアの「怪談」の特色と言えるのかなあ？

――ロマン主義の時代に関してなら、そう言えるでしょう。まあ、作家によっても違いますけどね。ただ、注意しなくちゃいけないのは、一見土俗的に見えるものでも、じつは書物的なものだった、なんてことがざらにあるわけで、「ヴィイ」の源泉についても色々な説が出ていますが、外国文学起源説もあるくらいです。そもそも、ゴシック・ロマンスなんてジャンル自体が西欧からの「輸入品」だったわけですからね。

――ロマン主義のあとは、リアリズム全盛の時代がきて、怪談なども当然ふるわなくなる？

――と普通には思われてますけど、ドストエフスキーなどはもともと深いゴシック・ロマンス的な素養の上に自己形成した作家ですから、初期の短編にゴシック色の強い作品があるのはもちろんのこと、後期の長編だってゴシック的な要素はずいぶんありますよ。『カラマーゾフの兄弟』と『放浪者メルモス』を比較した学者もいるくらいでね。まあ、「ボボーク」なんかを『怪談集』に入れることにやや無理があることとくらいよくわかっていますけど、墓地を舞台にしたにぎやかなこの短編には、イギリスの墓畔詩人トマス・グレイの作品の遠いこだまが感じられるような気がします。グレイといえばこれはもちろん、『オトラント城奇譚』のウォルポールの親友ですからね。

――それからツルゲーネフなんかにも、「怪談好み」とでも言える側面があったというのはちょっと意外だなあ。

――そう、その種のツルゲーネフの作品で有名なのは「幽霊」とか、「クララ・ミリッチ」といったものですけど、ここではひとひねりして、あまり知られていない「不思議な話」というのを選んでみました。これも「怪談」的な部分は作品のごく一部ですから、『怪談集』に採るのにはちょっとためらいがありましたけど……。

――A・K・トルストイもツルゲーネフなんかとほぼ同世代でしょう。

――そう、トルストイの場合は、遅咲きの妖艶なロマン主義の精華のようなところがあって、リアリズム時代に孤高を保ったわけですが、世紀末になってこの人の書いた吸血鬼小説もようやく再評価されるようになる。再評価の先鞭をつけたのは、神秘哲学者のウラジーミル・ソロヴィヨーフ。彼がトルストイの『吸血鬼《ウプイリ》』再刊のために書いた序文はすぐれた幻想文学論になっていて、あとでツヴェタン・トドロフが自分の幻想文学論のなかで引用することになります。

――ソロヴィヨーフが活躍した世紀末といえば、象徴主義の時代……。

――ということで、ソログープ、ブリューソフの二人がこの時代の「デカダン派」の代表としてこの『怪談集』にはいっていますが、だいたい世紀末から今世紀初めというのは、幻想文学の百花繚乱の時期で、怖い話も捜せばたくさんある。ソログープは不気味な短編をたくさん書いてるし、ブリューソフなんかにしてもじつに見事な仕掛けを持った怪奇小説が多い。

――象徴主義の時代にそれだけのものがあったのに、その後は……。

――社会主義の時代になるとすっかり消えてしまった、というのも怪談めいてますねえ。もっとも、ここには二〇世紀の作家としてグリーン、チャヤーノフ、ナボコフの三人がはいっています。これはせめて少しでも新味を出したいという意欲の現れと考えてください。もっと新しい作品も採りたかったんですが、戦後のソ連文学になると、「怪談」と呼べそうな作品がほとんどなくて、いくら捜しても適当なものが見つからない。たくさん現代文学を読んでるロシア人の友人にも調べてもらったんですが、結局何も出てこなかった。まあ「怪談」なんて、所詮社会主義とは相容れないものなんでしょう。

——で、どうなんだろう、この『怪談集』の全体としての出来ばえは。入れたい作品はだいたいすべて入れられた？

——いや、とんでもない。枚数の関係で割愛した作品は山のようにありますよ。ただ、なんと言っても残念なのは、『世界で一番恐ろしい話』というのを収録できなかったことかな。

——えっ、何です、それ？

——この本のことは、長年アメリカで亡命生活を送っていたロシア人の学者に教えてもらったんですけどね。彼が若い頃イタリアを旅行してたら、どこかの湖のあたりで（あれは確かコモ湖だったか）、昔ロシア人の貴族が別荘として使っていた屋敷に行き当たった。彼はその屋敷で一冊の古びた薄い本を見つけるんですが、その装丁には著者の名前もなく、ただ「世界で最も恐ろしい話」と書いてあるだけだった。好奇心にかられてさっそくその本を開くと、扉には「この書物を読んだものは、必ず死ぬであろう」という注意書きがある。無類の愛書家だった彼も、さすがにこの時ばかりはぞっとして、本を放り投げ、逃げ出してしまった……。

——その本の中身はいったいどんなものだったんですかねえ？

——誰も知らないそうですよ。なにしろ、生きている人で読んだことのある人なんて、一人もいないんだから。ただ、その亡命ロシア人は、あとになってニューヨーク市立図書館のカタログでもう一度その本を見つけたそうです。〈今度こそは死んでもいいから、この本を読んでやろう〉と固く心に決めて彼は、その本を請求した。暑い夏の日だった。彼が差し出した請求票を持って、愛くるしい女性の図書館員が書庫の奥に消えてゆく。図書館の古びた建物の中は少しひんやりしていたけれど、彼の額からはなぜか汗が吹き出て止まらなかった。五分、十分、三十分、……彼は自分の請求した本を持って図書館員が姿を現すのをじっと待っていたが、彼女は一時間たっても戻ってこない。しびれを切らした彼は、とうとう他の図書館員に彼女がどこに行ってしまったのか訊ねたが、誰に聞いても「そんな人はいない」という返事ばかり。ふと思いついて、図書館のカタログをもう一度調べてみると、今度はいくら捜してもその本のカードが見つからなかったという……。

——いやだなあ、そんな話、よしてほしいな。いくら怪談を捜してあちこちの図書館を放浪したからって、そんな作り話をすることはないだろうに……あれっ、いままでここに置いてあった河出文庫の『ロシア怪談集』、どこにいっちゃったんだろう。見ませんでした？

——いやあ、そんな本、置いてあるはずがない。夢でも見たんじゃないの？　だって、その本はまだぼくの頭の中にしか存在していないんですよ。

（編者付記）

最後に、本書のために翻訳を提供してくださった皆さんと、編集部の高木れい子さんに心からお礼を申し上げます。

また、本書に収録した作品の中には、原文の性質上、ごく僅かですが差別語とも言えるものがあります。これは、作品の扱う時代背景・文体の一貫性等への配慮から余儀無く残ったものですので、あらかじめご海容をお願いいたします。

・出典一覧・

「葬儀屋」　『プーシキン全集』第4巻　河出書房新社　昭和四七年刊

「思いがけない客」　『ロシア神秘小説集』　国書刊行会　昭和五九年刊

「ヴィイ」　『ゴーゴリ全集』第2巻　河出書房新社　昭和五二年刊

「吸血鬼の家族」　『ロシア神秘小説集』　国書刊行会　昭和五九年刊

「ボボーク」　『ドストエフスキー全集』17巻　新潮社　一九七九年刊

「黒衣の僧」　『チェーホフ全集』第9巻　中央公論社　昭和三五年刊

「防衛」　『南十字星共和国』　白水社　一九七三年刊

## ・訳者紹介・

**沼野充義**（ぬまの・みつよし）
1954年生まれ。著書に『ユートピア文学論』（読売文学賞）、『チェーホフ 七分の絶望と三分の希望』、訳書にS・レム『ソラリス』、ナボコフ『賜物』など。

**神西清**（じんざい・きよし）
1903〜1957年。小説家・翻訳家・評論家。著書に『雪の宿り』『灰色の眼の女』（ともに小説）など。『神西清全集』（全6巻）がある。ロシア・フランス文学の多くの訳書を手がける。

**西中村浩**（にしなかむら・ひろし）
1953年生まれ。訳書にS・G・セミョーノヴァ／A・G・ガーチェヴァ編著『ロシアの宇宙精神』、フロレンスキイ『逆遠近法の詩学』（共訳）など。

**小平武**（こだいら・たけし）
1939〜1992年。ロシア文学者。訳書にアンドレーエフ『七死刑囚物語』、ベールイ『銀の鳩』、A・ブローク『薔薇と十字架』（共訳）など。

**浦雅春**（うら・まさはる）
1948年生まれ。著書に『チェーホフ』、訳書にゴーゴリ『鼻・外套・査察官』、チェーホフ『かもめ』『桜の園／プロポーズ／熊』など。

**栗原成郎**（くりはら・しげお）
1934年生まれ。著書に『ロシア異界幻想』『諺で読み解くロシアの人と社会』、訳書にI・アンドリッチ『宰相の象の物語』など。

**相沢直樹**（あいざわ・なおき）
1960年生まれ。著書に『甦る『ゴンドラの唄』』など。

**川端香男里**（かわばた・かおり）
1933年生まれ。著書に『ユートピアの幻想』『ロシア』、訳書にM・バフチーン『フランソワ・ラブレーの作品と中世・ルネッサンスの民衆文化』、ベールイ『ペテルブルグ』、プーシキン『大尉の娘』など。

**池田健太郎**（いけだ・けんたろう）
1929〜1979年。ロシア文学者・評論家。著書に『プーシキン伝』（読売文学賞）、『「かもめ」評釈』（芸術選奨新人賞）など。チェーホフ、ドストエフスキーほか、多くの訳書がある。

**貝澤哉**（かいざわ・はじめ）
1963年生まれ。著書に『引き裂かれた祝祭』、訳書にI・ゴロムシトク『全体主義芸術』、ナボコフ『絶望』『偉業』など。

**草鹿外吉**（くさか・そときち）
1928〜1993年。ロシア文学者・詩人・小説家。著書に『プーシキン』『草鹿外吉全詩集』、『灰色の海』『海よさらば』（ともに小説）、訳書にV・ブリューソフ『南十字星共和国』など。

**沼野恭子**（ぬまの・きょうこ）
1957年生まれ。著書に『夢のありか』『ロシア文学の食卓』、訳書にL・ペトルシェフスカヤ『私のいた場所』、L・ウリツカヤ『子供時代』など。

**諫早勇一**（いさはや・ゆういち）
1948年生まれ。著書に『ロシア人たちのベルリン』、訳書にB・ボイド『ナボコフ伝 ロシア時代』、『ナボコフ全短篇』（共訳）など。

## ・原著者、原題、制作発表年一覧・

「葬儀屋」
Пушкин, Александр Сергеевич : Гробовщик　1830年

「思いがけない客」
Загоскин, Михаил Николаевич : Нежданные гости　1834年

「ヴィイ」
Гоголь, Николай Васильевич : Вий　1835年

「幽霊」
Одоевский, Владимир Федорович : Привидение　1838年

「吸血鬼の家族」
Толстой, Алексей Константинович : La famille du vourdalak　1840年頃

「不思議な話」
Тургенев, Иван Сергеевич : Странная история　1870年

「ボボーク」
Достоевский, Федор Михаилович : Бобок　1873年

「黒衣の僧」
Чехов, Антон Павлович : Черный монах　1894年

「光と影」

Сологуб, Федор Кузьмич: Свет и тени　1894年

「防衛」

Брюсов, Валерий Яковлевич: Защита　1904年

「魔のレコード」

Грин, Александр Степанович: Таинственная пластинка　1916年

「ベネジクトフ」

Чаянов, Александр Васильевич: Венедиктов, или Достопамятные события жизни моей　1921年

「博物館を訪ねて」

Набоков, Владимир Владимирович: Посещение музея　1939年

新装版《しんそうばん》
ロシア怪談集《かいだんしゅう》

一九九〇年 五 月一〇日 初版発行
二〇一九年一〇月一〇日 新装版初版印刷
二〇一九年一〇月二〇日 新装版初版発行

編 者 沼野《ぬまの》充義《みつよし》
発行者 小野寺優
発行所 株式会社河出書房新社
〒一五一-〇〇五一
東京都渋谷区千駄ヶ谷二-三二-二
電話〇三-三四〇四-八六一一(編集)
〇三-三四〇四-一二〇一(営業)
http://www.kawade.co.jp/

ロゴ・表紙デザイン 粟津潔
本文フォーマット 佐々木暁
印刷・製本 中央精版印刷株式会社


Printed in Japan ISBN978-4-309-46701-6

## ラテンアメリカ怪談集

ホルヘ・ルイス・ボルヘス他　鼓直〔編〕　46452-7

巨匠ボルヘスをはじめ、コルタサル、パスなど、錚々たる作家たちが贈る恐ろしい15の短篇小説集。ラテンアメリカ特有の「幻想小説」を底流に、怪奇、魔術、宗教など強烈な個性が色濃く滲む作品集。

## エドワード・ゴーリーが愛する12の怪談　憑かれた鏡

ディケンズ／ストーカー他　E・ゴーリー〔編〕　柴田元幸他〔訳〕　46374-2

典型的な幽霊屋敷ものから、悪趣味ギリギリの犯罪もの、秘術を上手く料理したミステリまで、奇才が選りすぐった怪奇小説アンソロジー。全収録作品に描き下ろし挿絵が付いた決定版！　解説＝濱中利信

## 空飛ぶ円盤が墜落した町へ

佐藤健寿　41362-4

北米に「エリア51」「ロズウェルＵＦＯ墜落事件」の真実を、南米へナチスＵＦＯ秘密基地「エスタンジア」の存在を求める旅の果てに見つけたのは……。『奇界遺産』の著者による“奇”行文学の傑作！

## アフリカの白い呪術師

ライアル・ワトソン　村田恵子〔訳〕　46165-6

十六歳でアフリカの奥地へと移り住んだイギリス人ボーシャは、白人ながら霊媒・占い師の修行を受け、神秘に満ちた伝統に迎え入れられた。人類の進化を一人で再現した男の驚異の実話！

## ヒマラヤに雪男を探す

佐藤健寿　41363-1

『奇界遺産』の写真家による“行くまでに死ぬ”アジアの絶景の数々！世界で最も奇妙なトラベラーがヒマラヤの雪男、チベットの地下王国、中国の謎の生命体を追う。それは、幻ではなかった──。

## 馬のような名字　チェーホフ傑作選

チェーホフ　浦雅春〔訳〕　46330-8

名作『かわいいひと』『いいなずけ』のほか、激しい歯痛に苦しむ元将軍が〈馬のような名字〉に悩まされる表題作や、スラプスティックな喜劇『創立記念日』など、多彩な魅力を詰めこんだ傑作十八篇。

## 白痴 1

ドストエフスキー　望月哲男〔訳〕　46337-7

「しんじつ美しい人」とされる純朴な青年ムィシキン公爵。彼は、はたして聖者なのか、それともバカなのか。ドストエフスキー五大小説のなかでもっとも波瀾に満ちた長篇の新訳決定版。

## 白痴 2

ドストエフスキー　望月哲男〔訳〕　46338-4

純朴なムィシキン公爵と血気盛んな商人ロゴージン。絶世の美女ナスターシヤをめぐり二人の思惑が交錯する。自らの癲癇による至高体験や、現実の殺人事件に想を得たドストエフスキー流の恋愛小説。新訳。

## 白痴 3

ドストエフスキー　望月哲男〔訳〕　46340-7

エパンチン家の末娘アグラーヤとムィシキン公爵は、互いの好意を確認する。しかし、ナスターシヤの呪縛を逃れられない公爵は、ロゴージンとの歪な三角関係に捕われ悲劇を迎える。画期的な新訳の最終巻。

## 青い脂

ウラジーミル・ソローキン　望月哲男／松下隆志〔訳〕　46424-4

七体の文学クローンが生みだす謎の物質「青脂」。母なる大地と交合するカルト教団が一九五四年のモスクワにこれを送りこみ、スターリン、ヒトラー、フルシチョフらの大争奪戦が始まる。

## ナボコフのロシア文学講義　上

ウラジーミル・ナボコフ　小笠原豊樹〔訳〕　46387-2

世界文学を代表する巨匠にして、小説読みの達人ナボコフによるロシア文学講義録。上巻は、ドストエフスキー『罪と罰』ほか、ゴーゴリ、ツルゲーネフ作品を取り上げる。解説：若島正。

## ナボコフのロシア文学講義　下

ウラジーミル・ナボコフ　小笠原豊樹〔訳〕　46388-9

世界文学を代表する巨匠にして、小説読みの達人ナボコフによるロシア文学講義録。下巻は、トルストイ『アンナ・カレーニン』ほか、チェーホフ、ゴーリキー作品。独自の翻訳論も必読。

## ナボコフの文学講義　上

ウラジーミル・ナボコフ　野島秀勝〔訳〕　46381-0

小説の周辺ではなく、そのものについて語ろう。世界文学を代表する作家で、小説読みの達人による講義録。フロベール『ボヴァリー夫人』ほか、オースティン、ディケンズ作品の講義を収録。解説：池澤夏樹

## ナボコフの文学講義　下

ウラジーミル・ナボコフ　野島秀勝〔訳〕　46382-7

世界文学を代表する作家にして、小説読みの達人によるスリリングな文学講義録。下巻には、ジョイス『ユリシーズ』カフカ『変身』ほか、スティーヴンソン、プルースト作品の講義を収録。解説：沼野充義

## 見た人の怪談集

岡本綺堂 他　41450-8

もっとも怖い話を収集。綺堂「停車場の少女」、八雲「日本海に沿うて」、橘外男「蒲団」、池田彌三郎「異説田中河内介」など全十五話。

## 現代の民話

松谷みよ子　41321-1

夢の知らせ、生まれ変わり、学校の怪談……今も民話はたえず新たに生まれ続けている。自らも採訪し続けた「現代民話」の第一人者が、奥深い「語り」の世界を豊かに伝える、待望の民話入門。

## 戦前のこわい話

志村有弘〔編〕　40962-7

明治時代から戦前までの、よりすぐりのこわい話を七話。都会の怪談、田舎の猟奇事件など、すべて実話。死霊、呪い、祟りにまつわる話や、都市伝説のはしりのような逸話、探偵趣味あふれる怪異譚など。

## 怪異な話

志村有弘〔編〕　41342-6

「宿直草」「奇談雑史」「桃山人夜話」など、江戸期の珍しい文献から、怪談、奇談、不思議譚を収集、現代語に訳してお届けする。掛け値なしの、こわいはなし集。